护宝寻踪

下

灵羲 著

青岛出版集团 | 青岛出版社

第六十一章 心意

次日。

黎远光换了一身干净衣裳，头发也精心打理了一番，站在比萨店外等人。远远看见文雯过来，他连忙招手："文雯！"

文雯打量着他："平时看不出，没想到我哥收拾一下，帅得很。"

黎远光傻笑："帅啥，收拾再好也是个农村人。"

"农村人咋咧，俺就喜欢咱农村人，实在又能干。"文雯眯眼笑了笑，"对了，哥，你这常年不休的人，今天咋想起歇咧？"

"累了，给自己放个假，也想跟你吃顿饭。比萨吃过吗？"

文雯摇头。

"走，今天哥带你开开洋荤。"

桌上摆着比萨和饮料，文雯吃得很开心。

黎远光注视着她，温和问道："味道还行？"

"嫽扎咧。"

"我再去点一份。"

文雯忙拉住他："够咧！"

"不用给哥省钱。"

"真够咧，这东西也就尝个鲜，其实不就是锅盔上添了两块肉嘛。"文雯笑了，"你要不信，下次来穆哥家，我做给你吃，保证比这家的还好吃。"

"我信，小时候我大我妈都没了，我到处蹭饭，心肠好的给口饭，心肠不好的拿碗狗食打发我。你妈心肠最好，把肉留给我，我现在都记得你妈做的蒸碗肉，美得很。还有你，一共就半碗羊奶，还给我留下一半。"

黎远光陷入回忆中，盯着她温柔地笑。

文雯也笑着看他："你还好意思说，我那天等你到天黑，你也没来。第二天，羊奶都馊了。"

"我最后还不是喝咧。"

她娇嗔一笑："冷娃一个。"

黎远光笑了笑，从口袋里掏出用塑料袋包着的五千块钱，推给文雯。

"哥……啥意思？"

"城里花销大，别不舍得花钱。"

· 393 ·

"我有钱。"

"听哥的,你也到了找对象的年纪了,买几件好衣裳。"

文雯推辞:"找啥对象,我不要!"

然而不等她推回钱,黎远光不由分说地将钱一把塞到她包里,转身便走了。

文雯愣在原地,看着他离去的背影,忽然感觉心里很难受。

陶坡遗址考古基地宿舍里,雒青正躺在床上翻着QQ空间,刷到了方堃刚更新的图文。那是很多方堃跟小雪、骆五的相处片段,还有几张它们戴着头饰的特写,配文是:"朱三携女儿小雪、孙子骆五,感谢苟四馈赠,很漂亮。但是有个小问题,骆五是朱三的孙子,请问朱三、苟四、骆五如何论资排辈?"

神经病。雒青忍俊不禁,在心中骂了一句。

翻到最后一张,那是榆塞的星空和月亮,无比美丽邈远。

"人攀明月不可得,月行却与人相随。"

看到这句文案,雒青愣了愣。正在这时,她的手机短信声响起。

打开一看,发现是小白发的:"雒老师,今晚的月亮很美,能不能一起赏个月?"

雒青只觉莫名其妙,但又看了一眼方堃发的照片,来了兴致,便起身出门。

"喂,小白,你在哪儿呢?"半天看不见人影,雒青只好拨通他的电话。

"雒老师,您出了宿舍以后往东走,五号坑的方向。"

雒青只好继续往前走。

终于走到小白说的位置后,她远远看到月色下站着个人,便挂了电话。

"小白,你到底是要搞哪样?"雒青学着小白的台湾腔打趣,"在哪里看月亮不是看啦?"

那个身影缓缓转过来,雒青却惊讶到说不出话——眼前站着的竟然是方堃!

他怎么……

"你怎么回来了?"

"陪你赏月啊,"他弯弯眼睛,"省得你无聊骚扰小白。"

雒青愣了两秒,回头望去,不远处小白影影绰绰露着脑袋,还有几个八卦的群众往这边看。

"神经病。"

"你看你这人，咋一点不浪漫？"

方堃的回来，让雒青一时有些蒙，但她努力让自己保持清醒："谁要跟你玩浪漫，我困了。"

说完，雒青就往回走。

"哎！"方堃在她身后大喊，"明天一块上师母家蹭饭！"

次日，项昕之家客厅中，项昕之和郭士林端菜，方堃则和雒青擦桌子、拿筷子。

过了一会儿，项昕之端过来一大碗老鸹撒。

"这是……"雒青辨认几秒，惊讶道，"老鸹撒！"

"上次吃这个，还是在弄那个唐墓的时候……"郭士林喃喃道。

方堃显然也记得，脸上闪过一丝哀伤。

"对，当时是老訾做的，以前都是他做，我也照猫画虎学了一下，给你们养养胃，你们尝尝我这手艺还能凑合不？"

"哎！"雒青见项昕之端碗，连忙接过，"我来盛。"

"师母，您太谦虚了，"方堃笑了笑，"你不说我还以为是哪个饭店大厨做好送来的。"

雒青斜他一眼："油嘴滑舌。"

"吕氏家族墓要发掘的事，你听说了吗？"项昕之看他。

"听老郭说了。"

项昕之又看向郭士林："士林，还闹脾气呢？"

"师母，这件事我已经接受了，"他撇撇嘴，"就这样吧，还能咋的。"

"别灰心，我听张逢春说等做完尹村的项目，就让你上吕氏家族墓帮忙，到时候你们三个又能一起了。"

"三个？"方堃惊讶。

"对呀，还有你。你这次回来难道还打算回榆塞？"

"不回了。"

项昕之了然一笑："所以嘛，我已经跟省院的领导推荐了你，正好吕氏家族墓项目缺人，你也一并去吧，跟雒青搭个伴。"

雒青偷瞄了方堃一眼，隐隐期待着他的反应。

"师母，我回来前已经做好了打算，我不去省院，我想去市所。"

此话一出，大家都很意外。

郭士林忍不住抱怨起来："你得是脑子进水了，好好的省院不去来市所，我是'吊车尾'，没办法才过来的！我就是个血淋淋的例子，进市所这些年，天天脚不沾地地忙基建,一个大项目都没捞到,啥职称都评不上!你来干啥?"

"他啊,心在原上呢,"雒青无奈,"只有进市所才能去原上勘探。"

方堃会心一笑:"还是我雒青了解我。"

"但是市所的编制已经满了,你来了连编制都没有。"郭士林又道。

"那我就当个临时工,给你打下手。"

"你……真是病得不轻。"

两人说笑着,雒青在一旁沉默,将失落藏进眼底,唯有项昕之捕捉到了。

夜已深沉,雒青却在床上辗转反侧,无法入眠。

敲门声响起,随后是项昕之轻柔的声音:"睡了吗?"

"还没呢,师母。"

项昕之端着两杯酒进来:"喝两杯?"

雒青起身接过酒,笑了笑:"师母怪有情调的。"

"我是怕没有酒精助力,听不到你的真心话。"

"啥真心话?"

"非得让我挑明?你跟方堃,到底到哪一步了?"

被她这么一问,雒青索性仰头闷下一口酒,脸颊微微泛红:"如果不是要对尹村进行勘探,也许他就不会回来。说到底,他是为了尹村回来的,根本不是为了我。借着回来的契机,搂草打兔子跑来跟我告白,想着爱情、事业双丰收……作为同行,我能理解他,但是作为女人,我不能接受。"

说着,她看向项昕之,声音里透着几分委屈:"师母,您觉得我矫情吗?"

"当然不。方堃这个臭小子,还是不够成熟。虽然说男人心理比女人成熟得晚是正常的生理现象,但是你也不用惯着他,要给他一些苦头吃吃,让他明白一个道理,爱情不能是事业的副产品。"

项昕之慈爱地抚摸她的头发,眼中漾着无尽温柔。

"对,给他一点苦头吃吃!我也顺道清醒清醒,免得又是错觉一场。"

说罢,雒青和项昕之干杯,相视一笑。

郭士林把方堃带到了自己住的单身宿舍。

"你就在这儿跟我将就几天,虽然挤了点,但可以让你提前感受一下市所的条件。你现在反悔还来得及。"

"这条件比榆塞强多了……对了,你都结婚了,咋不回家住?"

"我家你又不是没去过,两居室六十平方米,光是我爸妈和我妹住就紧巴得很,加上我们两口子,连个下脚的地儿都没有。我们只能一个月回去一次,平时我住这儿,她住医院宿舍。每次回去,我妹都得上朋友家借住,弄得我媳妇怪不好意思的。"

"你不是打毕业就筹划着买房吗?"

提到痛处,郭士林怨气深重,唉声叹气起来:"你真是饱汉子不知饿汉子饥,买房有那么容易?天天泡在基建上,拿不出论文,评不上职称,上哪儿涨工资?市所的工资水平你了解过吗?"

方堃摇头。

"我真想捶你一顿,啥也没了解就一个蹶子尥回来了咧。"

方堃耸耸肩:"我一人吃饱全家不饿,钱够自己花的就行。"

"雏青呢,你就没考虑她的感受?"

"考虑她啥?"

"你是真傻还是假傻?"郭士林瞪大眼睛,"你啥也没考虑清楚,跑到工地看啥星星?"

"你咋知道?"

"这圈子屁点大,八卦跑得比火车都快。"

"她把我拒绝了。"

"活该,你是一点眼力见儿都没有,当着雏青的面咋能说为了尹村回来。"

"这是事实啊。"

郭士林无奈:"事实你也不能直说啊!"

方堃一头雾水:"我咋听不懂?这句话得罪她了?"

"女娃在意的是她在你心里的地位,你说为了尹村勘探回来,合着她在你心里的地位还比不上考古,她能好受?"

"这重要吗?反正我人已经回来了。"

"对于女娃来说,重要得很。"郭士林恨铁不成钢地看着他,直摇头,"上学的时候,我觉得你挺会跟女娃打交道的,谁知道你情商这么低。"

"我看你是多虑了,雏青才没有你想的那么狭隘。"

"算了,我跟你说不通,有这工夫我还是哄哄我媳妇吧。"

郭士林痛心疾首地看他一眼,随后不再理会,而是拨通了媳妇的电话,柔情蜜意地聊起来:"值班呢,晚上吃了啥?"

方堃受了启发,立刻编辑一条短信发给雏青:"我不光是为了尹村回来的,你懂的。"

那边的郭士林已给媳妇唱起了《老鼠爱大米》。

等了片刻，短信声响起，雒青只回复了一个字："哦。"

方堃百思不得其解，拿给郭士林看："这个'哦'是啥意思？"

郭士林看了一眼，神色复杂道："剧终，你俩没戏了。"

次日一大早，郭士林便带着方堃来到市所所长办公室报到。

"张所，我来报到。"方堃上前几步。

"小方，要不是项目时间紧，我也不好意思让你来。"张逢春面露歉意，"没有编制就来上班，传出去别人得说咱所不厚道。"

"没事，反正迟早会解决，我不急。"

张逢春略有为难："没有编制不光是咱所的问题，其实是全行业的通病。我听说全国省级以上文物考古事业编制不足两千，按照国土面积计算，一个在编考古人需要承担四五千平方千米的考古勘探和发掘任务。"

"张所，咱是吃地沟油的命，就别操全行业的心咧。"郭士林直截了当，"说点实在的，这次尹村勘探，您打算给多少经费？"

张逢春掏出一张条子："条子我给你们批好了，八千。"

"又想马儿跑得快，又想马儿不吃草，这活咋干？"

"我要是有钱还能藏着掖着？牛曳马不曳的，你娃能耐大，这所长给你当。方堃的编制你一并给解决了吧。"

郭士林拉着脸轻哼一声："我没那个能耐。"

"小郭，别哭丧着脸，你是去工作，又不是去吊孝。这活乐着干是干，哭着干也是干，干啥非得苦大仇深的。"

"您说得轻巧。"

"吃不到的肉都是香的！你要真想弄出点成绩，就好好在尹村历练历练，把工作做扎实。咱所缺人才，大项目就算落在咱头上，你们扛得起吗？打铁还得自身硬，尹村是个演武场。"

方堃见两人脸红脖子粗的，赶忙缓和气氛："张所，这经费我们先拿上，回头不够再来麻烦您。"

"你倒是活雷锋。"郭士林别过头。

"我对你俩是一百个放心，小郭这些年没给我掉过链子丢过人，方堃业务也是没得说。"张逢春清了清嗓子，恢复和善的笑容，"行咧，脾气也闹咧，牢骚也发咧，该开赴尹村了吧？"

齐有粮圪蹴在坝柳区政府门口，正一脸愁容，抬头看见马超越骑车过来，像是见到救星一样，赶紧凑上去把马超越拦下。

"马科长，你来得正好，给我行个方便。我来政府办点事，你们这门槛高，我腿短，得要条子才让进，麻烦你跟门口说一下让我进去。"

"办啥事？"

"我找区长，说一下我们村种樱桃树的事。"

"老齐，不是我说你，区长要连你们村种啥都要管，他还不得累死。"

齐有粮叹气："马科长，我跟你实话说了吧，是不是考古队要来我们村？"

"有这回事。"

"我们村的樱桃树今年刚种下，三四年后才能挂果。现在正是吃地力的时候，考古队一来，那不全毁了？我听别的村说，考古队下铲子，一戳一个洞，水和肥全都浇不进去。"

马超越摆手："你太夸大其词了，考古队守规矩，不可能把你地糟践成那样。不是有青苗补贴嘛，肯定最大程度降低咱们农民的损失。"

"我们不能为了这点补贴耽误树结果呀，要是连种地都误下咧，考这玩意儿有啥用？"齐有粮顿了顿，弱弱试探，"你们能不能让考古队别来？"

"尽说些不踏犁沟的话，人家是拿着公函进驻你村的，我凭啥拦？考古是咱的文化事业，经济与文化两手抓，懂不？"

"要我支持也行，来点实在的，你给我安排个农业专家，我听说有农业专家下乡指导种樱桃树。"

"我是管文旅的，这农业专家我上哪儿给你寻？再说，一个区只有两三个专家，就算把专家大卸八块也分不到你尹村。"

"那我不管，你不喊专家，我就不支持考古！"

"你这老汉犟得很。"见齐有粮执拗地梗着脖子争论，马超越无奈失笑，"能行，我有个同学在市农业局，这事我给你问一下。"

第六十二章 窘境

回到家中,齐有粮一直黑着脸,就算到了饭桌上也不例外。

"来娃去哪达咧?"像是好不容易寻到了什么错处,正愁一腔郁闷无法宣泄的齐有粮立刻开口询问。

齐小满回答:"说是他同学在外地包工程,他去看看有没有来钱的活。"

"他哪个同学?"

"陈家坡的。"

"他连个初中都没上,哪儿来的外村同学。这万货准是又黏在麻将摊子上咧。你也是个猪脑子,连个男人也看不住!"

齐小满委屈道:"一个吃奶的娃就够缠磨人咧,我哪有闲工夫管他……"

"你有邪火到外面发,别冲娃撒疯!"曹凤英立刻数落他,"不就是考古队要来,看把你愁的。"

"人哄地皮,地哄肚皮。这地要是捅个窟窿,你知道树上少结多少果?少挣多少钱?"

曹凤英摇头。

"本来种樱桃树也是为了拴住来娃,让他老实在家伺候地,断了滥赌的心思。"

"大,吃馍,"齐小满心疼地给他掰了块馍,"你甭瞀乱,考古队都是咱的老熟人,不会糟践咱的地。"

这时,院里传来了郭士林的声音:"有粮伯,在家吗?"

"准是考古的事,就说我不在。"

曹凤英无奈:"真是菜老不上桌,人老不开窍!说你不在人家这古就不考咧?"

方堃提着椰椰肉和酱牛肉,郭士林拎着酒,笑吟吟地站在院里。

齐有粮出来,一改往日的热络,冷冷地蹦出一句:"啥事?"

"伯,咱村那片经常被盗的地,我们打算做进一步的勘探。"

见方堃太过耿直,不懂周旋,郭士林忙道:"咱坐下来说,有粮伯,喝两杯。"

齐有粮却摆摆手:"胃疼。"

"伯,咱都是熟人,那我们就直说。"方堃说,"眼下我们得在尹村待上一段时间,还想住在您这儿,方便不?我们还有几个技工,明天到。"

齐有粮龇牙花子,摆出犯难模样。

郭士林补充:"住宿费还按以前算。"

"不是钱的问题。"齐有粮眼珠一转,"你们这探是个咋探法?不会给地捅个窟窿吧?"

"这您放心,我们勘探的前提一定是保护咱村民的土地,不踩踏秧苗,探洞就地回填。"

方堃的话有如一颗定心丸,齐有粮唔摸唔摸,回头喊道:"凤英,收拾两个屋出来!"

在客房里收拾着行李,方堃和郭士林聊起了齐有粮。

"有粮伯是不是对咱有意见?那眼神不太对。"

"这就叫利益面前的人性现实。"郭士林耸耸肩,"有粮伯还算有觉悟的,但一听咱要勘探,你看那嘴都撇到姥姥家咧。"

"解释清了不就得咧。"

"看着吧,麻烦还在后面呢,我这几年算是吃遍了和村民打交道的苦。三年前我们去村里踏查,有一户的大嫂非常支持考古工作,家里就一只老母鸡,还特地杀了招待我们。结果后来到了发掘阶段,要占她家的地,少一毛钱都不行,躺在地头拦我们的路。所以说,别拿利益试探人性,除了失望还是失望。"

"我不赞同。"

"没事,生活会掐着你的脖子让你赞同,不信走着瞧。"

齐大仓正在联合打击办大口扒拉着方便面,周永福快步进来:"齐队,大头的身份查出来了。他本名叫洪大同,商县人,无业游民,平时混迹在批发市场一带打零工。车用的假牌照,是一辆报废车,被大修过,我们基本查清来源了,出自东郊的一个报废车回收厂。"

齐大仓一把推开方便面:"走!"

周永福拿着照片与回收厂老板进行比对。过了一会儿,老板终于在入库资料里找到了:"寻见了,确实是我们厂里的!怪了,出库单上没有记录啊。"

齐大仓挑眉:"你是老板,少一辆车你都不知道?"

老板欲哭无泪:"警察同志,你们也看见了,我这厂里的车,没有几万,也有几千,我哪有这个记性?"

周永福也不客气:"照你这么说,你的车丢完了你都发现不了。"

"咋可能,平时都有人值班呢。"

齐大仓问:"值班的人是谁?"

"轮值,我带你们到员工宿舍问一下。"

他带着齐大仓和周永福到了员工宿舍,宿舍里却空无一人。

"哎……怪气,咋没人呢?"

他拿出手机,正要拨打电话。

齐大仓却突然注意到后窗动了一下,一个人影一闪而过。

像是猛然意识到了什么,齐大仓赶紧跳窗追了上去,周永福见状也疾步追去。

二人快步追着,很快看清了逃跑的人,是个精瘦的小伙子,大概是这里的员工。仗着对地形熟悉,他迅速跑出了厂。

齐大仓和周永福也不是吃素的,紧追不放,最后把精瘦小伙累得跑不动了,喘得说不出话,连连摆手求饶。

周永福也是快跑吐了,弯腰咳嗽着。

三个人对着喘了好一会儿,才算歇过来。

"你知不知道,"周永福没好气道,"我们齐队,以前拿过马拉松比赛的冠军?"

他哭丧着脸:"领教咧。"

"照我十年前的配速,你跑不出一百米。"

齐大仓说完,周永福开始盘问:"你叫啥?"

"王进。"

"跑啥?"

"犯事咧。"

"犯啥事了?"

"偷卖报废车。"

"卖给谁了?"

王进连连摇头:"不敢说。"

"得是大头?"

"大头是谁?"

周永福疑惑:"那你卖给谁了?"

"我真不敢说……"王进怯懦道,声音压得很低,"我不是贪钱背着老板吃里爬外,是买车那人逼我的,我一开始不想卖,他叫人把我狠捶了一顿,我没办法才卖给他的。我要是说了,他还得打我。"

"我们既然能查到你,就说明那人犯事了,而且事还不小,你把他交代出来，我们就有办法抓他，他进去了，还咋使唤人打你？"齐大仓眼神凛凛，"你要是不说，就是包庇罪，进去的就是你。"

王进犹豫了一下："其实……我也不认得他，只记得他找我的时候，中间接了个电话，说他叫刘树生，具体是哪三个字，我就不知道了。"

齐大仓看向周永福："马上查叫刘树生的人，先在有前科的人里头找。"

茶馆内，穆见晖将他"微型博物馆"里的文物照片递给华南王。

华南王一张张翻看着照片，瞠目结舌："表叔，你真系好劲，看来我还是低估你了。短短几年，居然攒了这么多宝贝，用你们秦川话说，让我眼馋得很！报个价吧。"

"痛快。三百万，你全拿走，咋样？"

华南王哈哈大笑："三百万可以，但是得加上那次你拿给我的那两件隋唐物件。"

"华南王，你明明知道那两件东西我已经出手了。"

"那就对唔住喽，少那两样东西，我只能给一百万。"

穆见晖好声好气："那两件隋唐文物，就算我欠你一个人情，改日我肯定给你几件更美气的。"

"还有改日？我听说弭县吕家寨出了大案，还折进去一个下苦，是你小舅子的人，这事你脱得了干系？"华南王意味深长地看着他，眼中没有一丝笑意，"表叔，不管你是想跑路，还是想金盆洗手，今晚这笔买卖，恐怕是我们最后一次合作了。"

"我现在是遇到了点小麻达，但是我还会在这行混，往后合作的机会还多得很。"

华南王连连摆手："你不用给我解释这么多，一百万，就这个价。"

"你想落井下石？"

"有这样的机会我为什么不抓住？"

"这些年你从我手上拿了多少货，赚了多少钱，我敢拍着胸脯说你一半的身家都是靠我。"穆见晖盯着他，"华南王，就算看在往日的情面上，我不求你多加两百万，起码加五十万吧。"

"你说得也有道理，我们之间也算是有些交情，不过要按钱论，恐怕也就五千块。我为人大度，不计前嫌，再多给你五千，凑一万，连带这些货一百零一万。"

"你真没有良心。"

"有良心谁会来盗墓？"华南王轻蔑一笑，"当然，不想卖给我，你也可以去找赵佑林。不过恐怕以你现在的处境,你就算给他提鞋,人家也不理吧。"

夜晚,黎远光提着一个破行李袋回来,在路边看到了穆见晖的车,车内空无一人,说明他已进了屋。

黎远光推开冰箱,进来一看,储藏室已经空了,只有穆见晖怅然若失地坐在里面。

"哥,东西咧?"

"我卖给华南王了。"

"啥时候?"

"今天下午。"

黎远光心有不舍:"那都是咱的宝贝,就这么卖了?"

穆见晖叹口气:"到了这个地步,还有啥能不能,给钱就行。"

黎远光却将破行李袋一掷:"咱有钱。"

说着,他接连掏出一沓沓钱。

穆见晖讶异地问:"哪儿来的?"

"我的五十万,兄弟们的十万。"

"钱我不要,远光,这事跟你们无关,你们别蹚这趟浑水。"

"哥,你要是不要,我就烧了。"

穆见晖看着黎远光笃定执着的眼神,心中五味杂陈,只好收下:"你们这份恩情,我记住了。"

"不说外道话,没有你,哪有我们。"黎远光又愤愤啐了一口,"可恨这些瓜怂,就知道往牌桌子上钻,挣得还不够造的,手里只剩这仨瓜俩枣。"

"够咧,往后赚了钱,我加倍还给兄弟们。"

山娃穿着看守所的衣服,剃了头,垂头丧气地坐在齐大仓对面。

"齐警察,我肚里的干粮已经竹筒倒豆子全都掏给你了,你还想刮出点啥油水?"

"肚里有脓,早晚得破。山娃,你的那点老底打没打撅清你自己心知肚明,我问你,你认得刘树生吗?"

山娃一惊,齐大仓捕捉到了这一细节,他顿时心里有数。

"没听过,不认得。"

"你也怕刘树生?"

"我认都不认得他,咋会怕他?"

"你人在看守所,他势再大都拿你没办法,你为啥还这么怵他?"

山娃情绪明显激动起来："我真不认得他，你别再问了！我啥都不知道！"

见他这番神态，声音也颤抖起来，齐大仓突然想到了什么："得是他对你知根知底，你怕他拿你家里人开刀？"

山娃终于绷不住了，双手抱头痛哭出声，嘴里呜咽："没有，我不认得他……"

"那你哭啥？"

"我想媳妇和我娃了还不行？"

齐大仓没有追问下去。

杨青石在车里等，看到齐大仓快步从看守所走了出来。他一上车就催促道："杨队，走，去山娃老家。"

等车开到镇上了，齐大仓又想起什么，忙道："我这警车进村太扎眼了。"

"对，山娃进去了，他老婆和娃以后还得在村里做人。"杨青石认同地点点头，"你换身便服，咱们打个的过去。"

齐大仓两人来到山娃家门口，这家人住的还是以前的老房子，看起来确实比邻居家都破一些。

杨青石敲门。

不一会儿，一个中年妇女开门，看到他俩眼生，狐疑道："你们找谁？"

杨青石开门见山："是山娃家吧？"

"是。"

"我们是来办案的，"杨青石压低声音，"想找你了解点儿情况。"

"了解啥？"

山娃老婆很紧张，明显不想让他们看到门里面，眼神总往里飘。

齐大仓注意到了这一细节，提议："门口不方便，咱还是进去说吧。"

山娃老婆没法拒绝，只好让出门口。

她一边进，一边故意抬高音量："两位同志，一路上渴了吧，我给你们倒水去！"

齐大仓和杨青石在屋内落座，都注意到一间卧室房门紧闭，山娃老婆还不时紧张地看向那扇门。

"最近各方面都还好吗？"齐大仓关切询问，"有没有碰到啥困难？"

山娃老婆迟疑了一下，违心道："好着呢，都好着呢。"

齐大仓环视四周，注意到电视柜上放着一卷绷带和一些药，山娃老婆赶紧搬个凳子坐过去，用身子挡住。

杨青石紧接着问："儿子呢？没在家？"

她干笑两声："娃这几天身上不美气，睡着呢。"

"咋不美气了？"齐大仓又看了房门一眼。

"夜里浇地，伤风了。"

齐大仓和杨青石默契地用眼神打了个暗号，杨青石立马起身："还真有点渴了，有水吗？"

"我，我去倒。"

"没事，我倒就行，得是这个屋？"

不等山娃老婆阻拦，杨青石已经快步推开了卧室门，就见山娃儿子正坐在床头，鼻青脸肿，胳膊还缠着绷带。

"这娃咋咧，伤成这样？"

齐大仓闻声起身过去，看到山娃儿子的样子，也很是震惊。

山娃老婆快急哭了："夜里黑，骑车摔的。"

齐大仓过去察看山娃儿子的伤情，立刻明白这不可能是摔的。

"骑车咋可能摔成这样！"他有些恼怒，"娃，你得是叫人打了？"

山娃儿子看着自己妈的眼色，怯懦地摇头。

山娃老婆努力克制着眼里的泪，哽咽着否认："我娃乖得很，平时也不惹事，咋会跟人打架嘛，就是摔的。"

杨青石蹙了蹙眉："是不是有啥人吓唬你们了？"

"没人吓唬，没人吓唬……"她拼命摇头，"我们都是老实巴交种地的，谁都不认得，真没人吓唬。"

杨青石见问不出什么，只好从兜里掏出钱包，把里面的票子全塞进山娃老婆手里。

她有些发蒙："这是干啥呢？"

杨青石在纸上写下号码，道："拿着给娃看伤。这是我的手机号，再有人吓唬你们，打我电话。"

说着便与齐大仓转身出门。

第六十三章 技工

齐大仓脚步里仿佛都带着怒气，走了几步后，对杨青石大声道："又叫刘树生抢了先！赶紧把这个毒瘤给我连骨头带筋拽出来，我非得拿刀给它划开，看看能挤出多少脓！"

"你也别急，事得一步步来。"

"等等，"齐大仓突然想到什么，"杨队，你把钱全给了山娃媳妇？"

"咋咧？"

"那我们咋回镇上？"

"你没带钱？"

"钱包在警服里头，警服在车上。"

"你能！"

齐大仓灵机一动："要不，我们再要二十回来？"

杨青石不可置信地盯着他看了半天，叹口气。

"哎，"齐大仓摸不着头脑，"不行吗？"

杨青石痛心摇头："大仓，平时多吃点核桃，把差的这点成色赶紧补回来。"

不多时，一辆农用三轮车载着一只猪，猪旁边挤着两个身材魁梧的男人，一路小风嗖嗖，三轮车行驶在回镇的路上。

杨青石想，这辈子应该不会忘记近在咫尺的猪粪味了。

技工到位，郭士林和方堃带着技工老鹿和他的徒弟吕江河、徐茂娃、李奇围着尹村待勘区域走了一圈。

六人对周围的土地进行测绘，校准，在勘探记录表上登记信息。

郭士林咔咔一通拍照，记录着关键的地理坐标。

在黑陶俑出土的地方，他们下了第一铲。

"这次的普探以黑陶俑出土的地方为中心，先追一追，注意一下，看看五花土能有多远，范围有多广，我们卡一下这个墓的边。"方堃说。

郭士林也应和："咱们人手不够，但是工作还得做细。"

开工了，众人立即下铲。

到了午饭时间，齐小满提着篮子来给他们送饭。

"歇歇吧，吃饭咧。"

他们围了过来。

"方哥，郭哥，"齐小满好奇张望，"你们的探孔在哪达？"

方堃起身，带着齐小满看了看探孔。

"小得很咧。"她不由感叹，又试探着问，"不影响种地吧？"

"不会。"

"那探完还有别的工程吗？"

"说不好，"郭士林抿嘴，"得看具体的勘探结果。"

见齐小满张了张唇，似乎欲言又止，方堃问："小满，你是不是有啥事？"

"没啥事，我就随便问问。"

"都不是外人，你要有难处就跟我们说，是不是有粮伯有啥顾虑？我们这次来看他好像有心事。"

被他这么一问，齐小满终于叹口气："我村好地不多，眼前这块是最好的，主要是为了种樱桃树。他怕你们勘探弄坏了地，为这事瞀乱，好几天睡不着觉。"

方堃了然于胸："放心，我们心里有数。"

"我大是个心直口快的人，他没有坏心，要是他态度不好你们多担待。"

"我们不会往心里去，这事经历得多了。咱这文物事业，是公共文化事业，说白了，是为公共利益服务的，难免会耽误个人的事。"郭士林无奈笑笑，"碍人眼，不受人待见，正常很，有次我们的技工师傅还差点让人打咧。"

方堃也道："小满，日子有难处跟我们说，就算帮不上忙我们也能给你出出主意。"

齐小满很是感动，连连点头："得行。"

回到房间里，眼见李春来正翻箱倒柜，把衣服摊了一床，齐小满疑惑道："你翻啥咧？"

李春来心虚："我那衬衣在哪达，明天有场喜事，得穿得正式些。"

齐小满从一堆衣服里扒拉出衬衫："就在这儿嘛。"

"给我烫一下。"

说完，李春来就往外走，谁知却被齐小满一把拉住。

"拿出来。"

"拿啥？"

"我现在是给你脸，把东西交出来，这事我当没发生。"

李春来仍嘴硬："胡咧咧啥？！"

齐小满见李春来不松口，不再和他争辩，直接上手摸李春来的口袋。李春来不肯，两个人争执起来。谁知道齐小满力气大得很，一把将李春来的裤口袋撕下来，金耳环掉在地上。

齐小满恨铁不成钢："贼骨头！"

"你嚷嚷啥，这还是我掏钱买下的！"李春来直冒火气，"反正你也看见了，我给你撂实底，我有点外债，人家说了还不上就来家闹。我是不怕，你大好歹也是个人物，到时候丢人现眼的可是他，你掂量吧。"

齐小满抄起枕头朝李春来砸去："不要脸！"

"咋，想动手？"李春来眉毛一竖，"反正你大你妈不在家，我今天非得让你服气！"

夫妻俩拉开架势，谁也不让谁，宛若一场狮虎斗，厮打起来。

考古队收工，方堃一进院就听见了争吵声和砸东西声，丁零当啷的。

"是不是打架咧？"方堃问。

"人家夫妻的事别掺和，免得惹得一身骚。"老鹿提醒他。

"不行，万一动手咋办？"说着方堃便冲了进去。

什么情况？方堃一进去愣住了。

原本以为齐小满会吃亏，没想到她把李春来压在床上，后者毫无招架之力。

"方哥救我！"见方堃进来，李春来连忙号叫，"这女人发疯咧。"

方堃冲上前去："小满，别动手，有话好好说。"

郭士林和两个技工也进了门。

小满站起来，李春来一个鲤鱼打挺起身，缓过劲来，朝小满就要扇过去。郭士林和吕江河眼疾手快地把他摁住。

"来娃你别犯浑，打女人算啥男人！"郭士林怒道。

"这女人要疯，把我脸挖了个满脸花。再不治她，她就得上天。"

"想撒野是吧，来，跟我比画比画。"吕江河作势撸起袖子，"我这辈子最恨男人打女人，你敢动小满一根手指头，我把你胳膊卸了。"

李春来识趣，当下就变了脸色，嬉笑道："我就是过过嘴瘾，疼她还来不及，哪敢打她。"

齐小满眼圈泛红，咬了咬嘴唇："让你们看笑话了。"

"来娃，"方堃皱眉，"你是不是又去赌咧？"

"不光去赌，还想偷我的金耳环还债！"齐小满愤恨地盯着他。

李春来狡辩："最近没活，我也是想挣点家用。"

"我早就警告过你，那牌桌子能是挣钱的地儿？"方堃也很生气。

"我又没别的手艺，一睁眼就是钱钱钱，咋办吗？"

"你想当技工吗？"郭士林突然发问。

众人一愣，都很意外。

李春来也蒙了："这活……挣钱吗？"

"那要看你用不用心学，现在考古项目多，技工缺口大，一个好技工大家抢着要。像老鹿和江河，这一年都没得歇。老鹿靠这门手艺，养了两个大学生。你要肯学，这两个就是现成的师父。"

李春来犹豫。

"学，肯学！"齐小满连连应下，"来娃脑子不笨，学东西快得很，师父们愿教，他肯定好好学。来娃，还不认师父。"

被媳妇这么一劝，李春来揉了揉乱糟糟的头发："行吧，我跟你们学。"

齐小满立刻喜笑颜开："我去炒俩菜，搞个拜师宴！"

她一离开，方堃便立刻把郭士林拉到房间。

"你咋能让来娃进考古队，他是那块料吗？你让他学当技工，还不如让小满来学！"

"我知道来娃不是那块料，可是眼下有粮伯家五张嘴，就他一个壮劳力，整天黏在牌桌子上，像啥话。"

"老郭，你可不是爱管闲事的人，说实话，你到底想干啥？"

郭士林笑了："我就知道瞒不住你。"

"别卖关子。"

"有粮伯对我们有意见，万一哪天使个绊儿，我们这工作还干不干？我这是未雨绸缪，给来娃找个活计，行不行的先忽悠他干着，有粮伯一看来娃都成了考古队的人，那心眼子还不得向着我们。"

听罢，方堃舒展眉头："你这心眼子也够多的……既然人都进来了，我看咱们也得好好教，他要是真学，也算浪子回头。"

次日，尹村地头，方堃递给李春来一把探铲。

"这是咱们常用的探铲，民间俗称洛阳铲。"

"这铲跟洛阳有啥关系？"

"传说一百来年前，洛阳附近有个盗墓贼叫李鸭子，他发明的。后来咱们文物工作者加以改进，在铲头上安了杆，以便打穿地层，了解地下堆积情况。"

李春来若有所思，片刻后，眼冒金光地发问："是不是这铲下去，磕到硬东西，就是有宝贝？"

方堃立马板起脸，略有愠怒："你给我端正意识。考古不是挖宝，挖坟掘墓寻宝那是盗墓贼干的事。"

郭士林也在一旁补充，神情严肃："以后可别让我们听到'挖宝''宝贝''国宝'这些词，考古人最烦听到这些，我们和盗墓贼可是势不两立！"

李春来只得讪讪一笑："我知道，你们是做学问。"

"千学不如一看，千看不如一练。"老鹿摆好架势，"来娃，你照我这样，下一铲子试试。两脚呈丁字步，左脚在前，右脚在后，身子前倾。"

李春来照猫画虎，下了一铲。

老鹿却直摇头："臂力不行，亏你还是个大小伙子，力气还不如你媳妇。来，右手在上握杆，左手在下把方向，杆要握紧，下铲要利……"

指导完，他利落地下了一铲子。

李春来也下了一铲，但明显歪了。

方堃宽慰道："没事，这是手上的功夫，纯靠练呢。"

"先跟在我屁股后面看，一会儿找没人的地方练，练好下铲子我再教你看土。"

老鹿说完，往前探着，李春来亦步亦趋地跟在他身后。

忽然间，老鹿停下手，捡起了一个残破的瓦当。他把瓦当放进标本袋里，并做好了信息标记。

李春来好奇道："这瓦片是个啥？"

"这叫瓦当，古建筑檐头上有筒瓦，筒瓦最前面盖着的就是瓦当。"

李春来听得云里雾里，十分不解："说半天就是个古代的瓦，你捡它干啥？"

"这是文物，勘探的时候遇上记得收集起来，还得标记好在哪儿捡到的。"

"文物？那这瓦当值钱吗？"

"问的啥话，要是让方师和郭师听见又得骂你。"老鹿没好气地瞥他一眼，"张嘴闭嘴钱钱钱，这文物的价值能用钱来衡量吗？"

"师父别生气，我这不是没文化嘛。"李春来立刻恭敬地给老鹿捶背，展开笑脸，"对咧，师父，这片地底下埋的是谁呀？"

"我要知道我就不是技工咧，我得去当教授。"

"肯定是个大人物，要不公家也不会让你们来探。"

"你娃屁话真多，专心点。"

第六十四章 分道

月上树梢，万籁俱寂。忙活了一天后，李春来瘫在床上直哼哼。
"累死我咧！"
穿着睡衣的齐小满扶住他的腰，给他按摩着，无奈道："好点了吗？"
"轻点轻点，我是你老公，不是你仇敌，下手咋这么黑。"
听到李春来抱怨的话，齐小满挑起眉，直数落："你是懒汉当惯了，长了一身懒肉。咱大伺候庄稼也累，回到家照样干活，不像你朝炕上一趟，比吃奶的孩子还能号。"
李春来翘起嘴巴轻哼一声："伺候庄稼能跟我们考古比？"
"哟，"齐小满忍俊不禁，"这才干了一天，就成了你们考古？"
李春来得意扬扬："那当然，你老公现在可是正儿八经的考古人。老鹿说了，技工干好咧还能当技师，技师上面还有高级技师，国家给发退休金。别看咱只有小学文化，没准将来能指挥研究生咧。"
"先别做美梦，鹿师教下的你都学会咧？"
"那是当然，你老公啥脑子。"
"那你给我说一遍，今天都学了啥。"
"说了你能懂？"李春来故意卖关子，斜眼瞅她，"考古是做学问，你把锅台上那点事弄懂就得咧。"
齐小满催促起来："快说说，我想听咧。"
李春来继续拿腔作势，朝左边努嘴："这左边肩膀还是酸。"
齐小满给按左肩。
"右边肩膀有点麻。"
齐小满顿了顿，又将手伸向右肩。
"脖子也不得劲。"
这下齐小满狠狠掐了一把他的脖子："说不说！"
"我说我说！"李春来嗷了一声，连连求饶，"今天教了咋下铲……"
"咋下？"
"右手握杆，左手把方向，杆要握紧，下铲要利……"
齐小满索性跳下床，抓起探铲，按照李春来所说比画着。
"屁股不对，撅起来。"

她没多想，依言撅起屁股，李春来却在身后夫妻调情般轻踹一脚，然后大笑起来。

"没正形！"齐小满站直了身，瞥他一眼，语重心长道，"方哥、郭哥帮衬咱，你可得好好学，别掉链子。人有薄技不受欺，往后也让别人高看咱一眼。"

"我心里有数……"听到她又开始说教，李春来有些不耐烦地摆摆手，将她的注意力转向别处，"过来，给你看样东西。"

说着，李春来从怀里掏出一块残破的瓦当。

"这是啥？"

"瓦当，古人盖房用的，别看破破烂烂的，还是文物咧。"

齐小满惊讶："文物你咋能拿回家？"

"我拿回来做个标记，记下在哪儿捡到的，回头我就交给方堃。"李春来连忙辩解，"瞅你那眼神，好像我是个贼。"

齐小满扑哧笑了，和他打趣着："谁让你长得贼眉鼠眼，不偷都像个贼。"

客房中，方堃正将收集的瓦当标本登记好，准备附上编码。思索几秒后，他转头看向身旁："老郭，这几件遗物标本，编号是写窦陵外采还是写啥？"

郭士林略略停下手中动作："你觉得呢？"

"依我的意思……写尹村外采，毕竟墓主没确定。"

郭士林点头："能行。"

方堃记好后，接着又拿出米格纸，开始对着瓦当绘图。

"哎，老郭，话说明天休息你不回去？"

"不回。"

"别呀，来之前张所可叮嘱我了，千万别因为勘探耽搁你两口子要娃，该歇还得歇。"

郭士林扫他一眼，说："你们真是咸吃萝卜淡操心，早点勘探完，我们也能早点上吕氏家族墓。"

"这事急不得，勘探的进度我们说了不算。"

"我是替你着急，吕氏家族墓考古队成立了，你猜有谁？"

方堃想了想，说："不会有侯月来吧？"

郭士林意味深长地笑了笑："老话说得好，近水楼台先得月，你自己掂量吧。"

次日，雒青和小白边说话边从省考古研究院走出来。

"你也是厉害，居然能申请到吕氏家族墓实习。"雏青笑了笑，"不过，这次你可别以为像上次踏查那么简单，我们这次是系统发掘，和老百姓打交道的机会多，杂事也不少。"

"明白！"小白点头，"雏老师，今天是不是去吕家寨谈租房？"

"对，我们先去打前站，做好考古队入驻前的准备工作。"

两人正聊着，路边的侯月来站在车前，朝雏青招手："雏青。"

"师兄。"

雏青迎上前，简单打了个招呼，又向小白介绍："小白，这是我的大学学长，也是咱们院的文物鉴定专家侯月来老师。"

"侯老师好，我是实习生小白。"

两人礼貌地握了握手。

侯月来松手，说："上车。"

雏青有些蒙："啥意思？"

"你不是要去吕家寨吗，难道要靠两条腿？走，我来给你当司机。"

"不用，哪能耽误你工作。"

侯月来笑眯眯道："这就是我的工作，我已经申请加入吕氏家族墓考古队了。"

"啊？"雏青惊讶，"你一个搞鉴定的下田野干吗？"

"先上车，路上说。"

见状，雏青和小白只好先上了车。

侯月来发动车辆，平稳行驶在路上。他扫了眼后视镜中端坐的雏青，道："做了这么多年文物鉴定的工作，我觉得有必要回归一次田野，尤其又是祖师爷的墓，现场和实验室绝对是截然不同的感觉。"

听罢，雏青深以为然："确实，不过我们前期都是准备工作，等到了发掘阶段你再加入也不迟。"

"你们缺人手，我提前进来帮个忙呗。你看这才几天，你都瘦了。"

"哪有瘦，师兄，你的眼镜该换了。"

侯月来淡淡一笑，状似无意问："听说方堃回来了，是不是也要来吕氏家族墓？"

雏青愣了一瞬，语气硬了几分："他才不来，人家可是为尹村回来的。"

小白在一旁竖起耳朵静静听，突然觉得侯月来对雏青的感情颇为微妙，于是添油加醋道："雏老师，方老师可不光是为尹村回来的，你别忘了那天晚上……"

雒青瞪了他一眼："闭嘴。"

"改天把方堃叫出来吃顿饭，我还挺想跟他聊聊天的。"侯月来说。

雒青立刻没好气道："跟他有啥好聊的，张嘴闭嘴贱兮兮。"

不多时，车停在了吕富贵家的外面。

雒青介绍道："这是吕富贵的家，他是吕家寨的文保积极分子，我建议考古队设在他们家。"

侯月来点头："行。"

下了车后，雒青走上前敲门，片刻后，吕富贵的妻子开了门。

雒青笑容灿烂："大嫂，我们是考古队的。"

"哦，"她迟疑了一下，才让开身，"进。"

进到院子里，小白东张西望，不由感叹："哇，这里很适合当我们的考古基地！"

中年女人不解地瞅他："啥基地？"

"大嫂，"雒青正色道，"富贵哥在家不？我们想和你们夫妇商量个事。"

"他不在，下地咧。"

"那行，我就跟您说，我们想把您家闲置的房子租下来，我们考古队驻扎在这儿。我们听说富贵哥热心于文保，住在您家我们放心，毕竟进入发掘阶段，文保安全还要靠咱们文保员。"

"这个……"

见她面露犹豫，侯月来连忙补充："大嫂，我们会按照市价付房租。"

"不是钱的事，"吕富贵妻子摇头，"是俺家亲戚过阵子要来，家里住不开。"

闻言，雒青只好放弃："哦……行，那我们就再去村里找找看。"

离开吕富贵家后，三人继续在吕家寨转悠。

"我看那位阿姨……好像很不愿意租？"回想起方才的事，小白忍不住开口道。

"房子是人家的，租不租是人家的权利。"雒青语重心长，"跟当地人打交道，得遵循一个准则——保持尊重。"

侯月来会心一笑，不由得竖起大拇指："雒青，你是越来越有领队风范了，看问题一针见血，做起事来雷厉风行。"

"师兄，夸张了。"

小白在一旁偷偷撇嘴。

这时，雒青的手机突然响起，她一接，发现是方堃打来的，便语气不善:"干吗？"

"咋,吃辣椒了火气这么大？关心关心你嘛。"正在田间地头午休的方堃听到雒青口气很冲,故意调侃一番。

"谢了,"雒青敷衍,"吃得饱,睡得着。"

方堃似有些许委屈:"你咋不问问我？"

"听你中气十足,还用得着问吗？"

"听说侯月来进考古队了,他一个做鉴定的下田野干啥？"

"师兄力求上进,想下田野提升一下学术水平,咋的,还得经过你同意？"

"我这不是关心关心他的近况嘛。"

"行啊,师兄也很想你,改天你来吕家寨探班,大家聚一下。"听到他讪讪的声音,雒青心情莫名好了些,"尹村勘探得怎么样？"

像是早就等着她问这个问题,方堃话匣子一下打开了,兴奋地絮絮叨叨起来:"有我在那还用说？全村上下大力支持,连来娃也被拉进考古队了。你知道我现在捡到多少个文物标本了？有三个瓦当、两个筒瓦……"

"好啦,"雒青不耐烦,打断了他,"不听你絮叨了,我们也要工作了。"

挂断电话,侯月来迫不及待地问:"是方堃吗？"

"是,聒噪得很。"

被雒青果断挂完电话后,方堃碰了一鼻子灰,正有些黯然,忽然又收到了小白的短信:"方老师,我也在吕家寨,需要情报员不？"

这消息来得太及时,方堃不假思索,几乎是秒回:"需要。"

小白回复:"请我吃饭。"

"么麻达,养你都行。接完电话雒青啥反应,有没有说想我？"

"说你聒噪。"

方堃的视线在短信那几个字上反复移动,默默回味片刻后,他将双手枕到脑后,脸上渐渐浮现笑容。

彩超室内,医生拿着探头在刘树兰的腹部按压游走,监视器上可以看到孩子的影像。

"就是胎心有些不稳,没什么大问题,你看,这是孩子的小手,还摸自己脑袋呢……"

穆见晖看着这一幕,双眼有些湿润。

"没有剧烈运动,宫内也不缺氧,可能就是跟孕妇心情有关。这都快生了,还有什么想不开的,回去尽量卧床,保持心情轻松愉快。"

听完医生的宽慰和嘱咐，穆见晖看了一眼刘树兰，她眉头紧皱，忧心忡忡。

回到家，穆见晖给刘树兰脱下鞋，按摩足底。

"脚底板硬得很，咋，有心事？"

面对他的打趣，刘树兰仍旧沉默。

"跟我还逗闷子，有啥话是咱夫妻俩不能说的？"

"这话我应该问你。"

像是终于下定决心，将一切情绪都酝酿完毕，刘树兰忧心忡忡地开口："你成天啥事都不跟我说，以前就咱俩，我睁一只眼闭一只眼也就过去了，天塌了大不了我跟你一起担。可自从怀了这个娃，我这心一天比一天窄，养个娃二十年，咱要是有个啥事，这娃谁管呢！"

说着，她的眼泪已经控制不住，哗啦直流下来。

文雯端着一杯热水过来，忙道："嫂子，喝杯水，孕妇可不敢情绪激动，有啥事你慢慢说。"

"你看连文雯都懂这个理，别哭了，万一再动了胎气……"穆见晖轻轻给刘树兰拭去眼泪，"能有啥事？我啥事没跟你商量？"

"你连房子抵押了都不跟我说，要不是出事了，你为啥要押房子……"

原本心略微悬着的穆见晖突然松了口气，无奈失笑："闹了半天就为个这……店里进货出货，总有压货的时候，把房子押在银行几天凑个货款，等货出了再赎回来，南市做生意，家家店都是这个路数。"

"真的？"

"你长着腿呢，去打听打听嘛。"

刘树兰这才止住眼泪。

穆见晖忍俊不禁："你看看，两行'黄金豆'白洒了。"

"嫂子，穆哥，我头回见你们这样的夫妻。"文雯在一旁捂嘴笑，"俺村的男人光知道使唤女人干活，吆五喝六的，女人也光会倚着门边号丧骂街，哪像你们这样甜蜜蜜。"

"听见了，树兰？"穆见晖得意一笑，"你对你这个模范老公还有啥不满意的？"

刘树兰勉强一笑，语气却仍显沉重："老穆，咱现在挣的够花了，本本分分伺候好这个店就行，别再胡折腾了。"

穆见晖开玩笑："人到四十五，正是出山虎。你老汉刚要当爹，你就要我退休。"

刘树兰又不高兴了。

"难怪人家说孕妇变脸比川剧变脸都快,成,都听你的,谁让你是俺儿他妈呢。"穆见晖连忙哄她,悄然转移话头,"对了,我这一向给咱儿选了好些名,你也过过眼,挑一个。"

穆见晖把一本《楚辞》递给了她,刘树兰打开一看,里面夹了一张纸,上面写了很多名字。

"穆怀瑾……穆扬波……穆嘉树……穆乐康……"刘树兰口中念念有词,"哎,这个乐康好,快乐健康,你们觉得呢?"

文雯点头附和:"我也觉得乐康好!"

穆见晖抿嘴一笑:"行,儿他妈定。"

夫妻二人都沉浸在此刻的幸福中,共同期待着盼望许久的小生命的降临。

第六十五章 盯梢

秦川市公安局文物稽查大队会议室内，齐大仓正在给赵丰汇报工作。

"经过这段时间的摸排，刘树生的底基本已经摸清。此人今年四十岁，初中没上完就开始混社会，打架斗狠、收保护费、当'鸡头'、开赌场，就没他不沾的，也是几'进宫'的人了。后来结婚生娃后安分了一些，搞了个物流站——树生物流。这物流站表面打着车队的旗号，实际干了不少违规的勾当，而且车队里的人个个好勇斗狠，没人敢惹。"

"这不就是典型的黑社会行为嘛！"赵丰蹙眉，"那他跟盗墓有没有啥关系？"

"暂时还没查到，但是有个事很惹眼。"

"啥事？"

"我们调查了他的社会关系，发现他有个姐夫，叫穆见晖，是在南市开古玩店的。"

"古玩店？"

"结合以上情况，我认为，洪大同和邢兆虎背后的人一定是刘树生，而且这个穆见晖很可能就是个突破口。"

听罢齐大仓的分析，赵丰点点头："你的感觉没错，但是咱这次好不容易咬到大鱼了，可得谨慎，没有证据不能下竿，鱼一惊就再也抓不着了。"

"您的意思是？"

"满屋跑老鼠，肯定有窟窿。盯死刘树生和穆见晖，让他们先经营着，我不信他们不露破绽，"赵丰眸光一闪，"等到时机成熟、人赃并获的时候再动手。"

"是！"齐大仓、周永福、小杜齐声道。

得到上级认可后，几人连忙开始行动。

小杜将车停在刘树生家不远处，见刘树生开车出门，赶紧悄悄跟了上去。

开了一会儿后，刘树生将车停下，走进了物流站。

小杜见状，掏出手机给小贾打电话："刘树生进物流站了，换你了。"

"收到。"

一辆货车后面，小贾假装正在收废品，双眼则死死盯着里面的动向。

这边，何小凤正在超市买菜，在不同冷柜间走走停停。

周永福推着购物车，不紧不慢地跟在她身后。

穆见晖从家里开车出门，齐大仓闻声连忙提起精神，驱车跟上，却又保持适度距离，不至于太过明显。

不多时，车停在了未名轩门口。

见穆见晖进了店里，齐大仓在隔壁寻了个隐蔽的位置蹲守，留意着来往未名轩的人。

夜幕降临，未名轩一天都没有动静。

齐大仓打了个哈欠，就在这时，一个提着黑色皮箱的人进了未名轩，穆见晖笑脸相迎，转头把门关了起来。

这一举动引起了齐大仓的警觉。他弓起背，困倦一扫而空，聚精会神地盯着店门，眼也不眨。

过了两个小时，那人才出来，但手里的箱子没有了。

齐大仓眸光一闪，立刻跟上了他，并在他进了停车场后，记下了他的车牌号。

案情分析会上，众人正盘点着连日来的摸查结果。

赵丰环顾四周，问道："这几天蹲坑守候，有没有异常？"

小杜率先摇头："刘树生基本上不是在家就是在物流站，来往的都是旁边批发市场的，没有看他跟生人接触过。"

"他老婆何小凤也挺老实，"周永福答，"买菜，逛商场，就这两件事。"

"大仓，"见刘树生夫妇这边暂无突破口，赵丰又将目光投向了齐大仓，"穆见晖这边呢？"

齐大仓清了清嗓子，将观察得来的结果一五一十汇报出来："他家有三口人，两口子加一个小保姆。他老婆怀孕了，几乎不出门。穆见晖生活很规律，除了去未名轩，哪儿也不去。前两天，他店里来了个人，走的时候手里的黑色皮箱没了。我从侧面了解到，那人是放贷的，穆见晖把店面和房产全都抵押出去了，那箱子里很可能是钱。"

"他筹钱弄啥？"听罢，周永福没忍住发问。

"他生意做得算不上好，但也不算差，要说周转急需钱，可能性不大。"

赵丰接话："你怕他跑路？"

"不是没有这种可能。"

"先不下结论，"赵丰态度谨慎，"小杜你去盯着穆见晖，要是有跑路的苗头，及时知会。"

"得行。"

"大仓，"他又道，"你得去盯一下刘树生咧。"

"师父，得是你那活棋用上咧？"

"鱼饵放下去咧，看来刘树生这条鱼是饿坏了，一下子就上了钩。"

见两人心照不宣地笑了笑，周永福百思不得其解："你俩打啥哑谜？我们听得云山雾罩。"

赵丰解释道："我有个线人，这几天我托他去跟刘树生接触，要那批货。估计刘树生也是熬不住了，同意明天中午在红惠饭店交易。永福在饭店蹲着，大仓蹲刘树生，咱抓他们个现行。"

"得行，咱这次口袋阵布得好，只等刘树生一跳，咱把绳一拉，来他个口袋抓蛤蟆。"齐大仓干劲满满地握紧拳头。

赵丰点点头，语重心长地嘱咐众人："再牢的阵也有漏风的地，都给我把眼珠子瞪圆。绳捆三道紧，账算三遍稳。到了这一步，就得一气呵成，稍微出点岔子，前功尽弃。"

"明白！"

天幕的蓝由深转浅，远处山头正被红日洒上熠熠金光，狗吠声和鸡鸣声时不时交错响起。

一宿过去了，小杜打着哈欠，窝在穆见晖家外的墙角，依旧没有发现穆家的异常。

卧室内，穆见晖正把饭菜端到脸色发黄的妻子床边。

"树兰，我喂你吃些鸡蛋羹，吃完我拉你出去转转。"

"不转咧，"她虚弱地摇头，"我这腿浮肿得很，走两步就难受。"

"我刚跟徐大夫通了电话，她说孕晚期浮肿很正常，可能是咱儿太大，压着你咧。"

刘树兰不由叹气："麦怕地里旱，苗怕肚里黄。越是临近预产期，我就越忍不住瞎想。"

穆见晖抚着她的肚子，柔声安慰道："咱儿福大得很，走，咱出去逛逛，多走走你就不瞎想咧，对你生产也有好处。"

"上哪达逛？"

"去娃他舅那儿。"

刘树兰一怔："生娃？"

"你看看，说到他舅你还寻思一下。"穆见晖忍俊不禁，"娃就树生一个舅，咱得多走动走动，不能像以前那样咧。"

刘树兰听罢，觉得在理，便点了点头："还是你想得周到，我娘家门上就这一个亲人，生了娃还得仰仗他们照应。"

说着，她稍稍振作了些，艰难起身。

由文雯扶着下了楼，刘树兰瞧了眼身旁丈夫，奇怪道："见晖，你咋还提着个箱子？"

"洪老板给了套好茶具，我给树生带上，"穆见晖故作轻松地指向手中皮箱，神色并无任何异常，"咱到娘家走动总不能空手吧？"

刘树兰却面露犹疑："是茶具还是……钱？"

穆见晖心中一紧，略微侧过头，藏起了眼底闪过的窘迫："先上车，回头我再跟你细说。"

角落阴影处，小杜将这一切尽收眼底。

日头高照，刘家外的拐角处，正静静停着一辆黑车，齐大仓等警员在此蹲守。

这时，齐大仓忽然接到了小杜的来电。

"齐队，穆见晖带着老婆出门咧，还提了个箱子。"

齐大仓一怔："啥样的箱子？"

"行李箱，挺大，看着沉得很。"

齐大仓警惕起来，皱着眉头："那箱子很可能装的是钱，你跟上他，他要是往火车站或者机场方向开，立马汇报。"

挂断电话，齐大仓看了下时间，已至十一点。

时间到了十一点半。

"齐队，"小贾有些着急，"这马上中午了，刘树生怎么连门也没出。"

"不急，沉住气。"

正在此时，一直开车尾随穆见晖的小杜又打来了电话。

"齐队，穆见晖没去机场、火车站，他往刘树生家来咧。"

"你先别跟咧，小心目标太大惊着他们，"齐大仓连忙吩咐，"过一会来跟我们汇合。"

穆见晖的车停在了刘家大门外。

他提着皮箱，搀着刘树兰下了车，谨慎地四下张望。

"咋咧？"

"没事。"

见周围无人，穆见晖深吸一口气，叩了叩大门。

不多时，何小凤便把穆见晖夫妇迎进门，正巧刘树生穿戴整齐，一副将要出门的装扮。

"你们来也不提前打个招呼。我有事，"刘树生随意笑笑，"小凤，做几个好菜，代我招待一下咱姐。"

穆见晖一把拉住他："树生，我跟你约下的事忘咧？"

"你跟我约的是一周，我是够仁义按时等你到昨黑，是谁不守信用？"刘树生挑眉，反问道。

穆见晖拍了拍行李箱："我这不是来咧。"

"你俩要弄啥事？"刘树兰的声音略有颤抖，"我这心里咋不踏实咧。"

何小凤一把挽住她："没有啥事，姐，跟我去剥蒜，让他们男人聊。"

等两人一走，穆见晖立马打开箱子，里面板板正正摞着"老人头"。

"不瞒你，这里面是三百五十万，还差五十万。我把房和店都抵出去了，确实一时半会凑不够四百。你放心，剩下的五十万我不会赖账。"

刘树生却冷笑："穆见晖，你真是拿脸皮当腚，说出的话当屁。你在我这儿已经没信用了，钱你拿走。这钵有人要了，今中午就把钱给我，四百万一分不差。"

屋外，小杜停下车，三步并两步跑来跟齐大仓汇合。

"咋样？"他边喘气边问。

"还没动静，穆见晖带着钱来，这事有点不寻常。"

小贾犹疑："他不会是来买钵吧？"

"有可能，"齐大仓一沉思，盯着刘家客厅落地窗的眼珠一转不转，"我刚给永福说让线人催一下刘树生，看刘树生咋说。"

客厅里，刘树生的电话响起。

"喂……好，好，你等一下，我二十分钟就到。"

挂断电话，他扬起下巴嘚瑟："听见没，姐夫，人家鸡沟子掏蛋等不及，催我咧。"

"有件事我本来不打算说，既然到了这个地步，我看也没藏着掖着的必要了。"穆见晖深深看了他一眼，"树生，你知道这钵我为啥一定要拿到手吗？"

刘树生不以为意，翻了个白眼："不要跟我玩故弄玄虚这一套，有屁快放，四百万还等着我咧。"

"你知道明德博物馆的馆长赵佑林不？这是他指定要的。这个人能力大得很，我们在他面前就是苍蝇。这事要是弄不成，我跟你姐全得遭殃。我啥也不怕，你姐大着个肚子，她咋办？娘舅大过天，你不管我，总得照顾照顾你外甥吧？"

听罢，刘树生并不着急，只是瞥他几眼："这时候搬出我姐咧，当年滤我坑，你咋不记得我是你小舅子？在吕家寨阴我一把，你咋不记得我是你小舅子？"

"吕家寨的事，你可算不到我头上。"

"去去去，就算没有吕家寨，我跟你这一本子烂账还少？不怕虎狼当面坐，就怕人前两面刀，你这一套我门儿清得很。"刘树生不耐烦地摆手，"这些年我上了你一当又一当，是当当都有新花样。再上钩，我都瞧不起我自己。"

"当年我为啥那样，还不是让穷逼的？满屋子刮穷风，锅比脸还干净。咱俩掉个个儿，你不见得比我下手轻。再说这几年，你不也暗中等着踩我两脚吗？"

刘树生冷笑："你伶牙俐齿我比不过，咱豁嘴子吃肥肉——谁（肥）也别说谁（肥）！俩字，不卖。"

穆见晖摇头叹气："树生，你是真瞎，眼前有条康庄大道你不走，非要往羊肠子小巷挤。"

"咋，苦情戏走不通又开始换激将法咧？"

"你现在去明德博物馆看，有一个唐三彩天王俑和一个铜镜，是我卖给赵佑林的。不怕给你交底，我卖他两百万，他如果有心卖，起码五百万。你知道差在哪儿不？"

穆见晖顿了顿，见刘树生一转眼珠，沉默了几秒，继续道："在咱这儿是见不得人的东西，他一运作就有了'出生证明'，成了合法。拿这个钵，换一沓出生证明，值不值？"

刘树生哑摸了一下："一个钵，就能攀上赵佑林？"

"在你手上也许不能，在我手上一定能成，你姐夫就有这个底气。跟我斗了这些年，你心里还没杆秤？你不读书不看报，一天到晚光知道瞎胡闹，知不知道国内多少有钱人想玩文物？"穆见晖终于舒展眉头，自信地笑了笑，"东西洗白了，最不愁的就是买家。这五十万姐夫先欠下你，这条路走顺了，我保你挣回五百万。"

此话一出，刘树生终于心动了。

齐大仓接到了周永福的来电。

"齐队，刚才刘树生给线人打电话，说他不卖咧。"

齐大仓心下了然："看来穆见晖截和了，他就是来买钵的！"

"抓不抓？"小杜立刻直起身。

齐大仓摸摸下巴，凝视不远处的落地窗片刻，下定决心："抓，一锅端！"

第六十六章 意外

一桌盛宴备好，众人落座。

刘树生拿了瓶西凤酒，给穆见晖倒上：“姐夫，这可是我珍藏多年的西凤，本来打算我过五十大寿拿出来的。”

穆见晖微笑着摆手：“我今天开车来的，酒就不喝了。”

"不行，今天这酒必须喝。以前咱两家不管谁过得好，总有一家眼红。过些日子，我外甥也要落生了，我这当舅的做个表率，以前的事一笔勾销。"

穆见晖沉默一瞬，再举杯：“一家人不说两家话，往后一块发财。”

见他们相处和谐，刘树兰心里却隐隐不安：“从我进门到现在，生娃你的脸变得比天还快，前一向还跟你姐夫鼻子不是鼻子，眼睛不是眼，后一向好得跟哥俩一样……我不管你俩谈了啥，最好本分一点。咱现在不愁吃不愁穿，挣俩踏实钱就够咧。”

“你姐就是心思重，我跟树生心里有数。”穆见晖连忙安抚，“再说谁还怕钱多烧手？咱都是给娃挣下的。”

忽然间，门外响起了敲门声。

“你们吃，”何小凤起身，“我去看一下。”

刘树生举起酒杯，哈哈大笑起来：“姐，你就别瞎操心了，准备好当妈吧。”

门外一阵嘈杂，穆见晖表面上波澜不惊，暗暗竖起耳朵听着动静。

“你们是谁？”

“公安局文物稽查大队！”

一时间，穆见晖变了脸色。

刘树兰察觉到异样：“咋回事？”

穆见晖并未回答，只是和刘树生交换了一下眼神，示意刘树生出去看看。

刘树生走到家门口一看，外面正站着几个警察。

“弄啥？”

齐大仓见他语气不善，出示警察证和搜查证：“你是刘树生吧，这是我们的工作证和搜查证，我们怀疑你和穆见晖涉嫌盗掘古墓葬，非法倒卖文物，现在需要对你们家进行搜查。”

刘树生上前拦阻："啥文物，我不知道，你们有证据吗？"

"刘树生我警告你，我们是合法搜查，你再要横就是妨害公务，我有权对你采取强制措施。"齐大仓语气不容置疑。

他人高马大，直直站到刘树生面前，遮挡住了大半光线。刘树生被这压迫感震慑得只好让步。

外面警察的脚步声越逼越近，客厅里，刘树兰紧张得大气都不敢喘。

穆见晖手里握着那个钵，急得头上直冒冷汗。猛然间，他的目光落在了一盘锡纸烤口蘑上，当即三下五除二用锡纸包住钵，把口蘑扣在里面，完美地将钵混在一桌菜中。

"别紧张，"穆见晖低声提醒刘树兰，"自然点。"

齐大仓和同事们大步跑了进来，扫视了一圈："所有人不许动！小杜，你带人去搜二楼。小贾，你负责一楼。"

齐大仓把客厅的酒柜打开，一一查看。小贾移开沙发，倒扣垃圾桶，仔细检查着。

小杜则带着一个警员冲上二楼，搜查卧室，两人从床头到床尾一个角落都没有放过。他们转了几圈，打开衣柜，却并未看到钵的踪影。

搜了一圈书房，小贾在角落里发现了穆见晖带来的黑皮箱，便立刻将它提到了客厅里。

"打开。"齐大仓说。

当着众人的面，黑皮箱被打开，钱塞得满满当当。

"这是我拿来的，"穆见晖倒坦坦荡荡，"有啥问题？"

小杜皱眉："你拿这么多钱来干啥？"

"我自己的钱，我咋支配还得交代？"说着，他又看向齐大仓，"这位领导怎么称呼？"

"齐大仓，公安局文物稽查大队队长。"

穆见晖淡淡一笑："齐队，你们搜了半天，搜着文物了吗？如果没有，我们是不是可以继续吃饭？"

齐大仓思考几秒，直接伸手指挥："穆见晖，刘树生，把你们的外套脱下来。"

穆见晖配合地脱下外套，递给了他。刘树生却挑衅地把外套往地下一扔，狠狠踩了几脚，宣泄着愤怒。

"刘树生，"齐大仓眯了眯眼，"你不要耍无赖。"

刘树生却梗着脖子："你不是想看文物在没在我身上吗？我满足你。"

眼见气氛剑拔弩张，刘树兰紧张地拉住弟弟："生娃，你不要闹咧……"

"树兰，这事你别管，"穆见晖护着妻子，"咱身正不怕影子歪，警察咋查咱咋配合。"

然而刘树兰心里发慌，直冒冷汗："二楼你们也查完咧，我能不能上楼歇一歇？我大着肚子，受不了刺激。"

齐大仓点头："去吧。"

说罢，他环视客厅，目光最终落在了饭桌上，于是抬脚直奔餐桌而去。

穆见晖和刘树兰看到这一幕，心里顿时咯噔一下。

刘树兰起身，企图挡在齐大仓前面。可是她一个趔趄，突然摔倒在地。

"哎哟！"一声凄厉的惨叫响起，她的五官痛苦地拧成一团，豆大的汗珠一颗接一颗往外冒。

齐大仓赶紧去扶刘树兰。

"树兰！"穆见晖慌了神，一个箭步冲上前跪到地上，满眼心疼地抱住妻子，"树兰，你没事吧？"

刘树生夫妻和小杜等人也纷纷围了上来。

刘树兰额头上皆是汗水，她痛得说不出话来，脸色惨白。

"啊！"何小凤低头一瞧，惊呼出声，"血，姐流血了！"

汩汩鲜血渗透了刘树兰的衣服，如同深海波浪将她裹挟其中。

见状，齐大仓当机立断："快送医院！"

齐大仓的车开得飞快。

穆见晖在后座声音发颤，不住呼唤妻子："树兰，没事，一定会没事的。再坚持一下，马上就到医院咧……"

而刘树兰渐渐陷入了昏迷，来不及给出任何回应。

穆见晖抬头朝驾驶座大吼，眼珠布满血丝："开快点！再快些！"

齐大仓眉头蹙成了疙瘩，直接一脚油门踩下去。

医院内，刘树兰躺在转运床上，医护人员和齐大仓等人协力把她推进了抢救室。

抢救室的红灯亮起，齐大仓的心悬了起来。

穆见晖双手紧握，低下头默默祈祷。

很快，有护士匆匆提着血液冷藏箱进到抢救室。

次日一大早，刘树生夫妇便被带回了局里。

"狗日的！"刘树生叫嚣着，"我姐要有事，我拉你们陪葬！"

小杜听了很是生气，正色道："刘树生，注意你的言辞，这是公安局，不是你家！"

"公安咋咧，公安就能为非作歹欺负孕妇？"何小凤也不依不饶，"我姐四十多才有娃，这是她的命根子！"

小杜没辙，只好嘱咐同事："先把他们带到询问室，给倒杯水，让他们冷静一下。"

"咋咧？"赵丰闻声走了出来。

小杜一脸愁容，忙迎了上去："赵局，出岔子咧！搜查过程中，穆见晖的老婆摔倒咧，她是个高龄孕妇，现在大出血。"

赵丰厉色："你们和对方发生冲突咧？"

"没有，我们完全按照程序来的，他老婆说要上楼休息，谁知道咋就跌跟头咧。现在齐队在医院守着，人进手术室了，闹不好要出人命……"

"钵咧？"

"没有搜到，我们先把刘树生和他老婆带回来了。"

"这事情性质很严重，你把当时的情况跟我一个字不差地说清楚，万一涉及执法不规范的问题，咱们要担责，要给人家一个交代。"

赵丰顿了顿，平复紧张的心情后，又缓和道："我看刘树生情绪大得很，一会儿我来审。你跟永福对付他老婆，注意策略，不要激化矛盾。"

抢救室的门终于开了，穆见晖和齐大仓急忙凑上前。

"医生，咋样？"穆见晖忧心忡忡。

"孕妇胎盘早剥，剥离面积超过三分之二，胎儿的血液和氧气供应已经受到影响，需要进行剖宫产手术，家属如果同意就签个字。"

"这样啊……"穆见晖惶然，"我娃能保住吗？"

"现在不好说，我们尽最大努力让胎儿脱离缺氧危险。"

"好，我签！"他一口应下，"你们一定要保住我娃，花多少钱都行。"

齐大仓问："孕妇怎么样，脱离危险了吗？"

"出血量太大，我们准备了一千二百毫升血液，根本不够用。"医生摇头，"医院血库告急，最近的血站也要一个小时路程，孕妇现在急需 AB 型血液。"

听罢，齐大仓直接撸起袖子一伸手："我是 AB 型，用我的！"

"得行，我马上安排抽血检验。"

询问室内时不时传出尖锐的号叫和质问。

"我犯了哪条罪你们要关我？"何小凤瞪大双眼。

"我们不是关你，"小杜已经被折磨得不愿多说，"是让你把事实说清楚。"

"啥事实？"何小凤挑眉，"别的我不知道，我就看见你们欺负孕妇咧！"

"你不要胡搅蛮缠，我们问的是文物案。"周永福略微停顿，"大头，认识不？"

"不认识。"

"他可是认识你老公。"

"那你们去问我老公，问我干啥？"

小杜听不下去，索性一转话头："穆见晖上你家干啥？"

"他是我姐夫，我们之间走动还得说出个一二三？"

周永福瞥她一眼："你们走动还带上三百五十万？"

"我们做生意缺钱，他帮衬一下。"

"做啥生意缺口这么大？"小杜追问。

何小凤扭过头，不与他们对视："生意上的事不要问我，我不知道。"

"刘树生，冷静下来了吗？"

与此同时，另一间询问室内，赵丰正与刘树生磨着耐心。

"我现在很冷静。"刘树生的语气比何小凤平稳许多，"看你像个领导，我想问问领导，你们凭啥说我挖坟掘墓倒卖文物？"

"认识洪大同吗？"

"不认识。"

"他外号叫大头。"

"哦哦，喝过酒，"刘树生一拍脑门，装作恍然大悟，"咋了？"

赵丰挑眉："只是喝过酒？"

"一块混过，打过架，你们神通广大，应该也知道我以前瞎玩瞎混，交过不少乱七八糟的人。这都是老皇历了，我早放下屠刀咧，现在是合法经营的企业主、好公民。"

"先别急着给自己贴金，你跟大头这些年还有来往吗？"

"没有。"

"那他为啥开着你的车？"

"啥？原来我那车是让这孬种偷去咧！"刘树生一脸愤怒，"领导，我现在报案来得及不？"

"车是偷的，你敢对这句话负责吗？"

赵丰凌厉的眼神让刘树生倍感压力，他一时陷入了沉默。

"再给你一次机会，车是咋回事？"

"我借给他的，毕竟一起混过，有点交情。一辆破车又不值钱，让他开走咧，谁知道他去弄那事。"

此话一出，赵丰立刻捕捉到其中漏洞，于是乘胜追击："啥事？他干了啥事？"

刘树生知道自己说漏了嘴，立马找补："我也是听人说的，说他去弄文物，结果被撞死了。"

"你听谁说的？把名字说出来。"

"我忘咧。"

"这案子是保密的，要么是我们内部出了鬼，要么你就是大头背后的鬼。"

"你们警察办案就靠一张嘴？"刘树生气得一瞬间扯下客套伪装，暴跳如雷，"说我是鬼，你们在我家搜到文物咧？搜不着就不要随便放屁！"

赵丰一拍桌子："刘树生，你嘴上没有把门的，也要看地方！"

刘树生却直接撕破脸皮，伸手指着赵丰恶狠狠道："少吓唬我，我刘树生不是吓大的！我姐还在医院，要是她有个三长两短，我这命也不要咧！你们公安仗势欺人，这笔账我要跟你们算到底。从现在开始，我一句话也不会说！"

询问结束后，三人在走廊碰头。

"赵局，我们这边进行不下去，何小凤就是个泼妇。"周永福长长叹气。

"先晾着，刘树生也是块滚刀肉，反侦察意识很强，好几个问题都让他糊弄过去了。"赵丰也揉了揉额头。

"没搜到文物，现在太被动。"小杜一脸愁容，"我们也不敢问太多，毕竟得保护线人。"

思索片刻后，赵丰迈开步子："最棘手的是刘树兰，我去医院看看情况。刘树生先不要放，杀杀他的气焰，我怕他去医院闹事。"

周永福点头："得行。"

大家仍在抢救室外焦急等待，此时赵丰走了过来，先去跟穆见晖打了个招呼。

"你是穆见晖吧，我是公安局的副局长赵丰，今天的事实在抱歉，有啥需求跟我们说。"

穆见晖却不复往常一般温和假笑，而是冷冷道："我只求我娃、我老婆平安，跟你说有用吗？"

赵丰抱歉地欠了欠身，转向了一旁的齐大仓，盯着他看了半响，迟疑道："你……脸色咋那么差？"

小贾在一旁解释:"孕妇大出血,齐队献了六百毫升血。"

赵丰拍了拍徒弟:"你先回,这儿的事交给我。"

"我不走。"

赵丰知道徒弟是个倔脾气,既无奈又心疼:"今天这事我都清楚,你不要揽在自己身上。"

齐大仓却面无表情,双眼死死盯着抢救室紧闭的门:"师父,我现在啥也不想,就盼着人平安。"

大家心情复杂,都不再作声,几双眼睛齐刷刷盯着抢救室。转眼间,抢救室的红灯灭了,医生走了出来。众人顿时围上去,关切地询问结果。

穆见晖挤到最前面:"咋样?"

医生摘下口罩,遗憾地看着他:"胎儿长时间缺氧,没有保住。大人暂时没事了,但是她的身体可能很难再受孕,你们也要做好心理准备。"

一时间,穆见晖只觉天旋地转,泪水奔涌而出。他像一头怒兽,一拳头朝齐大仓挥了过去。

齐大仓丝毫不避闪,幸亏赵丰给挡了下来。

"穆见晖,你不要冲动!"赵丰忙道,"都是人生父母养的,娃的事我们也难受。我们会给你一个交代,你要动了手那就是袭警。"

穆见晖的拳头落了下来。

赵丰赶紧把齐大仓拉到一边:"你回去,后面的事我处理,照顾一下家属的情绪。"

齐大仓眼中含愧,点了点头。

手术过后,刘树兰还未苏醒,已被推进了普通病房。

"穆见晖,我知道你现在的心情,但是按照程序,我们还得跟你聊两句。"赵丰站到他面前,言辞恳切。

"我没有啥要跟你们聊的,不就是文物嘛,你们去搜吧。"

穆见晖双眼无神,像是毫不在乎地掏出钥匙,丢到了地上:"家里的钥匙、店里的钥匙,都在这儿,你们想搜哪达搜哪达,想搜多久搜多久。"

赵丰捡起钥匙,递给穆见晖:"文物的事改天再说,关于你爱人受伤的事,我们还想了解一下详情,给你们一个交代。"

"咋交代,你们能把儿子还给我吗?"他眼底蓄着泪,声音哽咽,"明明看见我老婆大着肚子,还在家里闹,还来刺激她。"

小贾低声辩解:"你的心情我们能理解,但是当时我们根本没有……"

"你多大?结婚了吗?有娃了吗?"穆见晖打断他的话,声嘶力竭地质问起来,"我们四十多了,好不容易盼来这个娃,你知道我老婆吃了多少药,受了多少罪?你知道我娃还有几天落生?你啥也不知道,拿啥理解?那不光是我娃,还是我的半条命,我后半生的希望!"

赵丰见状,叹了口气:"我今年五十多了,贪你个便宜,叫你一声穆老弟,得行?我们头上是顶着个大檐帽,可是把它一摘我们也是人。咱也吃五谷杂粮,也生百病,也生养过娃,将心比心,我们向你道歉。"

他向穆见晖鞠了一躬,随后把手机号码留下:"这是我的联系方式,有任何事随时给我打电话。"

警察们走了之后,穆见晖闪身进了街边的公用电话亭里,给黎远光拨了过去。

"兄弟,我说你记好,后半夜没人的时候去刘树生家。他家餐桌上有个用锡纸包着的钵,你拿走收好。"

"明白。"

"切记不要让人看见,屋里东西别动,进去时啥样出来啥样。"

挂了电话,穆见晖才松口气,他眼神一凛,望着警察离去的方向若有所思。

齐大仓步履沉重地回到了联合打击办,躺在沙发上辗转反侧。原以为长夜难熬,但毕竟发生了太多事,有太多情绪压在心头,他最终还是带着无尽的自责和懊恼迷迷糊糊睡去。

翌日清晨,杨青石带着早饭来了。见齐大仓还没醒,他将胡辣汤拿大碗扣上保温。

"杨队,"齐大仓被动静吵醒,睁开惺忪的眼,"来这么早?"

"还早,你看看几点咧?"

齐大仓一看,居然都快九点了。

"昨黑没睡好吧?"

齐大仓点头:"你应该也知道咧,我办下了一件瞎事。"

杨青石坐下,沉稳宽慰道:"脱下这层皮,咱都是个人,都有人味儿。我老婆也是十月怀胎过来的,这事落在我身上,我也会闹。可是谁也不是神仙,谁也没料到会出事。你现在自责一点用都没有,纯粹是贼走关门,屁走收风。"

听到这里,齐大仓突然笑了。

杨青石莫名其妙:"笑啥?"

"我没想到有一天,屎尿屁还能从杨队嘴里说出来。"

"嘻，话糙理不糙嘛。"杨青石也笑了起来，"我要是你，我就打碎了牙往肚子里咽，把该干的事干完，还要干好，不能让一件瞎事变成两件。"

"你说得对，这件事我不会善罢甘休，娃无辜，全是大人的错。"齐大仓终于振作起来，眼中的光明亮了些许，"有一个算一个，我非得把他们全揪出来！"

"你先把早饭吃下，"杨青石不禁失笑，"饭不吃啥也干不成，我给你带了胡辣汤。"

齐大仓一圈看下来，却没看到胡辣汤，忙问："杨队，胡辣汤在哪儿？"

杨青石一翻眼前倒扣的碗："觉没睡够糊涂了吧，就不知道翻一下，胡辣汤在这儿呢。"

"脑子短路了，眼前的事都看不见。"

刚自嘲完，齐大仓脑子嗡的一声，恍然想到了什么。

他记得刘树生家餐桌上，满满一桌子碟碟碗碗。

如果想把一棵树藏起来，最好将它放进一片森林里……

那么多的碗……

齐大仓猛地一拍脑瓜子："坏咧，灯下黑！"

说完，他一阵风似的跑了出去。

第六十七章 经营

齐大仓赶回队里时，迎头撞上了刘树生夫妇走出询问室。

他连忙拦下二人："师父，先不能让他们走！"

"正好，我还不想走咧。"刘树生骂骂咧咧，"捉奸捉双，捉贼捉赃！说我盗墓，我的赃在哪儿？说不出来你们就是诬陷，还有我姐的事，咱一并清算！"

"刘树生，你别不知好歹，放你有放你的道理，赶紧跟你媳妇走。"赵丰蹙蹙眉，挥手让周永福带着二人离开。

等二人走远，齐大仓想起要紧事，便道："师父，我刚想起来，昨天我们搜查的时候忽略了一个地方，他家的餐桌上有不少碗碟，我们也许灯下黑咧。"

赵丰惊讶："能百分百确定？你要是能拍着胸脯说钵就在桌上，我马上给你弄搜查令，出了岔子我顶着，大不了扒了我这身皮。"

齐大仓沉默。

"大仓，这事情只能到此为止咧。行动之前我说的话你记得吗？要么一气呵成，要么前功尽弃。"叹了口气，赵丰接着语重心长道，"结果咱不光前功尽弃咧，还捅下了大娄子。这事穆见晖真要追究起来，是个大麻达，这一缸泔水咱整个队都要喝。这段日子你也累，先休息一阵，等事消停了再回来。"

病房内，刘树兰还没醒，穆见晖已经守了一夜，他一直紧紧握着她的手。

一阵轻微的脚步声响起，是文雯带来了饭："穆哥，你去吃点东西，打个盹，我来守着嫂子。"

"我不饿，也不困。"穆见晖直摇头。

"穆哥，嫂子还指着你咧，你可千万别糟践自己的身体。"

"我的身体算得了啥，你嫂子可咋办？这个世界上再没有比你嫂子更善良的女人了，有苦往心里咽，有泪背过身去擦，日子多难从没跟我红过一次眼。跟我过了二十来年，啥滋味都尝过了，日子好不容易滋润点，咋就非得给我们撕个口子撒把盐？"

文雯被穆见晖一番话说得动容，不知不觉间湿了眼眶。

刘树兰的眼角也淌下热泪。

其实她早就醒了,只是不愿睁眼面对这个残酷的世界。她好想就此永远沉睡下去,再也不为这些纷纷扰扰而担惊受怕,牵肠挂肚……

穆见晖攥紧妻子的手,拭去她眼角的泪,低低呜咽:"树兰……"

刘树兰却一把挣脱开他的手,拿被子掩面失声痛哭,身体忍不住颤抖。

这时,刘树生夫妇来了。

看到这幕,刘树生不由分说地大喝:"穆见晖!你他妈又惹我姐哭了?"

"吵吵啥,"何小凤连忙瞪他一眼,"姐现在需要休息。"

刘树生上前安抚刘树兰:"姐,你好好养着,这事没完,你娘家不是没活人,我刘树生也不是钻灶炕的王八,受他姓穆的气!"

说着,他一把揪住穆见晖的脖领子:"滚出来!"

穆见晖并未与他起争执,而是跟着他到了病房外。

"你不是昨天还一套一套的吗,咋今天蔫儿屁咧?"眼瞧穆见晖这般颓丧萎靡,刘树生玩味道。

"你想说啥?"

"说啥你心里没数?你狗日的还欠我五十万,现在加上我外甥一条命,我姐也不能生了,咋还?你昨天给我画的大饼咧?我他妈味儿还没闻见,饭碗就让你砸了。条子盯上我了,我后路断了,咋还?穆见晖,你欠我们老刘家的这一笔笔账,打算咋还?"刘树生一股脑把怒气全宣泄了出来,唾沫星子喷得到处都是。

这下穆见晖也恼了,毅然抬起头与他对视,眼神决绝:"刘树生,你他妈的听清楚,你最好消停点,我这辈子除了你姐,谁都不欠。"

赵丰三人来到一家小炒店内,在一张小桌旁坐下。

"老板,三碗小炒,一碗不加木耳!"赵丰对着一旁颠勺的大厨叮嘱。

齐大仓笑了笑:"还记得我不吃木耳咧。"

"那当然,你刚来队里那阵,我头一次带你吃饭就是吃的小炒。我当时就说,碎娃人不大事不少,往后案子上少给我添麻达,结果白嘱咐咧。"

"我就是不甘心,那天要是我一进去就翻饭桌,也许当时就能把刘树生跟穆见晖控制住。"齐大仓愤愤然道,又略微一顿,"人赃并获,他老婆也不会出事。"

"没有也许,事情已经这样咧,咱只能认。"

"那咋办?就眼睁睁看着他们逍遥法外?"

"冰冻三尺非一日之寒,化冻需要时间咧。"

杨青石在一旁默默听着，忽然起身，从旁边的柜子里取出三瓶冰镇酸梅汤，给赵丰师徒递过来："来口酸梅汤，先降降火气。"

齐大仓赌气般一饮而尽："从黑陶俑被盗到现在，两个大墓被毁，好不容易有了眉目，居然说停就停！"

"咱不是停，是要慢慢经营。啥叫经营，动态性地谋划，观察他们的发展，把线索养大，证据养肥，再一招制敌。"赵丰说，"我问你，要是姓穆的请你吃饭，你去不去？"

"他是贼我是兵，我跟他尿不到一个壶里去，凭啥给他捧场？坚决不去！"

听到齐大仓坚决的话，赵丰和杨青石相视一笑。

"怂式子，你得去，还得带着笑脸去。"赵丰对上齐大仓不解的目光，耐心解释，"为啥？因为这也是经营。"

杨青石也接话："大仓，你还是年轻啊。当年南市有个开店的，我们一去检查就给我们送苹果，说是他老家的特产。我跟底下兄弟说啥，万一查出他有啥事，今天他给我们送了两箱苹果，不影响明天把他送到看守所。"

"大仓，猫为啥能抓住老鼠？靠的是它那爪子伸缩自如。你把心沉下，慢慢经营着，十年还碰不上个闰腊月吗？"

两人你一言我一语，苦口婆心，齐大仓听进去了，便向师父表态："得行，我把穆见晖慢慢盯。"

"对着咧，我给你指条道，看能不能盯出他个狐狸尾巴。"赵丰笑了，"你知道穆见晖年轻时在哪达上班不？"

"东郊表厂。"

"能记起啥不？"

齐大仓想了想，摇头。

"你自己经手的案子，忘咧？"

被赵丰这么一提示，齐大仓一拍大腿："我这废物脑子，咋丢锅漏勺子把他给忘咧——燕小五！他在表厂干过，说不定和穆见晖认识。这就串起来咧，黑陶俑、钵，都和他穆见晖相干。"

"别着急，慢慢查。"赵丰欣慰地拍了拍他的肩膀。

一幢靠近吕氏家族墓的二层农家小院成了考古队的驻地。考古队刚进驻，省院和市所的成员相继到位，小院里一下子热闹起来。

院里支起了饭桌，考古人员和技工们围在一起。

系着围裙的侯月来端着一盆面条出来，雒青紧跟着端出一大碗炸酱。

"又是炸酱面？"小白哀号，"开工三天了，天天炸酱面，连空气都是炸酱的味道了。"

侯月来面露歉意："对不住了各位，我就会个炸酱面。"

"老侯，你是只会炸酱面，还是只想做炸酱面？"姜广军打趣道。

小白连声附和："第一天，说是让我们尝个鲜，这个鲜怎么尝起来没完没了了？侯老师，要不然你把大厨的位置让给我，好歹我还会煮个方便面。"

"那可不能让给你，胃挨着哪儿你知道不？挨着心咧。把胃拿下了，心也就收走咧。"姜广军话里有话，斜眼笑着努努嘴，"你可别看侯老师一副斯文样子，那心思多得很，比炸酱里的肉末末还要多咧。"

"姜老师，我总算知道为啥你的论文产量比我高了，石头上有个缝都能解读出地壳运动来，佩服佩服。"雒青无奈，"这炸酱面你要不吃，可归我了。"

"我吃，我吃！"

众人调侃着，小白却低下头，赶紧给方堃发短信："重要情报！侯老师每天都给雒老师做炸酱面，你再不出手雒老师就要被炸酱面'俘获'了。"

方堃立刻回复："好事，物极必反，再吃上几天雒青就吃吐了。"

"你等不到那天了，她吃得可香了，是我们快吃吐了。"

发送完毕，小白一个劲憋笑，抬起头来，见雒青开口说话："眼下有个麻烦事，初步的考古发掘方案咱们已经交上去了，目前的主要工作是搜集资料，为下一步的田野发掘奠定基础。对吕氏家族墓最熟悉的还是吕氏后人，我们得对他们进行走访和调查，摸一下家族墓园的基本情况。"

"跟人打交道的事我擅长，"小白立刻举手，"交给我！"

"你先别打包票，这事不简单。"雒青却并未露出笑容，"还记得我们第一天去找的吕富贵不？他家世代守墓，对墓园情况最了解，我们去会会他，看看能不能拿到资料。"

"没问题。"小白点头。

侯月来在一旁道："我也去！"

"师兄，吕富贵家你就别去了，你和姜老师再走访一下其他村民，看看能不能有收获。"

这时，项昕之提着行李箱大步流星走了过来。她穿着风衣，戴副墨镜，一身鲜亮颜色引来无数目光，立时成了一景。

雒青迎了上来："师母，您怎么来了？"

项昕之微微一笑："给我分配个住处吧。"

"师母,您这是出山了?"

"听说院里的田野考古队都放出去了,吕氏家族墓这边缺人,连搞文物鉴定的侯老师都过来了。我反正闲着也没事,给你们搭把手呗。"

小白投来探寻的目光:"雒老师,这位老师是?"

"这是项昕之老师,考古界的前辈。项老师主要研究隋唐考古,有她坐镇,咱们就不怕走弯路了。"雒青自豪地介绍起来,又道,"师母,您就跟我住一屋,也方便我请教。"

"你就把我当成普通队员,吕氏兄弟和三苏齐名,又是咱们考古界的祖师爷,我重在参与,会诊把脉的事,还是得靠你们年轻人。"

"项老师吃过了吗?"侯月来递过一碗面,"来碗炸酱面?"

"月来,这一定是你的手艺对不对?侬真是个细腻人,雒青,对哦?"项昕之意味深长地看向雒青,"我是上海人,炸酱面吃不习惯的。回头你给我弄碗葱油面,也让我解解乡愁。"

雒青知道项昕之是在调侃她和侯月来的关系,连忙冲项昕之使了个眼色,略显尴尬道:"师母,一会儿我带您去看看宿舍。"

进了房间后,项昕之环视一周,环境艰苦得令她咋舌。

几张斑驳的旧桌子拼起来就是书桌,所谓的床就是一块木板。桌上摆着《宋史》《考古图》等一摞图书资料,还有一台台式计算机。墙上挂着弭县地图、手绘吕家寨地图等。

项昕之打趣:"这几张桌子是文物吧?"

"还是师母眼毒,"雒青被逗笑,"三十块钱两张,旧货市场淘的,我们借了房东的三轮车运回来的,还省了十块钱运费呢。"

"侬看看,你一个青年学者都快被逼成管家婆了。这个床板,能睡人吗?我好歹有点肥肉,你一身骨头还不要硌死去。"

雒青卷起床板上的被子,温声道:"不碍事,我沾枕头就着,啥都能睡。师母你看,方便得很,掀起来就是沙发呢。"

"囡囡,你苦中作乐的本事倒是见长。"项昕之苦笑着,伸手摸了摸雒青清瘦的脸,眼中尽是心疼,"都怪省院这帮老家伙,钞票不给够,三分钱买烧饼还要看薄厚,小气死了。"

"院里也是困难。"

"你是领队,要学会玩一点'花招'。省市联合的项目,省里没钱,去找张逢春呀。"

雒青哭笑不得:"张所您还不清楚,能从他那化点缘,比从老虎嘴里抠食还难。对付这些老前辈，还得仰仗师母您呢。"

"这就给我派上任务啦？"项昕之笑了笑，"好的哦，雏领队。"

雏青也笑了起来，帮项昕之收拾行李，把一身身搭配好的衣服摊在床上。看了一会儿后，她不由感叹："师母一来，把咱考古队的时尚品位都拉高了。"

"干活嘛，就得穿得漂漂亮亮，先把精气神亮出来，"项昕之拖长声音，"尤其是你——"

"我咋了？"

"侯月来为啥来，你以为我不晓得？他要是合你心意，我们也不是不能考虑。"

"哎呀，您想多了，我跟他的关系比纯净水还纯。"

"兵无常势，水无常形。感情也是变化的，今朝是朋友，明朝也许就是恋人。我这次来可不是光当帮工，我还是监工，监督你谈个恋爱。"项昕之一副恨铁不成钢的模样，"考古是一种生活方式，你怎么对待生活，就怎么对待考古，要享受懂哦？侯月来不合适，那我把方堃喊来，让他过来陪你谈恋爱。"

"师母！"雏青听罢，捧腹大笑起来，"您可别拿我开涮啦。"

第六十八章 乡情

另一边,方堃正带人出工,刚进地就被庆国老婆拦了下来。

"得是考古队的?"

李春来嘿嘿一笑:"嫂子你明知故问嘛,全村都知道我是考古队的。"

庆国老婆白了李春来一眼,丝毫没把他放在眼里:"俭式子,你个癞蛤蟆插鸡毛掸子,充啥大尾巴狼。谁是主事的?站出来!"

"大嫂,"趁李春来还没发脾气,方堃上前一步,尽量将语气放平和,"有啥事你跟我说。"

"你们踩的是我家的地,这一个洞一个洞捅下去白捅?直说了吧,拿钱来啥都好谈,没钱就走。"

"大嫂,我们考古是经过政府许可的,有政府出具的公函。"

"公函母函我不管,我就管我的地!"庆国老婆完全听不进去他的话,瞪着双眼逼近他,"洞捅下去咋浇地,地吃不进水苗咋活,我们一家子可指着地活。咋,你想断我们的活路?"

李春来看不下去了,说:"都是文明人,别要死要活的。"

"那我就跟你讲讲文明,"庆国老婆扬起下巴,斜眼看着他们二人,"别的村考古都有补贴,凭啥我村没有?"

方堃耐着性子解释:"补贴是政府发的,从市里一层层到你们村里,整个过程我们考古队不掺和。补贴肯定会到,这你放心。"

听罢,庆国老婆稍微后退一步,眯着眼上下打量他们:"那行,啥时候补贴到了你们啥时候再进。"

老鹿在一旁又无奈又气愤:"大嫂,你咋不相信人?"

见他差点上前要和庆国老婆吵几句,方堃连连拦下,好声好气道:"算咧,鹿师,先回去。"

刚到齐有粮家门口,方堃抬头一看,郭士林也正巧带队回来了。

"你们咋回来了?"

"村民不让进地,说补贴还没收到。"见方堃情绪低落,郭士林惊讶道,"你们不会也遇到这事了吧?"

方堃叹口气:"这事还得问问有粮伯,补贴要是到了也得他来盖章发放。现在村民这个态度,我们也不能贸然进去,要不让有粮伯说说情,别窝我们的工。"

"你们站门口干啥,咋不进屋?"

说话间,齐小满也走进了院子。

李春来忍不住骂骂咧咧:"我们让庆国他那个不讲理的瓜婆娘拦住了,管我们要补贴呢!咱大呢?喊他来主持主持公道!这村上没文化的老汉婆娘是该收拾收拾了。"

"大不在,出门了。"

郭士林问:"去哪达了?"

"说是去镇上开会,一时半会回不来。"

"咋早不走晚不走,一有事他就走。"

听到李春来的嘟囔,齐小满掐了他一把:"胡诌啥,大又不是故意走!"

方堃和郭士林下意识对视了一眼。

"要不然……"方堃提议,"去问问村上的会计?"

"我看也不用问了,会计要是收到补贴早就发了。"

"还是问问吧。"

方堃和郭士林二人来到了村委会,村会计却一脸无辜,摊开手表示爱莫能助:"这补贴的事你们问我干啥?又不是我昧下了。"

"叔,不是这个意思,"方堃言辞恳切,"你能不能给上级单位打个电话,问问补贴啥时候到?"

村会计翻了个白眼,捧起冒热气的茶杯喝水,不再与他们对视:"我才不趟这浑水咧,官大一级压死人,我一个小小村会计凭啥去追问人家?讨人嫌着咧。"

见他这个态度,完全沟通不了,两人只好沮丧地出了村委会。

"我说啥来着,问也白问!"郭士林重重叹气,"我看咱们先回所里,等补贴啥时候到位,啥时候再来。"

方堃看了他几秒,一下戳破了他的心思:"老郭,你那心是不是已经飞到吕氏家族墓咧?"

"不瞒你说,确实已经快到吕家寨了。"

"德行!我不回,"方堃仍然倔强,"这事还没完,会计不去问,咱自己去问。"

"你问谁?你认识谁?"

"我认识马超越啊,这扒裤子的交情可非同一般,他咋不得卖我三分薄面。"

441

"啊？"郭士林听罢，差点没忍住笑出来，"还卖你薄面，你把人家的脸面都快扒下来了，我要是他非得把你蹚出来！"

方堃却不以为意："蹚就蹚，咱就当投石问路，看看啥情况。"

郭士林无奈："犟俅！"

"砰，砰。"

敲门声响，马超越坐在办公室中答："请进。"

方堃和郭士林走了进来。

方堃笑了笑："马科长。"

马超越见状，愣了愣，而后换上笑容，起身相迎："快坐，快坐……真是稀客，你们不是在尹村考古吗？"

"遇到点麻烦，给村民的考古补贴还没下来，人家不让下地。"

"这事你们也要理解，村民也不易，合理诉求嘛。"

"我们当然理解，我们就是想问问补贴到哪儿了，啥时候能到村民手里。"

被问到这里，马超越脸上虽仍堆着笑容，目光却有些躲闪："这你可把我问住咧，这公章要是握在我手里，我今天就让补贴到村民手里。啥叫个程序？就是得保障每一步都不能出错，钱安安稳稳地落到乡党们的口袋里。"

郭士林见他还在说着客套话，直截了当道："都是一个单位的，马科长你肯定能说上话，看能不能给尹村行个方便，来个绿色通道。"

"啥事要是都行方便，我这儿还有章法吗？"

"马科长，虚头巴脑的话就免了，我跟你的交情还配不上说点知心话吗？"方堃说，"老百姓又不是铁板一块，你是政府的人，去做做村民的工作，先立个保证。村民心里踏实了，自然就让我们进地了。"

被小辈指点工作，马超越显然拉不下脸，笑容立刻在他的脸上消失，语气也不耐烦起来："你倒怪会给人派活咧，这事情我弄不成，不在其位不谋其政，我是管文旅的，咋能插手人家财政上的事。我劝你们先停工，啥时候补贴到位，啥时候复工。"说罢，他毫不客气地拉开办公室的门，做出一个"请"的手势。

"让人噎了一顿，心里痛快不？"

出来后，郭士林不禁揶揄方堃。

"你少马后炮。"

"黔驴技穷了吧？"

"我看你咋美得很咧？"

"让你说着了，我美得鼻涕冒泡！这就给张所打电话汇报，不对，报喜！"

"你别以为尹村停工，张所就让你上吕氏家族墓了。"

"你别以为就你有三寸不烂之舌。"

反驳着，郭士林索性拨通张逢春电话："张所，我士林……哎呀，麻缠大了，给村民的补贴还没到位，人家意见大得很，不让我们下地。"

"这可不好说咧，"张逢春的声音听着有些为难，"要不停几天工，你们先回所里。"

"我也是这么想的，可方堃不干，这些日子没见雏青，想得很！晚上睡觉都喊咧，雏青、雏青……哎呀，不说了，我都脸红。"

张逢春扑哧一笑："方堃这娃看着稳重，咋还害上相思病了？"

"我……唔！"

方堃刚想辩解，却被郭士林一把捂住了嘴。

"谁说不是呢？张所，要不我带这娃去吕氏家族墓帮帮忙，反正那边缺人手，也让娃解解相思之苦。"郭士林嬉笑道。

"嗯，去吧。"

得到了张逢春的首肯，郭士林心满意足地挂断电话，得意地朝方堃挑眉："咋样，在这儿干耗着也没意义，吕氏家族墓走起？"

"我在张所心里的形象全让你毁了。"

阳光正好，晴空万里。雏青和小白提着水果来吕富贵家拜访，但大门紧闭，敲了半天才有人出来。

"嫂子，我是考古队的，"雏青立刻上前笑道，"上次来过，我们想来拜访一下富贵哥。"

吕富贵妻子神情黯然："他出门了。"

"那他啥时候回？"

"我不知道。"

雏青只好放低姿态："嫂子，我们在发掘前需要多收集一些资料，吕氏家族的事富贵哥知道得多，我们想请教请教他。"

"富贵就是个农民，你们文化人的事他帮不上忙，你们走吧。"

语毕，吕富贵妻子不由分说地关上了大门。

雏青看着冰冷的铁门，怔了怔，似心有不甘，却又无可奈何，她叹了口气，而后带着小白离开。

群众工作……真是任重而道远啊。

雏青和小白回来，正好遇上侯月来。

"师兄，你那边有收获吗？"

"村里人对于遗存这些根本一窍不通，就连吕氏的历史也讲不清楚。他们倒是都说吕富贵家里有不少资料，是整个吕家寨最了解吕氏一族的人。"侯月来也面露沮丧，想来在村民那里也碰了不少壁。

"可吕富贵又臭又硬。"小白瘪瘪嘴，"我看要不然就算了，我们集中精力踏查。"

雏青却一口拒绝："不行，想要搞清楚墓园结构，光靠咱们踏查肯定不行。"

"可是吕富贵不露面啊。"

雏青想了想，道："下午齐队带嫌疑人来指认现场，吕富贵应该会来。"

一辆大巴车停在了吕氏家族墓的路边，几个警员带着山娃和几个河东人相继下车。

透过车窗，王太平见表哥和众多乡亲都来了，立马像触电一般收回目光。

齐大仓瞅他一眼："咋，腿麻咧还是脚僵咧？在这不动弹装啥洋相。"

"我做的事我都认，就不要让我去坟头晃一圈咧。"王太平嗫嚅道，"我表哥脸黑得像抹了锅底灰，我要是下去了他们不得打死我。"

"你现在怯火，朝你先人墓下铲子时咋没想到？！"

齐大仓不由分说拉拽着王太平下车，谁知道他却把住车门，死赖在车上不下来。

"王太平我警告你，指认现场是我们的办案流程，你要是不配合那就是妨碍公务。"齐大仓略有愠怒。

王太平可怜巴巴地盯着他："要是我挨打……你可不能不管，你是警察咧，得保护我。"说完，王太平不情不愿地磨蹭着下了车。

周永福和小杜领着四个河东人朝空墓的位置走，齐大仓等人则带着山娃和王太平朝承议郎的墓走去。

雏青、侯月来和小白挤在人群中默默观察。

围观的乡邻窃窃私语，都在责骂王太平，吕富贵站在中间也是一脸愠怒。王太平缩在齐大仓身后，低眉垂眼，完全不敢抬头。

"郭峰山、王太平，"齐大仓指着面前的土地，"好好看一下，这是不是你们挖的盗洞。"

"对着咧。"

王太平也怯声怯气："对着咧。"

齐大仓顿了顿，说："大点声！"

王太平豁出去道："是我挖的盗洞！"

此话一出，责骂声和数落声如潮水般从四面八方向他涌来。

"真是羞先人！"

"吕家咋出了这么个败类！"

"还有脸来，就该打死他！"

王太平亏心得立刻捂住了脸。

这时，吕富贵穿过人群，走到了他跟前。他吓得后退两步，两腿抖得如同筛糠："齐队，救我！"

齐大仓见吕富贵拳头紧攥，连忙劝道："富贵哥，王太平犯了错有法律治他，咱可不敢动粗。"

吕富贵恨铁不成钢地瞪了王太平片刻，双眼布满血丝，像是压抑着强烈的情绪。等稍稍平复心情后，他深呼吸几下，道："太平，我不会打你，不是我不想，是先人不让。我给你讲个故事，千年前的一个雪天，吕家先人踏雪寻梅，他站在山上一看，兹水北岸有两条小河，中间托起一片绿洲，像是二龙戏珠。先人高兴得很，决定把这块宝地当作祖坟，以其福佑子孙。"

"表哥，我知道错咧！"王太平连声哭号，"我不应该破坏咱这福地，坏了先人的风水。"

"你以为福气真是靠这坟地带来的？错咧，这福是靠吕家祖祖辈辈积下的。吕氏四贤教民以礼义，正风于关中，把做人行事的道理写成了《吕氏乡约》，让老人教给子孙，让汉子教给婆娘，辈辈相传，代代相袭。从那以后咱这达偷鸡摸狗的没有咧，打架拌嘴的绝迹咧，偷人养汉的不见咧，人人和善，个个文明，日子越过越好，这就是福。"说着说着，吕富贵情绪越发激动，胸膛起伏得厉害，"可你身在福窝不知福，为了几个臭钱，朝先人的坟茔下铲子，把延绵千年的教诲踩在脚下，给咱世代相承的门风抹了黑，吕氏千年的苦心经营全被糟践咧，这就叫羞先人呀！"

王太平扑通一声跪了下来："我造孽，我有罪呀！"

吕富贵红了眼眶，摊开拳头，里面是一张字条，上面密密麻麻地抄写着《吕氏乡约》，他继续道："先人立下的章法不允许我打你，可是，我希望你记下这教诲，把坏掉的良心医治好。你跟着我念！德谓：见善必行，闻过必改。"

王太平承受不住心头的重负，眼里泛起了泪花，哽咽复诵着："德谓：见善必行，闻过必改。"

"能治其身，能齐其家，能事父兄，能教子弟。"

"能治其身，能治其家……"

人群中，雏青和小白随之小声复诵："能治其身，能齐其家……"

紧接着，越来越多的声音加入，形成一片合诵之声："能治其身，能齐其家，能事父兄，能教子弟。"

吕富贵声音颤抖，他环视四周父老乡亲，眼眶中也涌出了晶莹的泪："能御僮仆，能事长上，能睦亲故，能救患难。"

"能御僮仆，能事长上，能睦亲故，能救患难。"

"能广施惠，能受寄托，能救患难……"

"能广施惠，能受寄托，能救患难……"

在场警员无不动容，连同几个戴着镣铐的犯罪嫌疑人也加入了合诵的队伍，浑厚凝重的诵读声在吕氏家族墓的上空久久回荡。

一阵风吹过，将声音揉进了清香的桃木里，融入了清澈的溪流中，刻进了漫漶的墓碑上。这声音与这片土地融为一体，又好似从未分离。

第六十九章 拒绝

望着载有王太平的大巴离去，吕富贵神情落寞。

"富贵哥——"

吕富贵一回头，见是雒青、小白和侯月来追过来，扭头就走。

雒青快步拦下他："富贵哥，我是……"

"我知道你是谁，你要打听的事我不知道。"

"你怎么可能不知道？"小白不解，"刚才给你表弟讲祖先历史，讲《吕氏乡约》，说得多好。"

"富贵哥……"雒青皱起眉头，迟疑道，"你是不是对我们有啥意见？"

"我一个农民，能对你们文化人有啥意见？吕氏的事都在书上写着，看书念报你们拿手，用不着我瞎掺言。"吕富贵的语气仍然生硬。

侯月来也好声好气道："老大哥，我们都知道您是最了解吕氏的人。"

"别给我戴高帽，承受不起。"

见他态度未有丝毫好转，雒青诚恳地细细道来："富贵哥，文献我们在看，但是吕氏家族墓的很多遗存书上也没有记载，比如咱的家族墓范围有多大，神道在哪儿，家庙在哪儿，哪个方位埋着谁。这些我们都得跟你请教。"

吕富贵却摆摆手："不知道。"

这下小白急了："你是不是想要钱？"

"小白！"雒青连忙呵斥，"不许没礼貌。"

吕富贵冷笑着扫了小白一眼："你娃也是读过书的，知道啥叫君子爱财，取之有道不？我是不富裕，但是啥钱该挣心里有数。就算你把一百万扔在我脸上，我还是三个字——不知道。"说罢，他便黑着脸扬长而去。

"咋这么巧啊——各位！"这时，雒青身后忽然传来方堃的声音。她本就失落，看见方堃那副混不吝的样子更是来气，自顾自走了。

方堃追上来："咋了这是？"

"方老师，"小白耸耸肩，"你来得可真不巧。"

回到考古基地院子后，方堃像来到自己家一样，给大家端茶倒水："都别愁眉苦脸，遇到啥事跟我说，我也给你们拿个主意。"

"你能有啥好主意，"郭士林白他一眼，"你自己都被村民赶跑了。"

方堃直接瞪他："嘴倒是快得很。"

"我要是不说实情，人家以为咱是来郊游的。"

方堃决定不跟他继续斗嘴，转头看向侯月来："侯哥，你有啥好想法？"

"我这些年一直在室内工作，和村民打交道的机会不多，处理这种事的经验肯定比不上你。你要是没啥想法，我更没有了。"

"侯哥谦虚了，你的社会经验可比我多得很。我多大，你多大，咱俩差着岁数咧。"方堃嘿嘿一笑，"再说，你离过婚，我连恋爱都没谈过，我跟你比起来就是碎娃一个。"

"这怎么扯到婚姻上去了？又不是让你我跟吕富贵谈情说爱。"

"打个比方，你咋急眼了？侯哥，你这脾气可得控制一下，情绪稳定可是男人顶级的修养。好歹是离过婚的人，更应该注意点，现在的女娃都喜欢情商高的，我就是个范本。"说着，方堃颇为得意地拍了拍自己的胸膛。

"我离婚不是因为情绪，是性格不合。尤其这份工作，外人很难理解，所以我还是想找个同行，知根知底，互相理解。"

侯月来的目光瞟向了雒青。

"找同行我赞同，但是你得找个年纪大的，脾气秉性跟你一样，没啥爱好话又少，两个人干瞪眼也是一种乐趣。"

听方堃一个劲呛侯月来，雒青忽感不自在，直接打断他的话："方堃，我们这是考古队，不是婚介所，也不是情感天地，你如果想探讨婚姻和感情，请另觅他处。"

小白忍不住笑出声来。

"笑啥笑？"雒青没好气道，"我现在手边但凡有根针，先把你的嘴缝上。"

"哎——方堃，士林，你们啥时候来的？"几人正拌着嘴，项昕之从屋里走了出来。

"来了有一阵了，"郭士林挠挠头发，"听说师母在休息，没好意思进去打招呼。"

"在尹村遇到麻烦了？"

"跟吕富贵的情况大同小异，村民因为补贴没到位，不让我们下地。"

"你们这情况跟吕家寨可大不一样，听说吕富贵今天带着乡党们念《吕氏乡约》，能看出来他是一个有格局的人。硬碰硬肯定不行，我看暂时不要再去打扰他，免得适得其反。"项昕之沉着冷静道，"除非有个中间人，能跟他说上话。"

雒青点头："我也是这么想的，他对我们的抵触一定有深层的原因，找不到病根我们也没法下药。"

见她满脸愁容，项昕之又笑了起来，转移话题："别想了，先想想今天吃啥。吃了这么久的炸酱面，要不然我们也换换口味？"

方堃举起手："裤带面，我来做！"

项昕之看了看雒青："雒青觉得呢，是要炸酱面还是要裤带面？"

雒青听出师母的调侃之意，幽默回道："我是管吃不管做的人，有啥吃啥。"她没有看方堃，却感觉从他的方向投来了两道视线，没有对视，雒青回了个淡淡的微笑。

医院花园里，穆见晖正推着刘树兰出来散心。

"树兰，你跟我说句话吧。你怨我、恨我，哪怕想让我死，咋样都行，别不跟我说话。"

然而不管穆见晖如何求，刘树兰也只是神色淡然，双眼空洞地看着前方，并未与丈夫对视一眼。许久，她平静道："我……有啥资格怨别人？娃的命是从我手上丢的，该死的是我。"

穆见晖急急否认："命里八尺，莫求一丈。娃跟我们没缘分，不是谁的错。"

刘树兰摇头："佛经上说，儿女跟父母的缘分很深，如果没有缘不会到你家里来。要是善缘，你断了他和你的缘，那必会让他心寒，结下冤仇。要是恶缘，还未来得及化解，就被你赶跑，那必是冤上加冤，冤冤相报何时了。"说到这里，她眼含泪光地回头看向穆见晖："种善因，得善果。见晖，收手吧。"

穆见晖没有回答。

将妻子又安顿回病房后，穆见晖回到车上，抽出那本《楚辞》，泪水成线落下，洇湿了他为儿子选好的名字。他的耳畔仍回荡着刘树兰的话——"见晖，收手吧"。穆见晖一踩油门，驶向了废品收购站。

储藏室内，黎远光将钵小心翼翼取下，交给穆见晖。

穆见晖抚摸再三，为了这个钵他付出了太多，一朝到手，内心五味杂陈。

"小光，你觉得这钵咋样？"

"好看。"

穆见晖喃喃道："再好看的钵，拿我娃一条命来换，你说值吗？"

他的声音好像很是遥远，黎远光一下子红了眼眶："穆哥，我去把那个条子办了！"

"就算你把他剁了，我娃也回不来了。"穆见晖叹口气，"都说上天有好生之德，大地有载物之厚，君子有成人之美，我咋一样也没遇上呢？这世道总是想着法子和我作对，我向前一步，它就捶我一拳。我有时候也想认栽，可错的不是我，我低不下这个头。"

"等我们攀上赵佑林这棵大树，就不怕条子和我们作对了。"

穆见晖哑然失笑："山可崩，地可裂，连山都靠不住，更何况以人为山？小光，人这一辈子，除了你自己，谁都是敌人，就连赵佑林有一天也可能成为我们的敌人。"

"那这个钵我们不给他了，算屄了，这买卖不做了。娃的命换来的钵，拿去博人一个笑脸，我干不出来！"

"错了，这是你侄子用命为咱们蹚出来的路，这条路通向香港，通向欧洲，通向全世界。把这条路走通，你侄子也算死得其所。"

黎远光忽然一愣："穆哥，钱比娃的命还重要吗？"

穆见晖闻言，含泪大笑起来："小光，你觉得哥是为了钱吗？"

黎远光摇头："你不是贪钱的人，我早就看出来了。"

"人除了钱，就没有啥别的奔头了吗？有，一定有比钱更高级的东西，把我们领向别处。"

"是啥？"

"信念。你嫂子信佛，说到底不就是无路可走了给自己找条路吗？"

穆见晖眼神中的悲伤一扫而空，取而代之的是森然的决绝。

"我只信我自己，因为我知道我要走哪条路。"

明德博物馆内。

一个小叶紫檀木匣放在桌上，穆见晖轻轻一启，葵口银扣钵亮在眼前。赵佑林小心翼翼地捧起，细细端详一番。

"老穆，诚不我欺啊！口沿镶银扣，十二曲出筋，深弧腹，内凹底，内壁刻折枝牡丹纹，外壁剔缠枝牡丹纹，釉色明亮，纹饰精美。"赵佑林品鉴着，又兴致勃勃地看向身旁人，"老肖，你也来掌掌眼。"

老肖一脸奉承："话都让您说了，我搜肠刮肚也说不出来咧。"

"不行，好赖你得说两句，一会儿谈价可是你去谈，小心穆老弟把你吃得死死的。"

老肖直摆手："今天这价我可不敢谈，我道行浅，这样的宝贝也是头一遭见。"

"肖哥这是给我抬身价咧，"穆见晖微微一笑，"那我就觍着脸跟赵总说个心里价。"

老肖识趣，往后一缩："你们二位谈，我去后院看看。"

"说吧，"赵佑林来了兴致，俯身向前，"我听听你这心里价能不能把我吓趴。"

"赵总别挖苦兄弟了，我就算再不识抬举也知道马王爷有三只眼，哪敢在您面前耍大刀。这个钵，我不要钱，敬赠给您。"

听到他的话，赵佑林却把钵放回木匣："这钵再好，也有个价。我要是贪便宜，欠下你人情，那可就缠扯不清咧。老弟，要么随行就市，要么东西拿走。"

"既然拿来了，我就没打算带走。"穆见晖淡淡道，"今天赵总不要，我就砸了它。"

赵佑林纳闷："你这是让我一脚跨在马背上，上不来下不去啊。老穆，谈钱不伤感情，谈感情才最伤钱，你有需求直说。"

"您是火眼金睛，我这肠子咋在肚子里盘，您看得一清二楚。盗墓这碗饭兄弟吃了十年，只混了个肚圆。要论寻墓看货，关中我敢称第一，没人称第二。只是咱无桥过不了河，没梯上不了楼，白瞎手里攥着好宝贝。我也不藏着掖着，就想拜下您这座山头。"

"我这座山头，虽然比不上华山，好歹也抵得上秦岭。要是一个钵就能拜下，那不成了土疙瘩。"

"我当然不敢拿一个钵轻贱您，但是这回我敢上鹞子窝掏雀，下回您想要月亮，我就上九天揽月，您想要鳖，我就下五洋抓鳖。关中地界的宝贝，只要您说得出，我就弄得到。脏手的事交给我，您只管稳坐中军帐。"

话已至此，赵佑林合上木匣，起了身："哪天得闲，跑一趟香港吧。"

解决完赵佑林这边的事，穆见晖又回到医院病房看望妻子。他推开门，未承想病房已经收拾干净——刘树兰走了。他立马给她打电话，却显示关机。又急又慌下，他转而给文雯打，电话终于接通。

"文雯！你嫂子人呢？"

"嫂子出院了，她说想上山上住一段日子。"

穆见晖一愣，失落道："能行，你好好照顾嫂子，山上凉，别让她受寒。晚上记得让她泡泡脚，缺啥我改天送上去。"

"知道咧。"

挂完电话，穆见晖陷入沉思。

她终究还是……不愿与他并肩闯下去。那样温和的兰花，最终还是选择隐匿到深山里，不再释放幽香。

可他不行，他已无法退缩，必须一股脑地往前走，没有回头路。

树兰，你先好好休息吧，剩下的，那些肮脏不堪的，全部交给我。

未名轩内，大批形式各样的宋瓷工艺品被摆上货架，店员忙里忙外清点着。

李全坐在电脑前，正在用MSN聊天。

过了一会儿，李全忽然兴奋叫嚷起来："穆总，咱的宋瓷刚上架，香港就有家喜玩古董行要跟咱订三百件！"

此事却好像完全在穆见晖意料之中，他语气平淡："知道了，你准备报关，我亲自把货送去香港。"

香港处处是高楼大厦，街道拥挤狭小，霓虹广告牌参差探出水泥墙，楼下车水马龙，尾气漫天。稍显安静的古玩一条街上，一辆大货车驶到喜玩古董行前，店里走出一人迎接，竟是老肖。

老肖话不多说，立刻安排人将货卸至仓库内，自己也跟了过去。

他正在拆除一个做了记号的木箱，箱子拆开，里面竟是那件葵口银扣钵，穆见晖小心翼翼地把钵取了出来。

"老穆，没来过香港吧？"

"头次来。"

"好好玩上几天，这达的小吃跟咱关中的完全不一样，你多尝尝。"

穆见晖皮里阳秋地回了一句："老肖，你这是给我安排了任务啊。"

"这话没麻达，"老肖装傻笑笑，"你的任务就是吃好喝好玩好，回头等着数钱。"

香港某拍卖行内。

一场规模并不大的拍卖会，温玉和坐在离穆见晖和老肖很远的地方。

拍卖师正用"港普"介绍："下面这件耀州瓷葵口银扣钵，出自北宋年间，于清末被比利时一位藏家购得，现收藏于一位英国藏家手中。"

穆见晖不由低声调侃："五天的时间，我连铜锣湾都没出过，它居然从比利时跑到了英国。"

老肖也凑过来："地球上随便一个点，只要你能指出来，它就能跑过去。"

"老肖，这位给钵上户口的高人，有两把刷子。我听说她有个外号，叫'暂得女王'。"

"穆老板，你听说的事太多了，"老肖意味深长一笑，"比我知道的都多，让我咋答？"

"葵口银扣钵起拍价——五百万港币！"

拍卖师话音刚落，台下温玉和便举起了牌子。

穆见晖瞟了她一眼。

秦川某监狱讯问室。

狱警把燕小五带来了，他一副吊儿郎当的样，几年的改造还是没有改变他的本性。

见到眼前人，燕小五吹了个口哨："哟，齐警察，啥风把你吹来了？"

齐大仓面无表情："你猜咧？"

"那肯定是想从我身上再榨点啥。不过，我看你是白跑一趟咧。几年前的旧事，我都交代完咧。"

"真交代完咧？"齐大仓眉头一挑，"穆见晖认识不？"

燕小五跷起二郎腿："没印象。"

"答得倒是干脆，我来监狱找你，不是顺路，也不是突然起兴，是专程。你也是个灵醒人，应该听得懂我是啥意思。你琢磨琢磨，再给我答。"

燕小五眼珠一转，沉默片刻，又道："穆见晖，耳熟。"

"单是耳熟？恐怕交情深得很咧。"

"我这一身烂肉在这儿囚了几年，哪儿还有亲戚朋友，跟谁谈交情。你说的穆见晖，是我以前的工友，早年都在表厂干活，不过我跟他没啥交道。咋，他犯事了？"

齐大仓眼神一凛："他犯没犯事，你心里清楚。"

"我不清楚，我啥也不知道，你也甭费心思拿话头诈我。蹲了这么些年大狱，我也认栽咧，你们还想咋？"

"想让你说实话，谝点实在的，当年的事你没吐干净。我知道你年轻时讲义气，是个娃娃头，甚至偷你妈的嫁妆给兄弟花。但是仗义归仗义，也得分事。别人干下的瞎瞎事，你给遮羞，搭上几年的青春，值吗？"

"甭抬举我，"燕小五侧过头，"我没给谁遮羞。"

齐大仓双手环抱："你不为自己想，总得为老婆和儿子想想吧，他们还眼巴巴盼着你早点出去。"

燕小五却哑然失笑，像是毫不在意："齐队，你跟我们王管教一个班出来的？这劝人从良的词都一个味儿的。进了这儿，'银镯子'一戴，谁他妈还有老婆、儿子？不信你进来住几天，看看谁还理你。"

第七十章 阻碍

出监狱后，王管教无奈笑笑："咋样，齐队，见识到了吧，这燕小五是不是油盐不进？"

"心肠够硬。"齐大仓哭笑不得，颇为苦恼，"这些年你们咋就没感化他？"

王管教摊开手表示无奈："嘴皮子都快磨破了，同时入监的人家早就减刑出去咧，就他不积极。真是应了那句话，石头就算给它再高的温度，也孵不出小鸡。"

"他家里人没来给他做工作？"

"早些年老婆来过一次，后来也不来了。"

"他不是有个儿子？"

"没来过，娃也大了，肯定是嫌他爸丢人。不过他家里人在吃喝这块没亏他嘴，打钱勤得很，同监舍的就属他过得滋润，生活用品不缺，零食不断。"

听完王管教的话，齐大仓若有所思。

"杨队，我今天去看燕小五了。"回到联合打击办后，齐大仓立刻汇报。

杨青石回过头："咋样？"

"没啥收获，那小子嘴硬得很。"

"慢慢来，不是一朝一夕的事。"杨青石倒并不着急，温和道，"他也快出狱了吧？"

齐大仓点头，眉头略微蹙起："快了……他现在这副态度，就怕一出狱又走上老路。"

"杨队，齐队。"正说着，周永福敲门进来。两人一齐望向他，可他却支支吾吾，似不好意思开口。

"咋还羞臊上咧。"齐大仓不由失笑，"说，啥事把你难成这样？"

"吕氏家族墓的卷宗，让检察院退回来咧。"

"啥？"齐大仓一惊，音量一瞬间提高，"案卷是我经手的，条理清晰、证据齐全，他们凭啥给我打回来？"

"检察院说河东人盗的墓是空墓，跟咱说的不符，让咱补充侦查，证明这空墓是具有重大历史、艺术、科学价值的古墓。"

· 454 ·

齐大仓气得深吸一口气，扶住了额头："铲子是在吕氏家族墓下的，这么大的字他们看不见？"

周永福也一脸为难："人家说就是个空墓，它是谁的家族墓也不管用。"

"永福，这案子哪个检察官办的？"杨青石道，"实在不行咱去跟人再好好说说。"

"宋检，宋慧茹，我被呛了一顿，不敢再去惹她。"

杨青石犯难："呀，那可是个较真的娃，俩嘴片子比刀子还锋利，连赵局都怵火她，这事麻缠咧。"

齐大仓却不以为意："怵她干啥！不要让检察院觉得咱好拿捏。我去会会她，非要让她认我这个卯。"说着，他便披上外套，朝门外大步走去。

"砰，砰。"

齐大仓敲门走进检察官办公室，咧嘴一笑："宋检，忙着咧。"

宋慧茹头也不抬，冷冷道："看见了还问。"

"我来跟你说说这吕氏家族墓的事。"

"这事我跟周永福交代过了，不清楚的你问他，问我也还是那一套。"

齐大仓上前几步，给她倒水："宋慧茹同志，这案子不光牵扯我们公安，还有文保和考古，多少人盼着你能给咱主持公道，打击盗墓分子咧。"

"法律就是公道。刑法明明白白写着，盗掘具有历史、艺术、科学价值的古文化遗址、古墓葬的，该咋罚咋罚。"宋慧茹终于停下手中工作，抬头看向他，"一个空墓，你让我们去对应哪个法条？"

"要是因为这件事让盗墓贼逍遥法外，你心里能好受？你也不能光讲法理不讲人情。"

"我这不是讲人情的地，盗墓贼要真是不能判，那也只能说明你们无能。案件办不扎实，犯罪事实没掌握清楚，活该你们受着。"

齐大仓勉强挤出笑脸："这里面有误会，你肯定不清楚吕氏家族墓的来龙去脉。北宋年间吕氏先祖吕通到长安为官，路过弭县，见这达风景优美，就迁到这儿咧。吕通的儿子吕蕡生有六个儿子，二子吕大防官至哲宗朝宰相，五子吕大临是关中学派创始人张载的弟子，一生致力于研究金石学，算是考古学的鼻祖。长子和三子喜欢研究碑石学……"

"吕家儿子的事留着明天说吧，"宋慧茹打断他，"我家儿子放学咧，我要下班接娃。"

齐大仓央求："就给我十分钟。"

宋慧茹无奈，揉了揉眉心："你在这儿耗下去，娃咋办，你去接？"

"那当然是我跟你一块接！"齐大仓一拍胸膛，"你是娃的妈，我还是娃的爸咧。走，咱路上说。"

通往学校的路上，齐大仓一边开车，一边使尽浑身解数说服宋慧茹。

"老婆，你知道我们队一听说这案子是你接啥反应？一个个高兴坏了，张口闭口嫂子好哇，通情达理，体谅人，知道咱办案不容易……这案子她办，可算给我们提气咧，把盗墓贼一个个送进监狱，关他个心服口服。"

"别胡编乱造咧，我把案卷打回去，你们队的人能服？"她轻哼一声，"我猜他们恨不得指着我脑门子骂，说这女人麻缠，硬茬儿，抠字眼，死脑筋。"

"我对着车发誓，都夸你咧！"齐大仓从后视镜看了她一眼，"这次你把卷宗打回去，虽说是给大家心头倒了一桶冰，但是大伙办案热情不减，也都体谅咧。永福回去说，嫂子讲原则，我得跟她学习。师父特地打电话，说别让慧茹为难，按她说的办。师父那脑门子，为了这个案子都秃到外爷家咧，我实在于心不忍。我说不行，我去找慧茹做工作。"

"你师父的脑门子是办案秃的？我又不健忘，咱俩结婚那年他比现在还秃。"

被她这么一呛，齐大仓咳嗽两声："好，我不拿师父秃脑袋说事，就说我，你闻闻我身上啥味？我多少天没回家你清楚得很。"

"那行，你把衣服脱下，你们队有一个算一个，把衣服都交上，当成你们补充侦查的证据。到了法庭，审判长问咋证明这是空墓，我就让他闻味，你觉得咋样？"宋慧茹冷脸正经道。

此话一出，齐大仓却是哭笑不得："你这女人咋油盐不进？反正我牛皮吹出去咧，一定把你拿下，等接下娃我再跟你慢慢磨牙。"

宋慧茹并未再回话，她静静看着脚踩油门的齐大仓，又看看路边街景，柳叶眉微微一挑。

两人翘首等了半天，幼儿园的孩子陆续都被接走了，还没见到儿子的身影。

"这娃咋还不出来？"齐大仓伸长脖子往里张望。

宋慧茹冷哼一声："你倒问上我了。"

"准是又贪玩，咱妈把娃惯坏了，一点时间观念都没有。"

又等了片刻，齐大仓实在等不及了，走向门卫大爷："叔，帮我喊一下大班的齐群。"

"啊，齐群？"门卫皱眉，"大班没有这个娃。"

· 456 ·

齐大仓惊呼："不可能！我娃在这儿读了好几年，咋会没有。"

宋慧茹不语，一副看笑话的表情。

很快，齐母的电话打了进来："大仓，你人咧？慧茹说今天你来接娃，我跟娃在校门口站了半天，咋没看到你？"

齐大仓四下一看，有些发蒙："我跟慧茹就在幼儿园门口。"

"你跑幼儿园干啥？"齐母忽然发怒，"你儿子上小学了你不知道啊？"

齐大仓愣了一下，一拍脑袋，懊恼起来："哎呀，娃读小学我都忘了！"

他突然意识到了什么，转头看向宋慧茹："你故意的吧？"

"实验一小！"宋慧茹挑了挑眉，双手环抱着转身离开，声音难得透出几分轻快，"这次先给你个教训，下次我可要搬出婚姻法咧。"

齐家饭桌上，齐母依旧生气。

齐大仓献殷勤，频频给母亲夹菜："妈，还生我气？我保证决不再犯这种错误，齐群以后的班会我包咧。"

"现在你红口白牙说得好听，以后谁知道。没准等我死了，你连我的坟头在哪达都忘咧。整天跟个小旋风一样脚不离地，也不知道你到底在忙啥。"

"我没白没黑办了个盗墓案，好不容易结了案，结果有人说这盗墓贼不算盗墓，让我们重新办，您给评评理。"

"你把我绕迷糊了，既然盗了墓为啥不算盗墓？"

"一片古墓区，这贼好死不死挖了个空的。"

"空的也是在古墓区，那不还是盗墓？"齐母觉得莫名其妙，"是谁让你们重新办？这不是鸡蛋里挑骨头吗。"

齐大仓看向宋慧茹。

齐母了然，一筷子打在儿子头上："我说最近慧茹咋那么忙，原来是你给她添堵！"

"妈！"齐大仓委屈道，"墙头草都没您倒得快，刚还替我说话，嗖一下就转她那边咧。"

"你是公安，她是检察官，在外面不管你们咋个针尖对麦芒，互相扎心尖，回到家我就是法官！我无条件站在我儿媳妇这边，大事小情都是你的错，不许辩驳，不许翻案。"

齐大仓叫苦不迭："我一米八的大个子，家里头你俩联合起来称王称霸，工作上宋慧茹卡我脖子，真是里外夹击让我透不过气。"

"齐大仓，你可别没完没了。"宋慧茹瞅了眼儿子，"齐群，给你爸念家训。"

客厅墙上挂着一幅十字绣，上刺四个大字，齐群用稚嫩的声音大声念道："勿谈公事。"

办公室内，张逢春正嘶哑着嗓子打电话："地铁要修，古墓也得顾，咱秦川城底下全是坟，十个考古所也忙不过来。你们埋怨市所有啥用，要算账找那些皇帝头子算去，让他们别埋在这儿，都省心……行行行，我尽量抽人手，你们再等一个月。"

挂了电话，张逢春灌了一大口用胖大海泡的水，对着坐在办公桌前的齐大仓吐槽起来："没见过修个地铁先把市所的人累死的。2号线起点底下就是古墓葬群，也不看看咱秦川是个啥情况，非修个地铁！"

"也得发展经济嘛。地铁规划了十三年才建，咱秦川已经很不容易了。"齐大仓安慰道。

"不光地铁，各类基本建设单位天天给我打电话，有的排队都排了三年，我能咋办。"张逢春挥舞着手比画着，又长长叹气，"唉，不听我弹这陈年老棉花了，你刚说找我啥事？"

"吕家寨那个盗墓案，有个盗洞现勘做完了，检察院说是空墓，没法定罪。市里不是说要抢救性发掘吗？我就来问问情况。"

"这事你还真问错人咧，虽然吕氏家族墓项目市所也参与了，但是主角是省院，雏青在那儿坐镇，这事她清楚。"

"我也不是问详情，就想知道个进度。"

"不好说，考古程序咋规定的，进度就咋往下推进。"张逢春为难地摆手，又咕咚饮下一口茶水，"还是那句话，要是我负责发掘，我能给你说清，不是我的活我不能瞎说。"

齐大仓苦笑："张所，咱从黑陶俑被盗案认识到现在，我从来没在你嘴里听到过一次正面回答……你们这些考古人呐，真是严谨。"

齐大仓又买了一堆水果，追到了吕氏家族墓考古基地，正好撞见雏青，忙凑上前。

"雏青，我来慰问咧，你们这工作进行得咋样？"

"齐队，张所跟我通过话了，你是想问空墓的事吧。不瞒你，发掘工作还没开始。"

齐大仓疑惑："咋还不开始？这人员也就位了，上面也批准了，碗筷都摆上桌了咋还不动炒勺？"

"考古没你想的那么简单，得按程序来。"雏青笑了笑，"正式发掘之前，我们得做足案头工作，收集所有已经发表的宋代考古资料、吕氏家族相关的文献，了解每一个吕氏成员的生平。"

"这看书还要那么久？"

"要是都在书本上那就好办了，很多吕氏家族的相关材料得去走访调查才能收集到。就跟你们了解嫌疑人的社会关系一样，我们得去采访村民。"

"你们没去找吕富贵？"

说起这个，雒青忍不住叹口气："岂止找了，我们是三顾茅庐三次落空。富贵哥说了，他啥也不知道。资料收集不全，我们没法了解墓园的结构和地望条件，只能慢慢踏。你要问我啥时候踏完，那就说不准了，日拱一卒，一年两年都有可能。"

"听他胡说！"齐大仓有点冒火，"他家世代守墓，吕氏那些事都在他肚子里。"

意识到齐大仓对吕富贵颇为熟悉，雒青眼睛一亮，立刻兴致勃勃道："齐队，要不你跟我跑一趟吕富贵家？毕竟你们打交道多，你来当个中间人，也许你能撬开他的嘴。"

齐大仓点头："能行。"

两人赶到吕富贵家，正好撞上吕富贵出门。

"富贵哥！"齐大仓忙喊一声。

吕富贵闻声，登上自行车就跑。

齐大仓腿上如绑轮，嗖地追上去，将他一把拽下车。

"老哥，你跑啥？"

"你把我抓走吧，先人的墓保不住，我有罪，没脸待在村里，让我去蹲大狱。"

听罢，齐大仓哭笑不得："咋又让我把你抓走。我跟你解释过了王太平盗墓不是你的错，咋，还想不通？"

"富贵哥说的不是王太平，是我们，"雒青略一沉思，看向吕富贵，"你是觉得考古队在破坏你先人的墓吧。"

吕富贵沉默。

"富贵哥呀，你是文保员，还是先进模范，咋关键时刻扯后腿？"齐大仓扶额，"你以为你啥也不说，这考古队就不干活咧？"

"公家要挖坟动墓我拦不住，可我决不会去当马前卒，领着你们去掀我先人的棺材板。屋怕不稳，人怕忘本。我家世代守墓，不能到了我这辈让人戳脊梁骨。"吕富贵愤愤道，末了还为自己不能守护祖宗墓哽咽起来。

"富贵哥，考古不是盗墓，现在吕氏家族墓遭到了破坏，我们必须及时采取措施进行保护,这叫抢救性发掘。"雒青耐心讲道理,"两次被盗,这事传得沸沸扬扬,万一还有人起歹心怎么办?就靠你们几个群众文保员管得过来吗?"

齐大仓也帮腔:"现在不发掘,就定不了那几个盗墓贼的罪,你能咽下这口气?"

可饶是雒青和齐大仓这般晓之以理,动之以情,吕富贵仍然摇头:"你们说破大天,我还是无可奉告。这一千多年吕氏开枝散叶,子孙遍布五湖四海,年年有人回来寻根祭祖。墓被挖走了,我们的根也就被刨了,子孙拜谁祭谁?我要是给你们出谋划策当帮凶,还是人吗?"

齐大仓和雒青哑口无言。

第七十一章 转机

夜已深，乌云遮月。雒青独自坐在院里，为吕富贵的事发愁。

方堃跑过来，轻声问："干啥呢？"

"发愁。今天去找了富贵哥，想让他给我们提供一些帮助，看来没希望了。"雒青低下头，盯着脚边的蚂蚁，"如果我是吕家人，可能也跟他一样，没法给考古队行方便。"

"这倒是句实话，事情落到考古人自己身上，也不一定有办法。"

方堃顿了顿，娓娓道来："几年前，湘州出了一起盗墓案，一个清代的墓被毁了。当地派了考古队进行抢救性发掘，发掘进行到一半，在墓门上发现了墓主的墓志铭。根据墓志铭记载，这位墓主是清朝康熙年间的官员，当时的考古队队长一看墓主的名字，差点吓傻了。"

雒青抢话，抬头看向他："难不成墓主是他的先祖？"

"这位队长开始还抱着几分怀疑，直到另外一篇记载墓主人生平的墓志铭被发现，他才确定，他是墓主的十二世孙，那就是自己祖先的坟墓。本来清朝墓葬的发掘就得充分尊重其后人的意见，这事出来后，考古所商量了一下，要不要继续发掘看考古队长的态度。"

"那后来发掘停了吗？"

"没停，他们想了一个折中的对策，所里和考古队队长都很满意。"

"啥对策？"

方堃刚张了张嘴，正在这时，侯月来走了出来："雒青，太晚了，你早点休息吧，这几天都没睡好。"

雒青急忙道："等一下，方堃！你把刚才的事讲完。"

方堃瞥了侯月来一眼，又看了看雒青，故意卖了个关子："先回去睡觉吧，养足精神。欲知后事如何，且听下回分解。"

侯月来微笑："难得你能跟我意见一致。"

"侯哥，这个世界上可不只有你是关心女性的好男人，"方堃将双手背到头后，嬉笑着说，"我也是。对不，雒青？"

雒青无语，扭头回去睡觉。

次日早晨，雒青、小白和侯月来带好相机、笔记本等物，准备出去踏查。

"你们干啥去？"方堃突然从房间跑出，拦下他们。

"还用问吗，当然是去踏查。"雒青淡淡道。

"我也去！"

"踏查就算了，你和郭士林去村里走访一下老人，看看能不能获得啥资料。"

"这村里的人除了吕富贵，谁还有资料，你这不成心吗？"被雒青一拒绝，方堃内心怎么都不是滋味。

她却打趣道："你能言善辩，巧舌如簧，没准就能把吕富贵说动了。"

方堃沉默几秒，没有回话，直接抢过侯月来的相机："侯哥，你和老郭去。"

"我哪行，跟人打交道话都说不利索。"侯月来面露难色，蹙起的眉毛里夹杂着一丝不乐意。

方堃又给了小白一个眼神，后者立马意会，把GPS塞给方堃。

"方老师，我肚子不舒服，你陪雒老师去吧。"小白眨眨眼。

方堃立刻笑了起来："能行。"

说着，他悄悄给小白竖了个大拇指。

三人随后来到了一片荒地，杂草丛生，枯木盘虬，偶尔还有鸦鸣。一路走过，鞋底尽是灰黄沙土。

"县志里记载吕氏有个四贤祠，建于北宋，金代时毁于战乱。明代时在原址上翻修，结果又被大火烧毁了。再后来又经过了几次翻修、扩建，直到近代，被关中大儒整修，建成学堂……应该就是这里。"

"雒老师，"方堃举手，"四贤祠是个啥？"

雒青白他一眼："你有没有好好看资料，到底是来吕家寨帮忙的还是捣乱的？"

"我这是虚心请教，咋还急眼了。"

"我们每天每个人有多少资料要看？有多少踏查区域要记录？没人有精力为你解释，也没人有精力带你参观！"见他仍是吊儿郎当模样，雒青莫名火大，语气也冲了许多，"你要是为了好玩来这儿，我劝你今天就走。"

方堃讪讪一笑："我也是看你压力大活跃一下气氛嘛，你要是嫌我烦，我从现在开始闭嘴。"

"这是你说的，从现在开始，没我允许别说话。"

"都消消气，多大的事。"侯月来打圆场，"方堃，我给你解释一下这个四贤祠，它准确来说是家庙，家族丧葬、祭祀仪式都在这里举行。可惜一点遗址痕迹都没有。"

谁知侯月来一番解释后现场鸦雀无声，等了几秒后，他只能尴尬地跟着雏青和方堃继续往前走。

众人走着，雏青忽然看到了一个熟悉的身影——吕富贵。他背对着他们，跪在地上，面前放着香烛、纸钱、水果、点心和白酒。

点燃纸钱，洒下白酒，吕富贵神情悲痛："先人在上，不肖子孙吕富贵来请罪咧。我这一脉世代守墓，北宋末年，战火连天，族人南下四散，我先人宁死不肯走。明末闯王李自成破秦川，贼匪打家劫舍，我先人豁出命去，没让他们糟蹋一草一木。1939年，日本鬼子空袭秦川，我爷带着我大日夜睡在墓园，守了整整一百天，墓保住了，我爷熬没咧。"

雏青、方堃和侯月来闻之动容，逐渐放轻脚步，不忍打扰他。

"到了我这儿，太平盗墓，我失察短教，实在没脸见人，要不是念及吕氏的墓还在，我肩上的责任还在，恨不得找根绳子死尿算咧。现在考古队来了，公家要发掘，这墓终究是在我手上日塌咧，吕家的根怕是要被拔起，吕家彻底散咧。"

他越说越痛心，涕泗横流，差点跪不住，仰躺到地上。

方堃见状连忙上前，扶起吕富贵："富贵哥，你放心，吕家的根不会断，吕家也不会散！这里是不是曾经的吕氏家庙？"

吕富贵哽咽道："对，就是我脚下这里。"

"发掘完成后，我们给你们吕氏重修家庙，算是对你们的补偿，能让你们吕氏继续凝聚乡情，团结宗亲。"

方堃打了雏青一个措手不及，她一时蒙了，愣愣地看着他。

吕富贵也一脸震惊："你们说话算数？"

方堃将视线投向雏青："雏老师是我们这次项目的负责人。"

吕富贵泪水盈眶，作势就要给雏青跪下。雏青连忙拦住："使不得，富贵哥，千万别这样！"

"这么大的恩情我无以为报呀。"

"富贵哥，"雏青亦有些神色黯然，"先前是我们考虑不周，没有照顾到你们的情感。"

"以前的事不提了，就冲你们帮我们建家庙，你们就是吕家寨的朋友，是我吕氏族人的贵客。我吕富贵别的本事没有，对吕氏家族倒是有些了解。你们问吧，能帮上你们考古队的我知无不言、言无不尽。"

他渐渐平复了心情，满脸感激地看着他们。这一次，再无冷漠与遗恨，再无防备与逃避。

他仅仅是想守住千百年来延续的家族根脉，仅此而已。

"太好了，富贵哥！"方堃雀跃不已，"先给我们介绍一下墓园吧，就从家庙开始。"

吕富贵清了清嗓子："家庙建于北宋，主殿就在咱们正对的方向。家庙主要是给我们族人祭祀用的，后来先人在这儿办了学堂，开课授业，教化乡里。"

雒青接话："也就是四贤祠？"

"对，后来经历了战乱、火灾，家庙毁了建、建了修，一直到解放后，成了我村的小学。到了20世纪80年代，成了危房，就全部拆除咧。"

听罢，方堃惊叹道："延续了九百多年啊。"

雒青环顾四周，点了点头后，又提议道："富贵哥，咱往外走，边走边谝。"

走出那片荒地不远，便能看到吕氏家族墓园了。

吕富贵站在通向家族墓园的中轴线位置，介绍着："以前这条路是我们祭祀必走的路，它的尽头就是我们吕氏家族墓。"

雒青若有所思："看来这就是神道。"

"啥？"

"神道是我们考古学上的一个术语，就是坟墓或墓室前的道路。"

"你们这些词汇我也听不懂，我光记得我大提过吕氏兴盛那一向，这路四周都有石兽，啥石羊、石虎、石牌楼、碑刻，后来好像被县里的博物馆收走咧。"

"师兄记下，这个信息非常重要。"雒青连忙转头小声嘱咐侯月来，"神道的形制、位置和整个墓园的结构息息相关。"

吕富贵往前走了几步，却又停了下来，叹了口气。

方堃疑惑："富贵哥，咋了？"

"站在这里，我就好像看到千年前，几十个吕氏后生，抬着先人的棺木从家庙出来，沿着这神道往前，慢慢往墓地走，最后把先人埋葬。几十米的路，却是我们活人送先人的最后一程。"

在残石断块上，四人默默矗立着，猎猎风起，经幡仿佛就在眼前。

沿神道往前，不远处便是墓园。

"这墓园里埋了几十个先人，被盗的两个墓，都在其中。"

"富贵哥，"雒青问，"咱们这墓园的兆沟位置你清楚吗？"

"啥叫'兆沟'？"

"就是墓园的边沿界沟。"侯月来解释道。

"不知道，也没听我大提过，兴许年份太久咧，早就不见咧。"吕富贵摇头，忽又眼前一亮，有了主意，"不然你们跟我回去一趟，我家里还有几本书，是我先人留下的。"

回到家中，吕富贵打开了北屋的门。就在那一瞬间，雒青和方堃皆震惊得合不拢嘴——半面墙壁上，挂满了老照片，五层高的书架上摞满有关吕氏家族的书籍。阳光斜射进来，灰尘颗粒在空气中纷飞起舞，倏尔又转进了陈旧的墨香中。

"富贵哥，这些都是你收集的？"雒青直直盯着书架，眼睛快速扫过每一本书。

"照片是我和我大拍下的，80年代刚填饱肚子，我大就托人从上海买了台海鸥牌照相机，那时候他知道家庙恐怕保不住了，天天去拍。"说到这里，吕富贵低头一笑，"不怕你们笑话，这台相机花了我们全家一年的收入，我妈因为这半年没和我大搭话。"

方堃双手抱拳："佩服，你父亲的文保观念比当代许多人都强。"

"啥文保不文保，就想给吕家留个念想。我大当时在村小学教书，看见学校里有很多老书，破得很，根本没人看。我大把书捡回来，凡是里面跟吕氏家族相关的，他都抄了下来。"

雒青望过去，这些书有村志、县志、乡志，有老版的《吕氏乡约》和《考古图》，还有一本《吕氏族谱》。她在衣服上擦了擦手，恭谨地拿起族谱，小心翼翼翻看着。

吕富贵瞅见她的动作，感慨道："这族谱也是我的一桩心事，我大活着的时候一直想把吕氏从北宋到当代的宗族关系捋清，可惜他也就是个乡下教书匠，没有那个本事。我更别提，书读不多，庄稼汉一个。"

从书页中抬起眼，雒青目光炯炯地凝视他，语气尤其郑重："富贵哥，这些资料太珍贵了，我们考古行有句话：每一个墓碑背后都是一段历史。吕氏家族墓不光是你们吕家人的历史，也是我们的。你放心，我们一定会怀着敬畏心做完发掘工作。"

秦川市，某商场内。

齐大仓像个小跟班，提着包跟在宋慧茹身后逛街。饶是手上脚下都没闲着，他却满脑子都在想吕氏家族墓的事，双目飘忽，只看到无数斑斓色彩在眼前乱飞。

"这件咋样？"

服装店内，宋慧茹边挑边问。

"好。"

宋慧茹又顺手抄起一件："这件呢？"

"好得很，衬你肤色，显你身材。"

宋慧茹剜了他一眼："这是男装。"

齐大仓立刻回过神来，嘿嘿一笑："我是夸你长得漂亮，披个破布条也像仙女。"

"少来，看你那个丢了魂的样，不愿陪我逛直说。"

这下齐大仓也不隐瞒："我为啥丢魂你清楚，昨天去了趟吕家寨……"

"打住。"宋慧茹伸直手掌，"你们公安是厨子，我们检察院是食客，菜不好吃你不能强摁头吧？"

"这菜咋做好吃，你好歹给点意见啊。"

"我要是管吃又管做，还要你这厨子干啥？"

"说得对！"齐大仓连连奉承，"这案子正好让我们练练兵，检验一下我们的办案能力。慧茹，要不说还是你的业务能力强，思想觉悟高。"

宋慧茹白他一眼："你马屁拍得再响，我也是爱莫能助。"

"夫人啊，这你就错了，我是真心服你。好不容易放个假，你好好逛，这烧心烂肠子的事我一个人慢慢琢磨，别让我的能力不济影响到你的心情。"

见他一脸诚恳和真挚，宋慧茹反被逗乐，揶揄道："又改苦肉计咧？这小戏一场接一场，你不累我都累咧。"

"那我去外面等，不碍你眼。"

齐大仓转身欲走，却被宋慧茹叫住："等等。"

他一脸期待地回头，眼巴巴盯着她，直到她嘴里吐出三个字："卡留下。"

商场外，齐大仓焦头烂额，对着一个易拉罐踢来踢去。

这时，雏青的电话打了进来。

"齐队，好消息，富贵哥思想的工作做通了。"

齐大仓立刻兴奋起来："把资料给你们咧？"

"岂止啊，他简直就是吕氏家族墓的专家，"雏青的声音也难掩喜悦，"把很多关键的遗迹位置指给我们了，还有族谱、家族历史，给我们讲了很多！"

"那空墓啥时候发掘？"

"快了，等我们消化完资料，把踏查成果整合一下，马上发掘。"

"能行，我等你消息。"

挂断电话，齐大仓把易拉罐捡起来，做了一个漂亮的空投，丢进了垃圾桶。

宋慧茹出来了。

"买完咧？"齐大仓问。

"这家裙子不好看，去北郊新开的商场再逛逛。"

"等一下。"齐大仓摊开手，做出要卡的姿势。

"啥意思？"

"宋检，空墓的事有下文咧，"齐大仓底气十足，咧嘴一笑，"我的卡拿来吧。"

第七十二章 难题

考古基地内，方堃、雒青和侯月来将吕富贵家的资料全部搬了回来。

"老郭，小白！"方堃边抬边喊，"快来帮忙！"

郭士林小跑着出来，见状不由惊叹："你们这是搬了个资料库回来啊，说服吕富贵了？"

方堃得意扬扬地抬起下巴："当然，我亲自出马，还拿不下他？"

项昕之闻声也走了出来："你给吕富贵下了什么迷魂药？"

"他哪是给吕富贵下迷魂药，是给我挖了个坑让我跳。"雒青无奈，"师母，他居然承诺吕富贵给吕家寨修家庙，商量都没和我商量，打了我个措手不及，早知道我就应该把他的嘴缝上。"

方堃挑眉："刚才在吕富贵家搬资料的时候，我看你激动得很，咋一转眼就要过河拆桥啊？"

雒青支支吾吾扭过头："当时情绪上头我还没想到这茬儿，现在我想明白了，你真是给我挖坑。"

"坑不坑放一边，要没我你知道兆沟在哪达？知道神道在哪达？今天半天你全知道了。"

雒青懒得和他争辩，干脆向项昕之撒娇："师母，你快来评评理。"

"我看这招不错，起码我们有大收获！"项昕之肯定道，旋即又笑着看向方堃，"至于家庙，方堃你可不能管杀不管埋，你捅下的娄子你来填，不能让雒青一个人扛雷。"

郭士林也一个劲点头："师母说得对，堃，我们就留在吕氏家族墓，把这事解决好。"

"留是留不下了，"方堃却苦恼地挠了挠头，"刚才小满发了个短信，有粮伯回来了，我得回去跟他商量商量青苗补偿的事。"

郭士林惊讶："你这就走？"

"嗯，一会儿动身。"

"马超越都解决不了的事，有粮伯能跟你商量出来个啥。"

"总得试一试嘛。"

"那你给雒青埋的雷咋弄？"

方堃这便看向雒青，嬉皮笑脸道："雒老师，考验你领队能力的时候到

· 468 ·

了。"

"坑货！"

丢下这句，雒青便气冲冲大步回了房间。

方堃追进来的时候，雒青正在桌前生闷气，耷拉着秀气的嘴角。

"咋，听见我走你舍不得了？"

"你的脸皮真是比城墙还厚，真当自己是香饽饽？"雒青抬起头，忍不住伸手推搡他，"我巴不得你走，立刻，马上！省得一张不上锁的嘴又给我惹麻烦。"

"雒老师，我发现你对我误会很深，"方堃无奈摊手，却丝毫不肯挪动脚步，"在你心里我咋这么不靠谱？"

"难道不是吗？你随口一句修家庙，给了富贵哥多大的希望？你知道家庙对他的意义吗？如果弄不成，我们以后怎么面对他，他怎么接受这个打击？"一股脑说着，雒青忽然一顿，眼神似有些躲闪，声音也低了几分，就像被打击的不是吕富贵，而是她自己，"你只会放空炮，给别人错觉，从来没想过给别人带来多大的伤害。"

方堃只觉莫名其妙："你咋知道我是随口一说，你咋知道我是故意给人错觉？"

"因为我太了解你了。"雒青几乎是飞快答完，意识到气氛有些微妙后，她又闭上了嘴。

"雒老师，我看你是一点都不了解我。昨天我没给你讲完的考古队队长的故事，你知道结尾是啥吗？那个考古队队长向领导提出，发掘结束后能不能给他家先人建个纪念馆，领导同意了。"

"就算你不是临时起意，起码你要跟我提前商量一下吧？"

方堃哭笑不得："你给我机会了吗？要不是小白不去了，踏查你能带上我？"

"你……浑身上下都是理，"雒青气得不行，"滚！"

说罢，她便挪动身子，面朝墙壁，不再搭理他。

真是的，每次和他说话总是控制不住发脾气……这家伙简直和她八字相冲！

每次都是这样，每次都是给过希望后就一走了之。嘴上说得轻巧，可完全不考虑别人的心……她才不会和这样不负责、不成熟的人在一起。

想着想着，她那原本因生气而上扬的眉尾又渐渐垂了下来。

方堃一出来，就看见外面围了一圈在偷听的八卦群众。

469

"你真走啊？"郭士林表情复杂。

"废话。"

"雒青说得没错，"项昕之恨铁不成钢地摇头，"你从榆塞回来，纯纯为了尹村。"

方堃有些惊讶："她说过这话？"

项昕之不愿多说，摆了摆手："快走吧你，现在问还有啥意义。"

郭士林则还对他抱有信心，语重心长地劝道："事弄不成赶紧回来，别犯倔。"

客厅内，齐有粮一家正吃着饭，方堃提着两瓶酒和一大包儿童玩具走了进来。

"伯，大妈。"

齐有粮抬头："你这是又班师回朝咧？"

"我回不回朝还得伯点头咧。"方堃笑了笑，将东西递向曹凤英，"大妈，这是给恒娃拿的玩具，酒是孝敬我伯的。"

曹凤英接过："都是常来常往的亲人，你花这冤枉钱干啥。"

"应该的，"方堃又看向齐有粮，"伯，我跟你喝上两盅，得行？"

"我去炒俩菜。"曹凤英说着，给他指了个座，"方堃，你坐。"

齐有粮却伸手阻止她："炒啥菜，酒不喝了，喝多了烧心。"

"伯，咋咧，我看你烦得很？"

"堃娃，你不是外人，伯就直说了，我是看见你才烦。"齐有粮顿了顿，眉头皱得能夹死苍蝇，"你来找我，无非是想让我当一回扫把，把那几户拦住你们下地的绊脚石清走，你好继续考你的古，得是？"

方堃讪讪一笑："伯，补贴迟早会发，这你是知道的，我就是想早点下地，别耽误进度。"

齐有粮干脆放下筷子，双手挥舞着说起来："你真就以为乡党们是贪图那点补贴，才对你们横挑鼻子竖挑眼？后生娃，咱都是跟地打交道的，地是你们的天，也是我们农民的天，地坏了，就是天塌了。我村为啥要大面积种樱桃树，还不是因为不富裕。早些年，旁边建了垃圾填埋场，成天臭气熏天的，把人都给熏病了，把地里的收成也给熏没了，我们的光景是一年比一年差，年轻人能跑的都跑了，就剩俺们这些老家伙，跑也跑不了，全指望着一亩三分地混个肚圆。"

"伯，我懂了，村民也有村民的难处，这事情是我没考虑周全。"

"我家五张嘴，来娃心又浮，不是过日子的人，你们让他当技工，我不反对，可你们一走，他又跑到牌桌子上咧。"齐有粮忍不住叹气，"要是樱桃树种好了，他也能有份活计。"

齐小满抬头看他："大，咋又扯到当技工咧？"

"碎女子懂啥，我是给堃娃讲形势，发家致富是真理，樱桃树种植排第一。"齐有粮斜她一眼，继续痛心疾首，"人家陈家坡都已经种出名了，我们再不弄出个样子，吃屎都赶不上热的。马科长答应我安排农科专家，现在连影子也没见着，我现在是大槐树下等情人，急日塌咧。"

听罢这一席话，方堃若有所思。

看来破局的关键……还是另有其人。

方堃又来办公室寻马超越了。

马超越一抬头，见是方堃，眉头拧到了外爷家："方师，得是又为补贴的事来的？你这人犟得很，我真是无能为力。"

"马科长，这回你猜错了，我是为别的事来的。你应下了齐有粮安排农科专家，得是有这回事？"

"我可没应他，我是说帮他问。"

"问也行，问出啥结果了？有粮伯可眼巴巴等着咧。"

"没结果，我还有公事。"

草草应付完方堃，马超越拎起包赶紧撤了。

区政府外，马超越骑着自行车还没骑出多远，突然觉得车后一沉。他回头一看，方堃竟然一屁股坐在了后座上。

马超越欲哭无泪："你咋阴魂不散？"

方堃眼巴巴看着他："马科长，你就给我想个辙嘛！"

"兄弟，风伯雨师，各有所司，我要是能安排早就安排了，这不是有现实困难吗？"

"都管我叫兄弟了，空话套话就算了，就冲你骑车子这面不改色心不跳的稳当劲，我就知道这点小事难不倒你。"

马超越无奈："你给我下去，趁我还有点理智。"

方堃反倒来劲了，直接搂住他的后腰："马科，不对，马哥，咱兄弟现在可是捆一块了，你好好骑，车把一歪那可不是我一个人狗吃屎。"

"你……"

他不用看都知道，马超越的表情一定十分丰富。

骑了一路，马超越累得气喘吁吁。

方堃从他身后探出头："马哥，累咧？"

471

"你那眼珠子长着喘气的？明知故问！"马超越又气又累，"你再胡搅蛮缠下去，非要误了我的公事，责任你担得起不？"

闻言，方堃跳下车，挡在他的车前："马哥。"

马超越喜出望外："咋，想通咧？知道就算跟我到天边，这事也解决不了。"

没想到，方堃语出惊人："我给你当司机。"

语毕，他不由分说地抢过车把，把马超越赶到了后座，又回头喊问："哥，去哪达？"

马超越没好气："陈家坡！"

方堃和马超越赶到陈家坡村委会时，村长已站在院子前等候许久，一瞧见人影，他便立刻迎上前。

"陈村长，我来迟了。"马超越松开搂着方堃的手，连忙下车。

"不迟，就是……"陈村长倒表示毫不介意，但面露为难，"马科长，咱那个文旅进乡村的座谈会还得往后推上一时半刻，屋里现在有人讲课。"

方堃插话："讲啥课？"

"有你啥事？"马超越瞪他。

陈村长答道："就是县里派的老专家，给我们讲咋科学种樱桃树。"

"啊！"刹那间，方堃眼睛亮了，"真是踏破铁鞋无觅处，得来全不费功夫。"说着他就往里面走去。

马超越连忙追上方堃："弄啥？你可别给我惹事！"

方堃进去时，六七十岁的老专家高粱生的课已经接近尾声。

"你们陈家坡村的樱桃树规模上已经算不小了，俺前两天一直跟你们讲质量，培训课马上结束了，俺想给你们讲讲市场。"他在台上操着一口胶东口音，"老百姓种地不容易，要是樱桃卖不出去就全毁了。所以，俺给你们提个建议，除了露地樱桃树，能不能种些冷棚的、暖棚的、温室的，利用现代农业设施延长樱桃货架期，让陈家坡的农户从二月初就能抢占樱桃市场，把钱赚上，把日子过好。"

话音刚落，村民们纷纷鼓掌。

"不要给俺鼓掌，你们把樱桃树种好，比啥都强。"高粱生儒雅一笑，"老乡们，还有啥问题？俺知无不言，言无不尽。"

"专家，我有问题！"方堃举手，"地不行，咋种好樱桃树？"

"你这个问题可把俺问住了，地不行是咋个不行？是浇水不合理，施肥不均衡还是有益菌少？"

"都有。"

"问题这么多，一时半刻俺给你讲不清楚。"

马超越一把拦住方坚："你就别添乱咧，人家专家票都买好了，马上就要走了。"

方坚却不理会，继续劝说老专家："专家，你能不能跟俺走一趟俺村？到了你就明白了，为啥俺村的地问题多得很。"

他深吸一口气，将齐有粮说的话全部讲了出来："俺是尹村的，这十里八村没有一个村像俺村！早些年，俺村旁边建了垃圾填埋场，成天臭气熏天的，把人都给熏病了，把地里的收成也给熏没了。年轻人出去打工了，光剩下老人伺候地，日子烂包得不行。听人说种樱桃树赚钱，我和我大也想赶上这趟车，混个肚圆，可是地也不行，人也不灵，施展不开拳脚，樱桃树半死不活。不怕您笑话，我快三十了还没说下个对象。"

一番话说得情真意切，方坚说到最后近乎哽咽，旁边的马超越看傻了。

高粱生明显动了恻隐之心："小伙儿说得俺怪心疼，俺也是农村出来的，最见不得农民受苦。小伙儿，你带路，俺跟你走一趟。"

方坚立马看向马超越："马科长，你的车子借我一用。"

马超越略微抽了抽嘴角："你真是让我开眼。"

方坚驮着高粱生回了齐有粮家，还没进门就开始喊："大！家里来贵客咧！"

齐有粮一出来，被方坚这一声"大"叫蒙了："你喊啥？"

"大，这是胶东农科院的高粱生专家，人家是专门研究樱桃树种植的。高专家在陈家坡讲课，我一说咱村情况，专家马上表态要来给把把脉。"不等齐有粮问下去，方坚连忙介绍起身旁的高粱生。

"你儿子说你们家的地很贫瘠，全家五六张嘴就指着樱桃树，俺听了心里不是滋味。"

齐有粮赶紧和高粱生握手："是这回事咧！专家快进屋！坚娃，让你妈做饭，好好招待专家，咱坐下慢慢谝。"

高粱生却在原地没打算往里挪："不所话儿了。"

齐有粮没听懂胶东方言："啥？"

方坚解释："就是不谝咧。"

"俺时间紧，今天就走，"高粱生指了指院外，"先去地里看看啥情况。"

来到地里，高粱生看了看齐有粮家的地，数棵樱桃树已经长大不少。

"你这地乍看还行，沙壤土，合适樱桃树种植，但是你这樱桃树确实长得怪孬。"高粱生边走边看。

齐有粮没听懂："啥？"

方垄又解释："说咱家樱桃树长得不好。"

高粱生端详片刻，道："原因就是有机质少，肥力不足。"

齐有粮忧心忡忡地搓手："咋办？"

"你家这樱桃树种几年了？"

"去年种的。"

"那就深翻土，翻完立马冬灌，然后施加有机肥。"

方垄在一旁听着，不由竖起大拇指："还得是专家，看问题稳准狠，一针见血。"

听说专家来了，村里不少人也围凑过来。

"专家，"仙儿姐率先发问，"俺家樱桃树种上两年了，还能深翻不？"

"可以，两年还是幼龄期，超过三年就不行了。"

"专家！"李嫂挤到了仙儿姐旁边，抢着问道，"俺家樱桃树今年刚挂果，个头小得很，又酸又涩，咋回事？"

仙儿姐瞥了她一眼，似有不满："李嫂，我还没问完，你岁数大也得有个先来后到吧？"

见两人气氛不对，方垄连忙伸手维持秩序："别吵，有问题一个个来，先排队。"

常有连连笑着哈腰："我家地就在旁边，两步路，专家你能先去给我看一下不？你要是累，我背你去都行。"

郭大爷白他一眼："常有，你咋还插队咧？"

"都闭嘴！"见村民们七嘴八舌争着发问，高粱生被围在中间略显狼狈无措，齐有粮直接大喝一声，"你们还让专家说话不！人家本来要走了，是垄娃从陈家坡请来的。"

方垄也面带歉意地看向高粱生："高专家，实在抱歉，乡党们好不容易盼来专家，心里急火得很，都想让您把个脉。我有个不情之请，能不能给我们开个培训课？"

"这……"高粱生想了想，在众人期待的目光中点了下头，"行，那就明天在你们村开一天课。今天先让俺转转你村的地，看看啥情况。"

齐有粮悄悄给方垄竖了个大拇指。

第七十三章 错信

深夜，吕氏家族墓考古基地资料室。

雒青脸色很差，披着一个军大衣正在伏案写方案，身边的纸篓里扔满了纸团，旁边放着中午的饭，能看出几乎没动。

侯月来端进来一碗炸酱面。

"雒青，你又一天没咋吃东西了，趁热吃几口，暖和一下身子才有精力继续写啊。"

"谢谢！"雒青头也不抬，"师兄，你不用管我，赶紧去睡。"

"你不睡我咋睡得着……"侯月来的话戛然而止，又干咳两声，"我是说大家都担心你，好几天没咋好好睡了，再把身子累垮。"

雒青忍着不耐烦："哎呀，师兄，我写完就睡，你快去歇着吧。"

侯月来站在原地许久，想了想，将语气放温和："雒青，这些天跟你一起工作，我感觉领队实在太辛苦了。如果，我是说如果，你嫌累了，想退居二线了，我也可以全力支持你。"

"侯月来，你有完没完啊？"雒青终于忍不了了，瞪了他一眼，"你这样一直说话我咋写？"

侯月来没辙，只能转身离开。

身后传来雒青的咳嗽声，他愈发不放心了。

基地外，方堃骑着自行车，套着军大衣，围着曹凤英的红围巾，一路缩胳膊缩手地顶风骑了过来，正巧看到刚从外面回来的侯月来。

"侯哥！"方堃停车朝他招手。

侯月来停下脚步，眯眼认了半天，才反应过来："哦……方堃啊，大晚上的你咋来了？"

"想你了，来探个班，"方堃挤眉弄眼，"咋，不欢迎？"

"油腔滑调，你怕想的不是我吧。"

"那还能是谁？"

侯月来不接他的话茬儿："一路上冻坏了吧，快进去暖和暖和。"

"你干啥去了？"

"去商店给雒青买个'小太阳'，她一晚上一晚上地熬着，再不弄个取暖设备，非冻感冒不行。"

方堃有些讶异："小太阳？为啥不搭炉子啊？"

"搭炉子多不安全啊，万一搭不好，再叫雒青煤气中毒了咋整？"

"你确定这里能用小太阳？"

"为啥不能用啊？"

方堃故作痛心地摇头："侯哥，你真没搞过田野考古啊。"

"确实……是头一回。"

"真是不食人间烟火。"

"为啥？"侯月来莫名其妙，"你先进去，我研究一下说明书。"

方堃放慢脚步走进资料室，雒青都没发现他，正把刚写好的方案又揉成一团扔了。

方堃捡起纸团看了一会儿，突然开口："这不是写得挺好的嘛。"

雒青被吓了一跳，打了个激灵，镇定了好一会儿，开口埋怨着："你咋跟个鬼一样，啥时候来的？"

"我冤枉啊，我的鞋底子都快把地板踩塌了，你都没听见。"说着，他观察起雒青的脸色，"我的雒老师，几天不见，你的黑眼圈都快赶上大熊猫了，真的几天没吃没睡啊？"

雒青没好气道："又是小白给你通的风报的信？"

"人家小白也是一片忠心，关心他老师，怕你再熬下去有个三长两短。"

"叫你来有啥用？联手气我？"

"不敢当，顶多能联手把你打晕，让你好好睡一觉。"

"哼……"雒青继续埋头写自己的方案，"我没空听你贫，你要是没其他事就请回吧。"

方堃一副委屈可怜模样："刚来就下逐客令，天寒地冻的，你也不请我吃个饭。"

"看不见桌上有面啊，还得我喂你不成？"

方堃顺着她瞥的方向找到炸酱面，端起来自顾自道："这侯哥真是个瓜瓜，北京那么多好吃的，就可着一个炸酱面做，难怪你不吃，那我勉为其难地替你打撅了。"说着，他抱起面碗风卷残云般往嘴里扒拉。

侯月来进来，正撞见这一幕，尴尬地停住脚步："这是给雒青做的……"

没等他说完，方堃手中的碗已见了底。

"算了，"侯月来无奈，"我一会儿再做一碗热的。"

雒青摆手："不用了，我吃不下。"

"不吃不睡身体没能量。"说着，侯月来拿过来已经拆封的小太阳，直接往插线板上插去。

雏青被突如其来的红色亮光闪到,回头:"啥玩意儿这么亮?"

她一眼看到小太阳,一惊:"赶紧拔了!"

话音未落,只听砰的一声,所有电灯全灭,电路已经烧坏。

"干吗呀?!"雏青烦躁道,"谁拿的小太阳?不知道带不起来会导致短路吗?"

侯月来不知所措:"对不起,我不知道会短路……"

"师兄,"雏青欲哭无泪,"你为啥就不能安安生生去睡觉呢?!"

侯月来连连道歉:"我这就去找人把电路给你修好。"

"大半夜的上哪儿找电工去啊!"

方堃看着侯月来窘迫的样子,于心不忍:"对咧,雏青,要怨就怨我,没提醒侯哥。"

"你看见他用小太阳了?"雏青反问,"为啥不提醒啊?"

"我想着没电了你正好就能去睡觉了。"

"你有病吧,管好你自己的事不行吗?为啥非得自以为是,自作主张啊!"

她懊恼又委屈,这些天忙碌中积压的焦虑、愁苦悉数转化为怒火,她直接夺门离去。

侯月来手足无措:"不行我去趟镇上,看还有没有电工。"

方堃反倒安慰道:"侯哥,你别担心,她不是真的怨你,快去睡吧。"

"那雏青咋办?"

"不管咋样,她今晚只能去睡觉了。"

说罢,方堃望着雏青离开的方向许久,而后也走了出去。

走到吕氏家族墓前,方堃果然看到雏青正坐在墓边不远处,默默掉着眼泪。晚风萧瑟凛冽,吹过森森树影,放大了鞋底踏过杂草的窸窣声,也放大了墓碑旁的细微抽泣。

听到方堃的脚步声,雏青赶紧擦掉眼泪。

方堃往她旁边一坐,笑道:"看把侯哥吓得,就差跑秦川给你去找电工了。"

"这事儿不怨他,他没有田野工作经验,要怨得怨那些明知故犯的人。"雏青双手抱住膝盖,压下声音中的哭腔。

"好好好,怨我就怨我,反正落点埋怨也伤不了我一根汗毛。"

"脸皮比城墙都厚。"

"明城墙还是汉城墙？"

雒青白他一眼，懒得理他了。

"要我说，承压能力这么差，干脆别干领队了。"

雒青又惊又气地抬头瞪他："你啥意思？"

"我看了你的方案，写得也不差，不至于纠结这么长时间，说到底，还是对自己没信心。院里把一份超出你能力范围的重任交给你，多少双眼睛盯着，稍有差池，搞不好顶没揭成，还把祖师爷的天灵盖给砸了，所以你瞻前顾后，反反复复，就是定不下来。"

"你……"雒青被说中心事，语气弱了几分，"你想表达什么？"

"考古人做好学术就行，但领队不一样，还得做决策，纠结太多干不好领队，不光把自己耗死，还让队上的人跟着提心吊胆。小白也好，侯哥也罢，不光是你的亲友团，还是你的队员。要是一个决定就能把你熬干，那领队你干不了，我建议你干脆回院里找份文职工作，不比这轻松多了？虽然少了点田野补贴，但你可以嫁给我，反正你不爱吃饭，等我转正了，工资也养得起你，咋样？"

"行啊……不过我就怕你没命等到我嫁给你那天，我锤死你啊，方堃！"

说着，她站起来照着方堃就是一顿乱拳。方堃根本来不及闪躲，只是吱哇乱叫起来："哎呀，谋杀亲夫啦，祖师爷，你快显灵给我做主，实在不行当个见证人也行……"

雒青打累了，一屁股瘫倒在地。

方堃哀号着揉身上："惹谁都不能惹搞田野考古的女人，手劲比驴劲都大。"

"知道就行，叫你嘴欠。"雒青轻哼一声，"幸好我没吃饭，要不你现在得叫120。"

"哎哟，我还就不信了，"方堃来了劲，顾不得疼痛，直起身子，"来，我这儿正好有块巧克力，你赶紧咥了，我看看能不能把我打进急救科。"说着从兜里掏出一板巧克力塞到她手上。

雒青顿时明白了他的用心，并未再与他斗嘴，而是接过巧克力塞进嘴里。

"方堃你才是个瓜瓜，饿的时候谁想吃巧克力啊，下回能不能带个肉夹馍？"

"得行，只要你发话，把我夹进馍里都行。"见她咽下巧克力，方堃终于由衷地舒展开笑容。

雏青回他一记白眼。

"实在没吃饱我再给你上碗鸡汤，有句话说得好，世界上没有一百分的方案，只有一百分的决心。反正墓横竖要挖，你现在能想到的最好的方案，就是最好的！"收起玩笑话，方堃认真地看着她，"再说了，还有师母、张所和那么多专家给你兜底，就算真把祖师爷的脑门给砸了，他也不能只寻你一个人算账，对不对？"

雏青终于笑了，认真地看着方堃。

被她用这样真诚的目光盯着，方堃倒忽然不自在起来，他局促地摸了摸后脑勺："追着你出来，一着急都忘了晚上不让来工地的规定了，我这会儿咋觉得后背凉飕飕的？别真把祖师爷招上来！赶紧回去睡吧。"说着他作害怕状，站起来打算离开。

雏青也擦干眼泪，起身掸了掸身上的尘土，和他一起离开了。

次日，基地宿舍走廊里，雏青终于鼓起勇气，拿着方案敲开了项昕之的房门。

"不纠结了？"项昕之接过方案，挑眉看她。

"不纠结了。"

"看来昨天晚上有人的强心针起作用了。"

"师母……"雏青脸一红，"你的耳朵是真的灵。"

"年纪大了谁不爱八卦，我巴不得组个老太太情报中心，一天到晚坐在考古队的门口，说说东家长，论论西家短。"

"可惜让你失望了，考古队只有面朝黄土背朝天，没有那么多八卦。"

"目前你这出《孟丽君》就够我看的了。"

项昕之意味深长地看向窗外，雏青望过去，只见侯月来正带着电工维修电路。

尹村地头，吕江河、齐小满、徐茂娃三人合力，将探铲插入地里，另一人续杆，再续杆，续了好几杆后，再合力将杆一点点拔出来，最后带出铲头上的长圆柱状土块。

吕江河眯了眯眼，仔细端详着土块上的土质土色："鹿师！"

"到边了？"

"对，你呢？"

老鹿、李奇合力取出探铲，观察土块片刻，欣喜道："也到边了。"

方堃和郭士林已经赶了过来，正听老鹿汇报情况："现在探出来的是两条墓道，东墓道最长，长约一百五十米，宽度最窄处约十米，最宽处约四十米。"

"这么宽!"郭士林激动不已,"堃,这个宽度,起码是诸侯王级别的墓吧?难不成……还真是馆陶公主的墓?"

　　方堃显然比他冷静:"老郭,你现在是领队,这么多人都听你的,你要对自己的话负责。别瞎猜,谨言慎行,话经三张嘴,长虫也长腿。"

　　"还要咋谨慎?墓的规模在这儿摆着呢。"

　　"现在只是卡了个边,找出了两条墓道,还不知道是中字形还是亚字形呢。"方堃略一思索,环视工地一圈说,"老鹿、吕工,继续探。"说着,方堃拿起探铲,和他们一起干了起来。

　　郭士林在旁边默默看了几秒,叹道:"方堃,你这人越来越没劲了。"

　　山林间飘着雾气,竹树交映,清气沉浮,一派幽静祥和景象。

　　穆见晖拿着一包东西和一个保温饭盒,沿山间小路拾级而上,到了一个木屋门口。他正要推门,却发现推不开,再一看,门从里面闩上了。

　　"树兰,是我,文雯给你包了点饺子,素馅的,还热着呢。"

　　里面没有回应。

　　"妹子惦记你,包的是你最爱的胡萝卜馅的,你不想见的人是我,别跟妹子的心意过不去,趁热吃点吧。"

　　依旧无回应。

　　这下穆见晖急了:"树兰,你没啥事吧?再不回应我就踹门了。"

　　"我没事,"里面这才传出刘树兰冷淡的声音,"你以后不要来了。"

　　穆见晖想了想,只好嘱咐道:"饺子放在门口,包里有新买的药材,还有一床电褥子,你记得拿,我下次再来看你。"

　　说罢,他又留恋地看了几眼紧闭的玻璃窗,而后转身离开。

　　回到家中,面对眼前一桌菜和饺子,穆见晖却一点都吃不下。

　　"穆哥,你别担心,明天我就去山上照顾嫂子。"见他双目无神,形容枯槁,文雯出声宽慰道。

　　"文雯,我替你嫂子谢谢你。"穆见晖勉强扯起嘴角,"这么多饭菜,你也坐下一起吃,都是一家人,没那么多讲究。"

　　敲门声响起,文雯过去开门。

　　人未至,刘树生的声音先传了进来:"姐夫,小凤给你包了饺子,还没吃吧?"

　　刘树生跟何小凤走了进来,手上拿着保温饭盒和两瓶酒,看到桌上摆着饺子,两人也不尴尬。

　　"吃着呢,"何小凤笑道,"正好,馅儿不一样,咱凑个好事成双。"

"生哥，小凤姐，你们吃着，有啥事招呼我。"文雯笑着说。

刘树生见她似要闪身离开，开口道："一起吃吗？"

"不了不了，我吃过了。"说着她识趣地回了自己屋。

而从刘树生踏进房门到现在，穆见晖始终眼皮都没抬一下。

"姐夫，我给你带了两瓶好酒，三十五年珍藏的。"刘树生自顾自坐到了穆见晖身旁。

"我不喝酒。"

"饺子就酒，越喝越有嘛。"

说罢，他把两瓶酒都开了，何小凤拿来几个大杯子。刘树生看好其中一瓶，摆在穆见晖面前，给他满上，又趁穆见晖没抬眼，拿另一瓶给自己满上。

"我姐呢？"刘树生故作关心，拉起家常，"还是不肯回来？"

"你要真关心你姐，就问不出这话来。"

"你也了解我姐，她这股子驴劲儿过不去，谁都不见。姐夫，这几天我晚上睡不着，把你那天说的话颠过来倒过去地吃摸，心窍总算是通了。你都是为我好，是我犯浑，眼皮子浅，看不见你的心境高远。羊群走路靠头羊，你就是俺们的头羊，以后我绝无二话。"说着，他举杯敬穆见晖，自己先干了整杯，一边喝，一边跟何小凤死死地盯着穆见晖手里的酒，唯恐他不喝。

穆见晖狐疑地抬眼瞧他："真想通了？"

刘树生一拍胸膛，豪爽道："想通咧！"

见他没有任何遮掩躲闪，倒一副光明磊落样子，穆见晖这才稍稍提起精神，端酒到嘴边："慢些喝，不着急。"

看他终于把酒闷掉，刘树生跟何小凤这才放下心，两人同时松了口气。

刘树生赶紧再次给穆见晖满上："我姐就是轴劲上来了，你别跟她计较，等过了这一向，我亲自带人去把她抬下山。现在科技这么发达，啥难题解决不了嘛，眼看着日子越过越美，非要犯那个犟干啥。姐夫，你是有情有义的人，从对待我姐这方面就能看出来，对媳妇好的人，对兄弟能差吗？这一杯是作为我姐的兄弟敬你的。"

穆见晖头已经晕了，晃晃脑袋："生娃，你是酒场中爬出来的人，我没你那酒量。咱喝酒不图快，图个兴致，小口抿着，还能多喝一会儿。"

"喝酒就图个痛快，一醉方休，喝慢了没意思。我干了，你随意。"

他又一口闷了。

穆见晖也只好干了，他本就晕乎，这一杯下肚，只觉得浑身燥热，天旋地转，直接趴倒在了桌上。

刘树生又要给他倒酒。

穆见晖迷迷糊糊地晃着酸软无力的手："不行了，不行了，我喝不了了。"

"看来姐夫真喝不了了！"刘树生故意大声嚷嚷，"小凤，搭把手，扶姐夫进屋歇着！"

文雯心细，听到动静，开了房门出来想帮忙。

刘树生见状，赶紧拿穆见晖面前的酒瓶子给她倒了一杯："文雯，这一向多亏你在山上照顾我姐，今天总算有机会当面感谢了，来，我敬你一杯。"

文雯急忙摆手："我不会喝。"

"总有第一回嘛，在自己家，喝晕了倒头就睡嘛，来来……"

他硬把酒杯端到文雯嘴边，半敬半灌地把酒给她喂了进去。

文雯被辣得直皱眉，就差吐出来了，但碍于礼貌，还是全部吞了下去。

刘树生笑了笑："这就对咧！"

他和何小凤对视了一眼。

何小凤立即道："生娃，你跟文雯扶姐夫进去歇着，我拾掇一下。"

刘树生放下酒杯，去扶穆见晖，文雯见状赶忙过去搭把手。

她忽然感觉一阵头晕，晃了晃身子，但以为是酒劲，就没太当回事，继续挽着穆见晖走向他的房间。

孰料她刚把穆见晖扶到床边，就觉天旋地转，压根站不稳脚步，接着眼前一黑，便什么都不知道了……

刘树生退了出去，默默关上了门。

第七十四章 陷害

次日早晨，日光透过窗帘照了进来。

穆见晖睡得迷迷糊糊，耳边突然传来一声凄厉的尖叫，瞬间将他从梦中惊醒。

循声望去，只见文雯正浑身赤裸地扯被子遮盖身子，她快速后退，一屁股摔下床去，惊恐地缩进墙角，不住发抖。

穆见晖猛然意识到了什么，低头往自己身上看过去……果然也光着身子。

他顿时大骇，慌忙寻找散落在地上的衣服，匆匆套上。

文雯瑟缩在墙角，一时难以接受，无助地痛哭着，哀号声在房间内回荡不绝。

穆见晖只觉头疼欲裂，他快步打开卧室门，只见客厅餐桌上一片狼藉，再看到那两瓶所剩液体不等的酒，猛然想起了昨晚的细节。

刘树生似乎喝的是另外一瓶酒……

他拿起两瓶酒闻了闻，立刻意识到其中一瓶有问题，气到炸裂，青筋在额头上突突地跳着。

"狗日的刘树生！"

他怒不可遏，抓起车钥匙便冲出了门。

穆见晖开着车一路疾驰，街道上已经开始堵车，他却丝毫不管不顾，只是没命地超着车。

一时间，他的耳畔此起彼伏响着尖锐的喇叭声，可脑海中还有另外的声音盖过了外界喧嚣，那声音不停重复着，他竟然被人算计了，还是以这样卑鄙的伎俩……他真想杀了刘树生！

这时，一辆车堵住了穆见晖的车，他连连拍方向盘："狗日的！狗日的！"

他恨不能马上冲到刘树生家，手刃他！

前面车终于移动，眼看红灯已然亮起，穆见晖管不了那么多，加速往前开去。

然而，就在另一车道，一辆车疾驰而来，看到闯红灯的穆见晖的车，紧急制动。刺耳的急刹声终于唤醒气头上的穆见晖，他一个急刹，那辆车几乎擦着他的车边滑行而过。

穆见晖也因惯性猛地向前冲去。

外面传来司机的怒骂声，穆见晖看着茫茫车流，终于恢复了理智。

"不好！"猛然想到什么，他立刻调转车头，一踩油门往回赶。

穆见晖快步回家，大声喊道："文雯！"

无人应声。

穆见晖急了，各房间找着。

"文雯……"

但整个屋子里都没有文雯的身影。

穆见晖慌忙拨通文雯的号码，打了过去。

文雯满脸泪痕，在街上漫无目的地走着。手机铃声响个不停，她一看是穆见晖的电话，眼泪流得更多了。

她勤勤恳恳地工作，努力地维持着自己在这座大城市里的关系，好使自己不再孤单，不再无立身之地……为什么她这么辛苦地生活，生活却要如此折磨她！

她做错了什么，要受这无妄之灾！她压根不想与穆哥发生任何关系啊！

怎么会这样，怎么会这样，不该这样啊……

电话始终没人接，穆见晖慌了，赶紧编辑短信给文雯发过去："文雯，哥不是那种龌龊人，酒有问题，咱是被刘树生陷害的。"

希望她还能收到这条短信……

"叮。"短信声响起，文雯打开手机，看着新收到的短信。几秒之后，她目光中的痛苦转变为震惊。

刘树生……

对，刘树生昨晚一个劲灌她酒！

为什么……

文雯愣愣地发蒙。

又是一阵铃声响起，是黎远光的电话打了进来。一时间，她只觉无法面对，痛苦地抬头阖眼，两行泪瞬间流下，直到铃声消失。

无论是谁陷害的，结果已经造成了……

穆见晖再次拨打电话，文雯还是不接，没辙，他又想到什么，再次拿过车钥匙，冲出家门。

家中厨房里，黎远光见文雯不接电话，擦了擦手，开始给文雯发短信："照片拿到了吗？几点过来？睡醒回电话。"

发完，他打开电饭锅，开始哼着小曲儿给文雯熬红枣粥，满心期待着她等会儿来品尝他的手艺。

看到短信，文雯好不容易止住的眼泪再次流下。她索性蹲下，将头紧紧埋进自己的臂弯中，好像这样，外界就不会再有任何人来欺负她。

电饭锅响起饭熟的提示音乐，黎远光看了一眼时间，再次给文雯拨打电话。

文雯坐在河边，正茫然不知去处，看到黎远光再次打来的电话，犹豫着要不要接，终于，她鼓起勇气点击了接听键。

穆见晖车速极快，到达时快刹急停，火速下了车，"砰砰砰"敲起黎远光家的门。

黎远光以为文雯依旧不接，挂断电话去开门，却根本没注意到，就在他挂断的那一瞬间，电话其实已经接通了……

黎远光打开门，看到了站在门口的穆见晖。

随着电话的挂断，文雯好不容易鼓起的勇气瞬间消失。

她把手机关机了。

"哥，你咋来了？"黎远光问。

穆见晖随口答着："路过，来看看你。"

他走进门，装作不经意在屋里四处扫视着，确认文雯不在后稍微放下心，开始试探起黎远光的口风。

"新房住着咋样？"

"美着呢！"闻到他身上浓烈的酒气，黎远光问道，"你喝酒了？"

穆见晖侧过头，保持平淡语气："昨晚喝了点。"

说罢，他又悄悄飞快扫了黎远光一眼。透过他的表情，穆见晖判定文雯没有将此事告诉他，悬着的心总算暂时放了下来。

"文雯还没醒？我打她电话一直没人接。"

"她去陪你嫂子了，山上信号不好。"

"难怪，她昨天说去拿相片，估计没拿成，回头我去取。"

"不用了，回头我帮你拿。"穆见晖不由分说伸出手，"有个急活，你得出趟秦川。手机给我。"

黎远光不明所以，但还是乖乖把手机交给了他。

穆见晖取出他的手机卡，一把折断。

黎远光愣在原地，张了张嘴不知道该说什么。

"到了那边办个新号，不要暴露是从秦川过去的。"

"懂了。"

"你收拾一下东西，现在就走，货要得急。"

"行。"黎远光立刻起身收拾东西。

穆见晖暗舒一口气，随意打量起室内陈设。

餐桌上，红枣粥还冒着热气，旁边摆了两副碗勺，却一动也没动过。

又是一日清晨。

鸡刚叫，天还没亮透，尹村的郭大爷就已经来给樱桃树施越冬肥了。

施了没多远，郭大爷突然愣住了——只见前面的果园一片狼藉，原本整齐的果树被人锄得东倒西歪。

他赶紧上前察看，心疼不已，大骂起来："哪个挨千刀的？我跟你没仇没怨，为啥把我的地糟践成这样！"

午饭时分，大家聚在一起吃饭。齐小满在一边喂孩子，曹凤英把最后一道菜端上桌后，从小满怀里接过孩子。

"干一晌午活了，快去吃饭。"

"妈，"齐小满笑答，"我一晌午没见娃了，稀罕稀罕俺娃。"

方堃闻言，也笑着看向吕江河："吕工，你这徒弟咋样？能出师了吗？"

"正想说这事呢，小满心细手勤，干活一点都不比咱这老技工次，再练些日子，就能顶门杠子了。"

"郭领队，听见没，你还不赶紧把小满收进队里？"方堃又瞧了瞧郭士林，"小心叫人把墙脚挖跑喽。"

"对对对，光顾着咥饭了，"郭士林索性放下筷子，"小满，今天起你就是咱这考古队的学徒工了，学徒工有工钱拿，一天二十。你看得行？"

齐小满激动得眼圈泛红："行！太行咧！"

曹凤英也一脸感激："几位老师，我真是不敢想，我这女子还能在你们这考古队寻到差事。"

方堃略有些不好意思："大妈，我们这活也是跟地打交道呢，没有你想得那么神乎。"

"你们肯定没少照顾，她要是不听话，哪里干得不好，你们就跟我说，我说她。"

"我们考古队哪有钱养闲人，你生了个灵醒女子，小满是凭她的真本事挣到这份钱的。"

谈笑间，齐有粮回来了。

方堃忙招呼："有粮伯回来了，赶紧坐下一起吃饭。"

"你还好意思叫我，我给你说下的事你一件没入耳！"齐有粮黑着一张脸，毫不客气道，"让你别糟践地，你倒好，一竿子从东头捅到了西头。"

方堃愣了："伯，我没听明白，啥意思？"

"方堃，你给我装啥呢？刚老郭把我带到他地头，我亲眼看见的，你们把他地里的樱桃树全都糟践了。"

"老郭？哪个老郭？"

"放屁！"齐小满愤愤不平，"我们根本就没去过他地里，他胡咧咧啥呢，真是张口就来。"

"那他地里的树咋能全倒了？他一个老实疙瘩，还能扯谎编排考古队？"

郭士林回想片刻，道："有粮伯，我们这几天去乡亲们的地里，都提前跟他们沟通过，没你说的老郭啊。"

"就是没去过他家，爸，他们不认得郭大爷，我总认得吧，我天天跟他们一起下地，我还能不知道？"齐小满帮腔。

说话间，李春来回来了，听到他们说的话，他放轻脚步，悄悄地往屋里走去。

"满女子，你不会去了几天考古队，就跟他们一个鼻孔出气了吧？"

齐有粮皱眉数落了小满几句，曹凤英看不下去，举着筷子嗔道："你真是越老越糊涂了，不听自家女子出的气，要闻外人放的屁。"

"麻迷婆娘走扇子门，咋说你老汉的！"

两人差点吵起来，这时，齐小满看见李春来，大声喊："来娃，干啥去了？！做贼一样。"

李春来停下脚步，故意把脊背挺得笔直："谁、谁做贼了？"

"不做贼回来不吃饭，往屋里钻？"

"我不得洗手啊？"

说着，他又往水龙头那里拐过去。

齐小满懒得理他，扭回了头，继续听方堃说话："有粮伯，地的事肯定是误会，我跟你保证过，绝对不破坏地，说到做到。"

面对他的承诺，齐有粮郁闷烦躁地叹了口气："话我会转给老郭的，但醒我也得给你们提，你们要考古，我管不了，地是各家各户的，我也做不了他们的主，手轻手重的，别一竿子把人家的心扎疼了，到时候收不了场。"

夜深人静时分，田地里空无一人，黢黑一片。李春来正专心"挖宝"，耳边突然响起"鬼叫声"："来娃，你来陪爷说话咧……"

他吓得一屁股瘫坐在地上，赶紧跪下朝着一个坟头狂磕头："我错咧，爷，冒犯了你的神灵，你大人不记小人过……"

话音未落，几个男人的笑声传来，他抬头一看，红斌、庆国、常有三人正站在坟后面嘲笑他。

"我就说正浇着地呢，咋看见有鬼火，"红斌笑得露出大黄牙，"原来是你来娃在这儿捣鬼呢！"

李春来赶紧把瓦片藏进袖子里。

庆国拿手电筒照晃他："哎哟，挖的啥宝贝疙瘩？还不敢见人呢！"

说着，三人上前把他的瓦片抢过来。

"没啥，就是些破砖烂瓦，"李春来赔着笑，讪讪道，"我黑来睡不着，来给仙儿姐翻翻地。"

"把俺们当瓜怂呢，仙儿又不是你的相好，要你翻地？走，咱这就上仙儿家对对词。"

红斌话音刚落，三人就打算动手拖他。

李春来连连求饶："哥，哥，可不敢！"

"那你老实说，刨这些弄啥？"

"我看见考古队的都在刨这个，想着多少值点钱，就想挖挖看……"

"这不就是些破瓦片吗，能值啥钱？"

这时，庆国一瞥红斌，插话道："井里的蛤蟆，屁都没见过。来娃，你老实说，这砖瓦能卖多少钱？"

"我问过了，人家说是三五百，但必须是完整的。"

"三五百？！"常有惊呼，"就几块破砖烂瓦，能卖这些钱？"

庆国给他一记轻蔑眼神，嘲笑他这点见识都没有："小时候不念书，非要去喂猪，如今啥都不懂。听说过秦砖汉瓦吗？这些破瓦片就是老古董！"

听罢，红斌也一拍手，振振有词道："庆国说得对！要是不值钱，国家为啥花钱让考古队过来挖？那些盗墓贼为啥把脑袋掖在裤腰带上也得挖？"

常有面露兴奋，但回想"盗墓贼"几字，心里又有些发毛："那咱挖这……算不算盗墓？"

"你个软蛋怂式子，"庆国白他一眼，"咱在自家地里翻地还能犯法？"

"来娃，你这瓜怂真是刚出窑门的生红砖——心横（红）得很！要不是我眼尖，你还想一个人闷声发大财呢。"红斌伸手在李春来头顶敲了一下。

李春来抱着脑袋怯怯打着圆场："哪儿有，我想先探探路嘛，人多口杂，这么大的事，没闹清之前还是越少人知道越好。"

"你以为我们都跟你一样，存不住个热屁。咱们几个的地里考古队都去过，走，回去取镢头，各人挖各人的地。"

庆国说着，就转身打算往回走。

"可是地里还有樱桃树呢。"常有弱弱道。

"瓷锤！挖出个金疙瘩，能顶你十亩樱桃树。"

等他们走远，李春来恨恨地啐了一口。

翌日一大早，郭士林、老鹿几人就率先来地里了，路过郭大爷地头，却瞧见郭大爷正带着几个村民在大声吵吵着什么。一看到他们，郭大爷立刻冲了上来，揪住郭士林的领子。

"站下！把地糟践成啥样了，还敢上俺们地里去！"

郭士林莫名其妙："您是郭大爷吧？您的地不是我们弄的，我们普探根本没有进过您的地。"

"你眉毛底下两只眼窝是黑窟窿眼啊，看不见我这地啥样子？"

老鹿看了一眼他的地："这也不是我们弄的啊。"

郭大爷梗着满是皱纹的脖子："不是你们还能有谁？"

"伯，咱也算本家的，我没必要骗您，您非要说是我们弄的，拿证据说话嘛。"

"你说你们没去过郭大爷的地，那总去过我的地吧？"一旁的仙儿也插话，面带愠怒，"我的地也被戳得跟蜂窝煤一样，樱桃树全都糟践了，不是你们干的还能是谁？"

郭士林这下只觉不可思议："不可能，我们把所有的探洞都复原了，连一棵树都没挨过，咋能把树都糟践了？"

就在此时，一个村民突然喊了起来："耍死狗不认账，咱去地里当面对质！"

"走！"

村民们附和。

郭士林也怒了，他倒要看看是谁在栽赃嫁祸："肚里没冷病，不怕吃西瓜。走，咱地里走一遭，当面锣，对面鼓，说清楚！"

他们朝仙儿的地里走去。

第七十五章 冲突

众人来到仙儿家地里，果然，跟郭大爷的地一样，一夜之间树倒地坏，满目疮痍。

郭士林和老鹿几人也愣了。

"咋？眼见为实，没话可说了吧？"郭大爷见他们哑口无言，甚有自己是大功臣之感，沾沾自喜地扬起了脑袋。

老鹿急忙辩解："地确实是我们勘探的，但洞我们都回填了，这绝对不是我们干的。"

"见了棺材都不掉眼泪，牛不知角弯，马不知脸长！我看你们不是考古队，你们是城墙队，脸皮比城墙都厚！"

"仙儿姐，说话没必要这么难听吧？"郭士林蹙了蹙眉，"你有啥证据证明是我们弄的？"

"还要证据？背着牛头不认赃，我的地也坏了，俺们这几家的地就你们这几个外人去过，不是你们干的还能是谁？"

"就是欺负俺们农民不懂法！"

村民们又七嘴八舌地议论起来，言辞粗俗，态度强硬，完全不听任何辩解，只顾自己发泄怒火。

这下郭士林也火了："我们没吃辣椒心不烧，没干过就是没干过，我们普探都拍了相片的，咱回去拿相片说话！"

"你这话说得，偷吃肉还知道擦油嘴呢，你还能把骨头叫俺们看？"仙儿一挑眉，满脸不信。

远处地头，方堃正带吕江河和齐小满忙碌着，听到这边有动静，仔细一看，才发现郭士林几人正处在"风暴中心"，赶紧小跑过来。

"我的叔、伯、姨，一大早就动这么大气，这是咋咧？"

郭大爷哼了一声："咋咧？你们干下的好事，还腆着脸皮问咋咧？"

方堃看了一眼仙儿的地，也很震惊。

"难怪大家这么生气，要是我的地，我也冒火。"

"方堃，你们咋给我们保证的？知道我们冒火，还糟践我们的地，你让我们吃风喝屁去？"仙儿怒气冲冲质问道。

"地确实不是我们刨的，我们的工作方法只是钻洞，犯不着多花费那些功夫刨地呀。"方堃百思不得其解,但还是耐着性子先安抚群众,"这样吧,不管咋样,我们先安排人把大家的地填平,得行?"

郭士林还想说话,却被方堃一把拉住了。

"你要是钻几个洞再填上也没麻达,但是现在树倒了那么多,就算把地填上也不济事。"一个村民质疑道。

"说得也是。我知道大家心急,但是能不能先卖我个面子,给点时间,让我们先把事情弄清楚,商量一下咋解决?"方堃温声细语。

见他态度诚恳,村民们互相看看,不好再发作,又不知道咋定。

"你说吧,多长时间?"郭大爷开口。

"我们尽快。"

"反正你们也跑不了,事一天不解决,你们一天也别想再进俺村的地!"

扔下这句话后,郭大爷扬长而去,其他村民也纷纷散去。

"我刚想说话,你给拦住了,"郭士林眉毛拧成一团,看向方堃,"不是咱干的事,凭啥咱给他填土?你这么一说,人家不就认定是咱心虚吗?"

"他们也不容易,咱就是搭个手。"

"你就是在榆塞待得时间长了,根本不懂人性。你说说,这地不是咱挖的,能是谁挖的?"

"那谁知道?咱们是考古的,又不是断案的。"

"搞不好就是他们自己挖的!"

"啥意思?"

"算了,说了你也不懂。"郭士林见他一脸茫然,痛心疾首地摆了摆手,"家有千口,主事一人。咱还是去拜拜有粮伯的码头,寻他支个招吧。"

许多村民聚集在齐有粮家门口,猛烈敲着门。

齐有粮权当没听见,手里拿着一本笔记,在院子里费力地读着:"深翻只宜在幼龄园进行,进入成果期的5~6年生以上的樱桃园一般不宜深翻……"

"她大,你还有闲心摆弄这个?没听门外头都吵翻天了。"曹凤英被敲门声震得不得安宁,忍不住开口。

"关我啥事?又不是我糟蹋的地!我早提醒过他们,不要坏人家的地,结果呢,谁听进去了?还一个个把枪口对准我。有本事惹事没本事平事,现在出了事寻我有啥用?就是叫花子吃剩饭——自讨的!"

"你真是一根肠子还没我手里的针线粗,成天跟几个后生娃弹嫌啥?你不管,满女子回来又得跟你干仗。"

齐有粮不乐意,跷着二郎腿斜了她一眼:"你们娘俩是吃了齐心猪咧,一个鼻孔出气，考古队给你俩啥好处了？成天跟我踩不到一个鼓点上。"

"你吃枪药了，爱管不管……"曹凤英撇了撇嘴，"尹村地界的事，账反正都得算在村长头上。"

齐有粮嘴不吃亏："那你也是村长一床被里的人，躲不开！"

"齐有粮！你是村长，不能耳朵里塞驴毛，权当听不见，你不管事谁管事？"

村民们扔拍门大喊，但齐有粮还是没开门。正懊恼着，村民们就看见方垄和郭士林回来了，正好找到了"凶手"。

"糟践地的人回来了！"

他们纷纷围上去质问："为啥坏俺们的地？"

一片乱哄哄中，庆国、红斌、常有、李春来几人回来，见状互相使了个眼色，也凑过来看热闹。

方垄惊讶："你们的地都坏了？"

"装啥装？你们弄的，你心里不清楚？"

"今天必须给我们个说法！"

一片乱麻中，唾沫星子横飞，晒得通红的手掌在空中杂乱挥舞。终于，齐有粮家的大门缓缓打开了。

"公说公有理，婆说婆有理！"齐有粮正色道，"既然这事扯不清，那咱就寻个见证人。"

尹村的村委会实际上就是原来的戏台，一张桌子隔两边，方垄和郭士林、齐小满在一边，村民们在另一边，齐有粮坐在桌头。

清了清嗓子后，齐有粮朗声道："今天的会议主要是针对近日来考古队和村民之间发生的纠纷，寻找一个解决方案。现在的情况是考古队不认地是他们破坏的，村民也不可能自己坏自己的地，那只有一种情况，外人干的。那这事就好断了，咱村村民严守村就住在地里，他的狗黑嘴灵醒得很，见考古队和本村的人都不叫，只要知道黑嘴这几天叫没叫，事情就见分晓了。守村，你说说。"

大家纷纷看向严守村。

严守村不愿意伤考古队的脸，把头扭向一边："我不知道。"

齐有粮被他的态度激火了："你的狗叫没叫过你不知道？你耳朵塞驴毛了，还是黑嘴哑了？不要忘了你是尹村人，怕伤外人的脸，就不管自家村上的人咧？"

"黑嘴这几天连个响屁都没放过。"

郭士林忍不住提示："守村叔，你再好好想想，得是你晚上睡得沉没听见？"

"黑嘴一嗓子能喊到杜陵原，我又不是死猪，能睡多沉，连黑嘴喊叫都听不见？"

"听见了吧？"郭大爷耐不住性子，"守村老实，不会胡说，没来过外人，那只能是你们考古队了。"

郭士林气得眉毛高扬："凭啥没来过外人就是我们干的？"

仙儿身体向前倾了倾，中气十足："不是你们干的，难不成是我们把自家的地刨咧？"

郭士林耸了耸肩："这可说不好。"

"你啥意思？"郭大爷闻言，拍案而起。

见两边又要争起来，方堃赶紧制止郭士林："我们今天是来解决问题的，不是推卸责任的，小满是尹村人，她天天都跟着我们，她的话大家总能信吧？"

齐小满点点头，开口大声道："叔、伯、姨们，我也是地里长大的，比谁都心疼庄稼。我天天都跟考古队的在一起干活，他们要是坏了地我能不管吗？我对着城隍爷发誓，考古队绝对没坏过咱的地。"

仙儿斜眼看她，语气轻蔑："小满，你以前是尹村人没错，但现在拿的是考古队的工钱，端谁的饭碗向着谁说话，谁还不知道这个道理。"

"仙儿姐，你这话啥意思？"齐小满被她这态度激得嘴唇微微发抖，"我齐小满不会为了工钱就昧良心，干了就是干了，没干就是没干！"

"你们要是没收考古队的好处，为啥就单单你们老齐家的地没叫人糟践？"

"三寸的鸟，七尺的嘴，仙儿，管好你的嘴，不要把打狼的鞭子打到娘身上。"齐有粮一拍桌案，厉声道，"你们喊我来当中人，现在倒好，我没吃上羊肉还惹一身膻。"

仙儿翻了个白眼："啥叫没吃上羊肉？考古队每天的房钱和饭钱不是给在你们齐家账上吗？"

齐有粮差点被气得一口老血喷出来："放屁！这是一回事吗？"

庆国跟常有他们交换了个眼色，劝道："仙儿，咱棒槌得打在鼓点上，村长也是给咱撑腰呢。要我说，考古队跟咱村民就是烧火棍子碰灶火门儿，难免磕磕碰碰。有问题咱就解决问题，一个不下马，一个不摘鞍，咱不是浪费口水吗？"

事已至此，方堃只好说："那大家说说，想咋解决？"

庆国正要开口，齐有粮却抢先一步看向郭大爷："老郭，好人不听狗挑唆，这里你岁数最大，还能让后生当了你的家？这事我要听你的话口。"

"欠债还钱，俺们的地被毁了，樱桃树也白种了，买苗钱、施肥钱、翻地钱、浇地钱，还有误地的钱、人工费，一样样算清。咱们白菜熬豆腐——谁不沾谁的油水。"

李春来连连称是："对，方堃哥，你们在原上待过不少日子，也看在眼里，俺们农民靠地吃地，这几亩地糟蹋了，明年俺们就得饿死。考古队也算是我家里的客，咱们各退一步，考古队弄坏了多少地，照价赔多少钱。得行？"

"老郭，你算一下账，"齐有粮问，"五千够不？"

郭士林一听这数急了，正要说话，又被方堃按住。

郭大爷掰开指头算了一会儿，点点头："差不多。"

得到肯定的答案后，齐有粮看向方堃和郭士林。

郭士林却再也控制不住自己："搞了半天，就是想要钱，还自导自演这一出戏！"

齐有粮和村民一下都火了："啥意思？"

方堃赶紧去拦郭士林，哪知根本拦不住。郭士林像机关枪一样开始"输出"："我说得不对？好好的地咋就坏了？没外人那只能是你们自己把自家地刨了，再把屎盆子扣到我们考古队头上，演了这一出苦肉计，就是想讹我们的钱。一举两得，地里的活也不用干了，直接坐家里数钱！"

郭大爷差点被气晕过去："你说啥？把我们农民当啥咧？一粒米，千滴汗，哪个农民会把自己种下的地刨了，就为了讹你两个臭钱？"

"姓郭的！"齐有粮刚要发怒，忽然意识到什么，又忙看向郭大爷，"老郭，不是说你。我一片好心被当作驴肝肺，糟蹋俺们的地，还要糟践俺们的人，你赶紧起身，领着你的考古队马上从我家搬走！听见没有？！"

方堃、郭士林、老鹿、吕江河、徐茂娃、李奇拿着收拾好的行李离开了齐有粮家。

齐有粮也不客气，丝毫不顾往日交情，立刻把大门重重关上。

"爸！你太过分了，我们认识方堃哥他们几年了，他们像是能干出这种事的人吗？你就算不信他们，你女子的话都不信咧？"齐小满在家中发火。

"我管不了那么多，我也是闲得，管这闲事，你没听听那些人咋说的，说俺们齐家收了考古队的好处。不拿油瓶腻不了手，他们不在咱家住，咱就没话口落在别人嘴里。"

"爸，你真是擦粉进棺材——死要面子！一节灯草搁在背上也怕压死！"

"小满！咋跟爸说话呢？"李春来装模作样嗔了小满一句，又腆着笑脸去恭维齐有粮，"爸，你别跟她一般见识，她挣了几天钱尾巴就翘天上去了。"

"滚！"她怒骂道，"少在这儿给我拱火，听你说话就烦。"

说罢，她懊恼地进了屋。

方堃六人像逃难一样到了村口。

郭士林忍不住回头对着村子的方向大喊："不住就不住，离了张屠夫还能吃带毛猪？咱有的是地方住！"

方堃见状，叹口气："你就算住五星级酒店，人家不让咱下地，也没用。"

"那就让政府去协调，反正我是不想受这口窝囊气了。"

"你那几句确实过头了，你看郭大爷叫你气得那个样儿，他不像在扯谎。小满说得对，没有哪个农民会糟践自己的地，说不定这中间真有啥猫腻。"

"我有个想法，我就说一嘴，听不听在你们……"听两人推敲着，老鹿忽然神色凝重地开了口，"以前在杜陵原钻探的时候，发生过一些事，当地有些村民看到我们考古队挖出了不少砖片、瓦片，不知道从哪儿打听到秦砖汉瓦能卖钱，就动了歪心思，趁着半夜去地里偷挖砖片、瓦片。"

方堃想了想，眼里忽然多了些光亮："老鹿，说不定还真让你说对了！我留意过那些地，明显是翻刨过的，现在一想，还真像是在地里寻啥东西挖成那样的。"

郭士林的脸色也终于好看了些许："那把偷挖的人抓出来，这事不就解决了？"

"但问题是咋知道是谁挖的呢？"吕江河不解。

方堃放下行李，自信地回望村那边的田间地头："咱们考古队可能真得当一回稽查队了。"

第七十六章 捉贼

夜深了，万籁俱寂，大地被浓重的漆黑所掩埋。

小满却气得睡不着，尤其是听到李春来的呼噜声，更是厌烦。尽管已经把李春来打发去睡床尾了，她还是烦到拿被子捂着耳朵缩在床头，恨不得离他越远越好。

没想到李春来却突然睁眼了——他刚才的呼噜声是故意打给小满听的。

他以为小满睡着了，轻轻地喊了两声："小满……小满……"

小满不想理他。

李春来更确信她睡着了，这才蹑手蹑脚起身，开门出去。

小满顿觉古怪，她悄悄下床，趴到窗户边上向院子看去，但见李春来在院中棚子底下拿了一把镢头和一个麻袋，悄声出了大门。

她连忙穿上鞋，也放轻脚步猫着腰跟了上去。

月黑风高，方堃、郭士林、吕江河、徐茂娃、李奇各据一个地头，蹲在暗处，守候着。

果然不出他们所料，几道手电光由远及近，很快来到地里，几个模糊人影开始锄地翻找。眼看时机成熟，方堃跟郭士林、吕江河、徐茂娃、李奇打了暗号，几人一起打开手电，齐刷刷向地里照去。在手电强光的照射下，黑暗中李春来、庆国、常有、红斌的脸显得极其清晰。

刚反应过来，李春来几人撒开腿就要跑，方堃等人赶紧合围上来，合力把庆国、常有、红斌按在地上。李春来跑得快，没被追上，眼看就要脱逃。就在这时，一个身影飞扑上来，将他死死按倒在地，上去就是一记响亮的耳光。

李春来被扇得头晕眼花，好半天才看清，抓他的人竟是小满。

方堃他们也目睹了这一幕，一时不知道该咋办。

小满对着李春来又是几巴掌，边扇边哭："你个不争气的狗东西！贼娃子！"

终于，她扇累了，不由分说地拿出手机拨通了一个电话："哥，你来趟尹村！"

齐有粮还在睡梦中，却听得耳边一阵嘈杂声，被吵醒后抬眼看去，才发现院子里一院人，他赶紧推门出去。

到了院子里，齐有粮才看到齐大仓、唐少华等人来了，方堃他们也回来了。小满正坐在房门口愣神，李春来则抱着头圪蹴在角落里。

唐少华和周永福从柴房里拿出一个麻袋，把东西哗啦一通倒在桌上，满满一麻袋的砖片、瓦片。

齐小满见状，牙根都快咬碎了。

齐有粮有些发蒙："大仓，这是咋回事？"

"你还攥人家考古队，都是你女婿干的好事！"齐小满愤愤抢话。

没等齐大仓说话，李春来已经哭号着扑了过来："大仓哥，我就是挖了几亩地，这也是为了养活小满跟娃呀，你不看僧面看佛面，就饶了我这回吧！"

齐小满听了这句话更是痛恨："别提我跟娃，恶心！哥，这种人就该逮进去好好改造！"

齐有粮总算明白了，只觉得气血上涌，一口气没缓过来，晕了过去。

"她爸，你咋咧？"曹凤英又惊又怕，直接大声哭喊起来，"天爷呀！这都是造了啥孽咧！"

齐大仓、方堃、齐小满赶紧上去扶住齐有粮。

"赶紧送医院！"齐大仓皱眉，叹气道。

另一边，小杜和警员从庆国家粮仓里找出一个麻袋，看到麻袋里的瓦片，庆国媳妇一屁股坐在了地上。

庆国却还在给自己卜卦，神色如常。

小杜和警员给庆国戴上手铐，他媳妇哭喊着试图阻拦："你们要把我屋人带哪达去？我们在自己地里挖东西犯啥法咧？"

"别哭号了，我昨天黑来就算到了，都是命数，躲不过。你招呼好屋里。"

说罢，庆国未做任何反抗，面色平静地跟着警员走了出去。

办公室内。

张逢春愁得焦头烂额："齐有粮咋样了？"

"就是高血压犯了，"方堃汇报着，"打完吊瓶已经回家了。"

张逢春叹口气。

"我们……得是做错咧？"

"谈不上做错，就算是咱们打碎牙往肚里咽，给他们赔了钱，那几个人只要没抓，他们还会继续偷，不但文物流失了，村民的地也会继续受损，就算把咱们几年的经费都凑上，也赔不起人家全村的地的损失。"张逢春苦恼地摇了摇头，"不过，跟村民打交道也得讲究人情世故，这下算是当众把村长的脸狠狠打了，我怕你们以后在尹村的工作不好开展。"

"我们也是没想到是他女婿干的，更没想到小满直接就报警了……这事闹得，横竖都不对。"方堃低下了头。

郭士林轻哼一声："一根牛尾巴，只遮得住一个牛屁股，咱顾不了那么多。根据我以前跟村民打交道的经验，这比考古可难多了。"

"所以不了解的人以为咱们考古人都是老学究，一见面才发现个个都是'江湖中人'。没办法，考的不光是古，还有跟村民打交道，有时候好话说尽，都不如一顿大酒能解决问题。这是门学问，不比考古容易，不是给孔夫子磕几个头就能学明白的，好好练吧，晴天铺好路，雨天不踩泥，以后用到的地方多得是。"

听罢张逢春这苦口婆心的一席话，方堃抱拳："受教咧。"

将他俩上下打量几遍后，张逢春又啧啧道："我还得说说你俩，胡子拉碴的，一点也不修边幅，你看看咱们考古系统里的老师们，哪个不是越老越帅。工作归工作，个人形象还是得注意。"

"我都结婚了，还要啥形象。"郭士林朝方堃的方向努努嘴，"张所，你的紧箍咒还是念给方堃吧。"

张逢春看向方堃。

"行，张所，你给我加工资，我立马去理发刮脸，再置办一身新衣服。"方堃嬉皮笑脸道。

"对了……我还有点事，你俩先回吧。"

"坝柳镇文物保护法普及大会"的横幅拉在村委会戏台顶端，唐少华和杨青石坐在戏台中间，戏台底下坐满了村民，乌泱泱一片。

齐有粮黑着脸跟着小满过来，嘴里嘟嚷着："说不来非要拽着我来，还嫌丢人没丢到家。"

"你是村长，也是罪犯家属，最应该来的就是你。"

"你得是恨你爹活得长，想早点把我气死？"

齐小满只好闭嘴，转头认真听台上唐少华发言。

"各位村民，今天召集大家开这个会，一则，是宣布李春来、庆国等人的判决结果，念在他们初犯，捡到的又基本都是碎砖片、瓦片，情节较轻，但这也是刑事犯罪……二则，也是我们今天的主题，主要是想普及一下文物保护法。"说着，他顿了顿，又道，"我知道，大家肯定都在想，我在自家地里挖东西，为啥还得坐牢？我把秦川市文物稽查队的杨青石队长请来了，由他给大家普法，大家欢迎。"

村民们稀稀落落地鼓着掌，并不十分情愿。

杨青石清了清嗓子，说："《中华人民共和国文物保护法》规定，凡是在咱们中国的，不管是地里的还是水里的，所有文物都归国家所有。虽然地是各家的地，但地里的文物都算是国家的文物。发现文物藏匿不报、不上交，都是犯法。私自挖掘，更是触犯刑法，国家要依法追究刑事责任。"

话音未落，哭号声响起，大家齐齐把目光投去，只见庆国媳妇正扯着嗓子哭着过来。

走过来后，她直接扑坐在戏台中间："冤枉呀！老天爷呀，你睁眼看看，哪儿有这种道理？自家地里捡几个破砖烂瓦，就得蹲大牢，你让我孤儿寡母的咋活人呀？"

"号！接着号！脸皮都快赶上城墙厚了！真是亏了先人了，我们尹村咋能出这几门货？"齐有粮坐不住了，站起身大喝道，"我齐有粮今天也不怕丢人，是我隔着瓜皮辨不清瓤儿，识人不清，给身边招了个贼，我认！但是有一点，咱们尹村，世世代代几千年没断根，靠的是个生偏冷硬，唯独没有'奸'。我以前总想着哪个村没个歪脖子树，只要别太出格，我都能容你，但谁要是再敢把咱尹村的脸丢到外人脚底下，羞了先人，别怪我不留情面！"

他这一通吼，算是把庆国媳妇震住了，她灰溜溜地逃下了台。

"爸，鼓打千槌，不如雷吼一声，还是你厉害。"齐小满眨眨眼，给他竖起一个大拇指。

文物保护法普及大会结束后，方塈和郭士林赶紧提着两瓶好酒，来到了齐有粮家门口。

郭士林仍面露难色："不是我打击你，咱这次伤了有粮伯的脸，破镜难圆，还想让人家收留咱，想都别想！"

"那你说咋办？咱住地里？"方塈回嘴，"要不你去说，这事源头在你，不把来娃招队里，他也动不了这个心思。"

"方塈，我以前咋没发现你这么爱翻旧账。行，我说就我说，不过我丑话放在前头，我说了也没用，不信你试一下。"

说着，郭士林开始敲门，很快门就开了，开门的人正是齐有粮。

郭士林堆起笑就要进院子："有粮伯……"

没等他喊完，砰的一声，大门关上的同时还撞了他的鼻头。

"早跟你说了，"郭士林捂起鼻子吃痛道，"非要多此一举，热脸贴冷沟子！"

方塈思索片刻，忽神秘一笑："算了，此处不留爷，自有留爷处！我想起来还有个好地方可以住。"

"哪儿？"

打开严守村家的大门，看着眼前的环境，郭士林、老鹿五人面面相觑。

"方堃，这就是你说的享受田园、拥抱自然、全景天窗的独门独院？"郭士林嘴角微微抽搐。

方堃伸展双臂，乐呵呵道："你就说吧，哪一样不符合？"

郭士林看着眼前破落的房顶和满院的杂草，无话可说。

"确实……一模一样。"

老鹿打着圆场："嫽着呢，这里没外人，就咱们考古队住，房租还便宜一半，就这儿吧。"

方堃笑了笑："还是老鹿会算账。"

谈笑间，大家利索地把行李搬了进去。

客厅内，刘树生盘着串儿，运指如飞。

何小凤在一旁瞅了眼，疑惑道："你咋咧？都快把珠子盘飞了。"

"我越想越不对劲啊，"刘树生摸了摸下巴，"这都过去多少天了，穆见晖咋一点反应都没有呢？"

"没有反应还不好？我这一向心口窝天天突突，就怕姐夫回过味儿来找咱算账。"

"穆见晖那么奸，咋可能品不出来是咱干的。"

何小凤坐直了身子："那他为啥没找咱啊？"

"说的就是呢，为啥连咱的门都没登过啊？就算是怕打不过我不敢上门，至少也打电话骂我两句，让我听个响啊，咋啥动静都没有啊？"

"不会是酒里的药没见效吧？"

"不可能吧？还有人敢卖假药给我？"饶是嘴上如此说着，刘树生心里仍如擂鼓，咚咚作响，"不行，小凤，你明天上门探一下，看看到底咋回事。"

"能成。"

穆见晖胡子拉碴，一脸憔悴，家里也很乱，一看就是很长时间没收拾过。他拿出手机，打开。他已经发过数不清的短信，但文雯始终没有回过一条。

思索良久，穆见晖最终决定再次编辑条短信："妹子，我很担心你，被架在火上烤的是咱俩，但人要有担当……回来一起解决，穆哥在家里等你。"

短信却依旧石沉大海。

穆见晖闭上眼睛，继续煎熬地等待。

开门的声音响起，他猛一睁眼，看到一个等待了太久的人影出现在门口——文雯！

他一时反应不过来，只是愣愣地看着她逆光的朦胧身影，无法分辨是梦是真。

"穆哥，我回来了。"文雯那清亮的声音响起，穆见晖掐了一下自己，确认不是做梦，眼泪一下涌出。他激动上前，但又止于礼，关切地打量着文雯。

"妹子，你可算回家了，哥都快担心死了，这些天没少受苦吧？"

文雯眼泪也下来了，拼命摇着头。

"好着就行，你放心，哥一定给你出这口恶气！"说着，他眼里竟露出杀意。

夜色浓重，何小凤匆匆回家。

"咋样？"刘树生穿着睡衣从沙发上起身。

"家里没人。"

刘树生皱眉："要不，我给他打电话试探一下？"

"也行。"

刘树生拨打电话，却无人接听。

吞咽口水后，何小凤颤抖着开口："我今天站在姐夫家门口，后背一阵儿发凉，越想越后怕。咱姐夫那人阴森森的，炮手更是手段狠，要是没搞散他俩，反倒叫人家联起手来摆置咱，那可咋办？"

刘树生却大手一挥："你放心，男人啥关都能过，唯独绿帽子这关过不去。"

"嘴长在人家身上，要是穆见晖把事全推到你身上，炮手还不把咱家给炸了？"

"咋推？睡他媳妇的是穆见晖，又不是我。"

"你倒是想！"何小凤瞪他一眼。

"我谁都不想，只想你，快睡吧。"

刘树生不再担忧，搂着何小凤上了二楼。

落地窗外树影婆娑，风呼啸而过，有如悲鸣。

第七十七章 恻隐

夜半时分,刘树生睡得迷迷糊糊,只觉得身上死沉,动都动不了,便喃喃道:"小凤,你往边上挪挪,快把我压死了。"

何小凤却也迷迷糊糊嘟囔:"明明是你压我,胳膊都麻了。"

刘树生心中烦躁,想使劲挣脱,却发现四肢被困,怎么都动不了。他睁眼一看,差点没吓死——他和何小凤身上绑满了炸药!

何小凤也已惊醒,吓得尖叫起来。

更让他们害怕的是,床对面,穆见晖和文雯正冷冷地看着他们。

刘树生不由结巴起来,声音因惊恐而变得尖细:"姐……姐夫……文雯,你们这是干啥?"

穆见晖并未回他,而是拿出打火机,递到文雯面前:"文雯,仇人就在眼前,你亲手报仇吧。你别怕,报完仇我就去自首,所有事你穆哥一人担着。"

文雯接过打火机,走向刘树生和何小凤。

"姐夫,文雯,可不敢啊,这到底是弄啥啊?!肯定是有啥误会!"

没有人理会刘树生的号叫,文雯走到两人跟前,颤抖着举起打火机。

"我错了,姐夫,是我一时犯浑,你们大人不记小人过,饶我一回,我以后当牛做马报答你们……哎,文雯,不敢啊文雯……"

刘树生眼泪、鼻涕直流,糊得脸上皱巴巴的。何小凤则无助地号哭着,拼命晃动手脚。

文雯浑身发抖,打了好几次打火机,终于打着火,举着火苗靠近炸药导火索……

刘树生和何小凤吓得闭上了眼睛,嘴里还在求饶号哭。

就在这时,文雯注意到何小凤身上湿了一大片,应该是承受不住压力,失禁了。

至此,她再也无法下手,忽然扔掉打火机,哭着跑了出去。

没有听到想象中的引线燃烧声,刘树生这才睁开眼睛,瘫软在床上。

"你们应该庆幸炮手还不知情,要不然,今天动手的就不是文雯了。"

说完,穆见晖转身离开。

车停在黎远光小区外,车上两人沉默不语。

穆见晖率先开口,声音略有沙哑:"下车吧,我那边也别回了,就在小光这儿住下吧。"

文雯摇头。

"妹子，仇也报了，恨就算一时半刻解不了也不打紧，人不能跟狗一般见识。好歹刘树生两口子的嘴应该是永远缝上了，咱就当这事没发生过，成不？"

文雯紧咬嘴唇，摇了摇头："当没发生，可能吗？"

"你想咋弄？"

"这件事像刺一样扎在我的嗓子眼，吞不掉，咽不下……穆哥，要不我跟光哥说实话吧。"

"不行！他是个啥样的人，你能不知道？他要是知道咱俩让人算计了，那是能提刀杀人呀！文雯，听哥一句，让这事烂在肚子里，再难也别吐一个字。"

文雯眼泪唰地流了下来："穆哥，你送我走吧，我没脸面对光哥。"

"说句掏心窝的话，我知道你难受，如果这只是咱俩的事，我现在就能把你送走。可是文雯，咱得想想小光啊。你走了，小光咋办？没爹没妈，在苦海里游了小半辈子，现在遇到了你，好不容易抬头能看见好日子，你一走，他后半辈子的幸福全毁了。妹子，咱不能看着小光刚从苦海里爬出来，又往火海里跳啊。"

被穆见晖这么一劝，文雯一时不知所措，低低呜咽起来："那你让我咋办，留在这儿，活在煎熬里，我心里的苦水往哪儿倒？"

"妹子，"穆见晖盯着她，"小光对你好不好？"

文雯点点头。

"你走了，还能找着这样疼你、爱你又顶天立地的汉子吗？"

她摇头，哽咽道："我不知道。"

"易求无价宝，难得有情郎。小光对你是真好，咱不能因为一个畜生把到手的幸福扔出去。人活着就是一个绊子接着一个绊子，迈过去了，就过去了，日子还得过。小光过两天就回来了，回去吧，继续好好过你们的日子。"

听罢这番话，文雯犹豫了一下，将目光投向熟悉的铁门，一时陷入沉思。

片刻后，她还是推开车门，下了车。

尹村地头，考古队正在作业，老鹿喊了一声："方师，你看那边！"

方堃顺着老鹿所指的方向望过去，只见乡间小路上齐小满蹬着三轮车，载着一车废品缓缓驶来。她整个身子都佝偻了下去，小小身板惹人心疼。

吕江河停下手中工作："咱去搭把手。"

路边，齐小满也看见了考古队，许是因为李春来的事心中有愧，她埋着头，一使劲儿蹬出去老远。

"算了，"老鹿远远望着，叹口气，"娃要强得很，别让她脸上挂不住。"

"有粮伯有一阵子没露面了，也不知道家里啥光景。要是光靠小满，一家日子咋过。"方堃看着她那瘦小的背影，也不由感慨。

"你又要发善心？"郭士林挑眉，"有粮伯是个强人，因为来娃的事脊梁骨都快让人戳烂了。我看他恨不得扒了考古队的皮，咱就别把脸凑上去让人扇咧。"

"唉……"方堃抿抿嘴，"我心里有数。"

齐家饭桌上，三口人一言不发。桌上连个肉菜都没有，仅有拌黄瓜片、洋芋丝，还有一个看不见鸡蛋花的番茄蛋汤。

"凤英，拿酒去。"齐有粮沙哑着嗓子，大手一挥。

"大，别喝了，"齐小满满脸忧虑，"你这身子还没好利索。"

"让你大喝两口吧，他一宿一宿睡不着，躺着坐着，身子都沉得很，喝两口正好解解乏。"曹凤英说着，起身去拿酒。

齐小满抬眼一看父亲，短短数日消瘦了一大圈，以往那个机智、强大、办事熨帖的父亲，此刻已经佝偻成了可怜虫，情绪低落得像是被谁抽走了魂。

她看了直心疼，只好勉强扯出笑容："大，今天废品站的老刘说咱这铁成色好，就是量少，要是量大了他给咱高价。"

齐有粮"嗯"了一声，没再多说。

大门被推开，方堃提着水果进了院："伯，我来看看你。"

齐有粮眼皮也不抬，自顾自转身抬腿进了屋。

"方哥你坐，别介意。"齐小满不好意思道。

"没事，我知道有粮伯生我气。"

"他不是冲你，是来娃的事太伤他脸，他没脸见人。"小满安慰道。

方堃见她揉搓着手，指头上缠满了纱布，又糙又黑，关切道："废品生意咋样？"

她低头淡淡道："凑合。"

"考古队不打算回了？"

"……方哥，你这不是嚷我咧，"齐小满一怔，"我的脸皮就算比城墙厚，也不敢再回考古队。贼汉子前脚进监狱，贼婆子后脚……"

"来娃是来娃，你们是你们，以后别再混为一谈咧。咱打交道多少年了，你和有粮伯是啥人,我们能不知道?来前我们都商量过了,只要你愿意,随时可以回来。当技工离家近,不误农时,旱涝保收,最重要的是咱得告诉村里人,你们一家人行得正、坐得端,不怕别人说闲话。"

方堃说得真诚,齐小满听罢,眼圈泛红,使劲点了点头。

院里的谈话被屋内的齐有粮夫妇收入耳中。

"他大,小方说得多好,"曹凤英好声劝慰,"咱伸手不打上门客,让娃去吧,能行?"

齐有粮不语,背过身不想让妻子发现他内心的触动,算是默认了这桩事。

暮色四合,齐小满回了考古队,跟在老鹿身后下铲勘探,手法娴熟,动作利落,老鹿连连点头赞叹。一旁郭士林忙着拍照,方堃则在钻探布孔图上做标记。

工作有条不紊地进行着,方堃抹了一把额头上的汗,看着晚霞淡淡的粉紫色,以及田间地头上几人或弯腰或站立的剪影,由衷笑了笑。

吕氏家族墓 M2 号墓的发掘工作还在继续,齐大仓也赶来帮忙。

"雒青,这 M2 发掘进度也太慢咧,这墓跟我上次来没啥变化。"凑上前瞅了几眼后,齐大仓疑惑道。

雒青拿起探铲,一铲子下去带上来不少含石子的土:"齐队,看见没?探铲根本就打不下去,里面不是鹅卵石就是料姜石,只能靠小锤子凿,能不慢吗?"

"那就凿嘛,大活人还能让块石头难住。"

小白小声打听:"齐队怎么了?张嘴就是火药味。"

雒青也低声回着:"M2 发掘工作不结束,他们抓的那几个人没法判。"

小白眼珠一转,有了主意:"齐队,我们这儿正缺人,你要实在着急,给我们帮帮忙呗。"

齐大仓乖乖拿起一把锤子,在雒青的指导下,蹲在一旁敲了起来。

刘树生提着大包小包等在穆见晖家楼下。

看到穆见晖出来,他立马迎上去:"姐夫!"

穆见晖把随手提的被子塞到后备厢:"你来干啥?"

"我知道你今天去山上,搭你个顺风车。"

穆见晖冷笑:"有话就说。"

"姐夫,你看你说的,我真是想去看看我姐。"

穆见晖没回应,只是打开车门,而刘树生却趁机挤了上去。

关上车门后，穆见晖只顾开车，正眼都不瞧刘树生。

"姐夫，"刘树生谄媚地笑着，"文雯那女娃还好吧？"

"你还有脸问。"

"姐夫，我真知道错咧。使出这昏着儿还不都是为了你跟我姐，我姐要是能给你老穆家留下一儿半女，我也不会干这糊涂事。"

穆见晖像是听见了天大的笑话："为了我跟你姐？"

"姐夫，我真是为你们着想。我姐不能生，你俩要没个娃后半辈子咋过？这些天我一直在反省，好心办下了坏事，你原谅我吧。"

"树生，你的心是好的还是坏的，我能不知道？炮手干得好，吃下了不少大墓，你眼珠子通红，心里憋气，疯狗跳墙头使出这招离间计，是想看我和炮手兄弟反目，你好坐收渔翁之利。"

穆见晖淡淡陈述着，刘树生却从他眼角的余光里瞧出浓重的戾气，不由自主地打了个冷战，连忙辩解着："姐夫，天地可鉴，我真没动这个歪心！你让我守着建筑公司，我听了你的，我跟你汇报一下我这几天的工作。工地工作进行得很顺利，工人们活也干得不错，等过几天有个工程验收，我跟项目部的人说了，千万不要偷工减料，咱的目标是打造明星企业、秦川建筑行业的标杆。对了，还有一个事，有个啥企业找上门，说建酒店……你看我这脑子，咋忘了叫啥名。"

刘树生掏出小本本，正要翻。

穆见晖淡淡接道："铭达酒店。"

刘树生一愣："姐夫，你咋知道？"

穆见晖冷笑："你猜那酒店是谁委托你建的？"

"不会是……"刘树生蒙了，"姐夫你吧？"

穆见晖找出一份文件："这是你公司的账，你自己看吧。"

刘树生翻了半天也没看明白，说："我咋看得懂这些。"

"这半年你干了多少工程项目？"

"三还是四？"

"你签了多少项目？"

"四还是五？"

"你签了十五个工程项目，真正建的有两个。剩下的酒店、饭店、工厂、洗浴中心，你这辈子都不会在秦川城见到它们。"

刘树生恍然大悟："姐夫，合着我这建筑公司是'洗衣机'啊，专门用来洗……"

他止住了话头，又开始翻账本，口中喃喃道："个、十、百、千……"

"四千五百七十万。"穆见晖打断了他的嘀咕。

刘树生目瞪口呆："姐夫，你咋不早跟我说？"

"树生，姐夫太高估你了，以为你心里有数，谁知道你让姐夫打眼了。"

刘树生怔了一瞬，这才彻底意识到自己斗不过穆见晖……不，何止斗不过，穆见晖简直可以轻而易举地把他玩弄于股掌之间，此人老谋深算得可怕。

收起心思，他连忙表忠心："姐夫，我有数，这生意关起门来不还是咱一家的吗？你往哪儿指，我往哪儿打，我跟着你到海枯石烂！"

穆见晖冷笑："快别拿你这酸词恶心我了，往后再说往后吧，你要铁了心跟钱过不去，我也没辙。"

刘树生一拍胸膛："不不，你是我亲哥，钱是我亲弟，我对你们死心塌地！"

来到山上小木屋，两人拍门，刘树兰还是闭门不见。

穆见晖朝里喊着："树兰，我给你带了床被子，天太冷了，你别着凉。"

没有任何回应。

刘树生也跟着喊起来："姐，我姐夫大老远过来，你好歹让他进屋坐会儿，两口子有啥事过不去？你忘了以前住南市后面，我姐夫天天给你熬药，身上天天一股味，你得是日子过好了，忘了我姐夫的恩？"

穆见晖伸手拦下他："别刺激你姐了。"

"姐夫，你回去，天太冷了，我在这儿守着。"刘树生从他手里接过被子，"我好歹是她弟，她总不能看我冻死在门口吧？你放心，这被子保证今晚让她盖上。"

穆见晖拍了拍刘树生："树生，这才是你这个弟弟该做的。"

黎远光从外地回来了，穆见晖早早在废品回收站等他。

"哥。"黎远光远远瞧见他，小跑几步上前。

"出去这么多天，辛苦你跟弟兄们了。"

"辛苦啥，竹篮子打水一场空，啥也没弄到。哥，你再给咱寻个坑，我们再去弄一票。"

穆见晖摆摆手："算了，歇歇吧，好好盘算盘算你的事。"

黎远光蒙了："我啥事？"

"愣娃，你说啥事？"穆见晖不禁失笑，"结婚照都拍下了，还让女娃等下去？"

黎远光嘿嘿笑着："这事我本来想跟哥说，一直不得空。人家都说婚姻大事听父母，我也没个爹妈，全听哥的。"

"要听我的，赶紧把证领了，皇历我也给你看过了，明天是个嫁娶吉日。"

"行，听哥的！"

小两口一别数日，一进门，黎远光就一把抱住了文雯。

"把我想死了！"他抱得十分用力，像是生怕她飞走似的。

文雯挣脱开，侧过脸，避开他炽热的目光："你……先洗手吃饭。"

黎远光松开手，打量着她："咋了，咋瘦了那么多？"

文雯强颜欢笑："想你想的呗。"

"那就好，那就好，"黎远光开起玩笑，"我还以为是穆哥欺负你了。"

听到这句话，文雯有点不自然，身体轻微抖了抖："快去洗手，饭都凉了。"

黎远光乖乖跑去卫生间洗了个手。

两人坐下后，他又小心翼翼地开口，满脸期待与憧憬："我跟你商量个事。"

"啥？"

"明天把证领了吧。"

文雯一愣，猛一抬头："咋这么突然？"

"穆哥说了，明天是个好日子。反正早晚的事，我看能行。你给我想想，明天穿个啥。"

"都行。"

黎远光沉浸在幸福中，全然没留意文雯此时复杂的表情。

第七十八章 寻根

吕氏家族墓 M2 空墓发掘未有进展,墓底料姜石的清理难度超出大家想象。

齐大仓抬起大汗淋漓的头,提议道:"靠手工清理这得弄到啥时候,要不我联系一下消防那边,他们工具多,上机械吧。"

"我们是考古,不是毁古。"项昕之立刻拒绝,"地下文物比刚出生的娃娃还金贵,动用机械一个不慎就会毁了文物。要是各个墓都用机械,咱还叫保护性发掘吗?"

"项老师,这个我懂,"齐大仓汗颜,"大型机械不让用,小型的总行吧?"

"齐队,你说的这些我们都考虑过,"雒青话锋一转,"你们抓嫌疑人有预案吗?"

"当然,会把可能发生的情况先预演一遍。"

雒青点头:"我们考古发掘也一样,要根据不同保存状态、不同时代、不同地域墓葬的具体情况,制定详尽、系统、有针对性的保护预案。现在大家对吕氏家族墓的关注度非常高,不光是业内前辈,还有吕氏族人,我们不敢有一丝马虎。"

闻言,齐大仓摸头一笑:"我是铁匠绣花——纯外行,你们别在意。"

项昕之无奈失笑:"知道你着急,可咱这些人哪个不急。昨天三号墓清理出来,又是一个空墓,一疙瘩谜团解不开,哪个队员不着急?"

"三号墓也是空墓?"齐大仓震惊,连连追问,"被盗过?还是多重墓?"

"没被盗过,也不是多重墓,就是一个简单的空墓,葬具、人骨啥都没有。雒青也急,急得上火,肚子里能烧开一锅水。"

正说着,小白跑了过来:"项老师,雒老师,你们快去看看,吕氏后人来了,人家让咱们停工,说是不能动他先人的墓。"

"富贵哥?"齐大仓不解,"他的工作不是早就做通咧?"

小白急得语焉不详:"不、不是吕家寨的吕氏后人,是南方的吕氏后人!"

雒青惊讶:"南方的吕氏后人?"

"坏了!"齐大仓一拍脑门,反应了过来,"这是打听生日吃满月,找事来了。我给邻近的派出所打个电话,小白,你去把富贵哥喊来。"

· 509 ·

雒青一行赶回基地院子的时候，里面已经吵成一片。四五个操着南方口音的人，正急赤白脸地和工作人员争执。

其中一位吕氏后人吕富宏扯着大嗓门喊道："这是我们祖先的墓地，你们要挖也要问问我们！"

"我是警察，"齐大仓亮出工作证件，"你们有啥事跟我说，不要闹事。"

"我们也是吕氏的后人，祖坟被挖了，我们难道无权过问？"

"吕氏家族世世代代住在吕家寨，你听听你们这口音，能是一个祖宗吗？不是姓吕的就一定是吕氏后人，认祖归宗我举双手赞成，可也得认对门。"

吕富宏急于自辩，忙掏出家谱："我真是吕氏后人，只是我的祖先迁到了南方而已。这是我们的家谱，上面明明白白写着我们是吕景山的后人！"

"吕景山？"雒青挑了挑眉，"吕大防之子？"

"对，你怎么知道？"

雒青惊喜，与吕富宏握手："你好，我叫雒青，是这里的考古负责人。"

齐大仓绕晕了，愣了愣，问："吕大防的后人咋会到了南方？"

雒青解释："吕大防被贬官至南方，半路客死他乡，我猜他们这一脉就留在了岭南。"

吕富宏也补充道："我们定居岭南一千多年了。"

此时，吕富贵也赶来了，他连忙握住吕富宏的手："得是岭南来的亲戚？你们是咋寻到这儿来的？"

"说来话长，我们想寻根问祖不是一两天了。景山先祖定居岭南后，后人也修了家谱，里面记了一句话：'吕世渭水堂。'"

"啥意思？"齐大仓满脸疑惑。

项昕之说："堂就是堂号，古代同姓族人经常聚族而居，几世同堂，堂号就成了同族人的共同称号。渭水堂，也就是说他们这一脉和渭水的吕氏是同堂一族。"

吕富宏点头："三十年前，我们的族长就凭着这一句话北上关中，想寻根。可是那时候通讯不方便，没能找到。这一次吕氏家族墓考古发掘上了新闻，我们这才能找到吕家寨。"

雒青弯了弯眉眼，表示理解："你们有啥想法尽管跟我们说，咱们这次考古合法合规，但也会尽可能尊重吕氏后人的意愿。"

吕富宏终于松了口，态度缓和了下来："我们不是来闹事的，也支持国家对祖坟进行考古发掘，只是想趁机拜谒一下祖宗，尤其我们这一脉的先祖吕大防，能让我们看看他的墓吗？"

小白犯难："可是……我们还没有确定哪个是吕大防的墓。"

雒青翻阅着吕富宏带来的家谱，问道："你们这份家谱里记载吕大防的墓在岭南？"

"岭南的墓是明代修建的。我听族里长辈说当年吕大防被贬南方，郁郁而终，后来他的兄长吕大忠求情，皇帝才同意让大防回乡安葬。可是路太远、天又热，先人只能抛下尸骨，把衣冠带回来。"

"也就是说吕家寨的吕大防墓其实是个衣冠冢？"

吕富宏点头。

项昕之追问："有没有墓志铭？"

"这就不清楚了，只知道丧事办得也简单。"

"师母！"雒青惊喜不已，"我知道 M3 是谁的墓了。"

"得来全不费功夫，你看这谜团不就解开了？M3 很可能是吕大防的衣冠冢。"项昕之欣慰地舒展眉头，又看向吕富贵，"富贵，你把岭南来的客人领上，去 M3。"

"师母，"雒青又面带犹疑，"是不是再研究一下？还没百分百确定。"

"咱们是搞学术研究，他们那是拜谒先祖。人家千里迢迢来，就为了磕个头，看看咱有没有善待人家列祖列宗，图个心安。"

雒青了然："我懂了。"

吕氏后人被带到 M3 的发掘现场，考古队停下了工作，为他们让出一条祭祀之路。吕富贵已将水果、香烛和纸钱准备齐全。

以吕富宏为首的后人齐齐跪下，磕了三个头。

"二世祖，"吕富宏眼含热泪，"后人回来看您了。"

吕富贵也情不自已，声音带着哭腔："二世祖，我这兄弟跨越千山万水，可算是认祖归宗咧。"

在场人员皆为之动容。

雒青拭去泛出的泪花："地处南北的吕氏后人握手相认，这条回乡之路走了近千年啊……"

"难得，"项昕之长吁道，"我们今天也算是见证人了。"

祭拜完后，吕富宏起身，掏出一个文件袋递给雒青："雒老师，项老师，听富贵哥说你们要替我们建家庙，我替岭南的族人感激你们。这家谱，还有我们在岭南的祠堂照片、陵园照片，你们都拿去，兴许对你们有帮助。"

雒青连连道谢："太有帮助了！这些资料太珍贵了。富宏哥，你们为吕氏嫡系脉络研究提供了重要线索。"

"如果有机会，我想请你们考古队和吕家寨的亲人来岭南，参加我们吕氏宗亲的祭祀活动。"

"一定。"

吕富贵也道："去，我肯定去！"

离 M3 不远处，M2 的发掘工作正在紧张进行，墓道已经开到了最下层，清晰可见墓道北壁底端有一开口。

在场的人知道，进入这个口，M2 的谜底就揭晓了，大家的心都提到了嗓子眼。

"师母，我还怪紧张。"雒青擦了擦手心的汗。

"我也紧张，别看我一把年纪，这样的考古项目还是头次经手。深呼吸，是不是祖师爷的墓马上见分晓了。"项昕之向她投以鼓励的眼神，"雒青，你给咱打头阵。"

雒青深吸一口气，走在前头，迈了进去。

跨进开口门，便来到了 M2 的前室。该墓由一前室、双后室组合构成，各室以生土隔墙划分。

雒青环视完四周，指着面前的一棺一椁，惊呼："师母，有棺椁！不是空墓！"

众人的目光全被吸引过来，纷纷打量棺椁。木质的一棺一椁置于中部略偏东南处，椁平面呈长方形，已完全朽坏，仅余灰黑色板灰。

小白指着棺椁间缝隙中填充的块状物，问道："这些块块是什么东西？"

"我猜应该是松香，防水防腐的。"项昕之观察道，"等墓葬清理完毕，这些都要好好采集保存。"

小白不禁感叹："又是三重墓，又是松香，真的很像祖师爷的手笔。"

"棺内的骨架已经朽了，"雒青看完棺内情况，推测起来，"从墓葬的方位来看，这应该是前室，那这骨架很有可能是祖师爷的。"

项昕之正色道："给祖师爷鞠个躬吧，于情叨扰了他，于理他给咱们考古研究留下了宝贵的遗产。"

"师母说得对，之后的清理工作，每一处都得小心，大家不能有一点马虎怠慢。"

众人于是毕恭毕敬地朝棺椁鞠了一躬，向祖师爷致以敬意。

直起身后，雒青环顾四周，有不少淤土和洞顶塌土，不少随葬物掩于其中，仅能看到一些陶瓷碎片散布在浮土表面。

齐大仓焦急地等在墓室外面，一见雒青等人上来，立马迎上去。

"咋样？"

雒青故作失望，摇了摇头："恐怕不是我们想的那样。"

"咋的？"齐大仓傻眼了，"又是个空墓？"

小白也唉声叹气："唉，一言难尽。"

齐大仓急了："各位老师，到底啥情况，我真是鸡沟子掏蛋——等不及咧！"

项昕之忍俊不禁："快别戏弄他了，齐队急得都快冒火了。"

"咳咳，"雒青这才正色道，"不是空墓，而且比我们预估得规模要大，一前室，双后室，棺椁都在。"

齐大仓一蹦三尺高："我就知道它肯定不是空墓！厉害，各位老师厉害得很！"

项昕之摆摆手："行咧，还不给你老婆说一声。"

齐大仓哆嗦着给宋慧茹打去电话，手机差点滑落在地："宋慧茹同志，我郑重地通知你，M2第三重墓不是空墓！结婚这些年，咱今天算是把面子挣足咧。你老汉的信条是啥？办案就要办成铁案。我不跟你磨牙，今天考古队的饭我包咧，账算你身上。"

众人听罢，哄堂大笑。

"咚咚。"

敲门声响起，宋慧茹埋头看文件："进。"

齐大仓大步流星走进办公室，取出一沓资料，放在宋慧茹桌上，准确地翻到某一页，指着上面的字："念念。"

宋慧茹探过去认真读道："经鉴定，洪大同、冯四宝等人所盗古墓葬为宋代金石学家吕大临之墓……"

"咋样？"齐大仓一脸得意，"宋大检察官，这回能定罪了吗？"

宋慧茹抓过他的手，看着他的两手血泡，沉默一瞬："你不会亲自上阵挖墓了吧？"

"还不是被你们检察院逼的。"

宋慧茹哭笑不得："这下舒坦咧？"

齐大仓傻笑："舒坦咧。"

宋慧茹看他精神这么好，要坏捏了一下他的血泡，疼得他嗷嗷直叫。

基地的文物修复室内，侯月来正带着一老一少两位文物修复师清理M2的出土遗物。

雒青和项昕之走了进来。

"师兄，咋样？"

侯月来指着修复台上的瓷器："一共一百二十三件，主要是瓷器，还有一些陶、铜、铁、锡，形制有壶、碗、碟、瓶、罐，总体来说很丰富，但是很多文物损坏严重……这盗墓贼不是没打到第三重墓吗？"

"祖师爷的这套防盗措施防得了外贼，却防不了家贼。"雒青遗憾摇头，"虽然现代的盗墓贼没有打到底，但我们还是在第三重墓的前室西壁上发现了一个盗洞，这个盗洞直通M1和M4，盗墓贼应该是一连洗劫了三个墓。"

"怎么确定是家贼？"

项昕之接话："这个人对家族墓的布局非常了解，而且这些宋瓷他没有动，说明这对他来说没价值，只是寻常的瓶瓶罐罐。这样一推，应该是个宋代的家贼。"

一旁的老文物修复师连连叹气："就算我们修复好咧，一些关键的细节和信息也丢失咧。这些细节谜团，就算我们穷尽一辈子，恐怕也难解了。"

小修复师目光炯炯地看着他："王老师，还有我，我来解。"

"娃娃，你是不知道，"老人仰头长吁一声，"要解开这些丢失的细节谜团，可能要耗费一个才华横溢的学者最好的年华！"

"小满，快给我打开秦川电视台！"

方堃几乎是冲进了齐有粮家的客厅，对着齐小满喊。

齐小满一边操作，一边好奇："咋突然想看电视了？"

郭士林耸耸肩："小白刚给他发短信，说雒青上电视了，这货走到半路又跑回来了。"

电视打开，新闻主持人正在播报一则新闻。

"经过省考古研究院的不懈努力，连日来备受关注的蓝田吕氏家族墓迎来了重大发现。一座空墓，如何变身为一座价值极高的古墓，其背后到底有怎样的玄机，让我们听听考古学者雒青老师的解读。"

听到播报声，郭士林虽为同伴高兴，可也略微低下了头，眼底透着几分落寞。

"老郭，别嫉妒，"方堃捕捉到他的神色，安慰着拍了拍他的肩，"咱也快找到答案了。"说完，他又转头全神贯注地盯着屏幕，屏幕中，雒青整个人闪闪发光，耀眼夺目。

第七十九章 交手

"我们刚接手的时候，这个墓是个空墓，墓室很浅，像是个近代墓。但是墓道还继续向下延伸，于是我们继续清理。后来挖到七米多深时，发现又有同样的墓室结构。这个时候我们就隐隐觉得，这个结构肯定是墓主人有意设置的。再往下发掘到十米至十一米时，探铲就打不下去了。因有各种鹅卵石、料姜石阻碍，非常难挖。坚持挖到十五米左右时，真正的主墓室才出现。"

雒青认真回忆着这曾令她迷茫、焦虑和痛苦的发掘过程，用无比平静的语气说了出来。那些辛酸都过去了，所幸他们坚持了下来，不放弃，就一定能看到希望。

能用自己的双手，一点点把尘封了千年的故事发掘出来，让活着的人与故去的人相识或重逢，倾听一个家族、一个民族甚至一个国家是如何一步步走来的，这大抵就是考古的意义吧。

"雒老师，"记者又问，"本次发掘有什么最让您难忘的吗？"

电视继续播放雒青的采访内容，穆见晖也在家里看着。

"……我最难忘的是盗墓贼的无耻，吕氏家族墓因为他们的贪婪无知而遭到极大破坏。历史这位老人准备将其珍藏了千年之久的珍贵礼物完整地馈赠给人类，却被人类以残忍的方式拒绝与破坏。"年轻的领队脸上闪过一丝痛苦与愤怒，"在此，我呼吁大家一起保护历史文物，打击文物盗掘和走私贩卖！"

听罢，穆见晖的嘴角露出一丝不屑的笑容。

另一边，许多记者围在法院门口。

法官的宣判声从里面传来，庄重肃穆："被告人郭峰山犯盗掘古墓葬罪，并窃得大量珍贵文物，判处死刑，缓期二年执行，剥夺政治权利终身，并处没收个人全部财产；被告人王太平犯盗掘古墓葬罪，判处死刑，缓期二年执行，剥夺政治权利终身，并处没收个人全部财产；被告人冯四宝、李三马、张建民犯盗掘古墓葬罪，分别判处有期徒刑五年，剥夺政治权利三年，并处罚金一万元。"

宣判结束，齐大仓走出法院，立刻有记者认出了他，挤了上去。

"齐队，听说案件的主犯刑兆虎还在逃？"

"被盗的文物都被追回来了吗？"

"主犯刑兆虎还没落网，还有一个葵口银扣钵流失在外。"齐大仓对着镜头，义正词严，"但是法网恢恢，疏而不漏，我们一定会将所有犯罪分子绳之以法，把流失的文物追回，也请广大市民朋友们积极提供线索。"

一块展牌树立在明德博物馆展厅的旁边，上面洋洋洒洒写着几个大字："流光梦华——宋瓷特展"。

秦既明在赵佑林的簇拥下进入展厅。

看到门口摆着的展牌，秦既明称赞："流光梦华，主题名字起得不错，选取了《东京梦华录》里的两个字，彰显杯盏流光之间，梦回大宋。"

赵佑林吹捧："听听，还是秦老见地高！"

"名字起得好是其次，"秦既明慢悠悠道，"东西拿得出手，才最重要。"

"秦老放心，这次的展览，我可着实下了功夫！不怕您笑话，比挑夫人还用心呐。"

"佑林，精品可不是靠嘴说出来的。"

"那是当然，要是入不了您老的眼，那我说破大天它也是个棒槌。"赵佑林侧身伸手，满脸谄媚，"秦老，里面请。"

展厅里摆满了精美的宋瓷，赵佑林将秦既明引到其中一个汝窑天青釉盘处，展品下方写着：宋代天青釉盘。

"秦老，这件天青釉盘咋样？"

"釉质凝厚滋润，色彩清淡素雅。"秦既明品鉴着，"你们看这釉色，像不像是雨过天晴的天空？"

众人立刻附和："像。"

"这就是天青釉的妙处，釉色像是云层散去时天空呈现的颜色，有如烟霞弥漫，又如云气氤氲，耐人寻味啊。"

赵佑林带头鼓掌："秦老不愧是收藏界的大师，我们这些平庸之辈只知道妙，却说不出妙在哪儿。秦老三言两语，就把这天青釉的美说到位了，这就是功力啊。秦老，您接着往下看，还有不少等着您品鉴呢。"

不远处，穆见晖在人群之外，听着他们的笑声和掌声，沉默不语。

等人群远去，穆见晖才慢慢地挪到那件天青釉盘那里，一言不发地凝视着。

老肖走了过来，也看着这件展品："穆老板觉得这个天青釉盘咋样？"

"好，精美。"

穆见晖的目光扫向门口，那里，赵佑林正簇拥着秦既明往外走。

"穆老板得是知道他们去干啥？"

穆见晖微笑："跟咱有啥关系。"

"说无关也确实无关，热闹是别人的；说有关也有关，嫁衣裳是咱们做下的。"老肖意味深长地笑了，"你说，咱们啥时候能挤进那个圈子？"

"啥圈子不圈子，有钱赚就行。"

赵佑林有一间会客室，平时仅用于与圈内的客人交际。此刻，会客室中央正摆着那件葵口银扣钵，在专业展灯的映衬下，它显得无比雅致，瞬间吸引了房间里的所有人来围观。

"秦老，这件不知道能不能入您老的眼？"赵佑林期待地搓搓手。

"佑林，前面看了那么多，前菜上了那么多，合着主菜在这儿等着呐。"

"前面是给您开开胃，现在是让您品品鲜，当然，鲜不鲜还得您老说了算。"

秦老爱不释手地把玩着："鲜得很，要是能拿这个钵盛上一碗汤，世间万物便索然无味，外面的宋瓷全失颜色。"

"上回秦老说赵总要是办下耀州瓷的展，他巴不得在这儿住下，"温玉和打趣道，"赵总，要不我收拾屋子准备待客？"

"那敢情好，我巴不得把秦老留在这儿给我好好上上文物课，但是寒舍夜里凉，秦老要是喜欢，晚上让小温把钵送到秦老家，您好好把玩。"

秦既明推辞："那不行，君子不夺人所爱。"

"千里马还得千里人骑，钵在我这儿纯属浪费。"

见赵佑林如此，秦既明试探着："那我就借玩几天？"

"多少天都行。秦老，我备了一桌席，咱也学学万事求雅的宋人，美酒配野味，把这钵摆在桌上慢慢品。"

"还是你想得周到，兰陵美酒郁金香，玉碗盛来琥珀光。佑林，这个展看下来，我发现你的品位着实提升了不少。你材优干济，守着一个博物馆岂不是屈才？"秦既明露出笑容，拍了拍赵佑林的手，"前些日子，秦川古玩协会会长的位置有个缺，都说谁能担得起来，我说赵佑林能行，而且非他不行。"

赵佑林笑得眼角皱纹堆在一起："秦老，您可太抬举我了，我哪担得起那重任。"

"咋，你是瞧不起自己，还是瞧不起我的眼力？"

"不敢不敢，秦老的眼力那在古玩界就是标尺，那不才就顶上这个缺，您放心，我肯定竭尽全力。"

出了博物馆，穆见晖给刘树生打电话。

"树生，你当年在商邑上当买的瓷器还在不在？"

"姐夫，你开啥玩笑，我留那玩意干啥，日夜提醒我让人坑了五十万？"

"别废话，你在哪达被人坑的，把地址发过来。"

黎远光家里已经挂起了两人的结婚照，他和文雯正穿着情侣睡衣窝在沙发上。

"说起来，"他突然想起一件事，"咱俩领完证也没跟穆哥吃顿饭，你看啥时候安排一下？"

文雯淡淡道："不用了吧。"

"啥叫不用，你在他家干了那么长时间，于情于理咱都应该请。"

文雯刚要说话，突然间胃部一阵不适，干呕了几下。

黎远光紧张起来："咋了？"

文雯摆摆手："没事，中午的菜太油腻了。"

"我去给你买点消食片。"

黎远光刚起身，却接到了穆见晖的电话。

"哥。"黎远光应了一声。

"小光，收拾一下，跟我出趟远门。"

"去哪达？"

"商邑。"

"能行。"

等他挂断电话，文雯忙问："咋？"

"没事，我出趟门。"黎远光嘱咐着，"药来不及买了，你记得自己去。好好吃饭，千万别凑合。"

"我知道。"

深夜，三叔陪穆见晖在商邑一处宋墓外守着，等待里面的消息。

脚旁，盗洞已经挖出十米左右。

擀面杖正在底下卖力挖着，突然，洞壁被挖开，豁然开朗，里面是宽敞的墓穴。

"通了！兄弟，你看是不是？"

黎远光却不作声。

听到里面的声音，三叔赶紧向穆见晖吹嘘："没骗你吧，北宋开国大将苗广义！这儿就是他的老家，这一带以前有很多宋墓，都跟苗家有关系。这个墓我找了可长时间，要是不确定是他的墓，我敢跟你要价？"

穆见晖观察片刻,道:"进去再说吧。"

两人进入墓室,里面很宽敞。室内摆着一个石椁,盖子已被打开,里面是金银玉器、漆器、陶器、瓷器等颇为丰厚的陪葬品,擀面杖正在一旁整理。

三叔上前问他:"几件瓷器?"

"一共九件。"

三叔走过去仔细查看:"乖乖,全是汝窑瓷。"

穆见晖一件一件看过去,不动声色。

三叔拿起一个盆,递给穆见晖:"看看盆底。"

穆见晖向盆底看去,只见盆底刻着密密麻麻的字——"苗训,字广义,社旗苗店人。陈桥兵变,赵匡胤夺取后周天下,宣布国号为宋,成为宋王朝的开国皇帝,册封苗训为护国大军师兼司天台正。乾德御题。"

看穆见晖一直瞅盆底的小字,三叔颇有信心地挑眉:"苗训,就是苗广义,社旗苗店人,就是我们这里人。乾德是赵匡胤的年号,这是赵匡胤赏赐给苗广义的。这不是苗广义的墓还能是谁的墓?这下松心了吧。"

穆见晖哑然失笑:"工艺确实不赖,你要是不画蛇添个足,也许还能唬唬人。"

三叔警觉起来:"弄啥,说俺这是假嘞?"

"三叔,明人就不说暗话了,非要让我指出来你假在哪儿吗?"

见形势不对,擀面杖吹了一个口哨,很快乌泱泱进来十几个壮汉,刀锄锨铲叉,各执"兵器"。

三叔收敛笑容,语气不善:"我看恁也不像个正经买卖人,不管恁是何方神圣,今天敢来砸场子,俺也不能怠慢了恁,恁是要一个挑俺们三千,还是俺们三千打恁一个?"

黎远光往前挪动,挡在穆见晖身前:"你爷我敢独闯老鼠窝,就不怕你鼠牙多!"

话音未落,他猛地冲到三叔身边,勒住了他的脖颈。

"别管我,"三叔努力发出声音,"上啊!"

黎远光加大了手劲:"叫你再硬气!"

僵持之间,穆见晖出声,态度温和:"小光,松手。"

黎远光闻言松开了一点,但依然挟持着三叔。

穆见晖上前,似笑非笑:"三叔,我兄弟手底下没个轻重,你受惊了。我们今天来不是斗狠,是来交朋友的。光,把钱掏出来。"

黎远光依言,一脱外套,身上绑了一圈钱,钱外面又绑了一圈炸药。

三叔被吓得哆嗦："恁是啥来头，到底想弄啥？"

"想交朋友还是想结冤仇，看你们。"黎远光眼神一凛。

三叔连忙给擀面杖使了个眼色。

"兄弟们，撤。"

等三叔手下人撤了之后，穆见晖掏出在明德博物馆展出的天青釉盘的照片。

"这天青釉盘……"他不紧不慢道，"出自你们这儿吧？"

第八十章 赝品

夜里，穆见晖和黎远光被蒙上了双眼，由三叔领路，来到了他家的作坊。

解开黑布，穆见晖看到这里的工作台上摆放着不少仿制瓷器。

有个比三叔年纪大的长者正坐在屋里抽旱烟，他个子小，精瘦，两只眼睛一眯缝，瞧着资历颇深。

"兄弟，怠慢了。"三叔道。

穆见晖点头致意："理解。"

"二爹，"三叔朝那长者喊道，"人来嘞。"

语毕，穆见晖恭谨地欠了欠身。

二爹打量着穆见晖："进屋带着一股气，是哪条道上的兄弟？"

"和二爹一样，都是吃先人留下的这碗饭的。"

"有看上的吗？"

穆见晖仔仔细细看了一圈瓷器，从中选了一个瓷瓶。

三叔答："三万。"

穆见晖又拿起一个瓷盘。

"五万。"

"这仿古说到底还是个'仿'字，钱我可以掏，但是我得买个心服口服。"

"兄弟，听俺侄儿说恁也是个行家，我想考恁一考，"二爹不紧不慢道，"这屋里除了假的也有真的，恁可知道是哪个？"

穆见晖端详片刻，目光落在一只郎窑红瓷瓶上。

"这只郎窑红瓷瓶，说它假也假，说它真也真。"

"说来听听。"

"清代康熙朝仿制了大量的宣德瓷器，但是仿宣德红时没有仿成。后来康熙朝的郎廷极仿制出了郎窑红，这郎窑红红如鸡血，釉中有牛毛纹，脱口垂足，白色'灯草边'。我说它真，拿到当下是真的，说它假，放到清代就是假的。"

穆见晖这番娓娓道来，令二爹多了几分信服："恁还算是有点眼力。"

"不过，"穆见晖却话锋一转，"你这个郎窑红，就连我也差点被唬住。"

"你的意思，我这个还是个假货？"

"工艺上，我是一点毛病也挑不出，削足削得有技巧，火候掌握得相当精准，瓶身内外开片，漂亮得很。我敢说就算是康熙朝的匠人看了，也得竖大拇指。"

"恁确实是个行家，夸的话就免了，我就想听听你凭啥说它假。"

"凭眼看我确实被唬住了，但是一上手，我就知道它是假的了。真的郎窑红重量上下均匀，重心不会下坠。但是你这个上轻下重，所有重量全压在球体部分。"

二爷既没承认也没否认，而是讳莫如深地笑了笑："小老弟，看过这只郎窑红的，起码得有十个专家，没有一个敢说是假的。"

"专家不敢说假，那要是拿机器测呢？"

"机器是啥？还不是人造的。在我们镇，不管是明成化年间的还是清康熙年间的釉料，恁都可以买到。再在古代窑址取土，如此烧制出的瓷器，它的成分和古瓷完全一样。"

穆见晖笑了："老人家这么坦诚，就不怕我偷师？"

"俺两句话给恁说下的，可是老祖宗上百年的本事，恁偷得走？"二爷挑眉。

"我听明白了，"黎远光恍然大悟，佩服地看着穆见晖，"说来说去还是假的，我哥说得没错。"

二爷大笑："你哥说得确实没错，但是你哥说了不算。冒犯一句，恁是哪位，顶得过十个专家？"

"老人家，这一次就算我打眼了，我刚说要买个心服口服，您的工艺水平我见识了，这个郎窑红归我了。"穆见晖淡淡一笑。

二爷摇头："恁买不起。"

穆见晖给了黎远光一个眼神，后者立刻把身上的钱全撂下。

"差远咧。"

"您能卖给私人博物馆，为啥不能卖给我？"

"恁是个较真的人，这真较起来，眼里哪还容得下假？来俺这儿买货的，有眼拙的，有睁一只眼闭一只眼的，唯独没有睁着俩眼挑刺较真的。"二爷大笑，又抽了口烟，"俺吃这碗饭四十年了，造假的本事自不必说，识人的本事也略通一二。恁是个高人，俺看不清来头，但是恁旁边的小兄弟俺一眼就能看出来，是个土行孙嘞。"

"老前辈，好眼力。我们只做真生意，你们只做假生意。按理说大家锅碗不相碰，只是没想到您的生意越做越大，都做到我的衣食父母头上去了。我没有别的意思，只是好奇，何方神圣能骗过我的衣食父母？"

"错！不是骗，是心甘情愿地买。仿的咋咧？那雍正、乾隆不照样爱仿货？耍古玩的人多得很，哪有恁多真东西，还不是假的来凑数。私人博物馆、拍卖行，要是没有俺这假东西，咋活？十个藏家九个赝，十个专家九个傻。全民搞收藏，火烧得太旺了，人的眼都烧红了，没钱的想一夜暴富，有钱的想保值增值，只要有人接盘，说它真它就是真，说它假它就是假。"

穆见晖听罢，把钱往二爹面前一推："老先生，这一趟没白来，我受教了。"

"钱不白收，除了那只郎窑红瓷瓶，恁喜欢哪个随便拿。"二爹收下钱，语重心长道，"俺再送你一句话，水至清则无鱼，人至察则无徒。这个圈子有几个真玩文物的？"

语毕，他摇了摇头，又从口中吐出长长的白烟。

穆见晖和黎远光两人来到小面馆里吃面，桌上摆着一个从二爹那里拿来的瓷盘。

"小光，"快吃完时，穆见晖忽然停下筷子，看向对面的人，"水至清则无鱼，人至察则无徒。你知道啥意思不？"

"前半句我知道，水太清了鱼活不下去，都跑了。后半句，我不懂。"

"后半句，人看得太清楚，也就没有同伴了。"

"哥，咱这次到底是来干啥？"黎远光不解，"拿了个盘，几万块钱给人撂下了。"

"来问事。"

"问啥事？"

"真相。"

"啥真相？"

穆见晖的笑容幽深："你说那个假瓷盘是咋到了明德博物馆？"

"肯定是老肖买走的，日鬼赵佑林呗。"

穆见晖哈哈大笑："我的瓜弟弟，你真以为赵佑林不知道那是假的吗？"

黎远光有些惊讶："你的意思是赵佑林明知是假的，还敢摆出来，他就不怕他那帮朋友看出来？"

"你以为他那帮朋友就不知道那是假的吗？你以为他们是真的喜欢文物吗？在他们眼里真假不重要，人脉、资源才是核心。他们玩的不是文物，是人心。时无英雄，使竖子成名！居上位者，插标卖首之辈盈盈！"

黎远光摇头："俺听不懂。"

"不知为不知，是知也。你比赵佑林那帮人有智慧。"穆见晖擦完嘴，"走吧，往后我们要做的事多得很。"

两人于是起身往外走。

"哥，"黎远光忽然想起什么，回头看了一眼桌面，"瓷盘没拿？"

穆见晖一语双关："不要了，送给老板装蒜吧。"

回到家中，黎远光迫不及待地喊："我回来了！"

然而却无人回应。

"文雯？"

此刻，文雯正在卫生间内出神地望着手里那支验孕棒，上面惹眼的两道杠像大石头一样压在她的心上。

"人呢？"

听到黎远光的喊声，文雯回过头来，正要把验孕棒丢进垃圾桶，可这时他已经推门进来了。

"你干啥呢？"

文雯慌乱背过手去："没……没干啥。"

黎远光一把从她身后夺过验孕棒，顿了几秒后，震惊地看着文雯："这是啥意思？怀上了？"

文雯慌乱又无措："我……我不知道。"

黎远光不由分说地拉起文雯就往外走。

"干啥？"

"去医院！"

妇产科医生将B超检查报告单和另一张血液检验报告单递给黎远光夫妇："第一胎吗？"

两人都愣住了。

"真怀了？"黎远光满脸难以置信。

"当然，"医生皱了皱眉，"你们心也够大的，都怀了十一周了，咋现在才来？"

听到"十一周"时，文雯像是被雷击了一样，呆愣在原地。

"对不起，对不起！"黎远光兴奋不已，"我确实心太大了。"

"跟我说对不起干啥？跟你老婆说呀。"医生无奈道。

"文雯，你听见了吗？咱有娃了！"

面对黎远光的灿烂笑容，文雯却举动木然。

未名轩内。

穆见晖捧着一张报纸，上面赫然印着醒目标题："盛世回归——海外回流文物黑陶俑特展在秦川开展。"

这时，李全回来了："老板，出版社的人来了。"

穆见晖立刻起身相迎："快请。"

彭城走了进来，和穆见晖握手："穆老师，一直在电话里沟通，今天总算是有机会拜访真人了。您一看就有学者风范，跟南市那些文玩老饕完全不一样。"

"彭老师过誉了，也没别的爱好，就是爱瞎琢磨。"

"现在文化市场这么繁盛，我要是有您这一肚子干货，肯定走到聚光灯前。您不知道，现在市面上有多少收藏类、鉴宝类节目，收视率高得很。有些所谓专家，明显不懂装懂，但人家照样收割了一票粉丝，出书拿稿费，赚钱赚到手软。像您这样的真专家，早该出书了。"

穆见晖淡淡一笑："咱出书也不是为了赚钱。"

"明白，您是打心眼里爱文物的人，跟那些沽名钓誉的不一样，您是想把真正的收藏文化弘扬出去。"

"彭老师，你是我的知音啊。虽然我涉猎不少，但是该提笔写啥，还真是没有头绪。依你看，我该出些哪方面的？"

"现在宋瓷最热，我看您不如出本介绍宋瓷的试试水，毕竟咱是自费，也得顾及一下销售情况。"

穆见晖瞥了一眼报纸："宋瓷就算咧，弄的人太多了。我说了，我不是为了赚钱，纯粹是分享……黑陶俑你知道吗？"

"知道啊！"彭城来了兴趣，"我有个朋友的表弟是搞考古的，这黑陶俑他还经手过，听说当年回国轰动得很，国内从来没见过这东西。"

"哦？"穆见晖眸光一闪，"你朋友的表弟在哪里考古？"

"最近在尹村，听说那边出了个大墓咧。"

穆见晖想了想，说："我对黑陶俑有点研究，那我就写写黑陶俑吧。"

"能行，"嗅到了商机，彭城笑容满面，"您绝对是头一个吃螃蟹的人！"

两人正畅快聊着，穆见晖突然看到手机上显示黎远光来电。

"彭老师，我接个电话。"

"您忙。"

穆见晖去到一边，接起电话："喂。"

电话那端的黎远光激动万分："哥，晚上有空不？来我这儿吃个饭！"

"咋了？"

"来了你就知道了。"

晚上，穆见晖一按门铃，黎远光立刻开门相迎。

"哥，快进！"黎远光兴奋地说。

看他笑得呲着大牙，合不拢嘴，穆见晖忍俊不禁："高兴成这样，得是有啥喜事？"

他举起手里的B超检查报告单："我有娃了！"

穆见晖接过单子一看，心里登时咯噔一下："都……十一周啦？"

黎远光挠头："我们心太大了。不过大夫说了，过了八周基本就安全了，要不我还不敢跟你说咧，怕空欢喜一场。"

说话间，文雯端着菜从厨房出来，轻轻点头："穆哥。"

黎远光伸手张罗着："都别站着，坐。"

三人落座后，黎远光给穆见晖倒上酒："哥，我心里高兴。从我跟文雯领证到现在，咱俩还没坐一块儿正儿八经地吃顿饭，喝口酒，来，我敬你！"

二人碰杯，一饮而尽。

黎远光抹抹嘴："哥，这好事我为啥头一个跟你说呢？以前我没爹没妈，就你一个亲人。现在，我有了老婆，有了娃，还有大哥，我有三个亲人了，我黎远光何德何能啊。"

"别这么说，这好日子都是你该得的。"

在酒精的作用下，黎远光话也多了起来："不，人不能忘本！文雯，你不能喝，但是也得敬大哥一杯。"

"别，"穆见晖摆手，"都是一家人，没那么些规矩。"

面颊微红的黎远光大手一挥："不行，一定要敬。"

文雯没多说什么，只是缓缓举起茶杯："哥，我干了。"

穆见晖闷下一口酒。

"哥，"黎远光牵过穆见晖的手，"我想让孩子认你当干爹。"

穆见晖忙推辞："不行不行，娃是奔你们来的，有你俩当爹妈，娃已经够有福气了。"

"哥，这事听我的。"

见两人拉扯着，文雯心中郁闷，站了起来："你们吃着，我胃里不舒服，先进去了。"

她转身走后，穆见晖看着她离开的背影，若有所思。

"小光，把娃跟媳妇都照顾好，人这辈子有娃万事足。你是个有福气的人,要懂得珍惜。"

听到他的话,黎远光眼睛一下子湿润了:"哥,我这福气都是你给的。真跟做梦一样,住上了大房子,娶下了媳妇,现在连娃也养下了。"

说到尽兴处,黎远光索性双手端着酒给穆见晖敬酒:"哥,我这辈子没啥遗憾了,就差把天下给哥打下来了!"

语毕,他一仰脖把酒干了。

卧室中,文雯摸着肚子,无声地落下了眼泪。

酒过三巡,黎远光早已喝得不省人事,醉倒在了桌上。

"小光?"

穆见晖试探地摇了摇他,见他没有反应,便冲卧室喊:"文雯,小光喝多了,你把他弄进去吧。"

文雯走了出来,红肿的眼睛一下子就让穆见晖意会到了什么。

"咋?"

文雯压低声音:"这娃不能要……我不知道是谁的。"

穆见晖忙做了个"嘘"的动作,把她拉到一边:"妹子,你别犯糊涂。"

"万一是你的咋办?"她脸上尽是无助和茫然。

"你记住,娃就是你跟小光的!"穆见晖神色坚定,"为了你俩好,生下来,别犯傻。"

又是一日黄昏时分,红日落到山下,霞光暗沉,原野茫茫,银白雪粒纷纷扬扬,大地如覆薄纱。

收工后,郭士林把大家召集了起来。

"明天咱就歇咧,这段时间辛苦大家咧。"

齐小满不解:"为啥歇?"

"这娃是光知道低头干活,不知道抬头看路,"老鹿忍不住笑了,"咱探了这些日子,总算是把大墓探出来咧。"

"有多大?"

方堃和郭士林目光中闪过几分为难,出于保密原则,他们不能将亚字形大墓的信息吐露出来。

"我懂了!"齐小满仅一瞬便懂他们眼色,会心点了点头,"大到要保密。"

郭士林略微颔首表示肯定后,笑着说:"大家先回去好好过个年,等开年我们再回来,也许那个时候,下一步的工作就有定论了!"

卷四

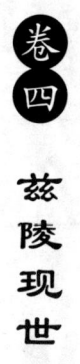

兹陵现世

第八十一章 疑址

张逢春闻讯赶来了尹村，方堃和郭士林带着他爬上了一处高地。从这里向下看，足以俯视他们的勘探区。

疾风阵阵，郭士林迎风大喊："张所，尹村这风景能行？"

"不能行，王侯贵族能葬这儿？"张逢春远眺，"古人说事死如事生，他们到了地下也要看风景咧。"

"张所，你觉得尹村这片能葬个啥王侯？"方堃投以期待的目光。

"那要看你们探出个啥，把我寻来不就是说这事？你们半天张不开嘴，看来这个墓不小。"

方堃掏出钻探布孔图，递给他："据我们初步勘探，尹村这个墓坐西向东，有四条墓道，一百一十四座。"

听罢，张逢春直咂舌："咱原本来尹村是为了摸清这里的遗存，结果现在探出了个亚字形大墓。这事大得很，我得向上汇报。"

"张所，"郭士林语气急切，"你还没答我们，你觉得这墓底下是个谁？"

"不好说，当年黑陶俑一出来，学界就讨论过这个问题，当时不少人认为这是馆陶公主墓。一般汉代受宠的公主墓葬类比诸侯王墓葬，但现在看来，这墓位置显赫，规模大，外藏坑数量多，远远超过了诸侯王墓的等级。而馆陶公主葬于武帝时，葬制不可能超越诸侯王，我只能说它不太可能是馆陶公主的墓。"

"张所说话滴水不漏，那我就大胆猜一猜，它有没有可能是汉太宗的墓？"

方堃此话一出，张逢春笑了起来："你娃还真是敢猜，传出去人家肯定骂咱哗众取宠。千百年来，世人皆知汉太宗兹陵在凤凰山。"

"这些天我跟士林收集了不少凤凰山的资料，发现这种说法也许源自一个误解，这反而让我更坚定了兹陵不在凤凰山。"

这样一听，张逢春来了兴致："走，带我去凤凰山看一下。"

"张所，咱这墓不管是谁的，总得取个名字吧？"郭士林问道。

张逢春沉吟片刻，道："按照考古学规范，无主遗址和墓葬等用当地最小行政地名来命名，就叫尹村大墓吧。"

"得行。"

三人来到凤凰山下，远眺雪痕蔓延的山头。

"史记里记载，汉太宗陵山川因其故，毋有所改。所以后世才会认为兹陵借助原先的地貌，不起封土，因山为陵。你们看，这凤凰山像不像一只展翅的凤凰，伸出的土梁就是凤头。远远望去，山势险峻，气势非凡，确实像是一座大型陵墓的天然封土。"

张逢春的头发被风吹得乱飞，他伸手给方堃和郭士林比画着凤凰山的轮廓。

"如果以因山为陵、不起封土作为判断兹陵的一条标准，那我认为尹村大墓也符合这一地望条件。"方堃沉思片刻，说出了这些天他们的发现，"我们测过，尹村大墓呈圜丘状，四周海拔在七百五十米以上，是整个白鹿原西端最高处。"

郭士林补充道："第一个提出兹陵在凤凰山的是元朝的骆天骧，他在他那本《类编长安志》里提到兹陵在京兆通化门东四十里白鹿原北凤凰山下。可是这本书的学术价值以及这个人的学问咋样，我们打个问号，起码我和方堃没有在史书中找到关于他的记载。"

张逢春没应声，继续往前走，在一片果园里，矗立着十余座石碑，其中一座上刻"汉太宗兹陵"五个楷书大字。

"这些石碑都是明清时立下的，其中最有名的是清朝毕沅所立，他通经史、好金石。这些石碑为啥上百年不倒？因为大家认可。20 世纪上半叶，多少中外学者先后到凤凰山考察，都认为凤凰山就是兹陵所在。新中国成立后，多少考古工作者数次考古调查，也得出同样结论。"说着，他回头看向二人，正色道，"你们大胆提出猜测，我很支持，但是要推翻学术丰碑，我劝你们慎重，你们清楚这事的分量吗？"

方堃点头："我知道这猜测太出人意料，弄好了是勘正历史，弄错了是贻笑大方。"

"岂止是贻笑大方，这将是你一辈子的学术污点。"

"我不怕。"

张逢春反倒笑了笑："好后生，胆子挺大。我这辈子说话就讲究一个稳，遇到你们这群后生，倒是把我的志气逼出来咧。你们有啥打算？"

眼见把他说动了，方堃难掩喜色："去伪才能存真，我们想申请对凤凰山进行考古勘探，看看它底下到底有没有墓葬。"

张逢春缓缓点了点头："等信儿吧，我回去就打报告。"

天色阴沉，雒青和小白张罗着民工在吕氏家族墓神道上铺防水布。

眼见防水布快用完，雒青赶忙对侯月来说："师兄，这防水布太小了，赶紧去镇上再买一些，天气预报说下午就有雪。"

侯月来也束手无策："镇上的防水布卖光了，得去市里，来回起码两个小时。"

"两个小时也得去，不能因为雨雪把咱的工作误下了！"雒青停下手中动作，焦急地直起身，"你在这儿守着，我去买。"

她正要开车，吕富贵却骑着三轮车来了。

"雒老师，是不是防水布不够？我村上有几块盖粮食的防水布，你们用得上不？"

雒青一看吕富贵载了一车防水布，心头一热："用得上，富贵哥，谢谢你。"

吕富贵咧嘴一笑："说啥见外话，我也是怕先人挨淋。"

雒青于是和吕富贵卸下防水布，和民工一起往发掘区铺。铺了半天，雒青见两个戴帽子的"民工"动作慢，走过去拍了他们两下，用地道的秦川话说："你俩能不能快点，不紧不慢的，又不是来赶集，进了水你们担得起责任吗？"

两人一扭头，没想到是郭士林和方堃。

"啊？"雒青惊讶，"怎么是你俩？"

郭士林摊手："堃把我抓来帮忙，结果你还嫌我帮倒忙。"

"雒领队，不得不说你这指挥人的水平见长，"方堃打趣道，"要是再加上两句粗话，那战斗力可比村头大嫂强多了。"

"不说了，先干活，麻利点，要是误了我的事，我真说粗话了。"

在雒青的指挥下，众人很快便铺好了防水布。

"撤吧，去基地。"看着防水工作完成，雒青终于松了口气。

几人往基地方向走，方堃突然掏出一副手套，递给雒青："戴上。"

"没事，习惯了。"

侯月来忍不住开口："手套我给雒青买过，她嫌干活不方便，我们还是尊重她的意愿吧。"

"啥意愿不意愿，"方堃撇撇嘴，"都成胡萝卜了，难看得很。"

雒青轻哼一声："嫌难看别看，又没让你看。"

方堃不管不顾地给雒青戴上："冻在你手上，疼在我心上。"

"你别胡说八道行不行。"

"哎哟，"郭士林伸手作捂脸状，"酸死我咧，牙快倒了。"

方堃学着雒青的口吻，瞥他一眼："嫌酸别听，又没让你听。"

回到基地食堂，方堃坐下，关切地问雒青："这些天累不？"

"不累，总算上了正轨，而且每天都有惊喜。前几天我们清理了M12，发现了一只铜渣斗，里面还有茶叶呢。你们要早几天来还能见到，现在已经被茶叶专家请去做研究了。"

郭士林惊讶："啥，茶叶专家都来了？"

"那当然，术业有专攻，茶叶咱不懂，让人家去解。"正说着，项昕之端着一壶茶进来，"来，这是专家给咱留下的好茶，天这么冷，正好热热身子。"

雒青笑了笑："师母最近正在钻研北宋士大夫茶文化，我们也跟着沾了光，白天下地挖土，晚上'附庸风雅'，品品茶。"

郭士林向椅背一仰，双手抱在脑后："真羡慕，我跟方堃在尹村只会大眼瞪小眼，白天瞪，晚上瞪，看对方都快看吐了。"

"少贫嘴，"项昕之揶揄道，"光是瞪眼能瞪出个尹村大墓？"

方堃挠头："师母你咋知道？"

"圈子绿豆大，有点风吹草动很快人尽皆知。再说，你们这是草动吗？简直是要在圈里刮一场飓风。要证明兹陵不在凤凰山，其难度不亚于把凤凰山推倒。"

"我懂，我们要接受来自学术界排山倒海的质疑。"

雒青也插话："岂止学术界，还有社会上的质疑。就拿我们发现的这个铜渣斗来说吧，这个茶叶到底是绿茶还是白茶，谁也不敢下定论。"

侯月来点头附和："当下的考古，有一股走出书斋、走出象牙塔的趋势，不光是学术圈在关注，公众也在关注。"

"那就顶住压力往前走，"方堃一手握拳，作鼓气状，"我和郭士林现在是华山爬了一半，要么往上爬，要么往下摔。"

"还有一种可能，你们爬上去了，结果证明是错的，从山顶往下摔，屁股摔八瓣儿都是轻的，闹不好要粉身碎骨。"

"雒领队，我这还没开始你就打击我……"

"我是为你好……"

"停，"郭士林举起手掌，"这一见面刚好两分钟，你俩咋又掐起来咧？"

侯月来忍不住发笑。

方堃不解："侯哥你笑啥？"

"我笑了吗？"

雒青赶紧打住："停！方堃，你咋见谁都啄，真像个公鸡。"

郭士林笑嘻嘻调侃："公鸡好斗，还不是为了母鸡。"

"我先举白旗休战，"方堃举起双手，"我跑了三十多千米可不是来吵架的。"

听完几人打趣，项昕之仍眉头紧锁，嘱咐道："士林，方堃，说到尹村大墓，我跟雒青的态度一样，不是不支持你们去凤凰山证伪，而是一定要把工作做扎实，一定不要轻易发表文章，因为文章的寿命比你长。"

方堃乖乖点头："能行，师母放心。"

"一会儿我请你们下馆子，吃顿好的。吃完这顿饭，你们都好好回去过个年。"

"谢谢师母！"说罢，方堃又凑近问雒青，"啥时候回北京过年？"

雒青却淡淡道："不回了，留下值班。"

刘树生跟在刘树兰身后，扛着大包小包，都是要送给福利院小朋友的礼物。

"姐，你慢点，等会儿我！"刘树生气喘吁吁，"我看你在山上这些日子，腿脚利索得很。"

"心重则身重，你心里装了太多乱七八糟的东西，自然跟不上我的脚步。"

"姐，你务点实能行？我哪是心里装的东西多，明明是替你扛的大包小包太多了。"

"你要是不情愿，干啥非得跟我来，这些东西我自己照样能扛。"

"都是从一个娘肚子爬出来的，你咋嘴这么硬？得亏是我姐夫，人家文化人不跟你计较，要是换成我家小凤这样作来作去，我早就把她休了。"

"一口一个姐夫，从前也没见你跟他那么亲近。"

"都是一家人，打断骨头连着筋。你这样耗下去，万一姐夫跑了咋办？"

"缘来缘往，皆是自然。"

"你别给我拽词，要是离婚了，你可成了老刘家头号罪人。我是老刘家长门长子，我绝对不允许家门出现离婚的女人。"

"家门罪人？你脸可真大，昧着良心跟我谈罪过，倒不如撒泡尿看看你啥样。"刘树兰语气虽冷淡，却暗藏锋芒，如同割过竹叶的清风，"晚上睡不着的时候你好好想想，这辈子你造过多少孽，多少冤亲债主等着让你偿。"

刘树生立刻换了笑脸，放低姿态："姐，你看你咋还急眼了？"

刘树兰不再分给他更多目光："你喷出来的唾沫星子我都嫌脏。"

一进来福利院，刘树兰就看见穆见晖正带着娃娃们做金线油塔。

"这个金线油塔要先调面，把面搓成团，再拿布盖上……"他语气温柔地教导着，娃娃们有样学样。

"穆伯伯，"其中有个娃娃问穆见晖，"为啥叫金线油塔呀？"

"你想想它做出来像个啥？"

"我想不出来，我没见过，也没吃过。"

听到孩童稚嫩的声音，穆见晖摸了摸娃娃的头："等伯伯做出来，第一个就给你尝。"

穆见晖抬眼，这才看见刘树兰和刘树生就站在门口。

他立刻眼中冒光："树兰！"

刘树兰扭头想走。

娃娃们看到刘树兰，纷纷跑过去："刘妈妈！"

刘树兰抚着孩子们，迈出去的脚又收了回来，她慈爱地把带来的礼物分发出去："妈妈给你们带了礼物，不要抢，大家都有。"

穆见晖也在一旁帮着分发礼物。

刘树兰侧过头："你来这儿干啥？"

刘树生忍不住开口："姐，你看你问的这话。能干啥，还不是为了你？你看这金线油塔不是你最爱吃的嘛。"

刘树兰冷漠瞥他一眼："我问你了吗？"

"好好好，我不惹你，我出去。"说罢，刘树生麻溜儿闪了出去。

"树兰，我来你是不是不高兴？"穆见晖问。

"不管你是真心的，还是图别的，我都不能把你的善行往外推。"

穆见晖见刘树兰同意他留下，终于由衷地露出笑脸，像是得了天大的宝贝："一会儿面醒好了，你帮咱一块做。好些年不做金线油塔了，手都生了。"

刘树兰点头。突然有个娃娃跑过来，歪着小脑袋问刘树兰："刘妈妈，你和穆伯伯是一家人吗？"

刘树兰默不作声。

"对，伯伯和刘妈妈是一家人。"穆见晖却会心一笑，又柔声对刘树兰说，"树兰，今年过年你要是不想回，咱就在这儿过。"

他的目光是那样温柔，与以往十几年的目光如出一辙，刘树兰只瞥一眼，便急急移开视线，她不愿再深陷那柔情深处的密网中。

即使……曾经她能靠着这目光挨过许多苦难，但现在，这目光于她而言已是心间道德的重担与囚笼。

第八十二章 佳节

回到家中,黎远光拎着一副对联,还特意朝着文雯晃了晃手中的一幅年画,上面是个可爱的娃娃。

"你看这画咋样?"

文雯只瞥了一眼:"还行。"

黎远光嘿嘿一笑:"卖年画的大姐说了,把画挂起来,你看的时间长了,生的娃娃跟这画上的一样漂亮。"

"胡说,娃好不好看跟画有啥关系?"

"你说得对,娃随爹妈,咱俩的娃肯定好看,跟画没关系。"黎远光讨好道,"娃的名你想好了吗?"

"男孩叫年年,女孩叫画画。"

听罢他哭笑不得:"你这不是开玩笑吗,刚买下年画你就起个年年、画画,那我今天要是买的泡馍,那就一个叫泡泡,一个叫馍馍?"

"我想不出来,你想吧。"

黎远光摸了摸下巴:"女孩叫丹丹,男孩叫蛋蛋?"

文雯无奈道:"还不如年年、画画。"

"也是,俗得很,"他不好意思地挠头,"我看还是让穆哥取吧。"

听到"穆哥"二字,文雯的火一下子蹿了上来:"干啥让他取?"

"他是文化人,又是咱大哥,给娃取个名咋了。"

文雯神情古怪地冷冷道:"这是我的娃。"

黎远光觉得莫名其妙:"你看你,计较这些干啥?穆哥还是娃的干爹咧,跟我这亲爹没啥区别。"

文雯却不再争辩,转身进屋,腾地关上了门。

"咋又生气了?"黎远光敲门,"文雯,你这脾气咋回事,原先挺好的,咋一怀孕老是拉着个脸。"

见里面没有回应,他担心地叹了口气。

基地冷冷清清,大家早已各自回了老家准备过年,唯有少数几人还坚守在这里,与寒冬的山野做伴。

这天一大早,雏青端着杯子刚准备出来刷牙,一出门正遇到方堃踩着梯子研究电路。

她惊讶道:"你怎么来了?"

"给你修电路。快过年了,正是冷的时候,连个小太阳都用不上,可怜得很。"

"心意我领了……"雒青欲言又止,"不过你研究了半天,没发现这电路不用修吗?"

"修好了?"

"侯月来早就找人弄好了。"

"唉……"方堃叹气,"又被他捷足先登了。"

"你不回家跑这儿来干啥?"

"陪你过年啊。"

雒青哭笑不得:"你自己没家啊?"

"我爸妈给我派了任务,完不成不能回家过年。"

"啥任务?"

"带个媳妇回去。"

"无聊,"雒青轻哼一声,别过头去,"你留在这儿我可没同意。"

方堃厚着脸皮嘿嘿一笑:"你同不同意无所谓,反正我又不睡你的屋。"

正说着,吕富贵夫妇抬着饭箱子来了。

"雒师,方师。"

雒青很是意外:"富贵哥,你咋来了?"

"我听说你过年不回家,给你做了点吃的。一个人在外不容易,可不能在吃喝上慢待自己。"

听罢,雒青不由感动,一时鼻尖酸涩:"哥,嫂子,你们太客气了,让我怪不好意思的。"

吕富贵妻子温柔一笑:"有啥不好意思的,我们也帮不上啥忙,就会做点吃的。"

方堃替雒青接了过来:"哥跟嫂子一片心意,你就收着吧。"

几人聚到食堂里,方堃把菜一碟碟从箱子里端出来,边端边感慨着:"嚯,葫芦鸡、梆梆肉、凉拌菜、馍馍,还有鱼咧!"

雒青不像方堃那般激动,反倒愁眉苦脸:"你真是不害臊。"

"咋,人家富贵哥好心送过来,我成人之美咋就成了不害臊?"

"你知道这半年富贵哥给队里送了多少东西不?"

姜广军接话:"光鸡就送了二十只。"

雒青补充:"还不算各种山货。"

"这有啥愁眉苦脸的？"方堃不以为意，"说明你们跟群众关系搞得好，鱼水之情让人羡慕得很。"

"我真想掰开你的脑袋看看里面到底塞了些啥，富贵哥为啥对我们这么好，你难道不清楚吗？都是你欠下的烂债！"

"家庙？"

"你惹下的祸你得管，你说咋办吧！"

方堃夹了口凉菜："凉'拌'！"

"姜老师，你来评评理，"雏青扶额，"世界上怎么会有这么不要脸的人？"

姜广军却郑重点头："我看方堃说得也有道理。"

雏青无语："他说啥了就有道理了？"

"他说啥都有道理。"

雏青扭头看向方堃："你把姜老师收买了？"

"啥叫收买？"方堃洋洋自得，"我替姜老师值班，他让我住他的屋，我们相互成就。"

姜广军意味深长道："雏老师，有方老师在这儿，我看挺好，省得你无聊。"

寒风萧瑟，白雪铺满山岗，而基地内却逐渐多了鲜艳明亮的红色。方堃端出来一锅自己打的糨糊站在宿舍楼下，雏青也提着写好的春联走了过来。

看着方堃那锅稠状物，雏青挑了挑眉："你确定你这玩意能粘春联？"

"当然，用面熬的糨糊，不光黏性好，粘贴的时间长，而且揭下来的时候也比较好清理，墙面上、门面上不会留下啥印记。"

雏青啧啧道："想不到你还挺居家。"

"你想不到的东西多得很，我就是个宝库，有的是优点等着你挖。"

"说你胖你还喘上了，能耐这么大帮我想个下联吧。我这上联写完了，下联还空着。"

方堃摊开上联一看，上面写着"一把手铲分经纬"。

"一把手铲分经纬……我知道了。"

雏青期待地望着他。

谁知，方堃来了一句："两个青年心相连。横批就是公费恋爱。"

雏青狠狠地捶了他一把："就知道你放不出个正经……"

"哈哈，你是不是想说屁！"方堃边躲闪边大笑，"雏领队，你真是越来越粗俗了。"

雒青气得挖起一勺糨糊就朝方堃追了过来，两人正打闹着，一对"不速之客"突然站在了门口。

那是一对老夫妻，带着大包小包，傻傻地看着雒青。

雒青也蒙了，几秒后突然冲上去抱住了他们："爸，妈！"

方堃慌了，赶紧接过雒青手里的勺子和她父母的行李。

"叔叔，阿姨，快里面请。"

雒青介绍："爸，妈，这是我同事，叫方堃。"

雒家兴伸出手："你好，小方，刚才你们这是……"

方堃也伸手回握："贴春联呢，雒青问我下联咋写，我刚才还没思路，叔叔和阿姨一来我这灵感就来了。上联是一把手铲分经纬，下联是四贤乡约传千年，横批就是照古观今。"

雒家兴笑了："美珍你看，这考古队就是人才辈出。"

"先别扯闲篇，"冯美珍心思全在女儿身上，"闺女，带妈上去瞅瞅。"

雒青点头："爸，妈，走。"

一进雒青的小房间，父母顿觉一股心酸涌上心头。先不说水泥地砖上像样的家具仅有一张老旧的木桌和一把松动的木椅，也不说窗户的边框掉漆，甚至零件老化得窗都不能完全合上，仅仅是看到那张狭小的硬板床，就让人忍不住连连叹气。

"爸，妈，"雒青掀起床上的被褥，"来我这'沙发'坐坐。"

雒家兴苦笑："你还挺能苦中作乐，一块破木头板都成了沙发，晚上睡这上面硌得慌不？"

"不硌，被褥厚得很。"

方堃给二老倒上水："叔叔，阿姨，这一路辛苦了。"

"我们辛苦什么，就当旅游呗。"冯美珍为雒青整理鬓边的碎发，眼中泛着泪花，"这一路先坐火车到秦川，再坐中巴到弭县，最后再坐摩托车到吕家寨，对我们来说这辈子就这一趟，可我雒青不知道跑了多少趟。"

说着，她的眼泪彻底掉了下来。

雒青给妈妈拭去眼泪："妈，没你想得那么艰苦！再说我们这环境多好，村民也厚道，动不动就给我送吃的，还有不少大爷和大妈要认我当干闺女呢。"

"行了，你过的啥日子妈心里明镜似的。"冯美珍摸着女儿的手，不愿松开，"这手冻伤了吧，痒不痒？"

雒青把手往后缩："没事。"

冯美珍翻包："妈给你带了冻伤膏，快涂上。"

瞧见包里堆了大大小小许多东西，雒青不由咋舌："妈，你怎么带这么多东西？"

"这还是我拦着，要不拦着，她得把半个家搬来。"雒家兴在一旁笑了笑。

冯美珍从包里把她带的宝贝一一掏了出来："冻伤膏、豌豆黄、驴打滚……猴菇米粉，这是养胃的，膏药，这是治你那腰的……"

方堃诧异地看着雒青："你腰咋了？"

雒青支支吾吾："我……我腰挺好的。"

"行了，在我们面前别硬撑了，腰老疼不能干挺着，回头去医院做个检查。还有你那个胃，胃溃疡得养，吃不下饭，喝点米汤也行。"

"爸！"雒青皱了皱眉，"是不是侯月来跟你们说的？"

"人家也是好心，怕我们担心，就把你的情况照实说了。"

"月来这个孩子老实，一看就是个家教很好的孩子，听说他爸妈刚退休，家里也是老家旧户的北京人。"

雒青忙止住冯美珍的话头："妈，带干黄酱了吗？我想吃你做的炸酱面。"

"带了，这就给你做去。"

方堃见状，连忙跟了上去："阿姨，我给你打下手！"

肉丁下锅，冯美珍娴熟地做着老北京炸酱，方堃则在一旁心事重重地洗黄瓜。

回想起方才的对话，他忽然觉得心里堵得慌，忍不住开口："阿姨，我认识雒青这么久，都不知道她有腰病，更不知道她有胃溃疡。"

冯美珍接过黄瓜，边切边说："别说你，要不是侯月来，我们也不知道。我这个女儿，太要强，心里有苦从来不往外倒。当年留在北京多好，离家近，我和她爸又照顾得上，非得一门心思往秦川跑。"

"当年，她为啥非得来秦川？"

冯美珍咬了咬牙："还不是为了那个'长城小子'。"

方堃一惊，心虚地追问："哪个'长城小子'？"

"名字我也不知道，反正我姑娘是为他来的，结果那小子去找长城了，我姑娘就莫名其妙地留秦川了。"

冯美珍恨恨地手起刀落，显然是把刀下的黄瓜当成了"长城小子"，一刹解千愁。

方堃心弦一绷，咕咚一声吞咽口水："阿姨，您慢着点，这刀快得很。"

"你们是同行,你知道这个'长城小子'是谁不?"

方堃故作思考状:"听说过这号人,好像长得挺帅,脾气也好。"

"你有照片吗?我看看什么样的小子能入了我闺女的眼。"

"没照片,长得跟我有点像,高个,瘦条,大眼,黑皮。"

"哦,青青这眼光随了我,不太行。"

方堃尬笑:"听说……那小子挺有才华的。"

"有才华算得了什么,我青青就没才华吗?"冯美珍撇撇嘴,压根瞧不上那个"长城小子","把我闺女坑得这么惨,要是哪天让我碰上他,我非得……"

方堃连连宽慰她:"阿姨别动气,为这么个小子不值得。再说雏青现在不是挺好的?当了领队,成了青年学者,这么大的项目她一个人就能挑大梁。"

冯美珍叹口气:"她工作上有多大成就我一点不在意,我唯一的希望就是她平安幸福,有个人能照顾她。她胃不好有人给她做点软乎的,腿疼有人给她按按摩。"

"对,"方堃沉思,"是得有个人好好照顾她。"

"所以找对象就得找可靠的,会疼人的,像月来那样的。他的工作也合适,主要做室内研究,不经常下田野,能顾家。小方,你说阿姨说得在不在理?"

"阿姨,侯哥是挺可靠的,可他结过婚啊。"

"我们家没那么不开化!结过婚挺好,知道婚姻中的坑怎么躲,我看这倒是加分项。"

方堃尴尬地笑了笑,索性继续埋头洗菜。

房间中,雏青和父亲唠着家常。

"青青,你这个项目快结束了吧?"

"快了,爸,你是不是有啥想法?"

"咱们家是开明的家庭,一切以尊重为前提,不然也不会让你一个人在秦川待这么久。但是,我和你妈妈就你一个女儿,实在不忍心看你在这儿过苦日子。再往自私了说,父母也有老的一天,也想儿孙绕膝、颐养天年。"

雏青垂下头:"爸,这些道理我都懂。"

"青青,你记得吗,当年高考你的分数非常高,完全可以报热门专业,结果你却选择了考古。从求学到就业,十年过去了,终身大事一直没有响动。我和你妈想,坏了,丫头不会是要嫁给考古吧?"

"哎呀,不是早说过嘛,我们学院很多老师当年也是省状元、市状元考来的，高分选考古不是什么稀奇事啦！"雏青扑哧一笑，又揶揄道，"爸，我要真嫁给考古怎么办？"

"能怎么办？顺其自然呗。"

"那要是嫁给考古人呢？"

雏家兴听她这么一问，收起了玩笑神色，语重心长道："我是过来人，对爱情和婚姻稍微有点发言权。爱情不能治百病，也不能抵饥寒，更不能解忧烦，可是婚姻路上不就是百病、饥寒和忧烦吗？两口子过日子，说白了就是抱团取暖，并肩作战。可是你真要嫁给了考古人，分居是常态，相聚是意外。别的夫妻是同林鸟，你们是各自飞。当然，对你的爱情和婚姻，我始终持尊重的态度，你放心大胆地往前走，无论是受伤还是幸福，爸爸妈妈永远是你的后盾。但是，回北京的事爸爸希望你慎重考虑。"

看着爸爸眼里的关切和心疼，雏青忽然觉得心头有些沉重，她点了点头："爸，我会考虑的。"

雏家父女的这番谈话，方堃全都听到了。

他默默地站在房外，吐了一口气，然后笑着喊道："叔叔，雏青，吃饭啦！"

第八十三章 哄骗

炸酱面端上桌后，冯美珍特地给雏青盛了一碗面汤。

"青青，吃完面喝完汤，原汤化原食，对你的胃好。"

雏青无奈："妈，这是伪科学，医生都辟谣了。"

"医生懂什么，这是咱老祖宗的智慧。多放点黄瓜，妈看你那手指头都起皮了，指定维生素不够。"

"你太夸张了，我要是后背痛，是不是就得癌症了？"

冯美珍连连打断她："呸呸呸，死丫头不避讳的毛病还没改，一到年关就拣不吉利的说。"

雏青大笑："我小时候可没少因为这挨您的打。"

"美珍，你就让闺女随便说吧，"雏家兴笑呵呵打着圆场，"两年没在一起过春节了，想说什么说什么。"

冯美珍斜他一眼："老雏，老好人全让你当了，我给闺女做吃做喝的一点好没落。"

"谁说的，我妈是全天下最好的妈！"雏青挽住母亲的手臂，将脸颊贴了过去，心满意足道，"今晚咱娘俩一起睡，来个母女夜话，让我爸跟方堃住一屋。"

方堃看着其乐融融的一家人，心里既温暖又酸涩。他不停地在内心咀嚼雏父雏母的话，心情一时颇为复杂。

思索片刻后，他淡淡一笑："叔，阿姨，吃完饭我就回去了。"

雏青有些意外："咋突然要走？"

"想回去陪陪爸妈了。"

华灯初上，方堃推门进屋，热乎的暖气一瞬间将他裹住。他脱下厚重的羽绒服外套，目光一一扫过玻璃上的红窗花和崭新的沙发套，最后停留在餐桌上——家人们正在那里其乐融融地包饺子。

方忠平举起擀面杖一指："来者何人，报上名来！"

"在下姓方，秦川人士，听闻此地有两位菩萨心肠的老夫妇，不知能否收留在下几晚。"

"收留可以，就你一人？"

方堃无奈失笑："爸，你这不明知故问吗？"

母亲孟秀芬探过头:"说好的媳妇呢?"

"哪儿来的媳妇,做啥美梦咧。"

正在包饺子的姐姐方垚挑眉揶揄他:"是谁有家不回到处胡浪,说要给我领个弟媳妇回来?"

方堃挠头:"这又不是小区门口发鸡蛋,说领就能领?"

"你也老大不小了,"方忠平语重心长,"是时候学会拱白菜了。"

方堃哭笑不得:"我……"

孟秀芬帮腔:"隔壁老李的娃都偷户口本去登记了,你咋不偷呢?"

"我错咧,我错咧!"面对家人的"炮轰",方堃连忙高举双手,作投降状,"今天我的饺子我来捏,你们都去歇。"

秦川南市,未名轩。

彭城将穆见晖的样书带了过来,书名为《黑陶俑品鉴》。

"穆老师,您看看样书,这封面的设计您还满意不?"

"挺好,简单大方。"

"序言部分您看需不需要找个名人背书?我听说咱们秦川古玩协会的新会长刚上任,就是明德博物馆的赵佑林,要不我托人问问他?"

"他?算了吧。连黑陶俑是个啥都说不清,能指望他写出啥来。"穆见晖笑了,将轻蔑深藏眼底,"求人不如求己,我已经写好了。"

"那……首印的数量,您有啥想法?"

"十万册。"

彭城大吃一惊:"这可不是个小数目,自费要将近两百万。"

穆见晖轻描淡写道:"文化的事咋能拿钱衡量,彭老师按我说的印,我要把这十万册铺满秦川大大小小所有的书店。"

彭城不由啧啧佩服:"您真是个有赤子之心的人,穆老师,就凭您对文物的这份热忱,未来秦川的收藏圈还得您来扛大旗啊!"

"过誉了,穆某才疏学浅,书中也只是泛泛之谈,回头新书发布会还仰仗彭老师张罗一下。"

"那是一定,新书发布会的排场我敢拍着胸脯保证,绝对请到重量级嘉宾坐镇。"

"那些附庸风雅、不懂装懂的就算了,大家不在一个层面上,坐在一起也只是鸡同鸭讲。"

彭城神采奕奕,颇有信心:"您放心,我请来的绝对是专业人士。上次我跟您提过,当年黑陶俑回国,我有个朋友的表弟也参与了,把他请来如何?"

穆见晖挑眉:"考古队的?"

"是。"

"能行,正好讨教讨教。"

说罢,穆见晖低低笑了几声。

要是考古队的人知道自己是给盗墓贼站台……真是有意思啊。

到底是在为谁做嫁衣?

彭城等在饭店,很快便等到了那位专业人士。

"士林,快坐。"他连忙起身,给郭士林拖出椅子。

郭士林面带歉意:"彭哥,刚放假两天,家里事多,抽不开身,让你久等了。"

"我跟你表哥是多少年的老朋友了,说这干啥!上次你问我发期刊的事,我给你打听了,能行,好办。"

郭士林惊喜:"真的?那我得好好谢谢彭哥,今天这顿说啥都得我请!"

"行,你请就你请,回头评上研究员,我脸上也有光,出去也能胡吹一通。"

郭士林给彭城倒酒:"啥研究员,早着呢。"

"发了期刊那不就快了,你的论文是不是要写尹村那事?"

"啊?"郭士林顿了顿,"尹村啥事?"

"跟我还装,就是尹村大墓啊。"

郭士林惊讶:"你咋知道的?"

"现在可是新媒体时代,有点啥事还瞒得住?士林,你不能光跟古人打交道,也得看看时代风貌。新媒体的传播速度快、受众广,现在公众对考古越来越感兴趣,你们免不了也得跟新媒体打交道。就拿尹村来说,不少网民想知道那底下埋的是谁,包括我。"

"考古讲究科学严谨,现在还不能下定论。等有了结论,我们肯定向社会公布。"

彭城站起来,给郭士林倒酒,笑了笑:"跟我说话都这么官方,你是真把我当外人。"

郭士林连忙解释:"胡说,我可是一直把你当哥,但是咱吃的是考古饭,得守这行的规矩。别的事我还能给你解释,尹村的事是真不行!等时机合适,我们所肯定公布。"

"能理解,"彭城故作遗憾状,"只是可惜,我今天可是奔着听课来的。"

"我肚子这点东西哪够给你讲课,你做历史类图书这么久,比我这专业的都专业。"

"你呀,啥都好,就是谦虚。哥手头有个棘手的事,你得帮我撑撑面子。"

"啥事?"

"给咱开个科普课,讲讲黑陶俑的文化内涵行不?我朋友办了场公益讲座,郭老师我可是给你应下了,你可不能坑我。"

"啥朋友?"

"一个民间文化学者,致力于推广文物知识,弘扬和传播秦川的历史文化,跟你们考古也沾着边咧。"

听罢,郭士林眼珠一转,立刻拍板:"这事能行!推广考古的事我百分百支持,你彭哥的事我更在所不辞。"

彭城举杯,笑意愈浓:"那就过两天见。"

难得放假能聚到一起,齐大仓和宋慧茹来了书店,寻思着给娃选几本好书,让娃寒假读读。

"这本咋样?"齐大仓举起一本《安徒生童话》。

"娃都上小学了,谁还看这个。"宋慧茹斜他一眼,"我听说现在给娃挑书,一定要挑能促进娃的智力发育的,这就叫给智商'补钙'。"

齐大仓挠头:"我小学也看《安徒生童话》,我看我脑子也不'缺钙'。"

"你是不缺钙,缺心,心眼的心。遇事冲动,可能就是因为儿童时期心智发育不成熟。"

"你倒是不缺心,你是多心,动不动给人扣帽子。我这辈子跟你过,吃亏就吃在有理说不清,上次吕家寨那个案子……"

"停,家训!"

齐大仓委屈:"这又不是在家里。"

"我可没说家训只限定在家庭空间内,它还包括在夫妻关系里。"

齐大仓无奈认输:"好好,你是检察官,你对你立的家训拥有最终解释权。"说着,他赶紧溜到前面给娃选书。选了几本后,眼前忽然出现一张巨大的海报,他定睛一看,不由瞪大了眼睛。海报上面分明写着:"著名文化学者、汉俑研究专家穆见晖最新力作《黑陶俑品鉴》正在热售,新书发布会将于3月5号在秦川汉唐文化空间举办。"

齐大仓侧身一看,陈列架上摆着不少穆见晖的书。他抽出一本,神色凝重地翻了翻,而后察觉到宋慧茹已经挪去了结账的队伍,小跑着追上了她:"慧茹,你把这本书给我买了。"

"你没带钱？"

齐大仓嫌恶道："我嫌这书脏，它不配让我花钱。"

"合着我的钱就不是你的钱？"

"好老婆，快给我买，"齐大仓搂住她的肩膀，"这书你知道谁写的不？穆见晖！真是猖狂得很。"

此刻，郭士林被彭城拉进了汉唐文化空间。门口醒目位置拉起了易拉宝，上面写着"黑陶俑收藏品鉴专题讲座暨穆见晖新书发布会"。

"彭城，这穆见晖是谁？"盯着名字看了半天，郭士林百思不得其解。

"就是我跟你说的学者，研究汉俑的，这次活动就是他牵头办的。"

"研究汉俑的专家我都知道，咋没听说过这号学者？"

彭城笑着打哈哈："哎呀，民间的嘛，你在象牙塔里哪知道民间的事。"

"你不是说推广考古知识的讲座吗，咋又是收藏又是发布会的？我们考古人不搞收藏，上这样的活动影响不好。"郭士林蹙起眉头。

"放心吧，今天就是科普黑陶俑，"彭城却不在乎地挥挥手，"我难道还能坑你不成？"

郭士林正犹豫着，穆见晖就朝他们走了过来。

彭城连忙介绍："穆老师，这就是负责尹村考古项目的郭士林领队。士林，这是咱秦川汉俑研究专家穆见晖老师。"

穆见晖伸出手，儒雅一笑："早就听说郭老师的大名了，今天终于有机会好好请教。不才刚出了一本书，介绍黑陶俑的，还望郭老师指正。"

郭士林硬着头皮握了握手。

"我看时间也差不多了，郭老师咱台上聊？"

面对穆见晖的笑容，郭士林犹豫着。

"能行，我们郭老师一肚子干货，可惜让田间地头绊住脚了。这回好好倒一倒，也让观众看看考古青年才俊的真容。"

被彭城这么一吹捧，郭士林不好意思再拒绝，只得随穆见晖登台了。

彭城向台下介绍："各位朋友，欢迎来到穆老师的发布会，这本《黑陶俑品鉴》是穆老师苦心研究六年，五易其稿，泣血完成的。今天穆老师还特地请来秦川市文物保护考古所的郭士林领队，和咱们一起聊一聊黑陶俑！"

郭士林听完这番介绍，木木地点了点头。

穆见晖率先发问："郭老师第一次听说黑陶俑是什么时候？"

"几年前国外有个拍卖会，拍品就有咱们的六件黑陶俑。"

"巧了，我也是。当时起拍价是八百美金一件，但是因为一些特殊原因，这个拍卖被叫停了，如果能继续，我相信最后的成交价一定高于两千美金，放到现在更是不可估量。"

听着穆见晖一口一个"美金"，郭士林觉得刺耳，心里很不是滋味："这个我不清楚，我们是考古的，不搞收藏。"

穆见晖却面不改色地笑着说："其实收藏跟考古不分家，国宝为啥能被称为国宝？肯定是有亮眼的文化价值。比如黑陶俑为啥贵？因为是黑的，那又为啥是黑的？因为在西晋时期被火烧过，郭老师，我没说错吧？"

"被火烧过这一点你说得没错。"

"这就是历史在藏品身上留下的蛛丝马迹，想在收藏市场站稳脚跟，这些你必须懂，不懂你就等着被骗吧。这也是穆某人写这本书的初衷，从历史文化的角度，解码藏品的价值。"

就在穆见晖口若悬河、滔滔不绝之际，齐大仓恰好走到了台下，看见郭士林也在，大吃一惊，决定给方堃打电话。

方堃还在睡梦中，被一阵手机铃声惊醒了。

"喂，齐队？"

"堃，郭士林咋回事？咋给文物贩子站台咧？"

"啥？"方堃那原本惺忪的睡眼立刻瞪得犹如铜铃，他瞬间清醒了过来，"他咋会和文物贩子搅在一起？"

"我在汉唐文化空间，看见他给人宣传新书，那书是教人给黑陶俑估价的。"

方堃皱了皱眉："这……我给他打个电话。"

挂了电话，方堃转而拨给郭士林，电话那端却提示关机。

沉思几秒后，他立刻披上衣服冲了出去。

第八十四章 泄密

汉唐文化空间里,穆见晖还在台上滔滔不绝地讲着,这时,方堃赶了过来。

齐大仓眼尖,立马迎过来:"堃。"

"齐队,这穆见晖啥情况?"

"在这儿不方便说,总之不是正路货,自封了个什么专家,毛猴子戴眼镜——充上文化人咧。小郭这么一来,倒是给他抬了身价咧。"

齐大仓向台上投去不屑的目光,方堃顺着他的视线看去,穆见晖神采奕奕,笑得满面春风,但他总觉得,那笑容里藏着凌厉的刃。

"黑陶俑之所以有收藏价值,一是因为独一无二的黑色,二是因为它的出身。这就得请教郭领队了。为啥?因为他们现在工作的地方,就是黑陶俑的出土地——尹村。郭领队,你给咱科普一下黑陶俑属于哪个档次的陪葬品?"穆见晖发问。

郭士林一琢磨,这个问题实在难以回答,只能用沉默回应。

台下,方堃忍不住低声骂他:"姓穆的真贼,这是给老郭挖坑。老郭要是答了,倒好像成了他的支持者!"

等了郭士林几秒后,穆见晖依旧保持那表面上的笑容:"郭领队不答,看来是嫌问题太小儿科,没法突显咱郭领队的水平,那我就越俎代庖答一下。黑陶俑本是着衣陶俑,这种陶俑一般是高等级墓葬的陪葬品。大家想一下,那皇帝墓里出来的陪葬品和平民百姓墓里的能相提并论吗?"

"穆先生,"郭士林实在忍不了了,出声打断他,"我不认同你的说法。"

"哦?我哪条说得不对?难道黑陶俑不是出自皇帝墓?我听说你们在黑陶俑出土地探出一个大墓,还是亚字形的,这不是皇帝墓是个啥?"

郭士林蒙了,穆见晖竟然在公开场合问他亚字形大墓的事,他一下子不知该如何回答。

齐大仓恨恨道:"这坏东西沟子淌坏水,骗人上屋,底下抽梯,又给士林挖坑!"

方堃也看不下去了,他知道郭士林并非能言善辩之辈,此刻必须有人帮他解围。于是他一个箭步冲上台,对着台下大声说:"不管黑陶俑出自哪里,我们考古人在乎的永远是它的文物价值。谈收藏,谈钱,不好意思,没什么

· 550 ·

可聊的。"

穆见晖的笑容一瞬僵硬："这位朋友，要是光拿钱去定义收藏，那太狭隘了。我们搞收藏是为了让人类文明得以留存，让中国古老的文化走向世界。"

"你不用跟我偷换概念，我今天不是来跟你辩论收藏的意义的。我就想问你一个问题，黑陶俑是咋从中国到了国外的拍卖会的？"

面对方堃的质问，穆见晖无言以对。

"你说不出来我来答，是盗墓，是贩卖，是无耻的文物走私！今天谁谈黑陶俑收藏，谁就是为盗墓贼站台，为走私贩子遮羞，为这条肮脏的交易链洗白。我不排斥收藏，但我坚决反对将文物价值跟钱画等号。你这本书，是在怂恿这种趋利行为，结果只会助长盗墓和走私风气。盗墓贼偷走的只是一件器物吗？不，他们偷走的是历史的见证，是文明的钥匙！"

方堃越说越激动，语毕，他甚至能感觉到自己的胸膛在剧烈起伏，也能感觉到聚光灯下自己的脸颊有些发烫。但这一刻他心间充斥着无以言表的巨大使命感与责任感——他在做一件小事，但这也是一项壮举。

齐大仓突然叫了一声好，很快底下响起了一片叫好声和鼓掌声。

有观众突然喊道："那为啥考古队总是跟在盗墓贼屁股后面？为啥那'钥匙'不是被你们考古队握在手里？"

穆见晖忍不住笑了。

方堃顿了一秒，字正腔圆道："因为考古的前提是保护，是让文明的火种代代相传。"

新书发布会结束后，郭士林在门口一把拉住彭城，怒气冲冲道："老彭，这活动是个啥情况？你咋不跟我说清楚？"

彭城讪讪一笑："士林，你咋那么较真。"

"你！"郭士林狠狠瞪他一眼，"你算是把我坑了！"

"算了老郭，走吧。"见彭城并没有意识到他们为何如此生气，方堃自知再争辩也无用，便把郭士林带走了。

另一边，穆见晖正准备走，齐大仓径直迎了上去。

"穆老板，又见面了。"

"齐队也来听我的讲座？"

"咋，不欢迎？怕我听到啥不该听的东西？"

穆见晖笑了："我有啥怕你听的，难道写书办讲座违法？"

"写书办讲座当然不违法，但是公然为盗墓贼洗白，我看不过去。"

"你看不惯又能咋样，难道还能把我抓起来？"

齐大仓一字一顿:"穆见晖,这一天会来的。"

"能行,我一直都在秦川,未名轩也会一直开下去,哪天你心血来潮想查查我的店,随时欢迎。"穆见晖伸展双臂,仿佛是给他展示自己有多清白,"但我还是有句话要送给齐队,人不沾地,脚自然不会沾泥。我啥也没干,不怕你敲门。"

齐大仓把穆见晖的那本书带回联合打击办,丢给了杨青石,愤愤道:"杨队,我算是小刀捅屁股——开了眼了。穆见晖竟然出书了!你说他到底想干啥?"

杨青石接过书,边翻边说:"吕氏家族墓之后咱们也一直盯着他,确实没发现啥疑点。他那个小舅子开了一个建筑公司,倒像是认真做买卖的架势。未名轩我们也一直留意着,卖卖工艺品,也没跟道上有啥联络。整体看下来,他的生意干净得很。"

"越是干净越是有问题,你猜他这书印了多少本?"

"一万?"

"十万,全是自费!"齐大仓晃着十个手指头,"弄下来一两百万,他哪儿来那么多钱?"

杨青石摸了摸下巴:"他的生财之道肯定有问题,只不过咱们现在还摸不透。"

"上百万真金白银扔下去,起码也要听个响吧。穆见晖想听的响是啥?无非就是个名。"

"你的意思是……他想出名?"

齐大仓点头:"打了这么长时间交道,你觉得他是个啥人?"

"不喝酒,不抽烟,不嫖不赌,起码算是个少见的男人,非常自律,跟我们接触过的盗墓贼完全不一样。"

"他对钱似乎也没有执念,我听说他这些年一直开那辆破车,房子也是多年前买的,为了让他老婆晒晒太阳,养风湿病。"

"但是你也不能说他没有物欲,他起码喜欢玩古董。"

齐大仓支着下巴,皱眉思考着:"一个在其他方面没有任何欲望的人,一旦陷入某一件事里,就好比掉进沼泽里,爬不出来,越陷越深。穆见晖对古董有一种执念,还有一种优越感。他出书,似乎是在展示,他与众不同,他鹤立鸡群。"

"他是学者。"

"没错。"

杨青石欣慰地笑了："大仓，我看你快要摸到穆见晖了。"

齐大仓却摇头："远得很，起码他把尾巴藏得很好。最近道上有个叫表叔的，猖狂得很。"

"你怀疑表叔跟穆见晖有关？"

"不知道，这个表叔我连影子还没摸到。"

"继续加油吧，"杨青石拍了拍大仓坚实的肩膀，"任重道远啊。"

秦川市某菜市场内，人声鼎沸，摩肩接踵，生鲜的腥味萦绕在每一个过客身上，刀斧起落的声音不绝于耳，蔬菜瓜果被喷上了清水，在阳光下闪着光。

付小丽的摊位在市场一个角落里，她端着从家里带的剩饭，边吃边招呼客人，鞋边尽是从隔壁摊位流来的污水。

"咱这是正宗秦椒，皮薄籽小，色红味香，五块钱一斤！"

她卖力吆喝着，但来往客人寥寥，付小丽数了数今天赚的钱，才三十块。

"妈！"儿子燕小宝放学回来，蹦蹦跳跳到她面前，抓起一个西红柿就咬。

付小丽扯过他的西红柿，拿出早买好的肉夹馍："吃馍，热乎的。"

燕小宝推回去："你也吃一个。"

"我饱咧。"

"你不吃我也不吃。"

付小丽不禁失笑，又把馍塞到他手里："愣娃，你妈又不是老母猪，你吃，下午给咱跑个第一名。"

燕小宝这才乖乖吃了："我老师说跑得快高考还能加分咧。"

"碎娃想得倒是远，才念初中就盘算高中的事咧。"付小丽笑了笑，"来，把新鞋换上。"

付小丽在满是污渍的裙摆上简单擦了擦手，从摊位底下掏出一双新跑鞋，燕小宝的眼神顿时变了。

"咋？"付小丽疑惑。

"这鞋贵得很，咱家买不起。"

"让你穿你就穿，管他贵贱，穿这跑得快。"

燕小宝拼命摇头："我不，你花赃钱买的，我不要！"

付小丽急了，一巴掌扇过去："放屁！"

燕小宝躲闪不及，肉夹馍掉在地上，他咬着嘴唇含泪把馍捡起来，一口一口往嘴里塞。

付小丽的眼泪唰地落了下来，揽过孩子："不捡了，咱不吃了。"

不远处，这一幕都被齐大仓收入眼中。待母子俩平静下来，他走了过去。

"付小丽，我能跟你聊聊吗？"

付小丽愣了一下，很快认出了齐大仓，冷着一张脸："我跟你没啥可聊的。"

燕小宝也像个小大人，警惕地看着他："你是谁，找我妈干啥？"

"没你事，"付小丽抚摸孩子的头发，"帮妈收摊，咱去买馍。"

操场上，燕小宝跑得满头大汗，脖子上挂着金色奖牌，脚上踏着那双磨得快"张嘴"的旧跑鞋。下场后，他从书包里掏出西红柿，一边啃一边给其他同学助威。

"西红柿好吃吗？"

旁边突然传来一个男人的声音，燕小宝一抬头，见齐大仓站在身旁，便问："你是谁？"

"咋说呢，我跟你爸打过一点交道。"

燕小宝脸色瞬间黯淡了，闷闷道："我没爸。"

"巧了，我也没爸。"

燕小宝一愣："你爸也进去了？"

齐大仓被这个既有点成熟又有点稚嫩的孩子逗得想笑，于是点头："进去得有十多年了。"

"因为啥？"

"这儿也疼，那儿也疼，最后阎王爷看不惯，直接收走了。"

"切，"燕小宝顿时没了兴趣，"原来是进地狱，我还以为是进监狱。"

"进哪个狱，那不都是爹嘛，血缘还能改变了？"

这一来一回，燕小宝对齐大仓的警惕少了很多，主动和他诌起来。

"你是警察吧？"

"咋看出来的？"

"我看你不像坏人，还能找到我学校，那就只能是警察咧。"

"还真是个灵醒娃，难怪成绩好得很。"齐大仓爽朗一笑，"叔问你，是不是特恨你爸？"

燕小宝点点头，又摇摇头："他是不是又惹事了？"

齐大仓愣了一瞬，又答："没有，改造得好着咧。"

监狱讯问室内。

燕小五一看齐大仓又来了，哂笑："齐队，你真是把自己当唐僧咧，不过我可不是孙猴子，你随便念咒，我就当听乐。"

"我没啥好念的，咱俩年纪差不多，你混社会的经验比我足，听过的道理比我多，没准还能给我上上课。我也不想跟你白费唾沫星子，今天给你带了点东西。"

说着，齐大仓把两张照片摊在燕小五面前，一张是燕小宝在运动会上得了金牌，一张是学校宣传栏里燕小宝评选为优秀班干部。

燕小五不为所动："谁啊？"

"别装了，你爷俩一个模子刻出来的，还问我是谁。娃乖得很，灵醒着咧，学习努力，刚拿了个奥数竞赛第一。你还记得你娃上几年级不？"

燕小五思考着说："上……初中了吧。"

"嗯，你进来了，倒是落了个轻松，外面一河滩烂事全丢给他娘俩。你知道劳改犯的娃在外面咋活不？那是身上背着一座山往前拱，有的背不动，走了爹妈的老路，有的自立自强，打断牙往肚子里咽。"齐大仓叹气，"你娃是第二种，不光把人活下了，还把人活大了。我也是当爸的，扪心自问，我娃比不上你娃。"

燕小五这才认真拿起照片端详，留意到儿子穿的鞋破得快张嘴，不由心里泛酸。

"我再告诉你一个事，我问小宝恨你不，你猜娃咋说？他啥话没说，点头又摇头。你懂啥意思不？浪子回头金不换，何况还有这么个好娃娃，你自己琢磨去吧。"说完，齐大仓便转身离开，只留燕小五在原地，愣愣地看着照片中笑容灿烂的男孩，眼里不知不觉多了些泪花。

休完假期，方堃和郭士林重返尹村，一下车就看到村口停了不少外地车牌的车。

方堃惊讶："咋这么多车？"

"得是串亲戚？"

"年都过完了，还有啥亲戚可串。"

两人正说着，就见严守村正拦住一个车主，吵吵嚷嚷："我问你是哪达的？"

"我是哪达的用你管，咋，你尹村还不让进人吗？"

"我是群众文保员，谁知道你们进我村肚里憋啥坏水咧！"

"老瓜怂冲得很嘛，你村不就是出了个皇帝，看把你牛得鼻孔子都不知道朝哪儿翻。"

听到"皇帝"两个字,方堃神经一下子绷紧了,他立刻快步上前。

严守村一看见方堃,冲过来:"堃娃,危险咧,一大早来了这么些外地车,我这个本本都快记满咧。来人都叽咕尹村出皇帝咧,啥皇帝,我咋听不懂?"

方堃和郭士林面面相觑。沉默几秒后,方堃拉住车主:"大哥,你们从哪儿听说尹村出皇帝了?"

"网上都这么说。"

郭士林如遭五雷轰顶:"坏了。"

"守村叔,你把车给咱盯紧,有情况给我打电话,千万别和别人干仗。"方堃急匆匆交代着,像是有了主意。

严守村点头:"能行。"

方堃于是拉着郭士林一路小跑赶往严守村家的院子。

一进院门,方堃和郭士林顿时头皮发麻——十几个举着长枪短炮的记者守在院里,一看他们来了,一窝蜂地冲上来。

"请问考古队是不是有重大发现?"

方堃连忙解释:"请各位不要以讹传讹,有发现我们会通过正规媒体渠道发布的。"

记者们却并不买单,继续追问。

"网传在尹村发现了大墓,有多大?"

郭士林急了:"你们咋回事?能说我们自然会说,听明白了吗?"

然而记者们充耳不闻,希望能用漫天的问题引出他们一两句线索。

"是不是汉太宗兹陵?"

"那凤凰山下的到底是不是兹陵?"

"兹陵到底在哪儿?"

方堃气得在人群中费力扒拉开一条缝,朝屋里冲过去。幸好门应时一开,有只大手迅速把他和郭士林拉了进去,然后将一窝"嗡嗡嗡"的记者关在了门外。

方堃进去才发现是老鹿把他们拉进来的,屋里众人皆阴沉着脸。

"一下子来这么多人,就怕屁股沾屎狗跟踪,有坏人趁乱进村。"老鹿愤愤道。

方堃安抚他:"守村叔在村口盯着咧。"

吕江河则满脸忧愁和茫然:"方师,咋回事?"

"看来是尹村大墓的事让外界知道了。"
"外界咋知道的？"李奇连忙辩解，"我们几个可没说！"
"先不管他们咋知道的，这事得跟张所反映一下。"
就在这时，张逢春的电话打了进来。
"喂，张所，"郭士林接起电话，"我跟方堃刚回尹村。"
电话那边的张逢春焦灼万分："你跟方堃马上回所里！"

第八十五章 乱象

回到市所里，张逢春黑着一张脸，打开电脑让方堃和郭士林看。

"你们上网看看，全是尹村大墓的消息。"

方堃凑过去搜索了一下"尹村大墓"，顿时弹出来一堆搜索结果，如"尹村大墓竟然是皇帝陵寝""尹村大墓带出千古谜案，汉太宗兹陵真的在凤凰山？""尹村突现大墓，兹陵真假难辨"……

郭士林揉了揉眉心："我们的工作一直是保密的，这咋弄得满城风雨？"

"你还好意思问我，前些日子你是不是去参加了个啥新书发布会？网上有视频，那个姓穆的是不是问你尹村大墓的事？"

郭士林一脸无辜："我也不知道姓穆的咋知道尹村的事，但是我绝对一个字没对外吐露。我要是知道这个姓穆的啥来头我肯定不会去，我表哥的那个朋友一直说他是学者，我就真信了。怪我，我就不该吃那顿饭，不该去参加那个狗屁讲座！"

方堃拍了拍他："你也不用把责任全往自己身上揽，咱圈内早就知道了，不一定是谁漏了风。现在新媒体的速度太快了，一点事传得比火箭还快。"

"咱这行虽然不比齐大仓他们危险，但是背地里还不知道有多少双眼睛盯着，多少人想拉你下水。"张逢春叹气，又嘱咐道，"你小子把该夹紧的都夹紧，稍微透点缝，就不知道啥妖魔鬼怪钻进来咧。"

"张所，我知道错咧！"郭士林心中苦闷，"我想回尹村，来了那么些外地人，我不放心。"

"你就先别回了，都知道你是领队，万一再惹出啥是非咋整？先让这事冷冷吧。今天好几个老前辈给我打电话，骂咱所哗众取宠，作秀博眼球，甚至质疑咱的学术水平。"

张所虽然语气平和，但还是令郭士林瞬间红了眼眶："好……我知道咧。"

方堃提议："那我先回，跟老鹿他们看看啥情况。"

张逢春点点头："能行。"

明德博物馆的馆长办公室内，赵佑林捧着穆见晖的新书，正巧，穆见晖来了。

"赵总。"

"快坐，穆老弟，"赵佑林忙伸手招呼，"不对，我现在得管你叫穆老师了。"

穆见晖报之一笑，从容坐了下来："赵总，您就别拿我开玩笑咧，我哪儿敢在赵总面前称老师。"

赵佑林皮里阳秋一笑："书都写了，那自然称得上老师了。你看你这书里写的，字我都认识，连起来就读不懂啊。"

"胡写一通，我这水平也就图个自娱自乐。要不是出版社的朋友胡架秧子瞎起哄，我也不敢露这个怯。"

"老弟得是知道，"赵佑林斜眼看他，"我刚得了个闲差？"

穆见晖举起双手作揖："听说了，赵总现在是秦川古玩协会的会长，我这次来就是给您道喜的。"

"喜啥啊，看完你这本书，我脑子里蹦出四个字：德不配位。跟你穆老师比起来，我是啥也不懂。回头我把这本书拿到协会，让他们也好好读读。对了，老弟，再版的时候我请秦老给你题个序，咋样？"

穆见晖摆了摆手："不敢不敢，这本破书哪敢劳烦秦老？我这种上不了台面的无名小辈，只求把自己的一亩三分地顾好就行了。"

赵佑林一拍大腿："你这个人就是谦虚，不过谦虚也是好事，使人进步嘛。刘备卖草鞋，张飞卖猪肉，这样的大人物都不敢振臂一呼直接造反，更何况你我这样的普通人。踏踏实实的，把钱赚到口袋里，大家都好。"

"赵总说得对，啥也不比钱实在。"

"最近尹村大墓热闹得很，不知道要招多少'苍蝇'，你就别去凑那个热闹了，前一向手底下闹得腥风血雨的，晃眼得很。锋芒毕露小人物，韬光养晦大丈夫，歇歇吧。"

穆见晖点头："能行，那我就先告辞了。"说罢，他起身离开。

他一走，赵佑林脸上的笑容瞬间消失，他朝着门口轻哼一声，把那本书扔进了垃圾桶。

齐小满骑电动三轮车载着方堃和老鹿来到凤凰山脚下。此时，凛冬的严寒尚未消散，枯树还待抽芽，山脚却已有不少前来"打卡"的游客，更有一排卖土特产的小贩，一时间吆喝声、谈话声此起彼伏，整座山都喧闹起来。

小贩们卖的都是农村常见的鸡蛋、鸭蛋、水果和蔬菜，却好像商量好一般在前面冠以"皇家"的名号。

方堃的目光顺着一排排摊位扫过去，哭笑不得："皇家鸡蛋、皇家樱桃干……咋几天时间冒出来那么多皇亲贵胄。"

老鹿无奈："这就是靠山吃山，靠水吃水，靠着皇帝吃皇帝。这几天来看热闹的人多咧,还不抓住机会赚一把。"

"老陈!"齐小满看见文保员老陈,忙打招呼。

老陈顶着一脑门汗跑了过来:"方师,鹿师,你们瞅瞅这人,不断流,这几天凤凰山快成景点咧。"

方堃问:"有啥情况不?"

"说起这我就上火,来旅游也就算咧,还有搞啥古墓探险的,一群溜光槌碎娃,半夜往上爬。幸亏我也是个练家子,把碎娃们薅下来咧。到了早上,又来一伙探险的,还说探完凤凰山再去尹村探,吓得我是一步不敢离,到现在连饭都没吃上。"

"你们文管所就没多派一个人?"

"派了,有个老汉跟我盯了两天,人困马乏的,熬不住咧,我就让他先回去歇一歇。"

老鹿叹气:"看这阵仗,俩人也不够啊。"

"唉……"方堃忧心忡忡,沉默片刻,道,"回吧。"

电动三轮车刚撤,一辆旅游小巴就停了下来,车前窗底部的牌子上写着"兹陵探秘一日游"。导游招呼大家依次下车,其中就有戴着帽子的华南王。

导游戴着麦克风,绘声绘色道:"各位旅客,这就是汉太宗兹陵凤凰山,当然过几天可能就不是了。大家都知道曹操有七十二疑冢,咱这汉太宗也有个疑冢,就在尹村,但是这两个哪个才是真的,那就不得而知了。"

华南王趁大家四顾,四处踅摸。

三轮车往尹村开,路边依然有不少卖皇家土特产的小贩。

小贩们看见有来客,赶紧吆喝起来:"纯正皇家鸡蛋,专供刘汉皇室,尝一尝啊……"

方堃不愿细看:"这快成一条旅游专线咧,来的人还不知道会有多少。"

说话间,那辆载着华南王的旅游小巴迅速从他们身边超了过去,奔尹村而去。

小巴在村口一停下,蹲守在此的严守村立马和他的黑嘴冲了上去。

"走走走,我们这儿没有大墓!"

黑嘴配合地冲着旅客吠叫,吓得导游都不敢下车了。庆国媳妇和曹凤英也随大流卖起了皇家土特产,见严守村挡了生意,庆国媳妇一把扯开他。

"老瓜㞑,人家是远道而来的客!"庆国媳妇怒骂严守村一句,又对着游客摆出笑脸,"欢迎大家来我们尹村旅游,尝尝咱这果脯——皇家樱桃干。"

游客们这才纷纷下了车。

严守村喊道:"在这达看看可以,谁要敢往村里晃荡我就放狗咬他!"

庆国媳妇白眼快翻上了天:"你跟钱有多大仇?咬你手了还是啥?咋不死在春花炕上。"

"庆国媳妇少说两句,"曹凤英看不下去,"这也是人家的工作。"

庆国媳妇却瞥她一眼,言语间充满不屑:"婶,你家满女子一进考古队你腰板又直了?忘性大得很嘛,盗墓贼家属的帽子可不是我一个人戴着咧。"

曹凤英不言语了。

人群中,华南王又在四下踅摸。

庆国媳妇跑去搭讪华南王:"老板,来点皇家樱桃干尝尝?咱这是正宗皇家陵园产的,在汉朝可是供给汉太宗的。"

华南王怕自己口音明显,摆了摆手,便闪身去了别处。

这时,载着方堃的三轮车停下了。

齐小满一看她妈也在卖皇家鸡蛋,无奈道:"妈,你咋也凑上这热闹咧?我活这么大,还不知道我是吃皇家鸡蛋长大的。"

"小点声,我卖鸡蛋又不犯法!"曹凤英忙低声道,"趁着游客多,大家都来赚钱,谁不赚谁瓜咧。"

说着,她有意无意将目光投向他处,顺着她的视线,齐小满看到庆国媳妇又吆喝起来:"各位旅客,走过路过别错过,品皇家樱桃干,赏汉太宗陵园!"

齐小满上前几步,想制止她:"嫂子,你胡说啥咧,哪儿有汉太宗陵园。"

"你扁担搂柴——管得倒宽咧,我愿喊啥喊啥,愿卖啥卖啥!"

她转过头,把齐小满甩在身后。这时,有游客买了她一斤樱桃干,好奇问道:"大姐,你们这尹村大墓在哪达?"

庆国媳妇一边称樱桃干一边胡乱指了一通:"从东边到西边,都是咧,大得很。"

齐小满还想制止,被老鹿拦下。

"算了,"老鹿摇头,"幸亏她啥也不知道,胡说着咧。"

严守村展示起自己的本本:"我这本本都不够用咧,一车接一车地拉人。"

耳边七嘴八舌的议论和争执吵得方堃脑中乱糟糟一片,他皱了皱眉:"这样下去不是办法,我去一趟区政府,让上面管管。"

来到区政府,方堃敲了敲马超越办公室的门。

马超越见是方堃,罕见地热情相迎:"方师,快请进。"

"哟,马科长,今天咋对我这么好?"

"你这话说得，我啥时候对你不好了？你要专家我给你专家，要自行车给自行车，骑坏了我也没半句怨言，我可是给你行了不少方便。"马超越搓着手，满脸笑容。

"那这回再给我行个方便，得行？"

"得是跟尹村大墓相关？"

"你也听说咧？"方堃略有惊讶，"我就是为这事来的。"

"这我得夸夸你，还是你方师有远见，当年拦着我们填盗洞。你说要是我们听了你的，咱尹村大墓还能早几年发现咧。"

"咱不说那陈芝麻烂谷子的事了，说说眼下吧。新媒体时代消息传得太快了，这些日子好多人都在网上议论尹村大墓，谣言满天飞，外地人一堆一堆地来，文保快顶不住了。你也知道，平时就一个老汉和一只黄狗。"

马超越的笑容逐渐僵硬："你是想让我把游客往外拦？"

见他面露为难，方堃又改口："那……起码引导一下，别让这么多人跟风凑热闹。"

"你知道这阵风刮来多少就业机会？租车、吃饭、住宿、土特产，老百姓切切实实赚到咧。不瞒你说，我们在电视上也投放过广告，想发展文化旅游，但是效果远远比不上真假兹陵的'广告'效果，我还得感谢你们咧。"

"所以你还想让这阵风刮下去？那万一引来盗墓贼咋办？我是搞学术的，不懂经济，但是我不允许经我手的考古项目遭到破坏。"

马超越从抽屉里拿出一沓文件："方师，你知道这些是啥不？全是找上门的文旅项目，就这短短几天工夫，我们一年的文旅招商任务都快完成咧。经济效益有了，社会效益也有了，你还怕文保落实不了？放心，我一定会向上汇报。你先回去等信，我还有个会。"

方堃无奈，只好起身离开。

太阳落山，暮色四合，尹村终于慢慢恢复了往昔的宁静。黑嘴仍保持警惕，观察着田间的动静。

黑嘴突然冲着远方吠叫起来。

严守村鞋也没提，从窝棚里冲出来："黑嘴，瞅见啥咧？"

黑嘴依然在叫。

严守村揉揉眼，环顾四周，好像看见一个人影嗖地跑过，于是赶紧给文管所拨去电话。

电话却迟迟没有人接。

严守村心急如焚，转念一想，又拨给了方堃："喂，堃娃你在哪达？"

"我从区政府往回赶咧,咋了,叔?"

"我好像看见有个人,不太对劲咧。文管所的老韩今天没来,电话也打不通。"

"我给老鹿说一下,让他去跟你巡一遍。"

方堃终于回到了尹村,没想到恰巧在地头遇到严守村和老鹿,便连忙道:"啥情况?"

老鹿摇头:"巡了一圈没有发现啥。"

"贼他妈,文管所的人说好今天跟我一起巡,到现在没见影。"严守村愤愤不平,"他们光往肥肉上贴膘、瘦肉上刮油,把杜陵跟凤凰山当亲娃待,咱尹村大墓没名没分就被当成后娃。"

方堃想了想,安抚道:"叔,你别着急,我去文管所看看,今晚就辛苦老鹿跟你搭班。"

第八十六章 困顿

方堃一到坝柳文管所，就见唐少华在炉子前忙活。黑烟呛得唐所直咳嗽，看到方堃来也只能招招手。

"方师。"

方堃赶紧上前帮忙："唐所，你咋亲自做上饭咧，做饭师傅咧？"

"上凤凰山支援老陈咧。"

就着微弱的灯光，方堃发现唐少华眼窝深陷，胡子拉碴，一看便知很久没休息了。他不由心间一沉，叹道："你歇会，我替你做。"

唐少华却摇头："歇啥，一屁股坐下去起来可难咧。方师，是守村喊你要人吧。你也看见了，这所里就剩我一个，做完饭还得去杜陵支援。我们的人是公鸡头，母鸡头，不是在这头，就是在那头。"

"我一进来就张不开嘴咧，知道你们也难。"

"唉，我说话粗俗你别见怪，真是黑路走得多见鬼咧，咋尹村大墓变成兹陵咧？"

"你别听外界瞎传，这事我们还得进一步论证。"

唐少华无奈地一拍手掌："问题是这一传十，十传百，三天传得比醋酸！引来这么多人，我们招架不住。今天本来安排老刘去尹村，结果凤凰山那边人手不够，能去的都去咧，只剩下吴科长和另一个同志守杜陵。"

"你唐所把话都说到这份上，我也不好意思再纠缠。这几天我跟考古队的同志顶一下，但是唐所你得帮我们想想办法。"

"办法我有，但是只有你们能办。尹村大墓没名没分，上面自然没法给你拨人。你们要是能证实它的历史价值和文化价值，明确墓主身份，让它成为文保单位，那文保力量自然跟上咧。"

唐少华这番话说得恳切在理，方堃听罢，点了点头："我明白，我回去就跟张所汇报。"

方堃回到所里跟张逢春汇报。

"尹村的文保形势很紧张，张所，咱们所里能不能想想办法？"

"方堃，我们是搞考古的，不是做文保的，能想啥办法？"

"比如说，能不能申请一些经费，增设几个保安之类的岗位？"

"没有这个必要了。"

张逢春今天似乎比往常更为消极，方堃不由诧异："为啥？"

"我们的发掘计划被否了。"

此话一出，方堃和郭士林都愣在了原地，许久说不出话。

"因为啥啊？"郭士林的声音弱了几分。

"国家文物局认为我们市所缺乏发掘这类大型墓葬的经验，加上这段时间的一些社会舆论，我们也受到了学术界的很多质疑……"

几人都沉默了。

良久，郭士林咬了咬嘴唇，怒道："早就该想到了，没有经验，所以不让发掘，不让发掘，就永远没有经验，这就是一个无解的死循环！生下的命，钉成的秤，咱们就这命！"扔下这番话后，他起身离开。

"不论如何……"张逢春顿了顿，说，"你们都先撤回来吧。"

方堃眼中也攀上了血丝："撤回来，那尹村大墓怎么办？"

张逢春回答不上来。

考古队仿佛被笼罩在一层阴云之下，大家都在严守村家一言不发地收拾行李，只有方堃一动不动。

郭士林催促方堃："咱们该干的都干完了，剩下的事我们左右不了，快收拾吧。"

老鹿一咬牙："方师，烧火剥葱，各管一工，咱考古的管不了文保的事。"

"话是这么说……"方堃痛苦而艰难地开口，"但毕竟我们付出了那么多心血，难道就眼睁睁地看着它被盗吗？"

老鹿心间也同样沉重："那能有啥法？"

"上有皇天，下有后土，世上就没有这个道理！"

方堃刚说完，齐小满便跑了进来，不舍道："方堃哥，鹿师父，吕师父，你们真要走？"

老鹿点头："发掘计划被否了，我们留这儿也没啥意义。你已经出师了，尹村的活虽停了，但你要还想继续干这行，随时找我，我给你联系工地寻活。"

"能行！尹村大墓你们别担心，家里的活也不忙，我只要闲着就跟守村叔换班，"齐小满眼神坚定，"我就不信有人看着，这伙贼娃子还敢来！"

"小满，你可不敢胡来！"老鹿忙劝道，"那群贼娃子手里都有家伙什，大老爷们都不敢近身，何况你个女娃。"

"那尹村咋办……"

无人应声。

忽然间，黑嘴跑了进来，贴在方堃几人腿边绕来绕去。

老鹿重重叹了一声:"唉!狗都懂人情,拦着不让咱走啊!"

"黑嘴,过来!"

严守村的喝声传来,黑嘴却头一次不听话。

"狗东西,耳朵塞驴毛咧?人家生意不好移柜台了,你还巴着人家干啥?回来,跟我去巡逻!"

黑嘴只好耷拉耳朵,夹着尾巴,一步三回头地离开,一双大眼似乎盈满亮晶晶的泪水。

面对严守村的责怪,方堃说不出一句话来。

"咱们尹村是拾的孩子不怕摔死,谁愿走谁就走,我谁都不指望。"

望着严守村孤独又倔强的背影,方堃咬了咬牙:"我留下!"

"说啥胡话?"郭士林震惊地看向他,"你是考古所的人,不是文保员。"

"我辞职还不行吗?"

说着,方堃掏出纸笔,唰唰唰很快就写好了一封辞职信。

"老郭,你给张所带回去,往后我爱干啥干啥,谁也别管。"

郭士林气得直摇头:"冷怂!"

窝棚内,黑嘴吃饱喝足后正巡视着它的地盘,突然,它闻到了熟悉的气味,立刻摇着尾巴朝不远处跑过去。

那里,方堃正抱着被子往窝棚走来。

黑嘴欢喜地围着方堃不停摇尾巴。

"黑嘴,"方堃蹲下身子摸着它,"你是闻见了我的味儿还是火腿肠的味儿?"

他给黑嘴剥开一根火腿肠,小家伙吃得很是开心。

严守村站在窝棚前看着他:"你们昨天不是走了吗?又回来干啥?"

"怕你一个人看得松,来给你帮忙了。"

"放你的臭狗屁,我连睡觉都醒着一只耳朵,谁敢靠近这片地,我这只耳朵先不答应。"

方堃不禁失笑:"这尹村大墓可大着呢,不止这片地,你又不是顺风耳,能听多远。"

严守村轻哼一声:"那我管不上,我就管这片地。"

方堃调侃起他:"那其他地是不是尹村的地?"

"是。"

"你得是叫个守村?"

"咋?"

"守村守村，又不是光守这片地，"方堃笑道，"光守这片地，你得改名叫严守片地。"

严守村反应过来，立马笑骂："小瓜俫，连你叔都敢花搅！"

"反正我已经辞职了，你欢不欢迎，我都得赖在你这窝棚，跟你一起守尹村。"

不由严守村分说，方堃把被子放进了窝棚，一闪身溜了进去。

秦川市，某基建工地。

冷风中，郭士林和一名考古队员正拿着工具做勘探工作，他们早已疲劳不堪，却顾不得风大，依旧努力赶着工。

而相隔不远处的工棚下，工地负责人带着几个工人正烤火吃肉，还故意把烧烤的烟冲着郭士林他们扇去。

考古队员忍不住了，想起身理论，郭士林按住了他。不一会儿，另一个考古队员拿了几盒冷饭和热水过来，几人坐下准备吃饭。

未承想工地负责人却突然冲着一个员工吼道："一天天的长了张猪嘴，就知道咥，干个活磨磨唧唧磨洋工，拿个烤肉刷子就当自己是太上老君，拖着工期，当我们的钱是大风刮来的？！讨人嫌的东西，再占着茅坑不拉屎，就赶紧滚蛋！"

他的指桑骂槐声声入耳，考古队员们忍着怒气。听到最后一句，一个考古队员再也忍不住了，刚想起身理论，有人却冲在了他前面，竟然是领队郭士林。

郭士林一把将工地负责人眼前的烧烤炉子掀翻。

"你妈！……"工地负责人愣了一秒后破口大骂。

工人们跟郭士林动起手来，考古队员们见郭士林被打，也不甘示弱，全体冲了上去。双方激战起来，从工棚下打到工地，场面混乱不堪。

"咋搞的？到底咋搞的？要不是我夹起尾巴弓着腰给人家好话说尽，让人家出了个谅解书，你们现在都得换个地方蹲着！"

张逢春在办公室里关起门来大声数落着，来回踱步，又气又急地摇头。他对面，郭士林和考古队员们还没来得及换身上沾满了泥的衣服，鼻青脸肿地站成一排。

"郭士林，你咋搞的？身为领队，居然带头打架斗殴！"张逢春一脸恨铁不成钢，"我这一天天脑仁都快疼死了，上面泼水，下面扯脚，你打架，方堃撂挑子不干，我真是太难了。"

一名考古队员小心翼翼开口："不怪郭老师，是他们欺人太甚。"

张逢春自然懂他的意思，看着一言不发的郭士林和受伤的大家，他其实也很心疼，这么一圈看下来，他气也消了大半，于是放软了语气："平时咱这探铲也不是白拿的，没想到一个个文弱书生，对阵人家混工地的，倒是也没吃多大亏。"

一名考古队员嘿嘿笑着："一点亏没吃，他们伤得比我们重。"

"给个杆你就爬，你们几个也不照照镜子看看自己啥样子了！"张逢春故作嫌弃地摆手，"赶紧回去洗个澡，换身衣服。"

这时，电视机上开始播报地方新闻："近日，国家文物局公布弭县吕氏家族墓地为本年度全国十大考古发现，省考古研究院的雒老师是本次发掘的领队，让我们跟随她到发掘现场，一起感受北宋名门吕氏家族的悲欢离合……"

张逢春和考古队员们看着新闻，再对比自己的境遇，心情都有些复杂。

郭士林突然起了身，在众人注视下大声嚷嚷："张所，我辞职，不干了！"说完他转身扬长而去，留下呆呆的众人。

齐小满正在家中做饭，儿子修恒却一直缠在她旁边，搞得她手忙脚乱，心中不由有些烦躁："修恒，自己上院里玩去，小心火烧着你。"

"有粮伯，在家不？"方堃的声音在院外响起。

齐小满听到，立马在围裙上擦了擦手，走了出去："跟我妈上地里去了，估摸着就快回来了，我去叫他。"

"不用不用，等一会儿没事。"方堃和善道，"修恒咋没出去玩？"

齐小满有些为难："唉……他爸进去了，有的娃嫌弃我娃，娃就不爱跟他们耍了。"

"娃才多大，关娃啥事！"

"嘴是一把刀，杀人不见血。你说得轻巧，事没搭到你头上，压的不是你。"

这时，齐有粮回来了。好久不见，他一下子苍老了许多，背佝偻下去，眼中也多了些浑浊，更别提鬓边大一块小一块的斑。方堃一时心情复杂，压根没在意齐有粮刚才呛他的话。

"爸，"齐小满上前，"人是我送进去的，你有邪火朝我来。"

"我能有啥火，我现在只想剩口气暖暖肚子。"齐有粮一脸疲惫。

齐小满又扭头看方堃："方堃哥，你找我爸有啥事？"

"有粮伯，我确实有个事想求你。尹村大墓的事你应该也听说了，现在村里只有守村叔一个人看着，我辞了职，打算跟他换班巡逻，但是尹村大墓占地面积太大，两个人根本巡不过来。你人缘好，能不能帮忙组织一些群众文保员，咱一起保护尹村大墓？"

齐有粮摇头："大墓不大墓的，那是政府的事，跟我们有啥关系？"

"爸，咱是不是尹村的人？埋在尹村的得是咱尹村祖祖辈辈的先人？你要看着人家挖咱先人的坟？"

"你得是忘了咱现在的帽子——盗墓贼的家属，咱家里人带头挖祖坟，咱还有啥脸去保护？配不配？"

齐小满被噎住了。

方堃连忙出声："没人把你们看成盗墓贼的家属……"

齐有粮却突然发火，激动地大吼起来："村里人看着呢，先人看着呢！一泡屎拉在头上，顶风臭十里，这辈子都香不了了！"

方堃只好无奈离开。

晚上，方堃和严守村正在尹村地头巡逻，这时，远处似乎有手电晃了一下，黑嘴也跟着叫了起来。

严守村立马警觉："谁？"

"是我，"对面的人回应，"老孔！"

等那人慢慢走近，方堃才看清这是文管所的老孔。

严守村打趣："咋把你个龟俫派来了，走一步歇三步。"

"这不是没人嘛，我这空心萝卜也能当盘菜。"老孔耸肩笑笑，"走吧，跟你们巡上一巡。"

三人慢慢往前走。

方堃察觉到老孔的步伐稍微有些慢，仔细一看，走路姿势也略有怪异，便忍不住关切："孔叔，你这腿是咋回事？"

"路走多了，膝盖坏了。再干上几年，我看我也走不动了。你们不用顾及我，我在后面慢慢走，你们巡你们的。"

严守村插话："没我跟你谝，你不闷？"

"俫式子，前些年我巡杜陵，天天大半夜一个人，不也熬过来了嘛。"

"我可听说你没少给皇帝老儿点烟，一走到宣帝那达就打战。"

老孔一挑眉："谁还没个听见猫叫身子抖的时候，你见到春花不也打战吗？"

严守村"一点就炸"："贼他妈！春花这事得是过不去了？我这辈子就栽这一回，倒给你们落下话把了。"

方堃和老孔哈哈大笑。

就在这时，方堃的手机铃声响起，他接起电话："喂，老郭？"

第八十七章 思过

饭店内，桌上摆着几瓶七歪八倒的啤酒，郭士林已经喝得醉眼蒙眬，大着舌头和方堃说话。

"冷俊，巡逻呢？"

方堃的声音从电话里传来："喝酒了？"

"对着咧，聊两块钱的？"

方堃苦笑一声："看来是喝多了，这酒味儿我顺着信号都闻到了。"

郭士林却没理他的调侃，语无伦次地诉说着心中苦闷："兄弟干了件大事。工地上那几个龟孙，像狗皮膏药一样天天黏着，阴阳怪气，催催催，不能扯不能断，真他妈闹心。我狠狠地给了他两巴掌，让他看看郭哥也不是吃素的。"

方堃一听，心揪了起来："你跟人打架了？"

"爽得很！"郭士林憨憨一笑，"你也应该来，咱们兄弟一块上。"

"你在哪儿，我马上过去。"

到了饭店门口，方堃居然遇到了雏青。

"你咋来了？"

雏青斜他一眼："你以为他就光给你打电话了？"

两人走进去一看，郭士林喝得满脸通红，桌上摆着几个空啤酒瓶，还有一碟吃了一半的凉菜。

雏青不由皱眉："一碟凉菜就喝成这样？"

"知道为啥就一碟菜不？因为贵！"郭士林听到雏青的声音，嚷嚷起来，"一盘肉菜三十多，我一天野外补贴才多少？"

方堃见状，心里一酸，立刻冲着老板喊："老板，把你们店最贵的肉菜给我拿来，来三盘，再给我拿十瓶啤酒！"

"咋，你请客？"郭士林神志不清地摆手，"我可请不起。"

方堃指了指雏青："她请，我辞职了，没工资。"

"我请就我请，老郭你不是有一肚子邪火没处发嘛，我们今天陪你喝，啥时候你喝美了，气撒了，啥时候算完。"

老板把菜和酒端了上来。

雏青宛如侠女，酒起子划过去，十瓶啤酒被挨个起开。她拿起一瓶，直

· 570 ·

接对瓶吹。

方堃看傻了眼:"雒领队,你好歹跟我们碰个杯吧?"

"我跟你碰,"郭士林举瓶,"雒青跟咱不一样。"

方堃和郭士林各自一瓶酒下肚。

雒青打了个酒嗝:"我怎么跟你们不一样,你啥意思?"

郭士林大着舌头:"全国十大考古发现,你的项目,你牛得很!我是个啥,跟你说话矮半头!"

"对,你说得太对了,你就是矮半头。这名誉是我靠实力挣来的,我值得,我一点都不心虚。你没上这项目,那是你的问题,酸我算啥本事?"

方堃尚且清醒,问:"你啥时候拿的这荣誉?"

"雒青上电视你都不知道?"郭士林却直接抢话。

"我……不是忙吗?"

"你忙啥,忙着当群众文保员?雒青现在是知名青年学者,你给人家提鞋都不配。当初人家为了你来的秦川,你一扭头跑了。现在哭爹喊娘跟在雒青屁股后头,啥结果?酒醒不见盘中肉,后悔去吧你!"

三人渐渐都喝高了,索性开启"唇枪舌剑"模式,一吐心中不快。

雒青站了起来:"我再说一遍,你们他妈的听好,我来秦川,是脑子一热,是为了这个不要脸的男人,但是我留下是为我自己,我爱考古,爱我的工作。啥狗屁爱情,都是扯淡,我最重要,我的价值最重要!"

"你少唱高调,你那么爱考古,为啥不来尹村?尹村大墓的发掘计划被否了,说我们不行,那不还有你省院吗?你不是人?"方堃不满地嚷嚷起来,"为啥不来?还不是为了评职称、涨工资,承认咋了?"

"就你方堃最高尚、最伟大!全凭一腔热血!领导都让你走人了,你还天天义务蹲在这儿抓贼。我就是一俗人,比不上你方堃。我承认,我就是想涨两百块钱工资,满意了吧?"

郭士林听雒青说到这里,忽然呜呜地哭了起来。

方堃转头怒瞪他:"俅式子,你哭啥?"

"两百块够给我媳妇买身衣服了……我想评职称,想涨工资,想做大项目,不做大项目我就没发掘资格,没发掘资格我就做不了大项目。所以我郭士林,还有市所,注定一辈子跟在基建的屁股后面到处跑,看人家的臭脸,闻人家的臭屁,一辈子默默无闻出不了头,什么学术成果,跟我们没有半毛钱关系!灯盏舀光一缸油,方堃,我真羡慕你,你这口缸好像永远舀不尽,但我这口缸已经熬干了,耗不起了。"

他越说越激动，眼泪鼻涕一把流，说到最后直接埋头号啕大哭起来。

雏青见状，冷静了些，问道："方堃，你真要在尹村待一辈子？"

"我……我不知道。"

"自私！"郭士林突然骂他。

方堃满脸莫名其妙："我咋自私了？我当文保员碍她啥事？她天天不待见我，对我横挑鼻子竖挑眼。"

"雏青看见没，"郭士林指着方堃看向雏青，"他对你只有三分钟热度。"

"我本来就是个凑数的，侯哥才是良配。要我说，这项目一结束你俩结婚算了，他二婚，懂疼人，又是老乡，反正你也要回北京，这桩婚事我同意了。"

雏青啪地一巴掌扇在了方堃的脸上。

方堃蒙了，也醉了，直接趴倒在了桌上。

福利院内，娃娃们乖乖地坐在板凳上等着听课。刘树兰则坐在最后排，帮他们缝补衣服。

穆见晖望了一眼刘树兰，在小黑板上写下"游子吟"三个字。

"娃娃们，今天我教你们一首古诗，叫《游子吟》。它讲的是一位妈妈，在她的娃要出远门的时候，给娃缝补衣服。我读一句，你们读一句，能行？"

娃娃们齐声道："能行！"

"慈母手中线，游子身上衣。"

娃娃们复读："慈母手中线，游子身上衣……"

"这句话讲的是，妈妈正在给娃缝补衣服。"穆见晖耐心讲解，又读起下一句，"临行密密缝，意恐迟迟归。"

"临行密密缝，意恐迟迟归……"

"这句说的是妈妈的针脚缝得很密，为啥？因为她怕娃回来得晚。碎娃费衣服，要是在外面把衣服穿破了咋办？没有妈妈他咋照顾自己啊？"

刘树兰似乎被触动，停下了手中的活儿。

穆见晖淡淡一笑，继续朗读："谁言寸草心，报得三春晖。"

"谁言寸草心，报得三春晖……"

"这句说的是娃娃像小草那样微弱的孝心，怎么报答得了像春天的阳光一样的母爱啊？娃娃们，你们抬眼看看，是谁在给你们缝衣服？"

"树兰妈妈！"

"你们心疼不心疼树兰妈妈？"

"心疼！"

于是穆见晖从口袋里掏出一把巧克力："那我这里有些巧克力，你们想不想送给树兰妈妈？"

"想！"

娃娃们登时跑到讲台上，从穆见晖手里拿过巧克力，又直奔刘树兰。

"树兰妈妈给你！"

"我爱你，树兰妈妈！"

刘树兰被孩子们包围着，无比感动地抚摸他们的头，一时间胸腔内充满了巨大的喜悦、满足与幸福，还有那一丝丝的怅惘与辛酸。

如果她的孩子还在的话……

"娃娃们，树兰妈妈也爱你们，"她的声音无比慈爱温柔，"巧克力你们留着自己吃。"

说完，她抬起头，恰好撞上了穆见晖凝望着她的目光。

黎远光把车停在了福利院外。

很快，穆见晖便走了过来，黎远光配合地拉开车门，从里面搬出一摞童书，穆见晖也来搭手。

"哥，你猜谁来秦川了？"

"谁？"

"华南王，我看他是闻着尹村大墓的味儿来的，听说这些天没少去打转。"

"秦川的货全让我们吃下了，他这头华南虎也快饿成华南猫了。这次有大货，他想分一杯羹也无可厚非。"穆见晖冷哼一声，"不过，我倒是佩服他，都被挤出秦川了，居然还敢杀回来在我的爪子下面抢食。"

一向木讷的黎远光却忽然断言："我看他是有了后台。"

穆见晖挑眉："哦？"

"前两天他跟老肖见面了。"

穆见晖笑了："原来赵佑林按着我不动，是去华南请'石头'了，也不知道这块华南石有没有魄力攻下我这块秦川玉。"

"哥，要不要我组织兄弟，抢了他的先？"

"算了，"穆见晖却摇头，"大老远地来，总不能让他空手回去，给他吧。"

黎远光不解："哥，华南王当年可是狠狠地敲了咱一笔！"

"谁还没有个走背字的时候，给他。文雯快生了吧？"

"快了。"

"身体咋样？"

"好着呢，就是脾气越来越怪，动不动拉着个脸。"

·573·

"这个时候多陪陪她,别下坑了。"

黎远光提议:"哥,我娃名字还没想好,你给取个,别等娃落地连个名都没有。"

"不行不行,"穆见晖连连推辞,"你们是娃的爹妈,名字当然得你们来取。"

黎远光嘿嘿一笑:"哥,我夫妻俩肚子里全是油水,哪有墨汁,你来取吧。"

"那……回头我想想吧。"说罢,穆见晖便搬着书进去了。

窝棚内,方堃睡得正香,忽然门外传来了黑嘴的叫声。他一个激灵坐起来,揉揉眼就往外跑。

没想到,等他冲出去一看,黑嘴正死死咬住李春来的裤腿。

李春来提着个包袱,他黑了,瘦了,畏畏缩缩地站在那儿,见到黑嘴扑过来,吓得哇哇乱叫。

严守村兴奋地趁机驯狗:"黑嘴,把他拿下!"

李春来咬牙切齿:"严守村你个老憨怂,让你的死狗滚开!"

黑嘴汪汪叫起来,咬住李春来的裤腿不放。

"黑嘴松口!"方堃大喝一声。

"不行!"严守村怒道,"他是盗墓贼,不能让他进村!"

方堃走过来,扯开黑嘴:"守村叔,来娃已经受过惩罚了,不能再把他当盗墓贼。"

李春来恨恨地看着方堃:"姓方的,少他妈的装好人,我有今天,你的功劳大得很。我前脚一进去,你后脚就把小满招进了考古队,你打的啥算盘?"

"李春来你咋说我无所谓,别把小满一家捎带上。"方堃瞥他一眼,"你以为你在里面不好过,他们在外面就好过了吗?"

"少给我上课,我他妈的上得够够的了。姓方的,咱俩的账慢慢清算,我来娃也不是吃素的。"

严守村大骂:"脏心烂肺的东西,上嘴皮挨天,下嘴皮挨地,我看你是好大的口气!"

说完他吹了下娃娃哨,黑嘴又朝李春来吠叫起来。

李春来吓得赶紧往家跑。

方堃摸了摸脸,突然感觉一阵疼:"叔,我这脸得是肿了。"

严守村坏笑:"得是干啥坏事让人揍了?"

"我能干啥坏事……"方堃百思不得其解,"对了,叔,我昨晚咋回来的?"

"青女子给我打电话，说你喝多了，我把你背回来的。"

方堃终于记起，摸着脸恍惚道："我想起来了，这学考古的女人……劲儿真是大得很。"

李春来一进家门，曹凤英匆匆迎上来。

"来娃，你回来咋不提前言传一声？先别进，我这火盆还没准备好咧。"

"妈，别弄没用的。"齐小满撇撇嘴，斜了一眼李春来，"想改好，有的是法子。不想改，跨一万遍火盆也没用。"

李春来没理她："妈，我大呢？"

"伺候地去了。"

"妈，我改好了，在里面我一直在反思。我对不住您和我大，对不住小满和恒娃。"

曹凤英闻言，愁眉苦脸地叹气："你看看你大，以前腰杆子硬得很，十里八村也找不出的强人。你一出事，他见谁都得矮三分。"

"我知道，大为我的事操碎了心，我辜负了大对我的期望。"

齐小满哼了一声："说那些有啥用，你的漂亮话拾起来能装一箩筐，干的事一件比一件脏。"

"别一见面就掐，"曹凤英打断她的话，"有啥话回屋说，让外人听见笑话。"

"反正他闹下的笑话已经够大了，不怕再让别人看笑话。"齐小满把脸转了过去。

曹凤英忙给了李春来一个眼神，李春来会意，赶紧拉着齐小满进了屋："媳妇，屋里说。"

"小满，我的亲媳妇，想死我咧！"李春来一进屋就抱住齐小满。

齐小满一脸嫌恶，一把推开他："你站好。"

李春来知趣地退到一边："还生我的气？娃他妈，我都知道错咧，我以前是个溜光槌，不知道啥叫苗好一半谷，妻好一半福。往后我一定好好疼你，顾家，你让我干啥我干啥。大说你去考古队咧，你要觉得心里美气那就好好干，我支持你。"

齐小满却摇头："来娃，咱俩没有往后咧。"

"咋，"李春来一愣，"你想离婚？"

齐小满从床头拿出早已准备好的离婚协议书："签了吧。"

李春来扑通一声跪了下来："我真错咧！"

"不是我心狠，是这婚姻已经没有意义咧。你就算一直跪下去，这个婚我也离定咧。"

说完，齐小满不再看他。

齐有粮正在地里忙活，李春来抱着包袱跑了过来，一见面就扑通一跪，撕心裂肺一喊："大！"

"我还活着，哭爹号丧的机会多得很，你不用那么急。"

"大，你不原谅我，我就不起来。"

"愿跪就跪，腿跪烂了也是你遭罪。"

李春来见齐有粮不松口，只好尴尬地起身。

"大，我来干，你歇着。"

齐有粮满脸不信："你会干？"

李春来沉默。

"啥啥不会，就知道卖个嘴。"齐有粮数落道，又问，"进去这么长时间，想明白了不？"

"我是想明白了，"李春来一脸委屈地跟他告状，"可是小满不要我了，非得跟我离婚。"

齐有粮却不如李春来所预想，反而哈哈大笑起来："干得好，不愧是我的女子，就该和你离婚！"

"大，你可不能说这话！"李春来一愣，继续哭号起来，"恒娃可不能没有爹啊！"

"你现在想起恒娃了，早干啥去了？一个女婿半个儿，我一向是把你当亲儿待，以前对你没有别的要求，只求你做个好人，等我死了给我摔盆扛幡儿。"

李春来哭得鼻涕直流："大，我一直把你当亲爹，要是小满真跟我离了，我咋给你扛幡儿？"

"哼，算屄了，我想明白了！扛个屁的幡儿，死了直接埋地里，还能做肥。你和满女子的婚姻是你们的事，我把你俩凑到一起已经是犯了大错，接下来的路你们自己走。"

"大，你给我指条路吧，我现在是无路可走啊！"

见他哭得震天动地，毕竟也是相处那么久的人，齐有粮于心不忍，恨恨道："你要真是个汉子，那就冻死迎风站，饿死不折腰，活出个人来。地里有窝棚，有活干，能活不？"

李春来一吸鼻涕："能！"

"好马不吃回头草，好汉不走回头路，你就在这儿思过吧。"

第八十八章 炸药

　　一辆面包车在郊外平稳行驶着，高大的行道树排列两侧，枝干因缺少修剪，乍一看犹如獠牙魔爪，阴森可怖。过了一会儿，车停在了一栋无人的建筑面前，那是一个荒僻的火葬场，门口竖着褪了色的牌子——秦川市万华殡仪馆。
　　进去之后，院子荒芜一片，正中的位置有一个用砖头支的大铁锅，旁边地上零零散散堆着些木屑。
　　"梁子"停下车，和兄弟"刀疤"卸下两个大袋子，紧接着又提下一桶柴油。
　　"哥，这是个甚地方？"刀疤操着一口河东口音，瞧了一圈四周，"这……咋奇怪得很？"
　　梁子也是河东口音："门口那么大的字你不认识？"
　　刀疤摇头："一年学都没上过。"
　　"火葬场。"
　　刀疤打了个冷战："哥不愧是干大事的人，胆子大过天。"
　　"天天从鬼嘴里抠食吃，你还怕鬼？"
　　两人生好了火，又戴上防毒面具，围着铁锅开始忙活起来。
　　炸药炒好后，梁子把它收到袋子里，但特地在锅中留了一点。
　　刀疤不解："留出来这些弄啥？"
　　"厨师试菜，尝尝咸淡。"
　　"你的技术没得说，肯定没问题。"
　　"这次咱弄的是大货，一点差错不能出。趁着刚出锅，就在这儿试。"
　　刀疤依言拿出探钎，挖了一个洞，梁子把炸药塞进去，接上引火线。
　　刀疤立刻闪身到一边，几秒之后，梁子点燃了引线。
　　"砰！"伴随着一阵烟雾，巨大的爆炸声从火葬场院内传了出来。
　　梁子和刀疤满脸土，着急忙慌地跑出来，赶紧四下张望。
　　"哎呀，幸亏没人听见……哥，还是你主意大，这要不试得出大事，这么大个动静非得把整个村惊动！"刀疤心有余悸。
　　"快闭死嘴吧，这炸药不行，赶紧想辙！"
　　梁子和刀疤又进去之后，黎远光从墙角走了出来，冷冷看着重新关上的大门。

回到车上，黎远光给穆见晖打去电话。

"哥，我看尹村这块肉，他们是吃不上了。"

"咋了？"

"华南王找的腿子正在弄炸药，跟我的比差远了。他们要是真敢用，非得把一个村惊着。"

穆见晖一笑："那你就帮帮他们吧。"

"把肉让给他们就已经够给面子了，我还得拉他们一把？"黎远光吃惊，"不行！"

"让你干你就干。"

"哥，我想不通，你葫芦里卖的啥药？"

"有句话叫赠人玫瑰，手有余香。帮他们，就是帮咱自己。"

黎远光沉默片刻，应下了。

郭大爷也学起村里人的样子，在村口支起了皇家土特产的摊子。

方堃凑过去："郭大爷，卖得咋样？"

"前两天还行，这两天卖的人越来越多，我都要不上价了。"

方堃闻言笑了："郭大爷，庆国媳妇那张嘴，您比得上不？"

郭大爷摇头："那两片嘴唇子比刀还快，把客人全抢跑了。"

"您在这儿耗着也没客人，要不……"方堃眨眼，"给我帮个忙？"

"啥忙？让我跟你去巡逻？"

"光我和守村叔实在巡不过来，每天这么多人，谁知道里面有没有打坏主意的。"

郭大爷摇头摆手："这个村谁说话最有分量？当然是齐有粮。他家来娃刚出来，我就跟着你们去抓盗墓贼，这不明摆着朝有粮脸上吐痰吗？"

"郭大爷，您想太多了，咱就是单纯巡个逻。"

"娃，村里的事就是四个字——人情世故。我才不去当这个出头鸟。"

见郭大爷坚决拒绝，方堃只好无奈离开。

这时，恰逢齐大仓开车经过，摇下车窗和他打招呼。

"堃。"

"齐队，"方堃惊讶，同时心中又浮现一丝希望，"你咋回来了？"

"还不是为尹村大墓的事，现在闹得沸沸扬扬，我也怕出事。"

"齐队，你能不能做做有粮伯的工作，没他这个车头带，尹村文保咋也跑不快。"

齐大仓叹气，胡乱揉揉头发："说句不好听的，我叔就是个吃石头拉硬屎的人，犟汉一个。刚才我跑了他家一趟，他直接把我轰出来了。"

"那……我只能再想想别的辙。"

"你也别急，"齐大仓见他沮丧，宽慰道，"我马上去文管所跟杨队汇合，看看能不能有啥办法。"

齐大仓一进门，发现马超越也在。

唐少华忙招呼着："齐队，快坐，就差你了。"

"我这几天会有点多，嗓子有点哑，"马超越清了清嗓，"咱们就拣重要的说。"

齐大仓笑出了声："啥会？招商会？我听说你老马这几天忙得很，来尹村的人不断流，你美得鼻涕泡都出来了。"

"齐队，你快别挖苦我了，你们是一腔热血不假，难道我就是半腔子水？你们的眼珠子光盯着文保，我还得一个人撕两半，一半管文保，一半促经济，顾左顾右，夹板子气一个人受。"

"这咋刚开篇就弄得这么严肃？"杨青石怕他们吵起来，忙打圆场，"我先说明，今天咱就是讨论，主要目标是商量个对策，把尹村的文保弄起来。"

马超越摊开手表示无奈："尹村大墓不确定下来，我就是想给争取人力、物力，也师出无名啊。我看这事不能急，先缓一缓。"

"缓啥？"齐大仓一挑眉，"缓到盗墓分子来？"

"我说的是现实情况。"

"我说的也是现实情况！"齐大仓激动起来，"我跟杨队接触的盗墓贼比你吃的盐粒子都多。你知道他们咋想？尹村大墓不是国保单位，没划保护区，他一铲子下去就算被抓住，能判几年？人家说啥？进去是铁，出来是钢，接着干。"

"对，不能缓，别看现在这一池子水风平浪静，那盗墓贼可是鸭子，脚蹼子在底下使劲划咧。"杨青石点头，又看向唐少华，"唐所，你有啥想法？"

唐少华立马踢了个"皮球"："我能有啥想法，就这几个人，你们定完我们干就是了。齐队，吃了没？"

"没，跑了一趟，肚正好空了。"

"我们中午还剩点饭，齐队要是不介意，我给你拿来。"

"介意啥，有啥你就给我拿啥。"

唐少华脚底抹油似的跑出去拿饭菜。

"老马，我是对事不对人。按理说我是办案警察，没发案的情况下我不

579

应该掺和这么多。可是一来，尹村那是我的老家，我的祖根，万一有个啥情况，我咋面对乡党们？二来，这些年杨队为了把文保这事弄好，组织了联合打击办，把多个部门协调在一块，这是一件功德无量的事，我不能辜负杨队。"

齐大仓说得恳切，剖心析肝，马超越也懂得其中利弊，语气缓和了些，但仍然打着官腔："兄弟，我理解，都是为了公事。你们有啥想法尽管提，我向上汇报。"

杨青石直截了当："老马，这屋里就仨人，你把官腔给我收起来。汇报用不着你汇报，我要嘴有嘴，要腿有腿，今天我们就是奔着落实来的。能办的你就给咱办，不能办的我们也不怪你。"

这时，唐少华端着两个馍馍和一碗稀汤寡水的炖白菜来了："齐队，我这儿伙食一般，你别介意。"

"这话说得，介意啥？"齐大仓抓起来就吃，腮帮子一下子鼓囊起来。

唐少华眼一瞟，看见马超越正拿眼瞥他。

"马科，这眼咋了？"唐少华装傻，"咋斜楞到外爷家了。"

"行了，唐所，别装傻充愣了，你也挺会给我上眼药，吃顿饭的空也得给我哭个穷。"

"啥叫哭穷，我这边是真穷。"

"唐所，把你们所没报销的汽油发票给我，我去找尤局给你报。"杨青石爽快道，"还有啥缺项一并给我列出来，尤局不给你解决，我给你解决。"

唐少华立马展开笑容："能行！还是杨队痛快。"

齐大仓见状掏出银行卡，往桌上一拍："我也表个态，今天刚发的工资，我出钱先把尹村的摄像头装上，这一圈走下来连一个摄像头也没有。"

马超越下不来台，只好叹了一口气："这样吧，我现在回去汇报，把摄像头的事落实了。一口唾沫一个钉，不管啥时候批，我保证一定把摄像头买来，你们看能行不？"

齐大仓开玩笑："老马，让你憋个痛快屁可真难啊。"

"看你这话说的，"马超越瞪他一眼，"咱也是有血有肉的汉子，跟尹村打了那么些年交道也是有感情的。"

方堃和严守村正带着黑嘴巡逻，走到齐有粮家地里时，突然听见窝棚里有收音机的声音。

"叔，得是有粮伯在？"

"又没结果子，大冷天他跑地里干啥？我看不像。"

听罢，方堃顿时警惕起来，拍了拍黑嘴："黑嘴，去！"

黑嘴冲进窝棚，先是传来一声狗吠，紧接着传来了李春来的号叫。他慌里慌张地跑了出来，手拿棍子驱赶黑嘴。

"狗日的，敢扰你爷爷清梦，我非得扒了你的皮，吃了你的肉。"

严守村立马大喝："碎偢你敢！"

李春来也来了气："老瓜偢！我就让你见识见识爷的厉害！"

方堃还没来得及阻止，就见李春来追黑嘴，严守村追李春来，在园子里上演了一出人狗大战。

"黑嘴，咬死他个盗墓贼！"

逮到机会，方堃连忙上前劝架："守村叔，算了，没啥情况咱接着巡。"

严守村的犟劲儿却上来了："不行！给杨青石打电话。"

"打啥电话？"

"园子里有盗墓贼！"

"快打，我正愁没地睡觉，把我抓起来。谁怕谁啊，爷都进去过了，还舍不得一身剐？"李春来怒不可遏，伸手比画着，"哈哈哈，这世道真他妈的有意思，老瓜偢都能拿着鸡毛当令箭，你坏的时候说你好，你好的时候说你坏，话他妈的都让你们说了！"

"来娃，我们不知道是你在园子里，闹了个误会。"

"误会？咱俩之间可不是误会，我现在有家不能回可全是拜你所赐。"李春来指着方堃的鼻子，唾沫星子喷出老远，"姓方的，你就是个白脸狼戴草帽——装他妈啥好人。我警告你们，我跟小满还没离，这园子有我一半，哪个狗日的再敢进我园子一步，信不信我把狗日的腿打断。"

说着，他挥舞着棒子朝方堃他们冲过来。

严守村还想反击，被方堃赶紧拉走了。

"别闹了叔，多一事不如少一事。"

饶是如此说着，他心间却布满了愁云，阴沉得下一秒仿佛就会下起瓢泼大雨。

家里，文雯正挺着肚子收拾待产包。

黎远光穿上外套："我出门办点事，晚上可能不回来了。"

"啥事？"

"有个活儿。"

"啥活儿非要晚上干。"

"一两句说不清楚，你照顾好自己，别操其他的心。"

581

文雯扭过头，烦闷道："我都要生了，你还出门。"

"大夫不是说月底吗？"

"大夫的嘴也不是尺子，说哪天就哪天。"

"我办个事，用不了多长时间，你别想太多。"黎远光伸手顺了顺她的头发，"实在有急事，你就先联系穆哥。"

文雯心头火气顿生："你的娃还是他的娃！"

她一屁股坐沙发上，不再理他。

黎远光无奈，但天生嘴笨不知如何安慰，犹豫了片刻，还是匆匆出了门。

他走后，文雯挪步到电脑前，在搜索栏中输入"B型血和AB型血能生出什么血型的娃"，弹出了很多搜索结果，她翻看着，答案都是A型、B型或AB型。

梁子和刀疤圪蹴在废弃的火葬场院子里等人。

"刀疤，你找的这人靠谱不？"

刀疤猛点头："据说是个厉害角色。"

两人正说着，一辆车开了进来，戴着帽子遮住脸的黎远光下了车。

刀疤迎上去，对暗号："兄弟得是送化肥？"

黎远光拉开车门，里面有个化肥袋子："五十公斤。"

刀疤扭头："哥，是他。"

梁子凑过来，闻了闻，皱起眉头："味儿不对。"

黎远光冷笑一声："跟你的烂货比，味儿当然不对。"

"嘴倒是挺硬，不知道货咋样。"梁子被呛了一下，神色不甚自然，"洞我们掏好了，验货吧。"

黎远光随即从袋子里取出一些炸药，然后塞进洞里，点燃自制的引线。梁子和刀疤则立刻捂住耳朵躲在一边。

片刻后，白烟升起，接着是一阵很小的震动。

刀疤脸上顿时冒出喜色："哥，能行？"

梁子也十分高兴："能行！"

"钱。"黎远光伸手。

梁子掏出一个黑塑料袋。

黎远光打开一看："少了一万。"

"兄弟，"梁子虚伪一笑，"将来合作的机会多的是。"

黎远光也不废话，直接把车门拉上，作势要把炸药拉走。

梁子上前耍横，一把扯住黎远光脖领："狗日的，敢跟你爷较劲！"

黎远光不作声，猛地拉开上衣，露出绑在身上的炸药。

梁子瞬间蒙了，刀疤连忙上前解围："哥，算了，多一万就多一万，大局为重。"

"哼……"梁子不情不愿地松开了手，又从怀里摸出一万，放到黑塑料袋里，塞给黎远光，"兄弟，你够狠。"

李春来躺在窝棚里听收音机，越听越烦躁，辗转反侧，最后实在听不下去了，他直接关了，啐了一口："妈的，有家不能回，这是啥日子！"

然而，关上收音机后，李春来突然听到外面有一阵响动，火气一下子上来了。

"狗日的方堃，还敢来，我非得打断你的狗腿！"

说着，李春来拿着棍子大步走了出去。

第八十九章 借喻

甫一出来，李春来并没见到人。他侧耳听了听，隐约听到了说话声，便朝声音来源处走去。

走了一段，李春来看到几个黑影正在下铲，瞬间慌了。

那几个人正窃窃议论着。

"是五花土。"

"面积还怪大的。"

"就是这儿了。"

他听了那几个人的交谈，基本确定这几个人就是盗墓贼。李春来心慌得很，蹑手蹑脚地转身，想趁人不注意赶紧撤。

未承想他刚走出没多远，突然一根钢钎像是标枪一样飞过来，扎到了他的身侧。李春来吓得当场瘫坐到了地上。

包裹严实的梁子走过来，一脚踩在李春来身上："各位，逮了个'黄鼠狼'，'做'了吧，给兄弟们'垫垫饥'。"

"黑子"跑过来一看，认出李春来："狗日的，你出来了？"

李春来定睛一看，连连哭喊："哎呀，黑哥，快救救我！"

"哥，他也是从里面出来的，有点交道，要不算了。"黑子替李春来求情。

"算了也行，"梁子刚松口，又恶狠狠道，"把眼珠子抠下来，舌头割下来。"

李春来吓得尿了裤子，语无伦次地说着："我、我啥也没看见，啥、啥也不会说！"

"哥，"黑子又说，"给我个面子。"

梁子沉默片刻，这才从怀里摸出五千块钱，扔在地上。

"哥，不用钱，"李春来摇头，"你放心吧，我绝对不说。"

"瓜伙，"黑子给李春来使眼色，"钱是啥，钱是锁！"

李春来立刻意会，赶紧捡起钱，爬起来，屁滚尿流地跑了。

一瓶白酒、一盘花生米摆在桌上，一脸愁容的方堃和从容淡定的严六爷坐在小桌旁。

"一人治一人，门官治灶神。你找你六爷算是找对人了，有粮这娃我看着他光沟子长大，他就是粪坑里的石头——又臭又硬！脑子一根筋，认死理。捆绑不成夫妻，要治他的心病，还得下对药。"

"咋下？"

"村里马上要办庙会了，你可以趁这个时机试一下。"

"咋试？"

严六爷扇扇手掌，示意他凑近些："我给你支个招……"

李春来跑到齐有粮家门口，听到里面传来一家人逗齐修恒的欢声笑语，他想进去却又有所顾忌，只能在外徘徊着。

此时方垫也从严六爷家回来，借着昏暗的路灯，看到李春来踌躇的身影，感到有些奇怪。

李春来最终还是放弃了回家，向村外走去。

方垫好奇地跟了上去。

茫然走了一路，李春来不知不觉走到了棋牌室门口。

方垫以为他又要去打牌，急了，边追上去边喊道："来娃！你又要去赌？"

李春来正慌乱无助，一看是方垫，火气没来由地蹿了上来："倒了血霉了，大半夜还能碰到拿耗子、管闲事的狗。"

"你咋记恨我都行，但别忘了你是有家的人，有媳妇有娃，不是没人管的烂赌徒！"

"有家？有媳妇有娃？你睁眼说啥瞎话呢？你见过哪个有家的人睡在地里？见过哪个有媳妇有娃的人半夜在街上浪荡？就连黑嘴都有个落脚的窝，我连条狗都比不上。"气冲冲说罢，李春来就往棋牌室走去。

"李春来！"方垫没辙，大喊道，"你要是再进这个地方，你这辈子就彻底废了！"

李春来顿了一下脚步，下一秒却头也不回地进去了。

方垫失望至极，气郁离开。

李春来一踏进去，立刻引起了很多人的注意。

"哟，来娃，"棋牌室老板戏谑道，"出来这么长时间了，咋才来？"

"肯定挣本钱去了呗！"常有一边洗牌一边嬉笑，"得是又卖了秦砖汉瓦发了大财啊！"

大家哈哈大笑。

"滚尿！"

李春来怒骂一句，说完走到角落里，拉了两把椅子，蜷缩着躺下了。

"咋，来棋牌室不打牌，把我这儿当旅社了？"

李春来瞪了老板一眼："烦着呢，别招我。"

数日后。

人声鼎沸，锣鼓喧天，尹村的庙会热闹非凡。踩高跷的，唱大戏的，锣鼓队的，各成一团，还有各种小吃摊汇聚。齐小满抱着齐修恒，流连在各种小吃摊前。

李春来胡子拉碴地回来，走在人群边上，远远瞧见了小满跟儿子。

齐有粮正在扫自家院子，曹凤英走了过来，道："走，逛庙会去。"

"要去你去，我不去。"

"以往还没闹庙会呢，你就闲不住了，又是教人家踩高跷，又是指点人家吹唢呐，上蹿下跳的，哪儿都少不了你，今年咋蔫在屋里了？"

齐有粮闷闷道："丢不起那人。"

"来娃就被判了几个月，你倒好，把自己判了无期徒刑，爱去不去。"见劝不动他，曹凤英轻哼一声，转身走了。

广场上，一阵唢呐声凭空响起，刹时间，嘈杂声都消失了。在嘹亮的唢呐声中，方堃走上了戏台中央。

"各位乡党，今天，我想给大家讲一个咱尹村的故事，这个故事估计没人知道。"

唢呐声停了，严六爷走了上来："尹村还有我不知道的事？"

方堃端起说书人的架子："六爷，你是咱村里辈分最大的人，但我说的是北宋年间的事，那会儿还没你呢。"

严六爷双手背在身后，仙眉一挑："那你倒是说说，尹村有啥事是我这尹村人都不知道，你这外人知道的？"

"北宋年间，咱尹村出了个大将军，他曾经在这里屯兵训马，威慑四方，你听过没有？"

"你说这，我还真不知道。"

"这个将军姓齐，"说着，方堃看向台下群众，"咱村里姓齐的，都举个手！"

齐小满立刻拉着齐修恒举起了手，还有不少齐姓村民也跟着一起举起了手。

方堃的声音透过大喇叭传到了齐有粮家里，他听得一清二楚，听到这里，也不禁竖起了耳朵。

到了广场，曹凤英径直走到了齐小满母子身边。

环视一圈台下，竟有如此多的人配合他，方堃不禁心中一暖，接着朗声道："看来齐姓是咱村里的大姓！说起这个齐将军，他还有个外号，叫'面涅将军'。"

"啥叫个面捏将军？"严六爷故作不解，"用面捏的？"

"此面涅非彼面捏，而是指在脸上刺字。"

"等下，我咋听说古代的人，只有犯了法才在脸上刻字呢。"

"我说的这位齐将军，他确实犯过法，还坐了监牢。"

李春来听到这里，愣了一下。

与此同时，齐有粮也放下了手中的活儿，听了进去。

"一般人，要是犯了法，坐了牢，还被在脸上刻了一辈子都去不掉的字，那基本就毁了，这辈子都被钉在耻辱柱上翻不了身了。但是有句老话说得好，麦苗不怕雪压，油菜不怕霜打。齐将军没有因此就放弃自己，反而是苦练骑马射箭……"

伴着方堃的声音，严守村穿上了武生戏服，哇呀呀地上了台，在后面配合表演。

"敌人屡犯边疆时，他视死如归，戴着铜面具一马当先，杀入敌军阵营，如入无人之境，多次身中乱箭，但毫不胆怯，令敌人闻风丧胆。多年以后，当时的皇帝劝他把脸上的字去掉，但是齐将军却指着自己的脸说……"

方堃的声音戛然而止，他看向严守村，群众的目光也移向严守村。只听严守村用戏腔唱道："臣之所以有今天，就是因为这些字，臣希望留着这些字，提醒自己，鼓舞军队！"

此话字字铿锵，掷地有声，引来一片叫好声。李春来听了进去，眼睛牢牢盯着严守村。

院子里，齐有粮也若有所思，不知不觉站直了，一如往常。

"咱这片土地上的齐姓，源于姜姓，姜子牙的姜。自有周天子，就有咱尹村的齐姓祖先，世世代代几千年没断根，靠的是个生偏冷硬。齐将军驻守期间，敌人从不敢犯我领土。"方堃越说越激昂，直接振臂高呼起来，"如今，尹村大墓被无数盗墓贼觊觎，身为墓主的后人、齐将军的后人，难道咱尹村人要坐视不理吗？"

很多村民都被方堃的话"点燃"，一时间也举起手，眼中跳跃着火苗一般的光芒。

李春来脸很热，捏着兜里的钱，心中万分纠结。在村民的包围中，他不愿再听下去，逃避着挤出了人群。

"就你方堃最会放屁！"齐有粮心情复杂，怒骂一声，扔下铁锹，进了里屋。

文雯拎着刚买的菜走在路上，突然一阵剧烈的腹痛袭来，她感觉不妙，赶紧停步，再看，两腿内侧已经有羊水流下……

她顿时惊恐万分，赶紧拿出手机，给黎远光打过去，但手机那端却提示无法接通。

与此同时，黎远光站在林子暗处，远远地看到一辆面包车开过来，停在了地里隐蔽处。

梁子、黑子、小武、刀疤四人纷纷下车，从后备厢拿出几个大尿素袋，袋子里装满了洛阳铲、探钎、鼓风机、头灯、面罩、绳索等物，又搬下了黎远光之前给他们的炸药。

"黑子，"梁子回头，"你继续看着。"

"得行。"

而后梁子几人朝着之前下铲的位置走去。

黎远光悄然拨通电话："哥，他们今黑就要起货了。"

"知道了。"电话那头，坐在书房里的穆见晖眸色一暗，"你放手干就行，不用问我意思。"

"好。"

挂断电话，穆见晖正要继续看书，手机又响了起来。接通之后，传来一个陌生的声音："我是妇幼保健院的医生，是文雯家属吗？"

穆见晖愣了一下："……是。"

"你们家属怎么回事？让产妇一个人在医院生孩子？"

穆见晖唰地起身："对不起，对不起，我马上过来！"

说罢，他匆匆披上外套，赶往了医院。

一轮满月上枝头，田间寂静，院落无声，猫头鹰静静地站在才抽新芽的树枝上，盯着地里。

曹凤英已经睡熟，齐有粮却翻来覆去睡不着。

"狗日的方堃！"他干脆不再跟自己较劲，低声骂了一句，起身下了床。

走到自家的祖坟前，齐有粮点了几根烟，在两个坟前各插一根。

"爷，大，你们抽了一辈子叶子，也尝尝人家这卷烟……说实话，这烟香是香，就是抽着面得很，没劲。"

他给两座坟拔了拔草，拔着拔着突然低声哭了起来，把他这段时间以来的憋屈都哭了出来："丢人啊！我把咱老齐家的脸都丢光咧！"

远远地，一束手电光打过来。

"谁？"严守村严厉的声音突兀响起，"干啥呢？"

齐有粮赶紧抹干眼泪，背过去转身就走。

"站下，贼娃子！"

严守村大喝一声，急促跑来。不远处，方堃也闻声过来。

转过身来，齐有粮一瞪眼："严守村，成天拿个鸡毛当令箭，长两只眼出气呢，我都不认得。"

"齐有粮？"严守村震惊，"大半夜不睡觉，在地里给谁号丧呢？"

"谁号了，要号也是给你号呢。"

齐有粮扭屁股走人，从方堃身边经过。

"伯。"方堃叫住他。

齐有粮却看都不看他一眼。

严守村却还指着齐有粮的背影怒骂，故意大声道："神神道道的……我比你年轻，你肯定死在我前头，等你死了我给你号！"

"叔，你别气着，我觉得咱白天唱那场戏起作用了。"

"啥意思？"

方堃神秘一笑："咱的文保队伍应该要添新人了。"说完，他继续巡逻去了。

"啥意思？……"严守村摸不着头脑，"你咋也神神道道的。"

第九十章 遇险

深夜，梁子一行人蹑手蹑脚来到齐有粮家地头，小武用探钎钻好放炸药的洞，梁子、刀疤则准备装填炸药。

走到自己地头，齐有粮又往窝棚走去。

"来娃。"

窝棚里没人应声。

齐有粮走近一看，里头压根没人。

"坏了，才过几天，这小子不会死性不改，又跑去哪里耍花样了吧！"

他索性朝四周大声喊："来娃——"

齐有粮的声音突然传来，把梁子几人吓了一跳，他们条件反射地蹲下。

"哪儿来的人？"梁子恶狠狠道。

刀疤拿起一把铁锹："我去看看。"

齐有粮喊了好几声，仍没人应声。他越想越不对劲，直接拿出手机，拨通了李春来的电话。

棋牌室内一片嘈杂，李春来却依旧脸朝墙躺在两张椅子上。

手机铃声固执且不知疲倦地响着。

半梦半醒间，李春来烦躁地拿起手机一看，居然是齐有粮打来的。这下他立刻清醒过来，赶紧快步跑出棋牌室，到了稍微安静点的地方后，接起："大，咋咧？"

"你跑哪儿去了？"

"我在地里啊。"

"放屁！我就在地里，咋没见你人？"

李春来一惊："你去地里了？！"

"对，你还给我扯谎，到底跑哪儿去了！"

这下李春来慌了："大，你赶紧走，别在地里待了。"

齐有粮却蒙了："为啥？"

"我没时间跟你解释，你听我的，赶紧走！"

齐有粮隐约听到棋牌室传来的声音，便破口大骂："听个屁，你得是又赌去了？赶紧给我滚回来！"

话音未落，齐有粮脑袋后面突然挨了一铲子，登时晕倒在地。刀疤放下铲子，冷眼看着面前的人倒下。

李春来听到动静，心中无比慌乱："大……？大……！"

他冷汗直冒，立马挂断手机，随意抓起棋牌室外的一辆自行车，骑上就往尹村跑。

齐有粮被刀疤和黑子抬放在草堆里。

"瞪大你的两只眼，"刀疤咬牙切齿地嘱咐黑子，"再放人进来，我连你一起收拾了！"

黑子唯唯诺诺："嗯嗯……知道咧。"

"看好这老东西，"刀疤把铲子给他，"要是醒了，就再给他一铲子。"

"行！"

洞旁，梁子、小武抄着家伙藏在树后，看到来人是刀疤后，才放下戒备，走了出来。

梁子赶紧问："啥情况？"

"来了个老东西，应该是来娃他爸，已经叫我敲晕了，赶紧整吧。"

炸药已经装填好，梁子点燃引线，几人往后躲去。只听一声闷响，刚才的小洞被炸成一个直径半米左右的盗洞。

几人感到惊奇。

小武感叹道："这动静比刀疤的呼噜声都小。"

"票子没白花，"梁子也满意地点头，"整吧。"

他们利落地拿出鼓风机，把通风管扔进盗洞。

梁子和小武开始戴防毒面罩，准备下洞，刀疤身强体壮，在洞外负责拉人、接货。

房间里，方堃刚刷完牙，又用水胡乱抹擦了一下脸，准备睡了。

"方堃！"李春来跌跌撞撞冲进了窝棚。

"来娃？咋咧？"

李春来话未出口，眼泪先流了下来："我大……我大可能叫盗墓贼打死了……"

方堃一惊。

另一边，齐大仓和宋慧茹已经睡下了。此时，齐大仓枕边的手机忽然震动起来。出于职业习惯，齐大仓一下就惊醒了，赶紧看了一眼来电号码，接起。

他压低声音："喂，方堃。"

"齐队，尹村来了盗墓贼。"

齐大仓一惊，立刻坐起穿衣服："几个人？"

"至少四个。"

"我马上过来。你们盯好，千万不要轻举妄动，一定要保护好自身安全。随时联系。"说话间，他已穿好衣服，就要出门。

宋慧茹被动静弄醒，见他要出门，马上明白了。她深深望着他，语气难得温柔："保护好自己。"

"嗯。"

齐大仓略一点头，便冲出门外。身后，宋慧茹也睡不着了。

挂断电话，方堃立刻吩咐已经赶回来的严守村："守村叔，你去村里叫人，多喊些人！"

"那你呢？"

"有粮伯不知道咋样了，我跟来娃去地里看看情况。"

"不行！"严守村严词拒绝，"要喊人你去喊，我得去招呼贼娃子。"

方堃立马正色道："严守村！你信不信我拿大喇叭把春花的事全给你抖出去？"

"我去就我去！"严守村赶紧捂住他的嘴，懊恼完，他还给了自己一嘴巴，"都怪我这张快嘴，为啥非跟这娃说！"

方堃一笑，立刻和李春来朝齐有粮家地头跑去。

二人跑到地头外，压低身子，悄悄摸过去，透过果树间的缝隙，他们看到黑子正在望风。

借着月光，李春来看到黑子脚边躺着齐有粮，不由一惊，险些叫出声。方堃赶紧捂住他的嘴，观察齐有粮的情况，却发现他一动不动，不知是死是活。

李春来又要哭，方堃忙对他做出嘘声的动作，然后用手一指，只见刀疤正扛着一袋子刚出的货过来。

刀疤对黑子说："过来，帮忙抬货。"

黑子过去，两人抬着尿素袋，往面包车那边走去。

方堃看他们走远，悄悄摸到齐有粮身边，一探鼻息，知道他还活着，放下心来。

"我大没事吧？"李春来在他身旁怯怯问道。

"应该只是叫人打晕了，盗墓贼是为财，轻易不伤人性命。地上凉，再躺下去容易生病，你先把你爸弄到诊所去。"

"那你呢？"

"他们已经开始出货了,我得在这儿看着,不能叫他们把文物弄走了。"

"人家四个,你一个,咋挡?"

"你别管。"

"你别耍能了,为几件宝贝再把命搭上。"

方堃叹口气:"来娃,你还没端正态度,这些东西不是宝贝,是文物,是历史。"

"我不懂你,就一句,你别充大个。我把我大送回去,就带人来支援你。"

方堃深深看了他一眼:"得行。"

他帮忙把齐有粮放在李春来背上,后者背着齐有粮赶紧离开。

方堃悄悄朝着刀疤、黑子的方向摸过去。

"地里遭盗墓贼咧,赶紧起来,抄家伙抓贼!"

严守村挨家挨户拍门大叫,身旁黑嘴也配合他大声吠叫。

一时间各家各户的狗也叫了起来,村民陆续从睡梦中醒来。

齐小满匆匆开门:"守村叔,咋咧?"

"你家地里遭贼咧!"

齐小满一听,立刻回去,抄起一把镢头就出来了。

各家各户的大门也纷纷打开,村民们抄着各种农具站了出来。

"贼呢?在哪儿呢?"

"村长家地里。"

"走!"

地头盗洞外,方堃摸过来,看到隐蔽处藏着一辆面包车,刀疤和黑子刚把那袋货放进后备厢,随后又折回盗洞旁。

他悄悄躲起来,冷静观察着。

另一边,严守村、齐小满带队,队伍越来越庞大,大家浩浩荡荡向地里跑去。

刀疤、黑子又一人扛着一袋货往面包车走去,身后还跟着梁子和小武,两人也各自扛着货和盗墓工具。

看到他们盗了那么多东西,方堃紧紧攥拳,手指头都快抠进肉里了。

几人把东西放进后备厢,陆续上车。

方堃知道他们要走了,赶紧把手机捂衣服里,给齐大仓发短信:"到哪里了?他们要跑了!"

齐大仓迅速回了消息:"马上到,别冒动!"

方堃回头往村里的方向看过去，注意到很远处有微弱的手电光在动。

眼见最后一个盗墓贼黑子就要上车，方堃再也按捺不住，突然出声："小六！"

这一声险些将梁子几人的魂吓飞，他们赶紧循声望去。黑暗中，方堃走了过来。

他装作熟络道："得是你？小六？"

注意到只有方堃一个人后，梁子几人稍微松了口气。

黑子应付着："你……认错人了吧？"

"咋可能认错？我的两只眼又不是出气的，"方堃装作醉醺醺的样子，还配合着晃了晃身子，"前一向我还在镇上牌场见过你，你把我忘咧？"

说着，他还故意打了个嗝。

黑子嫌弃地捂住鼻子，敷衍道："哦，牌场……好像有点印象。"

方堃凑到他跟前："我是杜陵村的罗方，咱俩还打过一场！想起来没有？"

"哎呀！罗方，想起来了，你咋在这儿？"

"刚打完牌嘛！你把车停这儿干啥？"

黑子装作难为情："喝了几杯，憋不住了，放个水。"

"正好，"方堃大手一挥，"咱俩邻村，你捎我一段。"

黑子正为难，梁子已经烦了，一回头，猛然发现地头无数道手电光正朝着这边靠近，他意识到不对。

"真他妈屁话多！"

梁子啐了一口，从前排冲下车，照着方堃胸前就是一脚，将方堃踹倒在地，又一脚把黑子踹进后座。

"走！"

梁子语毕，小武踩下油门就要离开。

说时迟，那时快，方堃从地上爬起来，纵身一跃，抓住了正要关门的黑子。

面包车疾驰在田间小路上，方堃一只手抓住黑子，大半个身子被拖行，他疼得直叫唤。

面包车的后门因为方堃的胳膊挡着关不上，同在后座的刀疤怒了，用力推拉车门，哪知道方堃尽管痛得龇牙咧嘴，却还不松手。

刀疤和黑子、梁子急了，用拳头、钢管击打方堃胳膊，他却依旧不撒手。

小武加大油门，瞅准一个拐弯，猛打方向盘，企图借惯性甩掉方堃，但依旧没能甩掉，反而黑子一个没坐稳，被方堃拖了下去。

方堃滚出十数米，一头撞在路边的石墩子上，晕了过去。

黑子也滚到了路边沟里。

"咋办？"小武在车上急得团团转。

梁子看着后面路上追过来的村民，咬咬牙："管不了了，走！"

面包车疾驰离去，只留下长长的尾气。

黑子从沟里爬起来，想跑，却发现腿被摔伤，只好一瘸一拐地努力向地里跑去。

身后，严守村和黑嘴、小满冲在最前。

"黑嘴，上！"

严守村大喝一声，黑嘴一跃而起，咬住了黑子的胳膊，他登时一声惨叫。借此机会，严守村一个飞扑，把他压倒在地。

其他村民则奋力朝着面包车追去。

齐小满发现了路边的方堃，看到他浑身是血，头上更是流了大量鲜血，被他的惨状吓到，她眼泪都快出来了，大叫起来："方堃哥！"

方堃毫无反应。

基地宿舍中，雒青和项昕之正在熟睡，突然，雒青的电话在一片黑暗中响起来。

项昕之睡眠比较轻，先被吵醒。

"雒青，雒青……"

雒青醒过来，迷迷糊糊道："师母，怎么了？"

"电话，响了好久了。"

雒青赶紧拿过手机一看，居然是郭士林打过来的，便立刻接起："老郭，大半夜的咋了？"

郭士林焦急的声音传来："方堃出事了！"

救护车呼啸着在医院楼下停下。

车门打开，医护人员抬着方堃下车，将其放在担架车上，向医院抢救室快步跑去，严守村和齐小满满脸担忧地跟随左右。

第九十一章 家人

梁子几人急火火下车,往废弃的火葬场里走。

"刀疤,小武,"梁子焦急道,"你俩赶紧把这儿清理干净。"

刀疤还没反应过来:"清理啥?"

"你是憨憨?黑子知道这儿,肯定很快就带尾巴过来了。"梁子敲他脑门,"把咱的痕迹全部清理了,烟头、水瓶子、饭盒、屎尿全部弄干净,要不人家一验 DNA,八辈祖宗都给你查出来。"

"行!"刀疤和小武赶紧领命去清理痕迹了。

梁子拿出手机,装上一张新电话卡,拨出了一个电话……

秦川小旅馆某房间内,电话铃声把睡梦中的华南王吵醒,他刚要接,房间门突然被一脚踹开,华南王还没看清来人,头上已经被罩上床单,紧接着一顿棍棒、拳脚就落到了他身上。

电话始终无人接听。

梁子狠狠啐了一口:"妈的,关键时刻给我玩失踪!"

刀疤和小武抄着几个已经装满垃圾的袋子过来:"哥,拾掇好了。"

"这儿不能待了,走!"

三人刚走出火葬场,正要上面包车,周围突然冒出好几个戴着护脸毛线帽、只露一双眼睛和口鼻的人,将他们团团围住。

王金发走过来,把一袋钱扔到梁子跟前。

"华南王已经滚出秦川,再也不敢回来了,"黎远光上前,冷冷道,"这批货我们接手了,货留下,人滚出秦川。"

梁子打开钱袋一看:"这才几个子儿?"说着,他把钱袋又扔回了地上。

黎远光带的打手们见状纷纷亮出砍刀。

梁子估量了一下双方悬殊的人手,咽了口唾沫,这才不甘心地重新捡起钱袋子,走到面包车跟前,打开后备厢,准备拿货。

借着这个机会,他跟刀疤、小武交换了个眼色,刀疤摸到一把探钎,猛地抱住黎远光,尖锐的探钎尖儿抵在黎远光的脖子上。梁子、小武也各自抄起洛阳铲,准备搏斗。

刀疤怒吼:"都给老子退后!"

王金发等人被这突如其来的状况吓到,一时不知所措,只能后退。

刀疤等人挟持着黎远光，准备上车。

清晨，天还未亮，几辆警车疾驰在城郊公路上。

打头的一辆车上，周永福开车，齐大仓坐在副驾驶位置上，后排，小杜和小贾一左一右坐在黑子两边。

到路口后，黑子指路："往右拐。"

没多久，警车就在废弃火葬场外停下，齐大仓、杨青石各自率人从车上下来，黑子也被押下了车。

"就是这儿。"

众人往前走去，齐大仓和杨青石一眼便看到眼前有一辆已经被烧成车架的面包车。

周永福、小杜、小贾带着一众警察迅速执枪摸进火葬场。齐大仓和杨青石则走近车架。

伸手感受了下温度后，齐大仓说："人应该已经离开一两个小时了。"

杨青石遗憾摇头："连车都烧了，现场估计也清理得差不多了。"

齐大仓懊恼不已，但还是立刻进了火葬场。

看到他进来，周永福收了枪，过来汇报："齐队，没发现人，现场也有明显的清理痕迹，而且他们处理得很干净，什么都没留。"

"这伙人很老到，知道黑子会带我们过来，所以先回来把生物信息全处理了。"

"那现下咋办？"

"事发紧急，他们应该清理得很仓促，你多找些兄弟，把现勘人员也叫过来，一寸一寸找！火葬场里面没有就往外扩，盗洞周围也一样，实在不行就上筛子，把土全筛一遍，连根毛都别放过！雁过留痕，只要他们在这片土上踩过，就别想跑！"

杨青石也扭头对队员道："齐队都这么拼，咱们稽查队也不能输了精气神。丁炎、尚立峰，你们也带人一起帮忙！"

医院产房里传来文雯痛苦的喊声，抢货的消息也还没来，穆见晖一会儿看手机，一会儿看产房，纵然表面平静，却压不住内心的焦灼。

就在这时，他的手机嗡嗡震动起来，穆见晖迅速接起，尽量让自己的声音保持平静："咋样了？"

"拿到了。"

黎远光已回到废品回收站，地上堆满了从梁子那里抢回的货。

"没出啥麻达吧？"

"杀猪的时候猪蹦跶了几下,放心,已经处理干净了。"

他坐在桌前,一边打电话,一边对着一面破镜子处理脖子上的伤口。

还好有惊无险……

黎远光暗暗叹气,双眸锐利如刃,回想起方才的惊魂时刻。

那时,刀疤几人正要挟着他上车,黎远光却看准时机,突然抓住刀疤拿探钎的手,用力往自己脖子按去。这一下倒把刀疤给吓着了,条件反射地将手往后撤,探钎扎进了黎远光脖子表面的皮肤,几滴血滴在了车门上,这对他来说是微不足道的伤口。紧接着,在刀疤愣神的一瞬间,黎远光狠拽车门,将车门重重地砸在刀疤手上。刀疤吃痛松手,探钎掉落,正好被黎远光接住,转而抵在刀疤脖子上。

这一系列动作快如闪电,形势很快就扭转过来,梁子、小武甚至都来不及反应。王金发、胡庆业带人迅速拿刀围了过来,梁子和小武吓得赶紧扔下手中洛阳铲。

王金发抄家伙就要往梁子身上招呼:"我贼你妈……"

而黎远光抓住了他的手,拦了下来:"咱只要货,不要命。"

王金发、胡庆业领命,立刻打开面包车的后备厢,把货全部卸下。

黎远光放下探钎,刀疤已然软了下来,梁子几人连滚带爬就要上车走人。

"车也留下。"

"大哥,"梁子哭着央求,"我们哥几个没车只能腿儿着走啊……"

黎远光用阴冷的目光扫了他一眼,梁子被吓到,只好灰溜溜地和刀疤、小武快步跑开。

做完这一切后,黎远光打着一个打火机,扔在了面包车内……

"人没事就好。"穆见晖在电话那头松了口气。

就在这时,产房里突然传出婴儿落地的呱呱啼哭声。

穆见晖一愣。

这边,黎远光也愣住了。

"恭喜,母子平安,是个儿子。"

黎远光好像听到了医生的声音,忙问:"哥,你在哪儿啊?"

穆见晖笑答:"小光,你有儿子了。"

黎远光吃惊,怔了怔:"啥?"

"文雯已经生了,快来医院吧。"

方忠平、孟秀芬、方壵早已赶到了医院,雒青、郭士林、项昕之也连夜过来，众人心焦地等在 ICU（重症加强护理病房）外。

医生出来，大家赶紧上前。

"大夫，"孟秀芬焦急不已，"我娃咋样了？"

"患者右前臂骨折，全身大面积擦伤，已经做完手术，一段时间后会恢复。比较麻烦的是他的颅脑损伤，脑部有挫裂伤和血肿，生命体征还不平稳，具体会发展成什么样，还得进一步观察。"

孟秀芬险些没站稳，雒青赶紧扶住她。孟秀芬和方垚的眼泪如泉涌下。

"我就说让他回村喊人，我去会盗墓贼，他非得自己去！"严守村恨恨道，猛一跺脚，又重重叹气，转过身去，不让人看到他眼角的泪花。

方忠平也是一抹眼泪，强作冷静："那我们能看下我娃吗？"

医生遗憾摇头："暂时还不行，病人还得在 ICU 观察。"

齐大仓和杨青石赶了过来。

"方垚咋样了？"齐大仓小跑上前。

郭士林看向 ICU，他们瞬间明白了。

严守村冲了上去："齐大仓，贼娃子抓住了吗？"

"还没有，人跑了。"

"你们咋回事！这么多警察抓几个贼娃子都抓不住，连我黑嘴都比不上，黑嘴都知道咬住贼娃子的裤腿不能放，你们连个尾巴都扯不住！你们为啥不去抓那个贼眉贼眼的来娃？他在地里看园子，贼娃子在他眼皮子底下偷东西他能不知道？没家亲引不出外鬼来，肯定少不了他的份！"

严守村一通痛骂，骂得自己胸膛猛烈起伏。齐大仓听完却是一愣："你说啥？他在地里看园子？"

"他前两天还住在他家地里的窝棚里，为啥贼娃子来的时候他刚好走了？他知道贼娃子在地里！他们肯定是一伙的！"

齐小满震惊，不等齐大仓先走，她已经快步离开。

卧室内，齐有粮头上已经包上了纱布条，但还躺在炕上，曹凤英在一旁不住抹泪。

李春来圪蹴在角落里，心事重重。

终于，齐有粮慢慢睁眼，却头疼得直皱眉。

"她大，你总算醒了，"曹凤英破涕为笑，"可把人吓死了。"

"凤英？我头疼得很，脑袋晕乎乎的，啥都记不得……我得是死了，这儿得是阴曹地府？"齐有粮望着天花板，声音虚弱。

"瓜老汉，你得是憨咧？这是咱屋，你好着呢。"

齐有粮努力地回忆着:"来娃,来娃呢?"

李春来赶紧过来:"大,我在这儿呢。"

"你跑哪儿去咧,给我打电话说的啥意思?"

李春来却低着头,说不出话来。

就在这时,齐小满冲了进来,走到李春来面前,朝着他就是几巴掌。

"李春来,你就是摊扶不上墙的烂泥!"齐小满气得浑身颤抖,"我瞎了眼才跟你这种人过这么些年,你赶紧给我把离婚协议签了,立马从我家滚出去,这辈子我都不想再看见你!"

曹凤英赶紧拦住:"小满,你这是干啥呢?发这么大脾气?"

"妈,你赶紧让这个畜生给我滚,多看他一眼我都恶心!"

"你这娃犯啥病呢?净说些没边的话,要不是来娃,你爸还在地里躺着呢。"

齐小满指着李春来的鼻子直骂,边骂边哭,骂到声音沙哑,骂到眼球布满血丝,鼻尖和脸颊涨得通红,仿佛这么多年的委屈和忍让,都在这一刻悉数爆发出来:"要不是他,贼娃子咋能在咱地里盗墓?就是他把我爸害成这样的!妈,你还要替他说话?要不是你和我大非要招人,我能嫁给这种人吗?这么多年,我过过一天高兴日子没有?他干啥啥不行我忍了,当烂赌鬼我也认了,当贼娃子你们还叫我忍!就为了有个扛幡摔盆的,把我一辈子都搭进去!现在你们看清了吧,这种有人生没人养的东西根性就是坏的,一辈子都学不好,这种人埋进齐家祖坟你们不嫌丢人我嫌,谁愿意跟他过谁过去,反正我是不过了!"

说罢,她把离婚协议摔在了李春来面前。

齐大仓和周永福这时也跟了进来,看到这个气氛,一时不知该如何是好。

一阵寂静过后,李春来忽然开了口:"离,我同意离。"

他异常平静,倒让所有人都感到意外。

"小满说得对,我这个人自小没人管,没学过好,也学不好,就是摊扶不上墙的烂泥。我进这个家最大的作用,也就是将来给大和妈扛个幡摔个盆,如今有了修恒,我连这点作用都没了。说实话,我都瞧不上我自己,更别说小满了。大,妈,小满,不管你们咋看我,在家里过的这些年,屋不漏雨炕不塌,顿顿都有热饭吃,我来娃这辈子也值了。"

他捡起离婚协议,在上面签上了自己的名字,随后给齐有粮和曹凤英跪下,深深地磕了一个头。

起身后，他拉开衣服，从最里头的衣兜里取出一个塑料袋，里面装着现金。

他把钱交给齐大仓，平静道："我没盗墓，那天在地里碰见那伙贼，他们怕我告发，硬塞给我的，里面有个人认得我，我怕他们报复家里人，所以谁都没敢说，我这几天快熬煎死了，现在终于松心了！五千块钱都在这儿，我一分都没花。"

齐大仓不解："那你后来为啥又给方堃说了？"

"我怕他们伤了我大。"

说完，李春来伸出双手，弯了弯嘴角："在牢里也挺好，至少有个落脚地。"

"你没有参与盗墓，而且主动提供线索，还救了人，牢饭够呛能吃上。"齐大仓拍拍他，"但还是得跟我们回去做笔录，配合调查。"

他给周永福使眼色，两人带着李春来离开。

身后，齐小满直发愣，齐修恒的哭声突然传来，她回过神，赶紧跑向了卧室。

齐小满从自己卧室里抱出修恒，追了出去。

齐大仓和周永福正准备带李春来上警车离开，齐修恒就像感知到了什么，撕心裂肺哭喊着："爸……"

听到声音，李春来立刻回头，再也控制不住泪水，冲过去抱着修恒，不停地亲他。

"你个瓜俅，牢饭能有屋里饭好吃？"齐小满终于正眼看他，"调查完回来，我给你包饺子。"

曹凤英也扶着齐有粮跟了出来："妈给你包你最爱吃的羊肉胡萝卜馅儿饺子。"

"早些回家。"齐有粮只说了四个字，眼中却蓄着泪。

李春来瞬间泪如泉涌，重重点头。

第九十二章 决心

文雯已经换上干净的衣服,虚弱地躺在病床上休息,穆见晖陪在一边。

护士抱来了孩子,穆见晖赶紧起身。

"要抱抱孩子吗?"

穆见晖愣了一下,随即伸手:"好。"

他小心翼翼地接过孩子,观察着刚来到这个世界的小家伙。

文雯醒了,看到了这一幕,觉得气氛很是尴尬,于是沉默不语。

"醒啦?"穆见晖注意到,轻声问道,又赶紧把孩子放到她身边,"孩子刚抱过来,是个男孩。"

文雯没看他和孩子,只是盯着护士,问:"大夫,娃是啥血型?"

"O型。"

文雯一惊,痛苦地闭上了眼睛。

穆见晖顿时明白了一切,一时也愣住,不知该说什么。

"文雯——"门口,黎远光匆匆跑了过来。他看到穆见晖,又停下脚步,"哥……"

"憨娃,当爹了还这么冒失,"穆见晖朝病床侧头,"赶紧去看看文雯跟你儿子。"

"好!"黎远光跑到床边,文雯却把头扭向了里边,黎远光以为她在生自己气,也顾不上在意,激动地看着孩子。

"小光,恭喜!好好陪陪文雯跟娃,"穆见晖温和道,"我就先回咧。"

"好。"黎远光应了一声,来不及看他,仍在打量着小家伙。

穆见晖又远远看了一眼黎远光一家三口的温馨景象,才转身离开。

"我媳妇受苦咧,"黎远光摸着文雯的头,"怪我,没想到真这么巧。"

文雯依旧没理他。

黎远光握着孩子的小手:"俺娃长得随他妈,真排场。娃啊,问问你妈,想吃啥,咱爷俩去买,好好给你妈补补身子。"

文雯还是没回头看他们一眼。

穆见晖坐在书桌前,桌上摆着白酒和简单的小菜,窗外万家灯火,他却自斟自酌着。透过玻璃窗,变换的光影使他的脸忽明忽暗。

酒到酣处,他提笔蘸墨,在宣纸上笔走龙蛇,写下:"茅檐低小,溪上青青草。醉里吴音相媚好，白发谁家翁媪？大儿锄豆溪东，中儿正织鸡笼，最喜小儿亡赖，溪头卧剥莲蓬。"

端详这词许久，穆见晖又哭又笑。

警戒线已经拉起，雒青和郭士林跟着齐大仓走过来，一起来配合做现勘。

齐大仓伸手一指："这儿就是盗洞的位置。"

郭士林打眼看了一下，又环顾四周："是个外藏坑。"

"下去看看吧。"雒青提议。

齐大仓转头问小杜："底下空气够用不？"

"我们又用鼓风机换了一遍气，没啥问题了。"

"安全不？"

"盗洞没啥问题，但是坑里情况……不好说。"

"问题不大，"郭士林上前一步，"我下去。"

雒青紧跟着说："我也下。"

郭士林却阻止道："底下还不知道啥情况呢，你就别下去了。"

雒青没有再与他争执，而是伸手："安全帽给我。"

见她眼圈青黑，神情疲惫却又坚决，郭士林和齐大仓也不好再劝。

"行，咱俩一块儿，还有个照应，"郭士林笑了笑，"我先下。"

齐大仓示意小杜给他俩一人一个安全帽，随后，两人依次在警察的协助下进入盗洞。

戴着头灯，两人相继探向盗洞更深处，里面空间逐渐变大，四周都是土壁，雒青低头一看，瞬间愣住——只见地上压着厚厚一层陶俑，一直延伸出数十米，没有上万个也有数千个，但几乎全部破碎，鲜有完整的，这景象触目惊心。

雒青只觉痛心不已，郭士林注意到她的异样，也低头看去，同样万分震惊，瞪大了双眼。

雒青蹲下身子察看，好半天才说出话来："这些……应该都是让炸药给震碎的。"

"里面没有路，他们来回拿东西，应该也踩坏了不少。"

雒青忽然背过身去，面对墙壁，半天没说话。

"雒青，你咋了？"

郭士林一碰她的肩膀，就感到一阵细微的抖动，这才发现雒青在哭。

"为什么啊？他们为什么这样啊？！你说拿就拿吧，为啥还要把这么多

603

陶俑都当成垃圾一样破坏掉？！这些年，就因为六个陶俑，方堃的人生轨迹完全变了，到现在还躺在ICU里，昝教授也走了。这里有多少个六个，有多少个方堃的人生，多少条昝教授的命，他们当破烂一样踩碎的，是多少个考古人呕心沥血的一辈子……"雒青泣不成声。

郭士林感同身受，也觉得鼻酸，喉头不住上下滚动。

"我去他的二级研究员，去他的研究成果！盗墓贼不是号称总比我们快一步吗，来啊，试试，从现在起，我要跟他们干到底，看看谁快！"雒青下定决心，一抹泪，重整旗鼓，小心翼翼地往前走着，低头仔细勘察。

郭士林也被激起士气："我也去他的职称，去他的大项目！不能光让方堃这小子一个人高尚，一个人光荣伟大，咱也跟他们干到底！"

他也跟上了雒青的步伐，两人一路走一路看。

忽然，郭士林发现了什么："这儿有一些石磬碎片。"

"嗯……"雒青应答着，又注意到地上有个颜色很深的碎片，"老郭，你看这是个啥？"

郭士林凑过来，看到那是一个很小的青铜薄片："这咋看着像个莲花叶子。"

"老郭，你看，这叶子尖是金色的。"

两人大为震惊，激动地异口同声道："鎏金青铜！"

过了一会儿，雒青和郭士林被拉了上来。

"咋样？"齐大仓迫不及待地问，"能看出来被盗走了啥不？"

"他们的主要目标应该是青铜器，而且是鎏金青铜。"雒青断言。

小杜重复一遍："鎏金青铜？"

"鎏金是一种金属加工工艺，将金和水银合成的金汞剂涂在铜器表层，这种技术春秋战国时就有了，我们是世界上最早使用鎏金技术的国家。"

郭士林也补充道："我们通过遗留的石磬碎片推断这是个乐府坑，汉代乐府坑里最常见的就是编钟、磬，但我们在底下几乎没看见一个青铜器，也没看见编钟。他们对陶俑倒是不感兴趣，随意炸碎踩坏了很多陶俑。"

"在盗墓贼眼里，青铜器本身就值钱，更何况是少见的鎏金青铜……"齐大仓点点头，若有所思道，"看来这次他们应该是盗走了很多鎏金青铜器，极有可能就是鎏金青铜编钟。"

废品回收站储藏室内，一排大大小小的鎏金青铜编钟、编钟架被整整齐齐地摆在桌上，还有两个鎏金青铜莲花烛台，若仔细观察，还可以看到其中一个烛台少了片叶子。

穆见晖来回看了好多遍，赞赏着："这是个乐府坑啊。"

黎远光惊讶："你咋知道的？"

穆见晖拿起一个小小的青铜方块，底部篆刻有字——"乐府丞印"。

"这个东西叫官印，'乐府丞印'，就是乐府的官印。"

黎远光似懂非懂："啥是乐府？"

"古代音乐官署，就相当于现在的中央民族乐团，汉武帝时规模较大，广泛采集各地的民间音乐，再加以改编和创作，然后演唱，演奏，这些编钟就是用来演奏音乐的。"

"就这东西，能演奏？"

"这些是陪葬的明器，真正的编钟比这大得多，按照音调高低排列，挂在大架子上。用木槌和棒挨着敲打，能发出不同的声音，按照乐谱来敲，就能演奏出音乐了。曾侯乙墓里出土过一套编钟，有十九个钮钟、四十五个甬钟，外加楚惠王送的一个大镈钟，足足有六十五件，能把一个舞台占满。小光，你能想象古人在几千年前的周朝就能造出这么精美、精密的乐器不？"

"哥，你懂得真多，我虽然听不懂，但能感觉到你一点都不比那些专家差。"黎远光由衷感叹，"那咱这么多编钟，得是能卖很多钱？"

"不光因为它们是编钟，还在于它们的工艺。你再看看，这些青铜器跟以前见过的有啥区别？"

黎远光研究着："好像绿里透着点黄。"

穆见晖笑了："这是鎏金技术，有时间我再慢慢给你讲，你只要知道一点，这批货够咱吃下半辈子就行了。"

黎远光顿时震惊："这么值钱？"

"小光，"穆见晖正色道，"现今有娃了，你想过以后吗？"

"以后？继续跟着哥干，挣更多的钱养娃。"

穆见晖却摇了摇头："父母之爱子，则为之计深远。有了娃咱就不能再活在地底下了，不为自己想，也要为娃的以后想。"

黎远光愣了愣："不活在地底下，吃啥喝啥？"

"人家都叫咱地老鼠，咱不能真的甘心当一辈子地老鼠！咱走过的每一步路，都是向上的台阶，咱要一步一步地向上爬，爬出地洞，堂堂正正地站在太阳底下，叫那些看不起咱的人睁大眼睛好好看看，谁才是高人一等。"

穆见晖站起来，语重心长地说着，虽是对黎远光说，可也像对他自己说。他的目光透过玻璃窗越过高楼大厦，直达遥远的彼方。

"这批货，就是咱翻身的本钱。"

工人正在尹村路边安装摄像头，马超越在一旁帮忙。齐大仓的车停了下来，他下了车，看着这一幕，心中很不是滋味。

马超越停下手上的活儿，歉疚地问道："方堃咋样了？"

"伤了脑子，还没醒过来。"

"都怪我，要是早一天装上就好了。"

"是啊，"齐大仓仰头看天，声音哽咽，"早一天装上，该多好啊。"

明德博物馆馆长办公室内，赵佑林正在打电话："昨天就起货了，到现在还联系不上？"

电话那端传来老肖的声音："是啊，完全打不通。"

"应该是出事了，你继续打听，一有消息马上告诉我。"

"知道了。"

电话挂断，赵佑林思索着。这时，温玉和忽然进来："赵总，穆见晖来了。"

"他来干啥？"

"说是有批新货。"

"新货？"赵佑林愣了愣，猛然想到什么，反应了过来，"让他进来。"

温玉和出去了片刻，穆见晖走了进来。

"赵总。"

"老穆，你真是老当益壮，四十多的人了，又是出书，又是上电视，还有精力起货。"赵佑林皮笑肉不笑。

"老鹰巢里没善鸟，我也是跟赵总学习。"

"这次起的是哪里的货？"

"白鹿原出了那么大的案子，新闻上都说了，怎么，赵总没听说？"

"白鹿原？尹村大墓的货？"

"对啊。"

印证了自己的猜测，赵佑林的脸色刹那间变了："老穆啊，看来你这匹野马上不了我的笼头，我叮嘱了尹村的墓不能动，你是一句都听不进去啊。"

穆见晖却一脸无辜："我没动啊。"

这下赵佑林蒙了："那你这是啥意思？"

"虽然我没挖，但也不能放任外人在咱的地盘吃食不是？好不容易把秦川划进口袋，华南王的手却伸了进来，那我咋能容他？所以我就把他起的货抢回来了。赵总，换你肯定也忍不了，得是的？"

"千斤的牯牛也得低头喝水，木秀于林，风必摧之。老穆，你不会不懂这个道理吧？"

"懂，但我更懂人善被人欺，马善被人骑。有人骑我头上撒尿，我就得杠子伺候。"穆见晖微微一笑，"赵总，话说回来，尹村这批货真的是上乘，你过过眼。"说着，他把两张青铜烛台的照片展示给赵佑林。

"鎏金青铜？"

穆见晖笑意愈浓："赵总到底是行家。"

"这么大动干戈的，就弄了这两件青铜器？"

"古董向来是不在数量在质量，这两件顶万件。货看过了，赵总现在该庆幸没落在外人手里了吧？"

赵佑林努力挤出一个难看的笑容，语气十分生硬："多亏了你，老穆，尹村大墓之前没让你沾，是不想让你涉险，没想到你手段这么大，我是真低估了你。不过老穆，我还是提醒一句，人狂没好事，狗狂挨枣刺。不管做人做事都不能太张狂，要不然树敌太多，不知道哪天就要被扎。莫想青山鸟，喂好笼中鸡。"

"这句话我不敢苟同，狗咬我，我还能不还击？咱不惹事，但也不能怕事。不过打狗也得讲究策略，先给杠子，再给麸子，那狗就听话了。对了，赵总，这两件货能上眼不？"

赵佑林咬着牙根恨恨道："能，太能了。"

"有眼力，那咱就成交咧。"

"好……成交了。"

"告辞。"说完，穆见晖便一身轻松地扬长而去。

赵佑林气得拿起桌前的茶杯砸了出去，瓷片碎了一地。他在原地喘着粗气，胸膛起伏，怒不可遏地瞪着门口——他头一次这么失控。

废弃的火葬场外，周永福带着民警，拿着筛子在地里一寸一寸地筛着土。寒风刺骨，大家双手都被冻得红肿，还得忍受一直蹲着导致的头晕眼花，腰酸背疼。

周永福忽然找到了一个烟头，心中一喜，小心翼翼地将其放入证物袋里。

与此同时，小杜、丁炎、尚立峰带着民警在尹村地头扩大了筛土范围，丁炎也发现了一个矿泉水瓶，将其放进了证物袋。

第九十三章 明朗

郭士林守在 ICU 门口，打着盹。雒青和项昕之走了过来。

"老郭。"

郭士林彻底清醒过来："师母，雒青，你们来了。"

"对，来换你的班，"项昕之见他一脸疲倦，满眼心疼，"怎么就你一个人守在这儿，方堃的家里人呢？"

"他们熬了一晚上了，我让他们出去吃个饭，去旅馆睡一觉。"

雒青贴在玻璃上看着病床上的方堃："情况好点了吗？"

"医生说这小子生命体征基本平稳了，明天应该就能转入普通病房。"郭士林说，"方叔叔他们本来还打算继续熬着，听了这个才稍微放点心，肯去睡觉了。"

雒青和项昕之都松了口气。

"士林，你回去歇着吧，这儿有我跟雒青守着。"

"不用，我守着就行，反正也辞职了，没啥事。"郭士林扯扯嘴角，勉强笑了笑，"你们吕家寨事情还多着呢，陪他一会儿就回去忙吧。"

雒青也劝道："你从方堃出事到现在都没睡，去睡会儿吧。"

"我睡不着。"

"你啊，跟方堃一个是焦赞，一个是孟良，"项昕之调侃道，"焦不离孟，孟不离焦。"

"师母，你这个比喻我听了怪心酸，"郭士林苦笑，"焦、孟二人再好，最后还不是孟良误杀焦赞，最后落得个自刎谢罪的下场。这小子要是有个万一，我就成了孟良，一辈子不得心安。"

项昕之拍拍他的肩膀："你也不要太自责，跟了这么长时间的尹村大墓，发掘报告没通过，任谁心里都别扭，会失望，会放弃，这都是人之常情。"

"师母，你觉得我还算是考古人吗？"

"怎么就不算考古人了？考古人也是人嘛，是人就有七情六欲，有烦恼，有选择。以前有个前辈，著名的女考古学家，跟你的情况有点像，当年条件艰苦，没人照顾孩子，她背着五岁的娃娃下发掘现场，甚至带娃进墓室。要进到墓室里去，上下都得靠墓室壁上的脚窝和一根大粗绳子。娃吓得哭，可进度摆在眼前，前辈只能闷头继续干。现在条件好了，可是乱花渐欲迷人眼，选择多，诱惑多，烦恼自然多。可考古偏偏是一个需要沉心静气的工作，我的老师曾留下一句教诲：要做名副其实的考古工作者。士林，你热爱考古吗？"

"有热爱就够吗？"郭士林擤了擤鼻子，眼中满是委屈，"上面不让发掘咋办？"

"如果连热爱都没有，风吹日晒，赚得又少，还顾不上家里，谁熬得下去？要是不爱这行，我举双手支持你辞职。如果你还热爱，上面不让发掘，难道还不让看文献？"项昕之义正词严，"要解决学术问题难道只能去田野？错了，故纸堆也是咱的沙场。"

项昕之一番掏心掏肺的话，让郭士林听完豁然开朗，脸上终于多了些由衷的笑容："师母，听您说话简直像喝雪碧，又凉又爽！姜还是老的辣！"

"老姜为啥辣？还不是让日子熬的。"项昕之笑了笑，"我这都是经验之谈，不一定对，喜欢听就听，不喜欢直接当耳旁风。"

雒青沉默不语，也在一旁静静思考着项昕之的话。

某基建工地内，张逢春亲自上阵，拿着探铲勘探。而阴凉处，工地负责人却跷着二郎腿监工。

张逢春迎上去，拿了一瓶水："兄弟，这瓶水多少钱？我买一瓶。"

工地负责人一愣："一瓶水咱还能管你要钱？"

张逢春撂下十块钱："我们考古人做事守规矩，不占人便宜，长的是人嘴也不是猪嘴，不能胡吃闷睡日鬼人。"

"张所这是骂我咧？"工地负责人顿觉脸没地搁。

"老哥要真想骂你，你连个脏字都听不出。好心给你提个醒，我们活儿是干得慢了点，为的不是磨洋工，是对你们负责。"张逢春神色严肃，"国家对文物遗产越来越重视，糊弄完，工地但凡有个古墓出岔子，停工都是轻的，你得进去踩缝纫机。"

被这么一训，工地负责人只好悻悻道："你们该咋干咋干，我不催。"

"一个唾沫一个钉，这话我可记下咧。往后对我的人客气点，再胡催纠缠，我这探铲可不长眼。"

说罢，张逢春拎起探铲向工作区走，正好迎头撞见郭士林。

"啥时候来的？"

"您训人的时候。"郭士林嘿嘿一笑，竖起一个大拇指，"张所，您硬气起来真叫一个帅！"

"先别贫，"张逢春忍俊不禁，"啥风把你吹来了？来交辞职信？"

"我要是走了您舍得？"

"我咋舍不得？"

"那我走咧。"

张逢春下意识一把拉住郭士林："你个碎娃，我问你，真要继续干？"

"咋，非得我指天对地发个誓您才信？"

"小郭，你是我一手带起来的，我比谁都盼着你好。你能回来我当然高兴，但是你得过了自己这关。"

郭士林耸耸肩，接过他手里的探铲："留在这行也许以后我还会后悔，但是离开这行我现在就会后悔。"

"能行，三十而立，才'成年'嘛，"张逢春欣慰地拍拍他的肩膀，"往后路还长着咧。"

坝柳区政府办公室里气氛沉重，马超越正主持会议，介绍着坐在一边的区政府监察组的工作人员。

"这两位是咱们坝柳区政府监察组的同志，这次来主要是针对尹村大墓被盗事件做一个通报。谢主任，您来说吧。"

"上个月尹村大墓被盗后，我们经过走访调查，发现坝柳文管所存在未认真组织尹村大墓保护工作、管护制度缺失、日常巡查草率应付、群防力量薄弱等问题。案件发生后，公安机关虽已立案，但被盗文物流失在外，造成恶劣影响和严重损失。"谢主任顿了顿，瞥了唐少华一眼，继续道，"现坝柳区纪委监委决定，对坝柳文管所所长唐少华同志给予党内严重警告、政务记过处分。对案发时本应巡逻的坝柳文管所文保员孔祥发同志给予行政开除处分。"

唐少华沮丧地一语不发。

"唐所，你也表个态吧。"谢主任满脸严肃。

唐少华沉默片刻，说："能不能别开除老孔？如果非得走一个，我走。"

"啥叫非得走一个？"马超越蹙了蹙眉，"你也是个老同志，咋能说出这么儿戏的话。"

谢主任道："老孔的事我们细致调查过，确定他案发当晚存在渎职行为。"

一直沉着脸的杨青石终于坐不住了，厉声道："我想问问诸位，老孔当晚为啥渎职？"

"他说当晚身体难受，在文管所歇了一会儿。"谢主任语气冷冰冰的，"但这不是渎职的理由。"

"巡完杜陵巡兹陵，身体能不难受吗？你们撸起裤管看看自己的腿，再看看老孔的腿，他膝关节肿成啥样了？案发当晚他疼得动都动不了。啥原因用不着我说吧？"

"杨队，你对基层兄弟感情深，有情绪，我能理解。"马超越用公事公办的态度委婉给杨青石使眼色。

"理解个鬼！老马，你把官腔收一收，省得我这火星子溅你满脸花。"杨青石却直接瞪他一眼，"坝柳文管所总共六个人，还有两个人没编制，要人没人，要钱没钱。巡查看护古遗址、古墓葬，全在田间地头，荒郊野外，好走的路靠自行车、电动车，难走的路就靠两条腿，老孔的关节炎就是这么来的。严寒酷暑，逢年过节，都是文物安全防护压力最大的时候，他们必须守在一线。他人团圆日，我辈守护时，你们想想干这份工作要耐得住多少寂寞和艰辛！"

尤介辉也激动地大声说了起来："老杨把我的心里话说出来咧，借着这个场合我也想替坝柳文管所说几句话。文物安全是文物工作的红线、底线和生命线，也是所有文物工作者坚守的底线。唐所和兄弟们在这一片守了十几年，文物被盗他们难道不心疼不自责？坝柳文管所管理有没有问题？有！但根上的问题是啥？条件达不到。"

谢主任点头："杨队和尤局的意见我们会向上反映。"

"得行，那麻烦谢主任再给上头带句话，秦川有八百六十个文物保护员，他们承担了主城区两百多平方千米的遗址保护任务。想开除老孔，八百六十个兄弟不答应，我杨青石不答应。非要闹到那一步，大不了这个队长我不当咧！"说到最后，杨青石近乎哽咽。

一旁唐少华也红了眼眶，顾不得这些人在场，掩面而泣。

秦川市文物局局长办公室。

"听说老杨在会上发飙咧？"尤介辉刚一进来，成志便问道。

尤介辉点头，详细汇报着："老杨是个稳重人，他能发那么大的火，足见这些话憋在他心里不是一两天了。这次的事坝柳文管所虽然有责任，但是也不能全怪他们，坝柳文管所的难处大家有目共睹，咱不能按照老套路随便套一个渎职的罪名就处理了，这样做只会寒了一线文保员的心。本来就缺人，以后谁还敢干这行？咱还是得从根上出发，解决基层的困难。"

"局里也在研究管理制度的优化方案，奖罚要分明，坝柳文管所的编制问题也要解决，不能光让马儿跑，不给马儿吃草。"成志叹口气，"但是这些措施不能完全解决坝柳文管所的问题，文管所级别仅仅是副科级，这样的级别决定了其在文物缉查、行政执法的工作过程中协调能力较弱，执行力度也小，缺少话语权。"

"对，而且遗址管理面积大得很，包括主陵区、陵邑和陪葬墓区三大部分，光是开展巡逻这一项工作都十分吃力，更何况还需要对遗产区内可能产生的破坏行为进行监督和监管。依照现有情况，坝柳文管所势单力薄，无法调动更多力量来为遗产保护服务，自然也无力去弘扬遗产的价值。"

"所以，我有个想法，咱们作为上级主管部门，是不是应该推动一下坝柳文管所的提级？"成志微微一笑，"只有把级别提上去，它的管理力度和人员数量才能满足这样大型的有重要意义和价值的文化遗产的管理需求。"

尤介辉眼睛顿时一亮："能行！"

没过多久，杨青石和尤介辉又来到坝柳文管所，一眼便瞧见院里停着几辆新电动车。

"尤局，杨队。"唐少华出来相迎。

尤介辉笑了笑："新电动车送来咧？"

唐少华连连点头："送来三辆，还有两台电脑，跟尹村那边的监控连着，这下可是烧窑的盖砖房——方便多咧。"

"局里给你们批了一万块备用金，估计很快就位，"尤介辉又道，"虽然少了点，你们先用着。"

唐少华兴奋不已："饥了给一口，强似饱了给一斗，我咋敢嫌少。我们定了一批巡逻棍和对讲机，钱还没给，这一万块是三九天送炭咧。"

"老孔呢？"杨青石环顾四周，"开除处分不是撤了吗，咋没见他人？"

"上面的领导听了老孔的事，帮忙寻了个大夫，说是关节炎方面的专家，让老孔先把腿治好。"

杨青石这才松了口气："人心都是肉长的，别看给你下处分的时候不留情，其实大家伙儿都记挂着你们咧。"

"我有个感觉，"唐少华嘿嘿一笑，期待地搓着双手，"咱文物部门向来是爹不疼妈不爱的，现在好像形势变咧。"

尤介辉笑着拍了拍他的肩膀："你的感觉是对的，咱们国家对文保越来越重视，支持的力度只会越来越大。中央要求咱们落实文物保护法，增强全社会的文物保护意识，统筹好文物保护与经济社会发展，努力走出一条符合国情的文物保护利用之路。好好干，有了中央的支持，咱们的春天来咧。"

唐少华郑重地点了点头。

联合打击办内，周永福正在汇报案情进展："我们在万华殡仪馆和齐有粮家田地周围一千米范围内做了筛查，共筛出烟头三十二个、烟盒六个、饮料瓶八个、粪便三份，把所有生物检材送去物证鉴定中心以后，经过 DNA 比对，发现其中有两份 DNA 同属于一个人。此人名叫梁建斌，外号梁子，河东人，今年四十三岁，曾因盗墓被判了六年，前年刚出来。我们拿照片让黑子辨认过，他确认梁子就是这次找他盗墓的腿子。"

齐大仓大喜过望，他看了看杨青石，只见对方脸上也是掩不住的喜悦。于是齐大仓一拍桌案，道："马上出发去河东！"

第九十四章 离别

省考古研究院院长办公室内,院长正忙着看文件,敲门声突然响起。
"进。"
进来的人是雒青。
"雒青?"院长伸手推了推眼镜,一见是她,立马浮现笑容,"啥风把你吹回院里了?吕氏家族墓那边不忙了?"
"不耽误,现场的几位老师经验丰富,就算我不在也没啥问题。"
"好得很,咱们院一向缺人,吕氏家族墓这个演武场,把你们这些青年骨干着着实实练了一把。加油鼓劲早些干完,还有不少项目等着,就靠你们扛大旗咧。"
"院长,我这次回来是想跟你打个申请,我想退出吕氏家族墓的发掘。"
院长吃惊,笑容凝固在脸上:"为啥啊?"
"咱们院主持的西汉帝陵大遗址考古工作,对汉武帝茂陵、汉平帝康陵、汉元帝渭陵等西汉帝陵进行了全方位调查,几乎能完备地了解、掌握西汉帝陵构成要素的基本布局和内涵。这个成果很重要,但是,也有一些问题没有解决。"
"你说的问题……是指尹村大墓吧?"
雒青点头:"市所对尹村大墓进行了调查勘探,尹村大墓是不是兹陵所在,尚无定论。这个问题不解决,我们对西汉帝陵的了解就不算完整。现在市所的发掘计划没有通过,但这个工作不能半途而废,所以我想申请转战白鹿原,对尹村大墓进行考古勘探。"
"雒青,我知道你跟市所的方堃有很深的交情,他出事肯定对你有影响,但吕氏家族墓发掘工作已经进行了大半,马上就能摘果实,咱们关起门说话,你也要为自己的前途考虑。"院长收起笑容,语重心长道。
"我承认,确实有受方堃影响,但也不完全是,当进入那个被盗的外藏坑,看到那些被糟蹋的文物时,我突然明白了方堃为什么宁肯辞职也要留在尹村巡逻,"雒青神采奕奕,眼神坚定,"尹村大墓不早些发掘,不早些划定文保范围,只会招来更多的盗墓贼,造成不可挽回的损失。"
"我理解,"院长点头,又多问一句,"你确定想好了,就这么放弃吕氏家族墓?"

"吕氏家族墓的果实对我而言确实重要，我正是出成绩的岁数，过了这个村也不知道啥时候能碰上个大的。但是吕氏家族墓发掘工作离了我照样能进行，而尹村大墓您还有别的人选吗？院长，方堃拟的发掘计划我看过，我觉得没有任何问题。先从凤凰山着手，探一下虚实。"

"你既然考虑好了，那就去吧。"院长答应得爽快，欣慰地看着她，"现在从事考古的女性越来越多，学术的半边天要靠你们来顶，小雏，你是个榜样啊。"

和院长交谈完，雏青顿觉浑身轻松，她长长舒了一口气，原本心间的纠结刹那间烟消云散。

鞭炮声中，"弭县北宋吕氏墓园考古发掘纪念碑"正式落成，省文物局王副局长、省考古研究院院长主持剪彩，众人鼓掌。

"我们弭县的北宋吕氏家族墓地已经正式入选中国考古六大新发现，被国务院核定公布为全国重点文物保护单位。吕氏家族墓园是先贤们留给我们的宝贵精神财富，是中国古代文化遗产的宝贵奇葩，保护好、研究好和利用好这一珍贵文化遗产，是文物部门神圣而光荣的职责。"王副局长大声道，"今天，我们为纪念先贤、纪念考古发掘、纪念吕氏家族为中国考古学做出的突出贡献树碑，也是首次为考古发掘工作树碑，这是为了警示和提醒全社会保护、爱惜祖先留下的文化遗产，传承中华文明之精华。"

话音刚落，大家纷纷热烈鼓掌。

尤介辉也上前一步，振奋道："文保工作难，尤其是秦川的文保工作更难，磨盘多驴少，要是所有人都能像吕氏家族墓这边，千人一条心，都把盗墓贼当仇人，那么再大的墓都是铁板一块，苍蝇都钻不进来。我代表市文物局，感谢你们为保护吕氏家族墓园做的贡献，感谢你们吕氏世世代代守墓人的守护，你们是吕氏后人，也是守墓人，更是今天的最美群众文保员！"

吕富贵和乡党们都被这一番话深深感动。

雏青趁热打铁，连忙提出请求："王局，院长，今天当着这么多吕氏后人的面，我有个请求，能不能给吕氏家族重修家庙，修撰族谱，让吕氏家族的家风、家训继续传承下去？"

"雏青，你这个要求提得非常好，"王副局长爽快点头，"吕氏的精神不止体现家族里，《吕氏乡约》对后世的乡村治理模式影响很大，为现代乡村自治奠定了理论和实践基础。我们不光要重修吕氏家庙和族谱，还要建博物馆，把吕氏的精神发扬光大。"

人群中，以吕富贵为首的吕氏后人激动地鼓着掌，一直鼓到手掌通红，仍不知疲倦，个个眼中闪烁着泪花。

一个大土灶，一口大铁锅，吕富贵站在灶前，飞火炒菜，花打四门，一道道菜被乡党们端上桌：长安糟肉、金边白菜、温拌腰丝、葫芦鸡、蜜汁轱辘……

考古队员们和吕家寨的乡邻们分坐好多桌，吃起了流水大席。吕富贵精湛的厨艺和美味的菜肴完全征服了他们。

"这是我吃过的最好吃的秦系菜，"小白咽下一口肉，"没想到富贵哥还有这手艺。"

"知识盲区了吧？"项昕之笑道，"富贵这手艺一看就是弭县勺勺客。"

小白果然不解："'勺勺客'是什么？"

"就是弭县的乡厨。弭县勺勺客，一勺掌天下。有句老话说得好，凡是冒烟的地方，都有弭县乡党。"

雒青恍然大悟，开起玩笑来："原来弭县盛产厨师，难怪我老觉得在弭县饭量比以前大了，这腰上都多了一圈肉。"

侯月来立马说："多长点肉是好事，你要是喜欢吃，我回头跟富贵哥学几道菜。"

"师兄，你有心了，"雒青摇头，"但我应该是没机会吃了。"

"为啥？"

"我要退出吕氏家族墓项目，去尹村了。"

大家皆愣住。

吃完饭，雒青正在宿舍里收拾行李，小白给她帮着忙，依依不舍。

"我给你留下的书跟资料好好看，有不懂的跟项老师请教。"雒青说。

小白瘪瘪嘴："雒老师，我跟你干了这么久，同吃一锅饭，一起经受风吹、日晒、雨淋，挨冷受冻，同甘共苦几百个日子……"

"别煽情，我最受不了这个，"雒青连忙打断他，"尹村离这儿又不远，闲的时候去探我的班。我走了你可不能浮躁，也不能消极怠工，要是让我知道了非得回来揍你。"

小白点点头："你是我考古工作的引路人，也是我最敬重的老师，我肯定好好干，不能给你丢脸。"

"对了，我交代你的那件事办好了吗？"雒青问。

"放心，东西我已经送过去了。"

"成，那我就无憾了。车在外面，我就不跟大家告别了，你代我说一声。"

这时，侯月来走了进来，欲言又止。

小白识趣地闪身出去："雒老师，我在外面等你。"

侯月来踌躇许久，终于开了口："雒青，我不明白，你对吕氏家族墓的付出我是一路看过来的。虽说付出不是为了回报，但是这个回报可以让你接下来的工作和生活更有选择权。无论你是累了想换份闲职，还是想继续开展下一个项目，它都是你立身的基石，是很多考古人一辈子都得不到的荣誉，你为什么在一切唾手可得时选择放弃？"

"师兄，你的想法一点也没有错，我以前也是这么想的，但是尹村现在需要人手，总得有人顶上吧。"

"是为了方堃吗？"

"你是第二个这么想的人，你能问出这个问题，我回答不回答，还重要吗？"雒青停下手中动作，看向他，"师兄，谢谢你春节回北京的时候跟我父母说的那番话，我很荣幸世界上能有除父母之外的第三个人真心关心我累不累，过得好不好。但是我想走的路，一定不是一条轻松的路，这条路上有没有鲜花和掌声，有没有志同道合的同路人，都不重要，重要的是我的方向和沿途的风景。我要走我的路了，师兄，谢谢你的炸酱面，我也祝你未来一路顺风，再会。"说完，雒青不忍细看侯月来的神色，只是豪爽地笑着挥挥手，便拎起行李走了出去。

车缓缓驶出基地，即将离开吕家寨。望着一草一木，想起奋斗了无数个日夜的村子，雒青怎能割舍。她只能目不转睛地盯着窗外，仿佛这样就能将这段回忆永远刻在心头。

不经意间一回头，她突然看到吕富贵带着一众老百姓在车后面狂追。

"停车！"

下了车，雒青赶忙迎了上去。

十几个乡民齐刷刷站成一排，有抱着瓜的，有提着鸡蛋的，有兜了一袋核桃的，吕富贵甚至拎了一只活鸡，大家都用无比真诚的眼神看着她——他们在用最淳朴的方式送别这位令人敬重的客人。

"雒老师，你咋不言传一声就走咧？"吕富贵上前几步，"我们啥也没准备，自家种的核桃、新下的土鸡蛋，你捎上些。虽然不值几个钱，也算是我们的一片心意。"

雒青连忙推辞："富贵哥，使不得，我怎么能要你们的东西。这些日子给你们添的麻烦够多了，我还想跟你们道谢呢。"

"雒老师，你说这话就外道了。小白把家谱送到我家了，我真是万万没想到，你一个大专家竟然会亲自帮我们修家谱。从北宋到现如今，从秦川到古越，失散的吕氏终于在家谱上重聚咧，我们心里热乎，无以为报！"

见他言辞恳切，热泪盈眶，雒青再难拒绝，真挚道："哥，伯，婶，我收下。你们有啥事打我的电话，只要是我帮得上的，一定在所不辞。"

"我们庄稼人能有啥事，除了伺候庄稼，就是老人和娃。雒老师，等我们的纪念馆建好了，你能来给娃们上堂课不？我们想让娃记住，这馆是为了纪念谁建的，是咋建成的。"

雒青重重点头："来，我肯定来。"

"能行，"吕富贵满脸欣喜，又转头朝身后招呼，"乡党们，咱们就送到这儿吧，别误了雒老师的事。"

村民们纷纷上前把手里的东西往雒青手里塞，塞不下的直接拉开车门往里装。

吕富贵也顺势把鸡塞进了后备厢，还不忘嘱咐雒青："方老师不是让人打伤了嘛，给他补补。"

雒青挥了挥手，转身上车，就在那一瞬间，她的眼睛里蓄满了泪水。

车继续向前行驶，耳畔的送别声渐渐远去，杂乱的人影也最终消失在视野中。雒青将头靠在车窗上，静静望着窗外，这才发现，原来天空已经下起了淅沥小雨。

是春雨，是给万物带来生机的初春之雨，经过了那漫长的严冬，春天终于要来了。

细雨就像无声的思念，密密落下，将远去的微影融入其中，润泽着她的心房——她永远不会忘记这片土地，这群人。

第九十五章 凝聚

尹村村委会。

红底绣金字的锦旗上写着"赠全体尹村村民：见义勇为护遗存 挺身而出擒盗贼 秦川市文物局赠"，杨青石将它郑重地交到了村支书手里。

围观的村民们纷纷鼓掌。

"为表彰全村村民本次勇斗盗墓贼的正义行为，除了这面锦旗，市文物局还特制了一批文保模范家庭的门牌，后面会颁发给每一位参与行动的村民。"杨青石宣布。

大家都很高兴，脸上洋溢着憧憬又自豪的笑容。

门牌送到后，家家户户都在门外张罗着挂文保模范家庭的牌子。村民们有和邻居大聊特聊的，有趁机跟家里娃娃宣传的，有激动地回忆着那天晚上勇追盗墓贼的……杨青石路过许多人家，见众人皆如此喜悦，心中很是感慨，一时间脚步也轻快起来。

走了一会儿后，他来到了齐有粮家门口，敲了敲门。

齐小满打开门："杨队？"

"满女子，你爸头上的伤咋样了？"

"基本好了。"

"那为啥不去村委会接锦旗呢？"

齐小满给了他一个"你懂"的眼神，杨青石立刻明白了。

"有粮哥，"杨青石提高音量，"局里给发的文保模范家庭门牌，你看看钉哪儿合适？"

齐有粮闻声出来："哎，杨队，你咋来咧？"

"请不动你这个村长嘛，只能自己上门服务了。"杨青石拿出门牌在门上比画着，"你看下，这个牌牌钉到啥位置能把你心中的心症给钉掉？"

齐有粮看清了门牌上的字，撇撇嘴："我又没做啥贡献，咋受得起这个牌牌？"

"咋没贡献？"杨青石无奈失笑，"要不是你跑到地里脑门上挨了一铲，盗墓贼咋能叫人发现呢？你这是血的贡献。"

说着他找到了一个位置："这儿行不？"

齐有粮面上平静，声音中却透着激动："行。"

杨青石三下五除二把牌子钉上："我先走了，考古队的雏青想找我做动员，在村里成立一个群众文保队，这事儿还没弄呢。"

说完他匆忙离开，齐有粮望着崭新的"文保模范家庭"几个大字，陷入了沉思。

雏青已经到了尹村，在村委会等着，一看见杨青石便问："杨队，人凑得咋样了？"

"我钉牌子的时候征求过各家意见，倒是有不少家挺积极的，但也多少有顾虑，怕人少了斗不过盗墓贼，再伤了自家的劳动力。"

"要干就干，不干就不干，前怕狼后怕虎怎么得行？"严守村轻蔑地哼了一声，"这伙子人心眼不实，没一个靠得住的，等方垄好了，还是我俩巡，不用他们。"

"守村叔，这么大的地方两个人咋守得过来。"雏青宽慰道，"他们的顾虑能理解，而且庄稼户平时也忙，进文保队多少会占用一些时间。我给上面提申请了，可以从考古经费里拿出一部分，当作奖励，给文保队多少添点补助。这样看看能不能尽快成立起来，毕竟现在还没划定文保范围，咱们还是做好应对准备，这样我们工作起来也踏实。"

杨青石点头："你的担心有道理，我也向局里申请一下，看能不能拨出一些款项，加强群众文保员队伍的建设。"

"太感谢了。"雏青笑了笑，又看向村支书，"支书，您给村民讲一下这个情况，看能不能尽快凑起人。"

"得行！"村支书一口答应，但又垂下眼，遗憾地叹口气，"不过以前这种事都是村长干，村民也听他的，他现在没心气了，这事儿就有些麻缠，咱村谁说话也没他管用。"

话音未落，齐有粮的声音就从外面传来："在咱尹村的地界上，还愁没人？"

几人回头看去，只见齐有粮头缠纱布，站在村委会门口，他身后跟着老少约十条汉子，还有齐小满。

"杨队，你说吧，咋安排？"齐有粮笑问，"这些人够用不？"

杨青石立刻激动起来："够了，足够了！"

齐有粮又扭头看着村民们："地大家都看见了，被那些贼娃子拿探钎扎得跟蜂窝煤一样，地浇不成不说，人家都快把咱们先人的棺材板扎穿了，咱能答应？"

村民齐声："不能！"

"不能咱就干他！"

"干他！"

"还是村长号召力强啊！"杨青石不由感叹，"对了，文保队需要队长，大家看推选谁当队长比较合适？"

严守村站了出来，重重地清了清嗓子，希望大家能注意到他。

村支书尴尬一笑："我看，还是有粮合适，大家觉得呢？"

不等有人说话，严守村立马大声嚷嚷："我不同意！文保这块我干的时间最长，谁有我懂得多，这个队长我不当谁当？齐有粮他懂个屁！贼娃子他大还能当个文保队长？能把人牙笑掉。"

"守村，"杨青石皱了皱眉，"来娃已经受过惩罚了，不能再把他当盗墓贼。"

"文保就是个巡逻嘛，就村上这些地，咱村哪个人不是闭着眼睛都走不晕，"郭大爷也说，"我也觉得有粮合适。他当队长，我认。"

"我也认！"村民们纷纷响应。

"我看行，"杨青石点头，"那有粮哥，文保队就靠你了。"

严守村气得吹胡子瞪眼，拉着黑嘴气呼呼地往外走。

"我一定干好，保证不叫贼娃子再进来一回！"齐有粮红了眼眶，说罢，又转向雒青，"雒老师，你转告方堃，等他好了就赶紧回来，尹村需要他，我家的地方已经给腾好了，随时欢迎考古队回来。"

"好，等他醒了我就给他说。"

话音刚落，手机响了，雒青立刻接起："喂？……师母……他醒了？！我这就回去。"

挂断电话，雒青激动道："有粮伯，借你吉言，方堃醒了！"

话音未落，她快步离开。

"等等我！"严守村在身后喊着，也跟了上去。

大家听到这个消息都很高兴。

方堃终于醒了，但依旧躺在病床上，人很虚弱，瘦了一大圈。

雒青冲了进来，几步到了方堃床前，激动地握着他的手，红了眼眶。

方忠平、孟秀芬、方垚看到这一幕，互相对视，明白了是咋回事。

"你是不是傻啊，方堃？成龙的电影看多了，把自己当成龙了吧？"

"可不，"方堃勉强扯起嘴角，"以后你得改口叫我方龙了。"

雒青忍不住捶他，方堃顿时哀号，孟秀芬吓得都站起来了。雒青意识到失态，连忙放下了手，人都缩下去半截："啊，对不起，忘了你是个伤员了。"

严守村也凑上前来，泪眼汪汪地看着他："方堃，你这碎娃可算醒了！这几天这股子火气憋在肚里差点把我憋死。我在尹村地里兢兢业业守了二十年，巡了二十年，夏天毒太阳，冬天暴风雪，吃不饱，盖不暖，就等着哪天能手擒盗墓贼，扬眉吐气。黑嘴从巴掌大时就跟着我，等的也是给它大报仇的一天。结果你倒好，非得把我俩支开，自己上去露脸，害得我现在在齐有粮面前都抬不起头。这老小子啥都没干，就白捡了个队长，谁受伤重谁当呗，我要是那天去追盗墓贼，跟你一样伤成这个鬼样子，我看看谁好意思不把队长给我。都怨你，你对得起我，对得起黑嘴和它死去的大吗？"

他这一通抱怨，惹得所有人都哭笑不得。

"叔，怨我，"方堃笑了笑，"回头我跟上面申请，怎么也得让你当上队长，实在不行考古队队长给你当。"

"郭士林这个瓜娃子当的那个官儿？"严守村立刻吹胡子瞪眼起来，"天天光让村上的人骂，到哪儿都给人当孙子，白给我我都不干！"

大家闻言，哈哈大笑。

雒青破涕为笑："守村叔，你算说对了，对我们考古队领队的定位简直一针见血。"

严守村也嘿嘿笑了，摸着自个儿后脑勺。

"出院之后有什么打算？"项昕之问。

"回市所，尹村有文保队了，我也应该回我的主战场。"

项昕之很是惊讶，转头看雒青："你还没跟这傻小子说？"

"还没来得及。"

"哦，对，忘了他刚醒。"

方堃一愣，不懂她俩葫芦里卖的什么药，问道："说啥？"

项昕之答："尹村考古的事定下了，省院来做。"

"真的？太好咧！"方堃又惊又喜，"省院经验丰富，来做这个项目合适得很。"

"你倒是心大，知道谁当领队不？"

方堃一琢磨，目光落在雒青身上，脸上的笑意逐渐消失。

雒青不自在地挑眉："怎么，我来做你不放心？"

方堃直直盯着她："吕氏家族墓咋办？"

"凉'拌'，缺了我这盘菜难道还不成席？"雒青耸耸肩，"没事，已经交接完了。"

项昕之见方堃忽然沉默，连忙道："本来这个项目做完，你就能评研究员了，这下可吃大亏了。方堃，你怎么不说句话？雒青做那么大牺牲你也表个态，以后别犯轴别逞能，把自己的身体照顾好，早日回来帮她。"

"您都替他说了他还说啥？再说这个研究员评上了又能咋，不就多几百块钱嘛。"雒青别过头去。

方堃一时心情复杂，只好故作轻松道："以后我工资分你一半。"

"你是我什么人，我用你分？"

"我家方堃是想秉承方家家训，工资全部上交，"姐姐方垚笑呵呵道，"现今就差个媳妇儿了。"

郭士林也帮腔："就得赶紧给这小子说个媳妇，以后再犯傻的时候想想媳妇，看还敢这么不要命不！"

"老郭，"雒青没接话，而是正色道，"你们市所啥时候到位？"

郭士林蒙了："到啥位？"

"张所没跟你说？尹村大墓是你们所率先发现的，付出了不少心血，你跟方堃对尹村也熟悉，相关的积累也丰富，所以这次是由两个单位组成联合考古队，国家文物局已经通过审核了。不过领队是我，以后你俩得听我的了。"

"啊……"郭士林发蒙，"真的？"

方堃给她竖起大拇指："还得是雒青出马，不愧是最年轻有为的女领队，拿得住斤两，压得住秤砣。"

"还有你，我二级研究员都不要了陪你们玩，你看着办，几天出院？"雒青恢复工地上雷厉风行的作风，瞪他一眼，"一个月，我最多给你一个月时间，到时候就是瘸着你也得给我上。"

"放心，你忘了我是谁？我是方龙！"

大家都笑了。

几天后，郭士林正在忙基建项目，张逢春忽然带着两个女学生找来了。

"士林，你咋还没去尹村？"

"这个项目没人手，我干完再过去。"

"尹村的项目比这个着急！"张逢春无奈道，"我给你介绍一下，这是王薇和徐子菲，来实习的。"

郭士林站直身，看了看她俩，欣慰道："现在干考古的女娃真是越来越多了，这是个好趋势。"

王薇跟郭士林握手："郭老师，听说你以前跟雒青雒老师在阳陵实习，当年黑陶俑被卖到国外，是你们一起帮着追回的，对不对？"

"咋啥都知道？"

"这俩娃都是雒青的粉丝。"张逢春忍俊不禁。

"可惜了,"郭士林故作遗憾,"应该进省院跟你们的偶像一起工作的。"

"这俩娃就是让你一起带去尹村的,赶紧拾掇一下去吧。"

"那这个基建项目咋办?"

"这话说得,我不是人?"张逢春上手推他,"快去吧,雒青等着你们呢。"

郭士林只好把工具交给他,看着瘦弱的张所蹲在地上忙碌着,不由心中一酸。

深夜,孩子不住地大声啼哭,文雯睁着眼睛,却毫无去照管的心思。

熟睡中的黎远光被吵醒,条件反射地下床去给孩子冲奶粉,冲好后抱起孩子开始喂奶,孩子却不怎么爱喝。

"见了鬼了,明明刚生完还有奶,咋突然一下就没了呢?"

听到他的念叨,文雯默默流泪。

"哎呀,我又没怨你,好好的咋又哭了?"黎远光放软语气哄着,"明天我去弄几条鲫鱼,给你炖点汤下下奶。"

"别弄,我不喝。"

黎远光被她冷淡的态度搞得有些恼火,但还是压下去了。没想到孩子吐掉奶嘴,又开始哇哇大哭起来。

"哎呀,他不爱喝这奶粉,要不你再让他嘬几口试试?"

不等他把孩子抱给文雯,文雯却转过身,接都不接。

"别给我,我不要。"

黎远光再也按捺不住,彻底火了:"你到底咋回事嘛,自己的娃都不管了?从怀孕闹到现在,还有完没完?"

文雯满腹委屈,被他这么一吼,终于失声痛哭,清瘦的身子颤抖起来。

小的还没哄好,大的又开始哭了,黎远光于心不忍,可着实无计可施。他彻底无奈了,只能再次抱起孩子艰难地哄了起来。

次日,阳光已经照到屋中间,黎远光窝在沙发上沉睡,突然再次被孩子连绵不断的啼哭声吵醒。

他努力让自己清醒过来,拖着疲惫的身子走进卧室。

进卧室一看,只有孩子一个人在偌大的床上嗷嗷大哭,文雯不见了踪影。

"文雯……文雯……"

黎远光抱起孩子,大声呼喊起来,却无人应答。

他又赶紧去各个房间寻找:"文雯……"

但任何一个角落都不见她的踪影。

黎远光赶紧拨打文雯电话,手机那端却提示关机。他觉得诧异,无意间往门口一瞥,却发现文雯的鞋子全部不见了。他猛然意识到什么,走到衣柜前打开一看,文雯的衣服也消失大半。

他越想越慌,赶紧放下孩子,穿衣出门。

第九十六章 收养

"见我媳妇了吗?"

黎远焦急万分地跑到大门口,找到保安询问。

"天不亮就拖了个箱子出去了,咋,吵架了?"

黎远光没回他,就见穆见晖正开车过来。

"咋回事?"穆见晖下车快步走来,"文雯去哪儿了?"

黎远光一脑袋乱麻:"不知道,电话也打不通,不知道又犯啥心病了。从怀孕起就怪得很,变了个人一样,天天唉声叹气没个笑脸,也不管娃,我也没惹过她啊……"

"娃呢?"穆见晖打断他。

黎远光这才想起:"在屋里呢。"

"哎呀!钥匙!"穆见晖着急道。

黎远光忙把钥匙给他,穆见晖撒腿就往他家里跑去。

进门后,穆见晖直奔孩子跟前,发觉他嗓子都哭哑了,心疼地一把抱起,发现孩子满脸通红。

穆见晖伸手一摸,注意到孩子额头烫手,给孩子裹上毯子就往外走。

黎远光也回来了:"你去哪儿啊,哥?"

"医院!"穆见晖的语气凶了几分,"娃都叫你们带得发烧了!"

医院里。

"没发烧,"医生看着体温计,"就是穿太多捂的,赶紧给脱两件。"

黎远光赶忙笨手笨脚地给孩子脱衣服。

穆见晖不解:"没烧咋哭得这么厉害?"

医生继续检查着孩子的身体,问:"多长时间没吃奶了?"

两人都答不上来。

"啥时候喝的奶都不知道?"医生狐疑地瞥了他们一眼,"谁是孩子爸?"

黎远光忙举手:"我。"

"孩子太瘦了,得耐着点心,按时按量喂。这么大点孩子,不能老放着不管,你听听嗓子都哭哑了。孩子妈呢?赶紧叫过来先给孩子喂点儿。"

"她……不在。"

"大夫,能先喂奶粉吗?"见黎远光表情尴尬,穆见晖又问道。

"看你们，不管是啥，赶紧先给喂上。"

穆见晖于是看向黎远光："奶粉呢？"

黎远光反应过来，赶紧拿出奶粉准备冲。

"这……得加热水吧？"

"哦，对！"黎远光慌忙去打热水。

看到两人笨手笨脚的样子，医生直摇头："家里就没个会带孩子的人吗？"

穆见晖也是万般无奈："小光，实在不行让你嫂子先招呼几天娃，你赶紧去寻文雯，看看是咋回事，是回老家了还是去哪儿了。"

"嫂子愿意帮忙就再好不过了！"黎远光如获救星，连连点头如捣蒜。

"都是一家人，不说外道话，"穆见晖拍了拍他的肩膀，"赶紧去吧。"

凤凰山下，考古队来到了立满石碑的地方，除了老鹿、吕江河和齐小满等人，省院特地请来了十余名探工参与勘探。大家分散着站在灌木丛和碎石堆中，满脸认真和期待。

"大家都知道市所对汉太宗兹陵的研究介入更早、积累更多，所以具体的工作方案让郭老师谈一下。"雒青说着，往旁边退了一步，示意郭士林上前。

郭士林点头，清了清嗓子开始介绍："按照文献记载，汉太宗兹陵应该是一座因山为陵的崖洞式墓穴，这也是目前考古学界比较主流的观点。如果参照其他帝陵的设置，它应该有类似陵庙、寝殿、便殿之类礼制建筑的基址。我觉得这次勘探，应该重点探两方面，一是寻找崖洞的洞口，二是寻找陵墓建筑的遗存。"

"汉太宗是个好皇帝，是古代封建皇帝的楷模。后世有些皇帝会派大臣代表他去祭祀汉太宗，这些就是为祭祀而立的祭祀碑。咱们这次勘探不是把石碑推倒，颠覆前辈的研究，而是严谨科学地叩坤补史，咱们迈出的每一步都要禁得起外界的拷问。"雒青正色道，"我建议，这次凤凰山的考古勘探就从这里开始。按照崖洞墓多在山腰上横向打洞构建墓道、墓室的一般规律，我们先把终点设定在半山腰。"

"好！"队员们纷纷应答。

大家各自领了任务，很快便四散开去，彼此保持着一定距离来选点勘探。有的两三人合作，将探铲一次次垂直插入地下后，陆续取出土样，辨土认土。也有人数着自己的步子，边走边在碎石堆中观察着有无瓦片残块或步道遗迹，记录下地表的遗物分布情况。

到了中午，大家草草在山脚下解决了午饭。短暂休息过后，又继续沿着既定路线往山上探。

此时的医院里，家人都被方堃打发去休息了，趁着病房无人，他努力地抬腿，然而腿根本毫无反应。他又用双手把腿放到床下，想扶着床边站起来，两条腿却完全不听使唤。一个不小心，方堃控制不住身体，重重地砸倒在了地板上。

声音惊动了医护人员，他们赶紧冲进来扶起方堃。

"你干啥？"医生的语气充满责备，"有什么需要可以按铃，你知道自己的情况，贸然下床，万一摔伤怎么办？"

方堃倔强道："我想试试看复健有没有用，能不能帮我早点站起来。"

"哪有这么快？你的问题不是出在腿上，靠复健就能恢复，是淤血压迫了你的脑部神经，影响了行动能力，恢复情况要看淤血什么时候散掉。"

"那到底需要多久？"

"不是说过吗？这个不好讲，有人两三个月就能恢复，有人要好几年，有人甚至一辈子都恢复不了。"

看方堃的眼神黯淡下来，医生又改口，缓和了语气："我说的只是最坏的结果，但大部分结果都是好的，尤其你还这么年轻，要保持积极乐观的心态，对早日恢复有好处。"

方堃点点头，却垂下了脑袋。

他真的好想重返尹村，重返自己捍卫的那片战场，回到他的战友身边……

河东省谷峰县公安局内，警员小沈正向远道而来的齐大仓汇报着情况："齐队，梁建斌的情况基本上摸清楚了，他这两年几乎没在谷峰县待过，老婆在家里务农，跟他也没啥联系。"

"有没有跟他来往密切的前科人员？"

"摸到了几个，但是这几位行踪不定，查起来需要时间。不过我们还摸到一条线索，梁建斌在入狱前有个相好。这人叫林玉玉，就住在县里，是个干美容的，就是文眉啥的，店不大，按理说赚不了几个钱，但是她住的那个小区租金可不便宜。"

"她和梁建斌还有来往吗？"

"目前来看明面上没来往，但是林玉玉最近刚全款买了一辆新车，快二十万的车，以她的收入，肯定是没这个能力。"

周永福插话："啥时候？"

"就前几天提的。"

"时间倒是能对上，"齐大仓若有所思，"很有可能是梁建斌给的钱。"

"你们看，要对这个林玉玉进行传唤不？"

齐大仓想了想，摇头："现在不合适，她和梁建斌的关系没有坐实，口供不好拿，还容易打草惊蛇。梁建斌的反侦察意识很强，知道我们抓住了黑子，摸到他是早晚的事，所以连家也不敢回，但是离不开温柔乡，他肯在林玉玉身上下这么大手笔，肯定还会联系。先经营着，不见真佛不烧香，不见兔子不撒鹰，一定要取得她和梁建斌联络的切实证据。"

"能行，我们会时时关注林玉玉的通信状况。"

"小沈，"齐大仓转念一想，又开口道，"能再帮我们搞辆咱本地车牌的车不？我们去蹲一下林玉玉。"

小沈爽快答应："能行。"

"我也有个不情之请……"周永福支支吾吾开口，"能不能给我们几件干净衣裳。这几天光在路上跑了，也没有件替换的，人快馊了。"

小沈笑了笑："没问题，领导交代了，你们这一趟不容易，要我们全力配合。说实话，我真佩服你们几位这样真打实干，天天跟着跑的。"

齐大仓叹口气："没法子，我们是吃这碗饭的，稍微慢上一步，放松一下，文物就出境咧，想追也追不回。"

拿到车后，几人把车停在路边，下了车。看着眼前的高档小区，齐大仓提议："先去车库看看林玉玉的车在不在。"

"这小区高档得很，得刷卡才能进咧。"小杜观察着门禁情况，为难道。

"你也是个榆木疙瘩，"齐大仓笑道，"人家业主进，咱跟着蹭呗。"

说着，四人瞅准机会，跟着别的业主蹭进了小区。

一旁的保安默不作声地打量着四人。

在地下车库找了半天，四人终于找到了林玉玉的车。

"车在呢。"齐大仓立刻布置任务，"咱们兵分两路，我和小杜盯车，永福和小贾在楼下盯人。"

周永福比了个"OK"的手势："能行。"

山上雾霭未散，竹叶上的霜化成了水，滴落在鹅卵石上，发出空灵清脆的声响。刘树兰早早起来，像往常那样，在孩子牌位前给他念往生咒。

念着念着，突然一阵婴儿的啼哭声传进耳朵，她以为是自己幻听，愣了一下，没当回事，但孩子的哭声持续着，越来越凄厉。

刘树兰停下，仔细倾听，发现好像是真的哭声，赶紧循声找了出去。

开门后，她在门口台阶上看到了一个纸箱子，哭声就是从那里传出的。

凑上去一看，一个包裹着百纳被的新生婴儿正嘶哑着嗓子啼哭。天寒地冻的，孩子的哭声已经弱了许多。

刘树兰吓了一跳，回过神来，心疼坏了，赶紧连箱子一起抱了进去。

她手忙脚乱地把箱子放在了房间内，又想起之前穆见晖送的电褥子，连忙铺在床上插上电源，又把孩子连着百纳被一起放在电褥子上，随后把自己的被子加盖在上面。

但孩子还在哭着。

"啊，是不是饿了……"

意识到孩子饿了后，刘树兰赶紧四处寻找吃的，但自己吃斋念佛，几乎没储存什么有营养的食物，这下她急得不由念叨起来："哎呀，我这儿哪有给你吃的东西啊。"

她快急哭了，又突然想起什么，赶忙拿手机给穆见晖打电话，电话铃声却在身后响起——穆见晖来了。

"哪儿来的孩子啊？"穆见晖一脸震惊。

"不知道谁扔在我门口的，见晖，孩子肯定饿坏了，你赶紧下山去买袋奶粉吧，对了，还有奶瓶……"

"这父母扔孩子的时候连口吃的都没给吗？"

他假意翻看着，在箱子里"发现"了一罐奶粉和奶瓶。

"这不是有吗？"

"我刚才太慌了，跟瞎了一样，这么大一罐奶粉都没看见。"

刘树兰一拍脑门，刚准备上手，说话间，却看穆见晖已经拿出奶瓶，倒上奶粉，又从暖壶里倒了些热水进去，再兑了一些凉白开，然后盖上盖子摇匀，在手背上试了温度后，这才交给刘树兰。

刘树兰赶紧接过奶瓶，递进孩子嘴里。

孩子却还是哇哇大哭，吃不进去。

"得抱着喂吧？"穆见晖说道。

刘树兰恍然大悟，抱起孩子，找到一个合适的角度，重新给孩子喂奶，孩子这才停下哭声，找到奶嘴，拼命吃着。

"见晖，"她又想起什么，吩咐道，"快把门关上，电炉子插上。"

穆见晖赶紧照做。

刘树兰总算舒了口气，这才平静下来，看着怀里的孩子。孩子饿了很久，此刻吃得很急，一副拼命求生的样子。看着这一幕，刘树兰眼泪吧嗒吧嗒掉了下来。

"你住得这么偏,咋还有人把娃丢到你这儿,得是看你平时老去孤儿院?"

刘树兰沉默着,只是慈爱地看着孩子,怕孩子受冻,用被子把他围得严丝合缝的。

终于,孩子吃饱喝足,也暖和了过来,眨巴大眼睛盯着刘树兰看。

"见晖,这娃灵得很,"刘树兰的眼神无比温柔,"知冷知热,知饱知饿,还会看人。"

穆见晖也凑过去,跟她一起逗着孩子:"还真是,这娃多好啊,长得漂亮,看着也健康。"

"等娃再暖和一会儿,精神头儿恢复了,咱再把他抱去福利院吧。"

穆见晖犹豫不语。

刘树兰抬头看他:"咋了?"

"树兰,我说说我的想法,你先听听。"穆见晖认真道,"福利院负担本来就重,这娃还这么小,一分钟都离不了人,夜奶都得喂好多趟,他们那几个人手你也清楚,根本管不过来。再一个,我刚看了下,这是个男娃,不定家里有啥难处,家人脑子一热就给抱出来了,说不准哪天后悔了又找回来了,那咱不是白折腾人家福利院一遭嘛。"

"那你是啥意思?"

"干脆咱先养一段日子,等娃稍微大点儿,要是没人寻过来,咱再把他送去福利院,咋样?"

刘树兰看着孩子,面露犹豫。

"看你,你要是不愿意,我这就把娃送走。"

见刘树兰没反应,穆见晖抱起孩子就要走。

"等下……我就是怕养出感情,到时候再给出去受不了。"

穆见晖笑了笑:"那咱到时候可以商量一下,认个干亲,想看娃的时候还能看看。"

"你说得也有理,我反正也没啥正事,先招呼一段时间吧。"

穆见晖欣喜,又把孩子交给了刘树兰。看着怀中的孩子,刘树兰的眼泪刹那间流下,怎么止都止不住。

"娃,咱都是可怜人,先凑一家,你不用再受冻挨饿了。"

穆见晖将她和孩子一起拥进怀里,目光落在了儿子的牌位上。

勘探已经进行到了凤凰山的半山腰,接近尾声。

齐小满一铲子下去,提上来一铲土,见不是五花土,继续往前探。

"等一下，小满！"老鹿看见了，忙喊住她，"给我把这铲土分析一下，让我瞧瞧你这看土的功夫到不到家。"

"这土层应该分三层，第一层是地表层，里面富含植物根系。第二层是冲积层，灰褐色，有大颗粒料姜石，基本上接近原生土了，再往下就是黄褐色的生土。"

身后传来鼓掌声，齐小满回头一看，是雒青和郭士林。

"对着咧，"雒青由衷赞叹，"小满就是聪明！"

"是鹿师跟吕师教得好。"齐小满不好意思地笑了笑，"雒队，我有个事不明白，我们都快探到半山腰咧，咋铲都不见五花土，是不是说明没有人工修陵的痕迹？"

"根据土层来看，你说的是对的。"

"那是不是就说明没有发现墓葬和陵园的遗迹？"

结合方才看过的地表遗物记录，郭士林遗憾摇头："目前来看……确实是没有。"

这一番对话，被常年守护凤凰山的文保员老陈听到了。

"雒师、郭师，"老陈困惑，"你们是说这山上没有墓？"

雒青和郭士林没作声，算是默认。

老陈不由怅惘起来，自嘲道："我二十五岁来这达，风里来雨里去守了十五年，大家都知道我在这达给汉太宗守墓，现在人家问我给谁守墓，我回去咋说？哎呀，真是挑沙子填河白费功夫，这下笑死人咧。"

"老陈，这事还没完全确定，我们还得回去商量一下是不是勘探工作有疏漏。"郭士林宽慰道。

"就算凤凰山没有陵墓，你这十几年的辛苦也没白费。山脚下这些石碑也有重大的历史意义。你看国家有个啥大事，邮政部门都会发行纪念邮票，那叫纪念封。这些石碑，就是兹陵文化遗产的纪念封，你把它们守护得这么好，功劳大得很。"雒青道。

听完雒青的鼓舞，老陈心里松了一口气："还是雒师有文化，看得比我远，几句话说得我心里松泛多咧。"

郭士林给雒青竖起了大拇指。

医院里，方堃正在父母的陪同下练习站立，但还跟之前一样，无论怎么努力仍然站不起来，方忠平和孟秀芬已经累得满头大汗。方堃很是内疚，于是更努力地练习着。

手机铃声响起，孟秀芬过去帮方堃拿手机。

"谁啊？"方堃问。

"不好说，"孟秀芬笑得开心，"没准儿就是我未来儿媳妇。"

方堃直翻白眼，接起电话："喂？"

"凤凰山的勘探已经做完了，底下啥也没有。"雒青开门见山。

"啥都没有是啥意思？"

"没有墓葬，甚至一点人工痕迹都没有。你说，是真的没有墓葬，还是我们的工作有疏漏？"

"有两种可能，一种是按照文献记载，兹陵的葬制在西汉帝陵里本就特殊，它是一个特例，会不会没有设置陵庙、寝殿这些东西呢？第二个可能，就是凤凰山这一块区域高低不平，千百年来地形是有很大变化的。"

方堃父母本来还竖起耳朵想听八卦，结果听到方堃聊的都是工作，一时兴致大减。

"你说的我认同，除此之外，如果按照因山为陵的建制，墓道的口应该就在半山腰这一块，像河南的梁王墓，也是把洞口开在半山腰。我在想会不会是我们勘探位置太低了？探孔间距太大了？"

"或者因为汉文帝节俭，洞口可能有点小，你们没有探到。"

"我有个想法。"

"你是不是想探第二遍？"

雒青笑答："你倒是挺了解我，我觉得还是得再谨慎一些，也许把勘探位置再往上提一下，探孔间距再小一点，会有新惊喜。"

"我赞同，咱们考古是一门科学，要有科学的态度，慎重起见，还是再全面地探一下吧。要像在黄土坡上扎筛子，钻得够细致，结论才能说服别人。"

雒青的语气轻松许多："那就这样干，我跟院里汇报一下。"

电话就这么挂断了。

"这就挂了？"孟秀芬又诧异又鄙夷地看着儿子，"你俩打电话光谝工作啊？"

"不然呢？我俩是同事，不谝工作还谝啥？"

"你看看这娃，"孟秀芬斜了眼方忠平，"不开窍的样子跟你年轻时候一模一样。"

话音未落，电话又响起来，方堃一看是雒青，赶紧接起。

"对了……忘了问你，恢复得咋样了？"

"那还用问？你忘了我是谁咧，方龙嘛！"

"真的假的？别光嘴上耍刀，恢复好了就别贫了，赶紧出院来凤凰山干活。"

"雒领队，你都快变成雒扒皮咧。在下领命，我这就努力复健，争取早日归队！"

雒青轻哼一声，迅速挂断电话。

"这就对咧，儿子，"方忠平会心一笑，"咱继续练。"

他扶起方堃继续练习站立，一遍又一遍，但方堃的双腿依旧不听使唤，几圈下来，方忠平已经精疲力竭，全凭毅力咬牙硬撑着，毕竟他已老去，儿子却正当年。

突然间，方堃双手一软，放弃了："不练了。"

"我娃得是心疼你爸呢？他平时老不锻炼，弱得很，还得看你妈，来，换我。"

孟秀芬用瘦瘦的身子撑着方堃站起来，明显很吃力，却还装作很轻松，挑了挑眉得意道："你妈这广场舞没有白跳吧？"

她边说边笑，气喘吁吁地扶着方堃吃力地往前走。

走着走着，方堃顿时红了眼圈，便停了下来。

"妈，我累了，就到这儿吧。"

"你爸已经歇过来了，"孟秀芬喘着粗气，"你要是还想练，换他。"

"知道了。"方堃的声音哽咽。

第九十七章 偷袭

第二轮勘探开始了，雒青给大家布置任务："各位，我打算从山脚到山腰，再仔细勘探一遍，探孔加密，间距由三米缩小到两米。"

老鹿应着："能行。"

大家各自散去，下铲，取土，按照田野考古工作流程继续勘探。

齐大仓四人仍然蹲守在林玉玉家楼下。

"咱们盯了这些天，这林玉玉不是去美容院就是去商场，也没见和谁联系。"周永福皱了皱眉。

"她倒是滋润得很，我们可遭了罪了。"小杜揉了揉酸疼的膝盖，"齐队，咱计划蹲到啥时候？"

"急啥，等她钱花得差不多了，我不信她不联系梁子。"

"万一这些钱她能花上一年咧？"小贾也有些犹豫。

"这你就不懂咧，这赃款对盗墓贼来说来得太过容易，说白了他们拿钱不当钱，他们养的这些女人更是花钱如流水。"齐大仓胸有成竹，"你信不信，凭林玉玉的花销，过不了几天准管梁子要钱。"

四人正说着，背后却突然传来一声："就是他们！"

齐大仓一回头，见小区保安带着两个警员朝他们冲过来。

保安直接反剪齐大仓双臂，打算将他控制住，没承想齐大仓一个本能的横脚猛力踏踩，就让保安疼得松开了手。

"警察同志，你看见了吧，他们还会功夫咧，不是小偷是啥！"保安愤怒道。

齐大仓一愣："小偷？"

"保安反映你们这几天经常跟着其他业主混进小区。"警员说。

保安剜他们几眼："我盯你们不是一天咧，这四个人有两个在小区晃，有两个在地库晃，一看就是绺娃子。"

"你说我们是贼，倒是说说我们偷啥咧！"周永福理论起来，"你要是说不出来就是栽赃陷害。"

"少拿话把儿噎我，我知道你们不承认，可我一看就知道你们是踩点咧。吃屎的狗忘不了走茅厕路，看看你们四个这贼样子，身上都散着贼味。警察同志，你们回去查查，这四个人准有前科。我的眼睛就是电脑，一扫一个准。"

小杜忍不下去了:"你别侮辱人,我告诉你我们是秦……"

齐大仓却伸手制止他,又对警员说:"这样吧,我们跟你们去派出所走一趟。"

派出所里,小沈及时赶到,看到齐大仓和派出所的警员有说有笑。

"齐队,咋回事?"

"误会一场,"齐大仓爽朗一笑,"我刚才给这两个警员看过了证件,讲了一下我们的情况。"

"我刚问齐队,咋不早说,把身份亮一下让保安配合,这事不就解决咧。齐队说怕走漏风声,打草惊蛇。"警员有些不好意思。

齐大仓摸摸脑袋:"不过真是惭愧,我们的侦查能力还得提高,都比不上人家保安咧。"

另一警员接话:"倒不是保安多厉害,是这个小区太高档,监控几乎无死角,你们一举一动都在他们监控下。"

"既然误会解开了,那我们继续回去执行任务。"说罢,周永福就要起身。

"先别急,"小沈说,"我们收到了一条线索,就在中午,林玉玉和梁子通了电话。"

齐大仓立刻兴奋起来:"有录音吗?"

"有。"

小沈掏出手机,将录音播放给众人听。

"在哪达咧?"

"在哪达是你该问的?"

"一说话就冒火星子,我又惹着你咧?"

"一来电话就没他娘的好事,除了要钱就是要钱,你想钱花就去卖。"

"梁子,你说话别这么难听,我钱又不是给自己花,还不是为了你。"

"车是给我开的?美容院是给我进的?衣服是给我穿的?"

"这脸做得漂漂亮亮的还不是给你亲。"

"你……要多少?"

"十个。"

"日你妈,才给你十个,又要十个,当我是提款机啊?"

"你不是能挣吗?"

这时,录音中传来开车门的声音,似乎是梁子上车后关上了车门。

"上哪达？"是另一个男人的声音，大概是司机。

"hong xing 宾馆。"

林玉玉催促起来："给不给嘛？"

"等着，手头有单生意还没做，成了就给你。"

录音播放完毕，小杜回过神来，崇拜地看向齐大仓："齐队你真是神了，林玉玉果然跟梁子要钱咧。"

小沈笑了："要不说齐队是文物神探嘛。"

"快别抬举我咧，这电话是打给哪达的？"

"就在秦川。"

"准备准备，回秦川。"

"这马上天黑了，歇一宿再走吧。"小沈说。

齐大仓焦急道："形势不等人，盗墓贼手底下闲不住，咱晚一秒秦川的文物就多一分危险，必须马上赶回去。小沈，我想问问你，刚才梁子说的宾馆是 hong xin 还是 hong xing？"

"不好说，我们河东人说话不分前后鼻音，都有可能。"

"好，这几天辛苦你们咧。"

"跟你们文物警察比起来，我们这点辛苦算得上啥。"小沈拍拍他的肩膀，"齐队，你和兄弟们注意安全。"

齐大仓感激地应了一声，和他握了握手，随后立刻穿好外套往外走。

宾馆里，墙上贴着一片白板纸，上面密密麻麻地写着宾馆名字：红鑫、宏鑫、鸿鑫、红欣、宏欣、鸿欣、红心、鸿心、宏心、红星、宏星、鸿星、红兴、宏兴、鸿兴……

"哎呀，"齐大仓皱起眉头，"咋这么多？"

杨青石无奈："这还没列完，大家想想还有啥遗漏的？"

"我的脑子已经转不动咧，"周永福累得瘫坐一边，"实在想不起来……"

"别说丧气话，赶快想，咱把杨队他们薅过来，别自己先掉链子了。"齐大仓又揪起他。

丁炎举手："彩虹的'虹'还没写上？"

小杜质疑："谁家宾馆用这个'虹'？不可能。"

丁炎撇嘴："我家旁边的宾馆还真是这个'虹'。"

"不抬杠咧，"杨青石挥挥手，"写上，写上，宁可错杀，不可错过。"

"我估摸着全秦川的相关宾馆有八十来个，咱们分成四组，把这些宾馆挨个走一遍。"端详了一遍所有名称后，齐大仓分派任务，"这个方法虽然笨，但也是最有效的方法咧。永福跟丁炎一组，杨队跟小杜一组，尚立峰再找个帮手。"

众人即答："能行。"

齐大仓又道："我跟小贾一组。"

小贾没有回应。

"贾？"

杨青石做了个"嘘"的动作，看向了在沙发上打着盹的小贾："娃累坏咧，睡着咧。"

"行，"齐大仓忍俊不禁，"大家歇一歇，明早行动。"

次日，天刚蒙蒙亮，齐大仓几人便分头行动，出发前往相关宾馆逐一排查。

无奈，无论是"宏鑫""鸿鑫""鸿兴"还是"宏兴"宾馆，他们都一无所获，唯一收获的便是前台的摇头。

齐大仓重重叹气，抹了把额头上的汗，把本子上记的相关宾馆又勾掉一个。

清源县。

一辆套牌面包车停在了一家旅馆门口，戴着毛线帽的黎远光下车，进了旅馆。找到正确的房间号后，他走了进去，躺在床上的王金发和胡庆业赶紧起来。

"嫂子找到了吗？"王金发问。

"没回老家。家里说她从椒城打过一个电话。"

"椒城？那咱去找啊，我陪你。"

"弄完这一票再去。开车的找的哪里的？"

"放心，是从秦川带过来的，没在当地寻。"

黎远光点头："强娃呢？"

"买东西去了。"

"干活的家伙还没置办齐？"

"齐了，"胡庆业接话，"都预先埋好了。"

正说着，刘强开门回来，手里还拎着一袋苹果。

王金发打趣起来："强娃，都要干活了，你还亏不了你那两片嘴。"

"屁都不懂，"刘强翻了个白眼，"这叫保平安，图个吉利。"

说罢，他给每人扔了一个苹果。

连日来的摸排没有结果，联合打击办里叹气声此起彼伏。

"这几天大部分的宾馆都摸过了，还是没有梁子的线索。"杨青石双手支着下巴，"大家回忆一下，是不是有啥疏漏？"

"能有啥疏漏，我们又不是头一次办案，照片、河东人，有没有昼伏夜出的，脚底带泥的，都问到了，"周永福闷闷不乐，"要我说就是忙和尚赶不上好道场。来来回回跑了上千公里，累得要死，以为看到希望了，结果……"

话还没说完，齐大仓将杯子往桌上狠狠一放："谁不累？你披的就是这层皮，端的就是这个饭碗，就得认。要想茶杯一端，空调一吹，到点回家陪老婆孩子，那就别干了！"

他的火气已经冲到了脑门，一时间所有人噤声。

"都撒撒气，气打多了车胎还爆咧，更何况人。"杨青石连忙打圆场，"永福、小杜、小贾，有啥不满赶紧说，我给你们撑腰。我比大仓长几岁，揍他一顿他也不敢生气。"

周永福看了齐大仓一眼，不敢说话。

"看我干啥，有屁快放。"齐大仓怒视他。

"宋检今天给我打电话，让我跟你说你娃今天过生日。"

齐大仓腾地一下站起来："你咋不早说？"

"我一说话你就冒火星子，恨不得把我烧了烤着吃。"

齐大仓胡乱揉一通自己的头发，低声嘟囔："这个女人，咋不提前给我说？"

"你自己看看手机上有多少个未接来电。"

齐大仓一翻手机，五个宋慧茹的未接来电，愁得他直嘬牙花子。

"完了，"小杜啧啧道，"宋检的搓衣板又用上咧。"

杨青石提醒道："十二点还没过，赶紧去给娃打个电话。"

齐大仓赶紧出门去打电话。

"看见了？都不容易，在一块办案就跟两口子过日子一样，哪有马勺不碰锅沿的？烙饼得翻个儿，遇事前面想想自己，后面想想别人。你们齐队常说，他这三个兄弟灵醒着咧，办案子是把好手。我知道大家乏得很，可你们是嘴吹喇叭脚打鼓——能者多劳嘛。"杨青石温和一笑，宽慰着大家。

"嗯，跟齐队搭班子不是一两天了，他啥脾气我们都知道。"周永福也冷静下来，"杨队，我刚才又想了一下，有些城中村的小旅馆七拐八拐比较偏僻，是不是让咱给漏掉咧？"

"有可能，明天咱们再着重拉网排一遍。"

不一会儿，齐大仓就回来了。

小贾一副看热闹的表情："咋样？"

"看你那个八卦样儿，是不是以为宋慧茹能把我吃咧？我老婆好歹也是全国三八红旗手，格局能一般？她说让我请你们吃顿好的，算她账上。"

大概是没挨骂，齐大仓现在心情很好，一扫方才的怒气与愁容。

"那还不赶紧的，明天还得卖命咧。"

周永福催促完，众人便呼啦啦走了。

一辆面包车停在清源县某小旅馆外，黎远光、刘强、王金发、胡庆业戴着毛线帽出了旅馆，上了面包车。

"还有人没？"司机开口问道——竟是耗子。

"没了。"

刘强答完，耗子一脚油门，面包车疾驰出去。

行驶到一村外偏僻处后，面包车停了下来。

刘强叮嘱耗子："眼睛放亮，灵醒些。"

"早不是第一回干咧，放心，哥。"

刘强几人这才下车。

夜色如墨，山岗上树影幢幢，将云层后的月亮遮挡，众人在其间行走，伸手不见五指。

"家伙埋在哪儿？"黎远光扭头问。

胡庆业说："前面地里，我做了记号。"

几人刚走出没多远，两边地里突然跳出好多壮汉，手拿铁棍、铁棒和洛阳铲，照着几人的头就猛砸了下来。事发突然，黎远光等人根本来不及做出反应，就被打倒在地。

"兄弟们，打死这伙狗日的！"

黎远光听出了梁子的声音，他们显然是冲他而来的。然而对方人多势众，黎远光还来不及反击，所有的棍棒就都落在了他身上，他根本无力反抗，只能勉强用双手护住头颅，感知冰冷而沉重的铁器猛烈撞击着骨骼皮肉，直到神经麻木，鲜血直流。

面包车上，耗子见势不妙，也管不了许多，启动车辆，打开大灯，一脚油门就逃了。

荒山上，黎远光仍抱头承受着雨点般砸下的棍棒和铲子，刘强、王金发、胡庆业想过去帮忙，哪知刚一起身，就是迎头一棒。

"哥！"刘强无助地嘶吼着，浓稠的血从他额头上流了下来。

他只能眼睁睁看着黎远光兜里的苹果滚落在地，被人一脚踩得稀碎……

第九十八章 残损

清源县公安局内，武振川和刘刚值班，两人正在值班室里打着盹。

电话铃骤响，武振川惊醒，奔过去接起电话："清源县公安局……打群架？哪里？……我这就过去！"

梁子、黎远光两拨人已经离开，现场只留下一些打架过后的工具和痕迹。

一名扛着锄头的村民正在向警员描述："我天不亮刚来地里打算锄草呢，就听见这边有动静，好家伙，少说也有十几个人在干仗，手上拿的全是铁家伙，那阵仗唬人得很。"

武振川在察看现场痕迹，蹲下身子观察着地上凌乱的脚印。

"把这些脚印都提取一下。"

说完，他又发现了半根铁棍，断口处参差不齐，显然是被打断的，铁棍上还留有血迹。他把铁棍放进证物袋里，刚要起身，草丛里一个东西吸引了他的注意，武振川走过去以后，发现是个洛阳铲的铲头。

"老曹，"武振川走到一个派出所民警跟前，"再调些兄弟过来。"

"咋啦？"

"这可能是一起盗墓抢坑案，寻一下这附近地里有没有盗洞。"武振川扬了扬手中的铲头，又看向同事刘刚，"刘刚，这伙人肯定是开车来的，附近绝对有车轮子印，你带两个人找找。"

没过多久，地里有块地被挖开，民警从坑里起出一个蛇皮袋，里面有探钎、洛阳铲、绳子等盗墓工具。

"武局，你说对了！"老曹说，"这应该就是一起盗墓抢坑案。"

"盗洞找见了没有？"

"还没……"

武振川一摸下巴："有可能是还没开挖就先打起来了。"

正说着，刘刚跑了过来："武局，现场附近确实发现了一辆面包车的痕迹。"

"问一下村民确切的事发时间，然后联系交警部门，调这个时间段各路口的监控，查这辆车。"

明德博物馆内，赵佑林电话铃响，他接起，是老肖的声音。

"炮手已经废了，按您说的，现场做成了抢坑的样子。"

"无所谓，"赵佑林嗤笑，"要的就是让他穆见晖知道。"

"还有啥需要我办的不？"

"暂时没了，断了穆见晖的手臂，够他愁的了，去香港忙你的吧。"

县城某私人医院门口，一辆丰田车突然停下，穆见晖疯了一样下车冲进医院，跟跟跄跄差点把自己绊倒。

黎远光浑身是血躺在手术台上，鼻青脸肿到已经认不出原来的模样。

穆见晖冲进来，看到这一幕，眉头紧皱。

院长忧心忡忡地摇头："我们研究了一下，你弟弟伤得太重，我这里恐怕治不了，风险太大了，我建议你还是转去秦川的大医院吧。"

穆见晖红着眼睛，拿出一包钱塞进院长怀里。

"我不管什么风险不风险的，你们必须给我治好他！"

院长看了一眼钱，无奈道："我们只能尽力，但风险你必须自担。"

出了手术室，穆见晖仍一言不发地盯着里面。

周永福和丁炎拐进了一个人员复杂的城中村。这里电线交错，招牌林立，小巷狭窄，空气难以流通，垃圾却堆积如山，散发着腐臭的味道。走到路口拐角，可见逼仄的小巷尽头竖着一个不起眼的招牌，上面写着"红星宾馆"。

"周哥，"丁炎伸手指向招牌，"那儿还藏着一个红星咧。"

"去瞅瞅。"

周永福和丁炎朝里走了进去。

小宾馆十分晦暗，前台后面便是密密麻麻一排房间。

周永福亮出证件："老板，打听个人，你这里有个叫梁建斌的吗？"

店老板在电脑上一搜，摇摇头："没有。"

"老板……"周永福环顾四周，慢悠悠道，"我看你这个店消防也不过关吧。"

店老板瞬间明白了，给周永福递烟："兄弟，抽根烟，喝杯水。"

"谁也别耽误谁的时间，"周永福摆手，"你要是没登记，就老实承认。"

"俺这城中村里都是打工的，今天住明天走，全都登记不现实。有的还私下把房转给老乡，这俺找谁说理去。"

丁炎掏出梁建斌照片："认认人，河东口音。"

"娃他妈！"店老板扭头喊老板娘，"过来！"

"催催催，狗日的光知道催命，你倒是雇个人呀。"胖胖的老板娘抱着床单走了过来。

"少说两句,警察来办案咧。"

周永福微微一笑:"听姐口音,姐是冯寨的吧?我也是。"

老板娘顿时咧嘴笑了起来,眼睛眯成了一条缝:"乖乖,还是小老乡,有啥事跟姐说。红星宾馆外头的事咱不知道,里头的事全在姐肚子里。"

"姐,你把这人认一下。"

"嘶……"老板娘鼻子一拱,"这咋看着像301房的住客呢。"

周永福和丁炎顿时激动起来。

"姐,你可看真真的了?"周永福的声音略有颤抖。

"比针尖都真,"老板娘见他目光殷切,更来了劲,仔细说起来,"这人四十来岁,爱戴个帽子,屋里头还供着个白胡子老汉。"

"他说话是哪里口音?"

"是哪儿的我不知道,反正不是本地的。"

"说话得是鼻音很重?像这样,"周永福学了两句,"风起云涌,雨后春笋。"

老板娘捧腹大笑:"对着咧,警察小老乡,你学得真像。"

"301房在哪儿?"

老板娘顺手一指:"他昨天出门了,到现在都没回来。"

"麻烦姐带我们过去看看。"

老板娘立刻带着他们往301房走去。

打开301房的门后,周永福一眼看到桌上摆着个土地爷的小像。

"丁炎,看见没,土地爷。"他指着小像回头看丁炎。

丁炎点头:"是这货没跑咧。"

"小老乡,"老板娘好奇道,"这货犯啥事了?"

"姐,你就甭问咧,权当啥事没有,要保密。"

"能行,有啥事喊姐,甭客气,都是冯寨人。"

热情招呼完,老板娘便闪身出去了。

"永福……"待她一走,丁炎不解道,"你啥时候成冯寨人咧?"

"这不是办案需要嘛,明天也许就是李寨人咧。"周永福嘿嘿一笑,又给齐大仓打去电话,"齐队,有门了,幸福三村红星宾馆。"

正说着,门口突然出现一个人,竟是刚回来的梁子,脸上还带着打架受的伤。

梁子看到他们瞬间愣住。

说时迟，那时快，双方同时反应过来，梁子拔腿就跑。

"梁子！"

周永福大喝一声，一个飞扑上去，却扑了个空，狗啃泥一样趴在地上。丁炎大步从他头上跨过，撒腿追了过去。周永福连忙爬起来，紧随其后。

梁子一路狂奔，丁炎和周永福一路狂追。

然而梁子毕竟混社会多年，年轻时没少干偷鸡摸狗的事，长期练下来，可谓手脚利索，身轻如燕。他一路狂奔到马路，三步并作两步上了过街天桥。

丁炎显然动作慢了些，这时已是气喘吁吁，被甩在了后面。周永福却跟了上去，奋力上桥，紧追不舍。丁炎见状，索性改道，绕到天桥另一边去堵梁子。

梁子眼见无路可逃，看着桥下，一咬牙，心一横，纵身一跃，准备跳下去。关键时刻，周永福再次飞扑过去，死死拽住了他的脚踝……

穆见晖焦灼地等待在手术室外，不知过了多久，手术终于做完，院长和医生、护士走了出来。

穆见晖立刻迎上去："咋样了？"

"算他命大，"院长说，"手术成功了。"

穆见晖长长松了口气。

"命是保住了，但是……他多个脏器受损严重，尤其是肠道，多处外伤性坏死，我们只能给他做了肠造口手术。"

"啥意思？"

"他这辈子可能都要靠造口袋排泄了。"

穆见晖呆住了。

院长说罢，摇了摇头，随即几人离开。

穆见晖双眼空洞，久久呆坐在手术室门口，猛然间，他抬手重重地给了自己几巴掌，眼泪随之滚落。

看守所内，几张新拍的不同角度梁子的照片摆在面前，李春来正逐一仔细辨认着。琢磨了一会儿后，他重重点头："就是他，我看得真真的，他绝对就是那天盗墓的那几个人里头的。"

公安局稽查大队讯问室。

"警察同志，我啥坏事都没干过，你们抓我干啥？"梁子故意装傻。

周永福瞪他："没犯事看见我们就跑？命都不要了？"

"我也不知道你们是警察啊，以为你们是抢劫的。"

"梁建斌，"齐大仓直直盯着他的双眼，"别拿你这套老词糊弄我们。"

梁子突然听到他叫出自己大名，明显愣了一下。

捕捉到他表情的细微变化，齐大仓知道自己的策略是正确的，笑道："没把你的老底摸清，我们也追不到红星宾馆。你肚里那点小九九我清楚得很，还想用反正没证据、咬死不撂那套啊？我告诉你，看见你盗墓的证人我们有好几个，你找的同伙黑子也指认你了，你在现场留的 DNA 我们也有。船到弯处须转舵，嘴硬这条路你是走不通了，早说晚说都得说，是争取个坦白从宽，还是落个抗拒从严，你自己选。"

"我交代，"梁子终于瞒不下去，"我全交代。"

"尹村盗墓案你是支锅吗？"

"不是。"

"谁找的你？"

"我只知道他外号叫华南王。"

齐大仓一惊："叫啥？"

"华南王。"

这个尘封的名字一下唤起了齐大仓和周永福关于黑陶俑的记忆。

齐大仓跟周永福对视一眼，问梁子："你见过他吗？"

"就见了一回。"

周永福起身出去。

齐大仓继续问："得是古越口音？"

"对，你咋知道的？"

"你知道这个华南王现在在哪儿不？"

"那不知道，就一个电话号码，起货以后还打不通了。"

"号码多少？"

"在我手机上，那个号码估计也是个临时号，他每回找我都换号。"

齐大仓点头，周永福又走了进来，手里拿着一幅画像，正是多年前黑陶俑案中的华南王画像。

他递给梁子辨认："是你见过的华南王不？"

梁子看了一会儿，摇头："不像。"

"不像？"齐大仓不由挑眉。

"你这像画得，说是周润发我信，说是郑伊健我也信，说是俺村张建设都没人反对。"

"别耍贫，继续说，"周永福厉声道，"华南王是支锅，你是啥？"

"我是腿子。"

"人都是你找的？"

"是的。"

"都有谁？几个人？"

梁子犹豫了一下，才缓缓开口："我从老家带过来两个，一个叫小武，武胜远，还有一个外号刀疤，大名胡建设。黑子是在本地找的下苦，就我们几个。"

齐大仓追问："武胜远和胡建设是河东哪儿的？"

"跟我一个县的。"

"你刚说起货以后联系不上华南王了，那你们的货呢？"

"叫人抢跑了。"

齐大仓和周永福很是惊讶。

"抢了？谁抢的？"

"不知道，我们刚起了货到火葬场，还没联系上华南王，就来了一伙子人，我那么多货，就给我扔了二十万。"

"还给钱了？这也不算抢吧。"

"咋不算？"说到这里，梁子有些生气和郁闷，"我那么多青铜器，少说能卖几百万，二十万跟白抢有啥区别？"

"他们几个人？你知道是啥人不？"

"七八个吧，都蒙着脸，看不清长相。不过我感觉领头的应该是卖给我炸药的人。"

"卖你炸药？"

"我们弄炸药不在行，试了几回都不行，刀疤就去打听了一圈，找了个本地的能人。那真是个狠人，就因为少给了他点儿钱，他拉开衣服，绑了一身的炸药，扯线就要炸。我虽然没看见他长啥样，但记得那双眼睛，看人跟狼一样，那天领头抢我们的人，也是一样的眼神。"

"刀疤咋联系上他的？"

"道上打听的呗，猫有猫道，鼠有鼠道。现在想想，我们是着了那货的道，让人家当枪使了。他先把炸药卖给我们，让我们卖个力气把货起出来，他直接捡现成的。"

"他的炸药那么好用？"

"好用！"梁子不禁竖起大拇指，"就没见过那么厉害的，这方面那货的确没的说。"

齐大仓无语，想了想又问："他知道你们的作案时间、地点，那应该盯你很久了，不会没查出你下坑的地方。他那么会用炸药，又找了那么多人费那么大劲,还得给你二十万,为啥不自己挖?"

梁子眼中闪过一丝心虚:"不知道,我又不认得他,哪儿知道他咋想的。"

"梁建斌,"齐大仓又直呼他大名,"你不要再跟我耍挤牙膏那套,到底认不认得他?"

梁子头摇得拨浪鼓一样:"真不认得,要是熟人,他敢抢我的货,就不怕我寻仇吗?"

"那你这次又来秦川是干啥来的?得是又要盗墓?"

"没有没有,绝对没有,"梁子连连摆手,讷讷道,"这不是黑子被抓了嘛,风头紧,我也不敢在老家多待,就找了个人多眼杂的城中村,一直猫在村里的旅社里。"

"旅社老板说你昨天晚上没回来,上哪儿去了?"

梁子有些不好意思:"男人嘛,成天到晚一个人待着,总得寻个地方败败火。"

"去的哪儿?"

"村里路边随便找了个娘们。"

"睡在哪儿?"

梁子心虚:"就……随便找了间旅社。"

"叫啥旅社?"

"哎呀,我昨晚上喝了不少酒,真记不清了。"

齐大仓目光如炬地盯着他:"这话你自己信吗?"

"我真没干其他的!"

"那你脸上的伤咋回事?"

"喝多了摔的。"

齐大仓显然不信:"你跟林玉玉说的手头有单生意还没做成,是哪单?"

梁子明显慌了一下,眼神闪躲:"前两天有个人找我说是有活,那事没成。"

"找你的人是谁?"

"那我哪儿知道,人家都用公用电话联系,只有人家找我的份儿,没有我找人家的份儿。"

齐大仓知道他没说实话,却也不心急,反而胸有成竹地沉稳道:"不急,我虽然忙,但从现在起你有的是时间了,我们队里这些人轮班陪你慢慢耗。画师马上就到,你先把在尹村墓里都盗了些啥,给我们一件件说清楚。"

说罢,他又用那双老鹰般锐利的眼睛盯着梁子。梁子被看得不自在了,本能地低下头，咽了口口水。

雒青、齐大仓、郭士林三人高高兴兴并肩走在医院走廊里，雒青还拿着一叠被盗文物的画像，边走边看。

"方堃要是知道盗墓贼被抓住了，没准一高兴立马就能回考古队了。"

齐大仓笑了笑，说："雒青，你这是话里话外给我上紧箍咒，督促我赶紧破案呢。"

"齐队，不敢，"雒青眨眼，"我没吃过猪肉也见过猪跑，谁不知道盗墓案是出了名的破案难。现在主犯落网了，我们至少知道都被盗走啥了，这对研究尹村大墓和那个外藏坑帮助很大。"

郭士林赞同道："齐队现在也是半个专家，要不然也不会刚拿到画像就立马往咱考古队跑，先把一手资料带给咱。"

齐大仓哈哈大笑起来："小郭这话是真是假我先不管，反正我爱听。"

三人有说有笑，已经到了方堃病房前，门没关，便径直进去了。

一进门，几人却傻了眼——原本方堃的病床上已经空了，新的被褥叠得整整齐齐，周围的生活用品也全都没了。

"人呢？"雒青惊讶。

郭士林拧起眉毛："不会是换病房了吧？"

一个护士正好从门口路过，齐大仓赶紧喊住："你好。"

护士停步。

"请问这7床的病人转到哪儿去了？"

"方堃啊？"

郭士林说："对。"

"他出院了。"

"啥？出院了？"郭士林满脸震惊，"他这么快就能走了？"

"谁跟你说他能走了？他这个病继续住院也没有太大意义。"

"啥意思？"雒青也十分不解，"路都不能走，咋就突然出院了？"

"他能不能走，不是在医院做几天复健就行，主要是看他脑部淤血什么时候能消除，不再压迫他的神经。"

几人都愣住了。

"意思是……不管他咋复健，只要脑袋里的淤血不消，他都不可能再走路了？"郭士林的声音颤抖。

"对。病人可能是发现复健没有效果，有些悲观，所以提前出院了。"

第九十九章 归队

家里，方堃闭着眼睛，在方忠平的辅助下，两手拄着拐杖，努力站着。

"好了，可以睁眼了。"姐姐方垚的声音在一旁响起。

方堃一睁眼，映入眼帘的竟是一个轮椅，他冲着一脸期待的方垚翻了个白眼，转身就要挪回屋。

方垚赶紧拉住他："方堃，这是我在网上买的，直接快递发上门，厉害不？我研究了一整天才弄明白的，你可不能辜负我，赶紧试试。"

"我……不需要。"

"哎呀，你这人现在没劲得很，你想想，有几个人这辈子能有机会体验一把轮椅？有人免费送你，还不抓紧坐。"

"那你留着好好体验，钱我报销，当我免费送你。"

"哎，不对，要是以前，以你的性子，不管碰到多大的事，肯定先坐轮椅上，立马下楼溜一圈再说，这几天是咋了？哦……我知道问题出在哪儿了，你自卑了。"

方堃不服气地抬眼看她："谁自卑了？"

"得是你暗恋雒青，怕人家嫌你瘸了，所以着急忙慌地出院往家跑，连你姐给你买的轮椅都不敢试？"

"方垚，你照照镜子瞅瞅你这副没格局的样子，一天天就知道个情啊恋啊的。"

"叫我说中了，对不？你从小到大都这样，一旦被我戳中了，马上脸红，你看看你现在脸红成啥样了。"

方堃心虚，不由自主向镜子看去。

"我哄你的！"方垚哈哈大笑，"你小子居然也有自卑的时候。"

方堃懊恼，拄着拐作势要捶她，方垚赶紧闪躲。没了支撑，方堃差点摔倒，幸好方忠平一把扶住。

正在做饭的孟秀芬从厨房出来："哎呀，方垚，你弟都这样了，你都不知道让让他。"

"妈，你也太偏心了，是你儿子要打我啊。"

两人正打闹着，敲门声忽然响起。

方垚过去开门，门口站着雒青、郭士林、齐大仓。

雒青和郭士林齐声道:"姐姐好,叔叔好。"

"雒青,士林,齐队,快进来,快进来。"

方垚赶紧招呼着让大家进门,方忠平跟几人打着招呼,孟秀芬听到动静也赶紧出来招呼。

"秦川地方邪,"方垚神秘兮兮地眨眼,"说曹操曹操就到。"

雒青好奇:"你们正在说我们吗?"

方垚笑着看她:"对。"说着又窃笑着回头看方堃。

"说我们啥呢?"

"别听她瞎说,"方堃一口否认,又问,"你们咋来了?"

"你不是答应我要回考古队吗?怎么招呼都不打一个就回家了?"

"你看看我现在这个样子,咋回考古队?坐轮椅回去吗?"说着,方堃一屁股坐进轮椅里。

"那有啥不行的?"郭士林扬了扬眉,"你要不想坐轮椅,我把你背回去。"

齐大仓也附和道:"小郭要是劲儿不够,还有我呢。"

"你们知道我说的不是这个,"方堃闷闷道,"你们见过哪个田野考古的队伍里有个坐轮椅的瘸子?我这腿已经废了,回去了还能干啥?"

"你又不是永远站不起来了,队里头那么多案头工作,也不一定非要下田野。"郭士林宽慰道。

方堃却摇头:"不下田野还能叫田野考古吗?"

"咋不能?你又不是技工,非得实地操作。"

"不去田野看,我咋指导技工?咋总结工作?"

"我可以转达给你,事是死的,人是活的,总有办法。"

"有转达的工夫你自己就指导了,为啥要多此一举。"方堃长长叹气,"老郭,你是好心我知道,但是没必要费口水了,考古队已经不需要我了。"

"谁说的?考古队领队是我,我说了才算。"雒青不甘心,大声说了起来,"方堃,我以考古队领队的名义郑重地通知你,赶紧回去,考古队需要你……我也需要你。"

她的声音到末尾突然小了下去,此刻,屋里所有的声音都消失了,大家都用八卦的眼神看着他俩。

"你有啥需要我的?"

"你个大男人咋这么磨叽,"雒青翻了个白眼,"我需要你跟我谈恋爱行不行?"

大家险些被这句话惊掉了眼球。

方堃怔愣住，几近石化。

"我再问你一遍，回不回？"雒青又鼓起勇气问道。

方堃没表态。

"算了，不回也得回，这是领队命令。方叔，阿姨，姐，对不起了，今天人我得带走。"雒青态度坚决。

"带走，带走，必须带走。"回过神来，方垚笑得合不拢嘴，"爸，妈，赶紧收拾行李！"

孟秀芬关切道："不先吃了饭再走？"

"人家考古队要得急，现在就走。"

方忠平和孟秀芬赶紧帮忙收拾东西。

"哎！"方堃开始慌张，"我还没同意呢。"

谁知雒青完全没理会他，只是看向郭士林和齐大仓："老郭，齐队，搭把手，抬人。"

两人忙答应着，不由分说地抬着方堃的轮椅就出了门。

门口，方忠平和孟秀芬已经把方堃的行李收拾好了。

"叔叔，阿姨，给我吧。"雒青接过行李，"再见，你们快吃饭吧，不用送啦。"

说着，她便关门离开。

方垚倚在玄关处，双手环抱，啧啧道："这女子能拿住方堃，爸，妈，赶紧攒钱，你娃要说媳妇咧。"

到了尹村村口，齐大仓停下了车，自己率先下车，赶紧把轮椅从后备厢搬出来，又帮着郭士林一起把方堃抱下车，扶他坐上轮椅。

方堃抬头一看，齐有粮、严守村带着村民们已经站在村口，浩浩荡荡地等在这里迎接他。一见到方堃，众人立刻热情地迎上来。

雒青也推着方堃向前迎去。

严守村抢在齐有粮前面到了方堃跟前："碎娃，你这身体不行嘛，年轻轻个娃，咋挨了两下就跟六叔一样，都坐上轮椅了？"

齐有粮挤开他，剜他一眼数落道："守村，不会说话就把沟子往后拧，还爱朝前凑个热闹。你叫车连拖带甩试下，别说面包车了，就你家那三轮车你都扛不住！"

说着，他又慈爱地看着方堃："方堃，赶紧回，饺子、羊肉汤你大妈都给你备好了，满满一大锅，就等你回家呢。"

"堃娃,早该回来了,咱自己家不比医院舒坦?你伯专门跑到镇上给你置办了电热毯,电都插着呢。"曹凤英也热情宽慰着他,"一会儿热乎乎灌碗羊汤,再咥几十个饺子,咥完就上被窝里暖和着,啥病都能养好。"

方堃眼睛发酸:"哎!"

齐有粮从雏青手里接过轮椅:"方堃,你娃也别难受,我跟村里你这些伯啊叔的一起搞了个群众文保队,天天按班按点巡逻呢。我们这些老家伙胳膊、腿虽然不太利索了,但是对付几个贼娃子还不成问题,哪天叫我逮住了,非给咱俩报仇。"

"你赶紧避远些,堃娃子,齐有粮那套老皇历早就不时兴咧,你抬眼扫扫,咱村上现在装了多少摄像头,哪儿还用他巡逻。"严守村瞥了齐有粮一眼,满脸不屑。

齐有粮来了劲儿:"我就不信咧,你这摄像头连个恁大点的电视,能有我们这么多双眼顶事?"

"啥电视,四六不懂的,那叫电脑,知道不?"

"可以啊守村叔,"方堃笑着对他竖起大拇指,"你连电脑都知道。"

严守村一脸自豪:"这算啥,你叔那个破窝棚现在已经鸟枪换炮变成监控室咧,方圆几里地,有只雀儿扑腾都别想逃过我跟黑嘴的眼。"

方堃惊讶:"黑嘴也会看监控?"

"黑嘴你还不知道,比人都灵,精得很,它也知道田地里冷,监控室暖和。"

"叔,你跟黑嘴这差事美得很嘛。"

严守村轻哼一声,略带怨念:"反正比当个啥破文保队队长强。"

"叔,监控重要,巡逻队也重要,监控照不到的地方巡逻队能补上,巡逻没巡到的点,监控也能提醒。"齐大仓笑着解释道,"咱追求的就是科技、人力相结合,互相补充,相互配合,不留一丝漏洞,让盗墓贼来都不敢来。"

严守村瘪瘪嘴:"你娃屋里卖瓦盆的,一套又一套的,把我跟齐有粮都套进去咧。"

众人有说有笑的,马上便到了齐有粮家,只见老鹿、齐小满一行人也浩浩荡荡地回来了,一看见方堃,齐小满就激动地跑过来。

"方堃哥,你终于归队咧!"

方堃也跟他们打着招呼:"小满,鹿师,吕师……"

"小方,鱼儿还得回到水里头,回咱考古队就对了,啥气儿都能给你顺过来,气顺了,就通了,身子也就好了。"老鹿笑呵呵道。

"哎呀,回屋坐下慢慢谝嘛!羊汤的热气都快冒完了。"

被曹凤英这么一说,大家纷纷进了屋。

院子里热热闹闹摆满了几大桌,齐有粮帮着曹凤英舀汤,其他人轮流端着,热气腾腾的羊汤一碗碗端上来,一盘盘饺子、一张张烙饼摆满桌子,引得人食指大动。

齐有粮递给严守村两根羊骨头:"给。"

"你这老汉心眼碎得很,不就嚷了你两句嘛,你们吃肉叫我啃骨头。"

见严守村碎碎念,齐有粮只觉好笑:"给黑嘴留的,你要跟它抢,我也管不上。"

严守村顿时喜笑颜开:"哎呀,黑嘴,还是你有粮哥心疼你,快给他拜一个。"

齐有粮给了他屁股一脚。

齐大仓和方堃坐在一起,方堃一边吃饭一边翻着齐大仓拿过来的那些被盗文物图,都是根据梁子口头描述画的草图,有一组鎏金编钟、一对鎏金莲花烛台和一个官印。

"雒青他们不是说底下还有不少石磬嘛,这些编钟应该就是这个坑里出的。"方堃说。

"莲花烛台也对得上,我们在坑里发现的那个鎏金叶子,应该就是他们拿的时候碰掉的莲花叶。"雒青凑过来看完,也道。

忽然间,方堃皱起眉看着官印图:"这张我看不太明白……这是个啥?官印吗?"

雒青点头:"我们也觉得像官印。"

"上头没有刻字吗?盗墓贼咋说的?"

"有字,就是他不认得那字,"齐大仓苦恼道,"我找你们最主要就是为这张图,我记得谁说过青铜器是字越多价值越大,所以一听有字就赶紧过来了,万一这上面的字能帮你们判断这到底是谁的墓,那功德可比我破案大多了。"

方堃笑着看他:"齐队越来越专业了,文物警察没有白当。"

"我跟老郭讨论了一下,这个式样应该就是官印,如果是乐府坑,那官印应该也是乐府印。"雒青进一步解释。

方堃想了想,看向郭士林:"老郭,你把我的本子和笔拿过来。"

郭士林进屋帮他拿了出来。

方堃把碗挪开,低头在本子上画了起来,很快便画好了几个官印的样式,底部也分别描了字,有瑟府、乐府、之印、丞印等字样。

"基本就这些排列组合了。"

"行，"齐大仓很是高兴，"我拿回去让盗墓贼辨认一下再给你们回话。"

方堃又忧心道："齐队，这些文物还能追回来吗？"

被他这么一问，齐大仓脸上的笑容逐渐淡去，眉毛耷拉下来："我……不确定，文物已经被偷出去这么多天了，不排除已经出了海关、流失到国外的可能，再想追回来难度就大得没边了。"

方堃几人不禁心痛地低下头。

"那靠几张图咋找啊？"郭士林问。

"这图说不定还真管用！"想起了什么，齐大仓赶紧道，"咱们秦川马上就要上线一个中国被盗文物信息发布平台了，这是由公安部和国家文物局委托咱们省厅弄的，听说好像是要把新中国成立以来所有丢失文物的信息都放在这个平台上，只要有人发现，可以立刻举报，到时候我把这几张图传上去试一下。"

方堃点点头："听起来怪嫽的，人多力量大，全世界那么多关注文物的人，说不定哪片云彩就下雨了。"

"对，就是这意思，我们文物警察才几个，全世界爱文物、有文保意识的人那可就数不过来了。"齐大仓咧嘴一笑，"盗墓贼、贩卖文物的人编的网大，咱的网更大，魔高一尺，道高一丈嘛。"

下午，方堃正窝在房间里看着凤凰山的勘探资料，郭士林则在一旁收拾行李。

"你收拾行李干啥？"察觉到旁边的窸窣动静，方堃不由疑惑。

"别提咧，这一向在凤凰山上勘探，好几周没回家了，我媳妇这两天都开始给我上三件套了。"

"啥三件套？"

"'你好''请问''麻烦了'，比刚认识那会儿都外道，再不回去就变成最熟悉的陌生人了。"郭士林耸耸肩。

方堃忍俊不禁："一个被窝里睡不出两种人，你媳妇这三件套是跟你那三行诗学的吧？"

"方堃你就偷着乐吧，你得庆幸你还没踏进婚姻的门槛，进来以后够你喝一壶的。"顿了顿，郭士林又挤眉弄眼，"不过我看你也快了，一只脚已经进门了，加把劲，另一只脚也赶紧进来。"

"我现在这腿脚，别说婚姻的门槛，就咱这门槛都进不来出不去。你收拾完自己的行李以后，顺带把我的也收拾一下。"

郭士林愣住："收拾你的干啥？"

"你走了，我推着个轮椅，连厕所都没法上，还留这儿干啥？你回去的时候顺道把我也送回家。"

"你现在不是有对象了吗，还用得着我？别看雏青那瘦胳膊瘦腿的，这几年叫铲子练得全是腱子肉，搬一个寻常大汉都没问题，更何况你这干猴。"说着，他压低声音，"我说堃儿，你咋这么不开窍，人家女娃都拉下面子把话说开了，你还不抓紧机会把柴火烧起来。我反正已经把窝给你腾出来了，能帮的都帮了，剩下的就靠你个人了。"

说完他便风风火火拎着行李走了。

方堃放下手头资料，在桌边坐着，望着窗外院子出神。考虑了好一会儿后，他把行李往轮椅上一堆，推着往外走去。

第一百章 振作

方堃奋力地沿小巷往村外推着轮椅,很快就来到了村委会门口前的广场上。此刻夕阳西落,余晖洒在城墙下的村落里,照得那座孤塔通身金黄,那颜色比秋收晾晒的玉米颜色还要浓郁。他不由停下,怅惘地看着眼前景色。

"再不往前推,天黑可连村口都到不了了啊。"

雒青的声音冷不丁在他身后响起。

方堃却没回头:"走夜路也没问题,慢慢挪,总会挪到家。"

"都有挪回家的毅力,就没有留在这儿的决心?"

"靠自己和拖后腿、当包袱是两码事。"

"照你这么说,包袱拖后腿,大家又不傻,干啥不把包袱扔了?还省心省力气。"

"那得问你们,为啥不扔,还得让没长腿的包袱自己一点点挪走。"

雒青笑了,索性走到方堃面前,打量着他:"没腿但是架不住装轮子了呀,是够辛苦的,这点路手都推秃噜皮了吧?"

她拿起方堃的手细细检查着,嘴上虽在数落,语气却难得温柔:"你傻不傻啊,不扔包袱就是因为包袱肚里有东西,所有的家当都在里头,能扔吗?咋没用了,用处大得很,眼下就有一个用处。"

"啥用?"

"你还记不记得兹陵在凤凰山这个说法最早出自哪里?"

"骆天骧的《类编长安志》啊,他认为兹陵在京兆通化门东四十里白鹿原北凤凰山下。"

"后面还有一段话:至元辛卯秋,兹水冲开兹陵外羡门,吹出石板五百余片。"

"有印象。单从字面意思看,'外羡门'应该是指兹陵的墓道外门,这句话大概意思是至元年间兹水河把兹陵的墓道外门冲开了,但'吹出石板'是什么意思我不太理解。"

"'吹出石板'是啥意思我也不懂,但是我猜这是骆天骧判断兹陵在凤凰山的一条重要依据,而且这段话说得有鼻子有眼的。"

方堃抬头看她:"你是怕如果二次勘探完凤凰山,发现底下还是没有墓,但这段话又没有一个合理解释的话,凤凰山是兹陵之说还是很难撼动。"

· 656 ·

雒青点头："二探快完成了，结果还是一样。院里怕不保险，又找了物探公司，决定用上科技手段，看能不能获取凤凰山遗存的相关信息，这两天二探完成就要上三探了。"

"再高的科技能有咱们的探铲准？"

"其实大家都心知肚明，结果肯定还是一样的，但是要推翻一段记载千年的历史哪有这么容易，做得这么周全就是想堵住悠悠众口。"

"所以你才想从根上解决问题，同步把《类编长安志》上这段文字弄明白，让人挑不出半点毛病。"

"对，我们人手现在都在凤凰山上，腾不开手干这个事。"

"你想把这个事交给我？"方堃指着自己诧异道，"我连路都走不了，咋调查？"

"你问我我问谁去？以前你不是办法多得很嘛，拦着马超越填盗洞那股劲头去哪儿了？行，我看出来了，你嘴上全是借口，其实就是心里不愿意干，我也没办法拿刀子逼你，大不了发掘的事继续往后拖。回头我去看昝教授的时候，顺便给他带个话，他的得意门生、高徒方堃，因为腿脚暂时不方便已经离开考古队了，把这十年前的烂摊子留给我跟郭士林了，反正我是从吕氏家族墓调过来义务帮忙的，他也怨不上我。"

"拿昝教授'绑架'我？"

"对，不光拿昝教授，还要拿我拿老郭一起'绑架'你！要不是你十年前那股子驴劲儿跟十年后这不要命的架势，我跟老郭都不会跟尹村扯上半毛钱关系。你倒好，把我俩拉下水了，自己拍屁股想走人，门儿都没有！"

"唉……"方堃闷闷道，"我已经辞职了，没名没分的，也没法留在考古队。"

"你可拉倒吧，你方堃是在乎名分的人？要是在乎，你当初能去市所当临时工？反正你临时工也干过，文保员也当过，现在想用啥身份就用啥身份，实在不行我这领队给你。"

"可不敢，我哪敢造这个次，那不是关公门前耍大刀嘛。"

雒青轻哼一声，笑了出来："知道就好。"

"倒是有个身份我还没试过。"

"哪个？"

方堃的声音连牙缝都没出去："你男朋友……"

雒青根本没听见："啥？"

"你那天说跟我谈恋爱，"方堃忽然扭扭捏捏起来，不敢与她对视，"是真的假的?"

雏青却反问回去："你觉得呢?"

"堂堂领队,总不能耍人吧?"

"你还走不走?不走我就先回去了,还得写考古日记呢。"

"既然你这么需要我,"方堃故意拖长声音,"我就先留几天,帮你把水吹石板的事查一下。"

"不是帮我,这又不是我一个人的事。"说完,雏青转身离开。

"哎,你这就走了?"

"不走还干啥?"

"不管我了?"

"你能一个人过来,肯定也能一个人回去。"

"回去是上坡!"

"正好练练手,调查石板的时候还要爬上爬下呢。"

"你就是这么对你男朋友的?"

然而,雏青早已迈着轻快的步子走远,压根没理他。

方堃满腹怨念,只好费力地倒腾双手转动轮椅,朝着回去的上坡像蜗牛一样慢慢前行。

讯问室内,梁子皱着眉,眯着眼,努力辨认方堃画的那几张官印图,选了半天,他指着其中一张说："这个。"

齐大仓拿起一看,图中官印底部描着"乐府丞印"四个字。

"一模一样吗?"

梁子点头："我当时就瞄了几眼,记不太准了,但这个最像。"

房间内,方堃桌上摆着《史记》《汉书》《水经注》《元和郡县志》《类编长安志》等古籍。此刻他正专注埋首于书卷中,连雏青啥时候来的都不知道,直到一扭头吓了一跳。

"你咋一点声响都没有?"

"是你太专注了!你要的书我给你带来了。"

说着,雏青把一本《元史》递给了他。

"你就不问问我为啥要这本书?"

"你要想说自然就跟我说了,还用得着我问?"

方堃不由觉得好笑："早些年咋没发现咱俩这么默契?"

"早些年你像个炸毛鸡,说两句就抬杠,主意比谁都正。"雏青翻个白眼,"你得感谢我,要不是我跟你对着干,你还不知道闯出多少祸。"

方堃掀开桌上一块布，下面是一块烤红薯："给，拿它感谢你。"

"给我留的？"

"废话。"

雒青接过来，忽然笑了。

方堃有些摸不着头脑："笑啥？"

"想起你的裤带面了，你呀，赶紧麻利点给我锻炼，我还挺想那一口呢。"

回到自己房间，雒青打开考古日志本，记下："我们仍然一无所获，很累，明天开始物探。"

咬了一口香甜热乎的烤红薯，她接着写下："考古，这个世界上最浪漫也最深邃的事，多数是苦的，但也有时候是甜的。"

写完，她抬头望了望方堃的房间，嘴角悄然上扬。

方堃强撑着一点点将轮椅挪到了院子里。正坐下休息时，严守村来了。

"得是累坏了？昨天不是能得很，差点出村，今天咋不行了？"

"叔，快别花搅我了。"方堃讪讪一笑。

严守村忽然躬下身："上来！"

方堃一愣："干啥？"

"你说干啥？我给你当司机。青女子交代了，你娃肯定待不住，说你肯定出去找啥石板，让我陪着。"

"算是让她说着了。"

"这就叫啥你懂我我懂你，青女子聪明心细，这婚事我批准了！"

见严守村一脸看热闹的表情，方堃无奈："叔，你又开始胡诌，咱还是赶紧走吧。"

地质勘探队在雒青的带领下向凤凰山深处走去，那里树林葱郁，草木扶疏，寂静而安谧。

"庞队长，科技手段在考古中应用得越来越多了，希望你们能用仪器帮我们确定土层的结构，这也是对我们之前勘探工作的一个印证，辛苦你们了。"雒青微笑着。

庞队长摇头："不辛苦。"

他们边走边找合适的勘探点，不一会儿，队伍便找准了点，开始安装探地雷达、地磁仪和测氡仪。

庞队长向雒青介绍起来："今天我们把压箱底的宝贝都拿来了。"

"探地雷达我们熟，考古过程中没少用。"

"对，它外号叫物探之眼，可以检测岩石、泥土、砾石和人造材料如混凝土、砖等。除了探地雷达，我们这次还带来了地磁仪和测氡仪。"

在场的考古队队员无不好奇地看着地质勘探队操作。

严守村骑着他的三轮车，载着方堃在尹村各处打听石板，但村民们纷纷摆手表示没听过。

骑到陈家坡后，方堃继续逮着过路人询问，可还是一无所获。

他叹了口气，却又看到眼前严守村骑三轮车的大汗淋漓的背影，不禁心中一酸，又振作起来，继续思考着文献的奥秘。

另一边，穆见晖提着餐盒来了私人医院的病房。

"哥。"

黎远光刚要起身，就被穆见晖一把制止。

"躺着吧。"

此时的黎远光身上挂着造口袋，依然十分虚弱。

穆见晖把带的半流食营养餐一一拿出来："大夫说你现在只能吃点半流食，我让厨子把肉炖得烂烂的，又加了点蔬菜和小米粥，味道还不赖。"

黎远光摇头："我吃不下。"

"吃不下也得硬吃，多吃才能恢复。"

"哥，我这样还能恢复到哪儿去？挂着个粪袋子，跟废人有啥区别？"

"别说丧气话，等风声过去，你身子好一点，咱们去外地寻个大医院，有钱啥病看不好。你呀，就是心思太重。"

说着，穆见晖掏出一个数码相机，找出一段视频播放给黎远光看。画面里，娃待在刘树兰山上的居所，被她悉心照料着。

"看，娃好得很，你在这儿安心养着，娃让你嫂子带着，要是想找文雯，让底下兄弟给你找，还有啥放心不下的。"

黎远光看着娃白白胖胖的样子，心里的一块大石头终于落地，眼泪也悄然划过脸颊。

"娃有你跟我嫂子，我再放心不过。哥，我前一向让你给娃起个名，你想好了吗？"

穆见晖摇头："你是娃的爸，我起像啥话，你起。起好了我告诉你嫂子，省得天天管娃叫乖乖。"

"我爹妈没给我取下个好名字，远光远光，离光远得很。娃不能再像我一样，叫个亮亮吧，亮亮堂堂地活个人。"

"能行，亮亮好。"

"以后要是我再有个啥意外,亮亮就是你跟我嫂子的娃。"

穆见晖愕然:"小光,你说这话,真当我一点血性都没有吗?你知道是谁打的你吗?"

"河东人,我记得那人说话的声音,他们找我寻仇来了。"

"错了,这事不是冲你,是冲我!"穆见晖摇头,"你这顿打,是替哥扛下的。"

黎远光一愣:"啥意思?"

"就凭河东人,咋可能寻到你们。"

"那是……赵佑林?"

穆见晖点头:"等着吧,这事还没完。"

向来做事狠辣的黎远光突然生了怯:"哥,算了吧……我听说河东人进去了,你别因为我再惹麻达。"

"小光,咱们走到今天,也算是过五关斩六将了,为的不就是堂堂正正地当个人嘛!赵佑林是个啥,是挡在咱面前的一堵墙。现在只有两个选择,要么回头认输,让他一辈子把咱踩在脚下,要么往前冲,推倒它!你说咋办?"

穆见晖说得振奋,这下黎远光沉默不语,眉头紧锁起来。

"我知道你的顾虑。"穆见晖笑了笑,"但是我从不走回头路,道阻且长,行则将至,做则必成。"

第一百〇一章 问渡

齐大仓赶来联合打击办时，杨青石正好在吃包子，齐大仓便一把抓了一个。

"齐队，"杨青石笑眯眯地看着他，"不兴搞偷袭啊。"

齐大仓边啃包子边坐下："饿得前胸贴后背了，梁子团伙的下苦还没找到，烦得很。再不给我口吃的，这日子没法过了。"

"齐队，你有没有觉得梁子说的这个卖给他们炸药的人有点蹊跷，让我想起了一个人。"

"炮手。"

"对！可惜炮手神秘得很，这些年始终没浮上来。"

"这次浮上来了，"周永福笑了笑，"我们对尹村大墓案所用炸药做了技术分析，这些炸药的配比跟近几年表叔团伙用的炸药配比一样。"

杨青石眸光一闪："你的意思是抢货的是表叔团伙？炮手也是表叔团伙的人？"

"可能性很大，"齐大仓若有所思，点了点头，"这几年传出过几条表叔团伙抢坑的消息，尹村大墓这么惹眼，他们不可能不动心思。"

周永福看向齐大仓："齐队，你说表叔真有可能是穆见晖吗？"

"当年黑陶俑案炸坑的人是炮手，而穆见晖有可能是指使燕小五滤坑的人，这两个人有交集，没准就结成了同盟，结伙作案。"

"但是现在我们啥证据也没有，想把表叔团伙揪出来也很难。"杨青石愁眉苦脸地说着，突然眼睛一亮，坐直了身子，"除非……"

"华南王落网。"齐大仓接话。

"对头！"杨青石惊喜道，"鱼吃新鲜米吃熟，等华南王一落网，他表叔还往哪里藏？"

齐大仓又叹了口气："可惜我们对华南王知道得太少了，从黑陶俑案到现在十年过去了，我们一直跟一个影子对手作战。"

"我们根据梁子的描述给华南王画了像，又核对了一遍梁子和华南王的通信记录，锁定了几个公用电话，都在幸福村一带。"周永福汇报着。

杨青石点点头："看来这个华南王大概率在幸福村附近。"

这时齐大仓已狼吞虎咽般吃完了包子，他拍拍手，飞快站起来："走，去幸福村看看！"

幸福村是一个城中村，周围环境复杂，有不少破旧旅馆。四周建筑墙皮基本都残损脱落，斑驳老旧，生锈水管漏出的水顺着墙根滴落，在地上砸出坑洼来，又冲刷过砖石上的痰和呕吐物，最终汇入了黑洞洞且散发恶臭的下水道。

齐大仓看了看周围的小旅馆："永福，还记得当年办黑陶俑案时追踪华南王不？"

"记得，当年他就爱躲在小旅馆，可惜让他跑了。"

"这里鱼龙混杂，倒是个藏身的好地方，我看华南王在秦川的落脚地就在这一带。老办法，大撒网，地毯式挨个摸，不能漏一个。人不够就让附近派出所的同志帮帮忙。"

"能行。"

这时，齐大仓忽然接到了杨青石的电话。

"杨队，咋了？"

"齐队，有重要线索，你赶紧回来。"

回到联合打击办后，齐大仓连忙追问："杨队，有什么发现？"

"梁子是不是提过他们盗出来一对鎏金青铜烛台？"

"对。"

尚立峰出示了一张鎏金青铜烛台的打印照片："齐队，你看下这张照片。"

齐大仓接过照片："从哪儿来的？"

"有人匿名举报到我们文物局，举报人说这对烛台是被盗文物，马上要在秦川金阳拍卖行进行拍卖。"杨青石说。

齐大仓翻了翻照片的正反面："举报人信息有吗？"

丁炎摇头："举报人很小心，不光是匿名，而且切断了所有能找到他的途径，很明显是有备而来。"

杨青石示意齐大仓瞧仔细："你看这对烛台，像不像梁子描述的那对？"

齐大仓仔细端详了一会儿，眯起眼，立刻转身："走，去找梁子。"

来到讯问室，齐大仓将烛台的照片放在梁子面前。

"认识吗？"

"认识，是我在尹村盗出来的。"

"看仔细了？"

被他这么一问，梁子又仔细辨认了一番，再次肯定："对着咧。"

齐大仓和杨青石马不停蹄地赶到金阳拍卖行，找到经理后，出示了鎏金烛台的照片。

齐大仓问:"蒋经理,这对鎏金烛台是不是要在你们拍卖行拍卖?"

"对。"

"这对烛台牵扯一桩案子,我们需要你们的配合,能不能告知一下这对烛台的委托人是谁?"

经理却摇了摇头:"那不行,我们拍卖行是合法经营,拍卖前进行了公告和预展,也向你们文物部门进行了申报。杨队,你应该清楚得很,我们这要是非法文物,也不可能申报成功啊。这对鎏金烛台是海外回流文物,传承有序,委托人有合法的入关手续。"

"蒋经理,你得明白,我们没有切实的证据不可能上门找你。他就算有合法的入关手续,难道就能说明文物来源清白吗?"杨青石的语气更严厉了几分,"你要是不配合,造成国家珍贵文物流失,这个责任可就大了。"

听罢,经理想了想,这才从桌上拿出一个文件袋:"委托人叫肖国强,这是他提供的拍品资料。"

齐大仓给周永福一个眼神,后者便立马拿着资料袋离开。

"蒋经理,你们别声张,"杨青石吩咐道,"拍卖照常进行。"

参与拍卖的买家相继入场,其中温玉和陪同一位北京藏家也坐了下来。

小贾和尚立峰做了一番伪装,隐匿在人群中,观察着周围的情况。

北京藏家指着拍品图册里的九号拍品鎏金青铜烛台,笑了笑,说:"温总,你可别让我白来一趟。"

温玉和换上公式化的笑容:"孟老师,拍卖拍的就是个决心,您要是势在必得,谁争得过您啊。"

正说着,现场响起了拍卖师的声音。

"各位来宾,欢迎来到金阳拍卖行。首先为各位介绍的是一号拍品,唐代四方神兽铜镜。这面铜镜原为关中大家汪先生旧藏,后来几经辗转,被英国藏家收藏。这面铜镜厚重,大气,造型非常规整,彰显大唐盛世华丽的审美风格,起拍价二十万。"

透过监视器,齐大仓和杨青石看到现场的买家竞相举牌。

齐大仓目光扫过一个个买家的脸后,失望道:"肖国强咋还没来?"

杨青石解释:"刚才蒋经理跟我说,肖国强跟他们合作过不止一次,他一般不来现场,都是等拍卖结束后再来办理交割手续。"

赵佑林正在办公室独自品着茶,工作人员忽然进来了:"赵总,未名轩的穆老板来了。"

"让他进来。"

"他说他不进来了,在后院等您。"

赵佑林一愣。

监控画面中,拍卖师兴致昂扬地喊着:"接下来为各位介绍的是九号拍品——汉代鎏金青铜莲花烛台!"

这时,齐大仓接到了周永福的电话。

"齐队,肖国强的信息查到了。黄原人,没有固定职业,名下也没有房产,现在住在丽豪酒店。"

"你们现在马上去丽豪酒店,如果人在,立马控制住。"

齐大仓目光中多了几分势在必得,继续看向监控屏幕。

"这对汉代鎏金青铜莲花烛台,最早由民国实业家王先生收藏,之后辗转流离到比利时,后又被一位国内藏家从香港拍下。莲花烛台有着纯洁、高雅、光明、智慧等象征意义,而我们的这对藏品造型经典,工艺精细,极具收藏价值,起拍价两百万,请有意向的来宾竞价。"

温玉和一旁的北京藏家举牌。

拍卖师念出其上数字:"两百零五万!"

明德博物馆后院里摆着一套演奏用编钟,穆见晖静静地看着。

赵佑林来了,故意奚落起穆见晖:"这么长时间没见,我还以为你老穆的骨架子变得比骡马还大,得让人亲自去请咧。"

"赵总误会了,我是让你这后院的编钟绊住了脚,想多看几眼。"

说着,他拿起了一旁的乐槌,轻轻地敲了一下编钟的正面,又敲了一下编钟的侧面。

"正鼓是一个音,侧鼓是另一个音,一钟双音,这就是编钟的妙处。"

赵佑林挑眉:"听你这口风,得是要奏一曲?"

穆见晖也不推辞:"赵总要是想听,那我就来上一段。"

说着他便挥槌,给赵佑林奏了一曲编钟名曲《屈原问渡》。

乐声悠扬空灵,又不失编钟的厚重雄浑,如高山流水,沧浪逐舟。闻之令人如身穿楚服,浅嗅芝兰香草的芬芳,行走于汨罗江畔,看江面雾气升腾,恍惚可见湘夫人的幻影——而那终究是幻影,须臾便消散于泥淖中,就像屈原最终并没有等来楚怀王,江面唯余一圈涟漪。

拍卖现场,陆陆续续有藏家举牌。

"三百四十五万。"北京藏家继续举牌。

"三百五十万!"

不再有人举牌。

"三百五十万一次,三百五十万两次,三百五十万最后一次。"拍卖师喜形于色,"恭喜您拍得第九号藏品汉代鎏金青铜莲花烛台!"

藏家身侧的温玉和也笑容满面:"恭喜恭喜。"

一曲奏完,赵佑林捧场地鼓起掌。

"赵总,"穆见晖微微一笑,放下了乐槌,"得是能听出我奏的是个啥?"

"快别花搅我了,对于音乐我是个门外汉。"

"这曲子是首编钟名曲,叫《屈原问渡》。"穆见晖认真道,目光扫过一排排大小不一、雕刻精美的编钟,"楚国国危,屈原悲愤,走到江边,问渔夫渡口在哪儿。渔夫跟他说:沧浪之水清兮,可以濯我缨;沧浪之水浊兮,可以濯我足。啥意思?水清的时候,你就用来洗帽子;水浑的时候,你就用来洗脚丫子,别太较真。可是屈原活在世上的意义,就是维护尊严、人格和保护国家,国都要没了,还活着干啥?他投了江,为人格,为尊严,也为家国。"

听罢,赵佑林沉默片刻,伸手按了按太阳穴,笑问:"你得是自比屈原?"

"不,我没他那么悲观,死是最无能的做法,包羞忍耻才是好汉。被人一拳打趴了没关系,拍拍身上的土,再打回去。"

穆见晖不紧不慢道,语气平和,赵佑林却一瞬间感到心里发毛。

老肖走出丽豪酒店,上了一辆出租车。

他前脚刚走,另一辆车停了下来。

周永福下了车,向前台工作人员出示老肖照片:"我们是公安局的,这个人见过吗?"

"他刚出去。"

拍卖行内,齐大仓接到了周永福的电话:"齐队,人不在酒店,刚走。"

"知道了,你们先在那边盯着。"

紧接着,齐大仓嘱咐经理:"经理,你给肖国强打个电话,跟他说拍卖已经结束了,确认他是不是在来的路上。"

经理不敢耽误,忙给老肖打去电话。

很快老肖便接了电话:"喂,蒋经理。"

经理外放通话:"肖哥,我们这边结束了,你出来了吗?"

"路上咧,咋样?"

"好得很,三百五十万,就等你来交割。"

"能行,二十分钟后我就到。"

等经理挂完电话，齐大仓点点头，又给在拍卖现场的小贾发消息："盯紧点，一旦有情况，立马行动。"

小贾回复："收到。"

"经理，交割手续那边你先照应一下，千万别漏风声。"杨青石又嘱咐了一遍。

"能行。"

"本次参与拍卖的拍品全部竞拍完毕，再度感谢各位的光临，请竞拍成功的藏家朋友前往接待室等候，金阳拍卖行将为您办理拍品交割手续。"

拍卖师在台上说完，温玉和便伸手示意："孟老师，请吧。"

在温玉和的陪同下，那位出手阔绰的藏家往接待室走去。

小贾和尚立峰观察四周，还未发现老肖的踪迹。

接待室内，经理为温玉和北京藏家倒水。

"两位在这儿稍等一下，委托人很快就来，有啥需要喊我。"

"行，"温玉和点头，又笑了起来，"孟老师，这是我们秦川拍卖界的红人蒋经理，他可从来不亲自接待客户，今天这是啥情况？"

经理扯了个幌子："温总抬举我了，这对鎏金青铜烛台是我们这次拍卖的明星拍品，我也好奇是哪位藏友这么有气魄，想一睹风采咧。听说孟老师是温总的朋友，那绝对是行家中的行家。"

那位孟老师微微一笑，摆了摆手："过奖过奖。"

明德博物馆后院中，赵佑林的眼神中多了几分警惕，因为他突然意识到穆见晖此行明显带着寒意，于是故作轻松地敲打他。

"一个编钟，倒是把你老穆整严肃了。过些日子我打算办个青铜展，所以弄了这么个装饰品，你要是喜欢就搬走，反正展一办完这就是个废物。"

"赵总这是狡兔死，良弓藏啊。"

赵佑林语带讥讽："啥良弓，狗头架不住盘子端，这就是个上不了台面的假货。今天给它面子，让它在我博物馆露个脸，明天直接送到废品站。"

穆见晖突然爆发出一阵笑声。

赵佑林不明所以："咋，我说得不对？"

"你说得对，太对了，才不配位，必受其累。就像你这明德博物馆，多好的一片宅子，一件假货立在这儿，扎眼得很。要说这宅子，从一砖一瓦，到一草一木，都是匠心独运。雕梁画栋，檐牙高啄，随便推开一扇门，都是百年的风华。可惜物是人非今犹在，不见当年还复来。"

第一百〇二章 私藏

出租车上，老肖皱着眉头："师傅，能不能快点，我有急事。"

"快咧。"

这时，老肖的手机响了，是一个陌生号码。

"喂，哪位？"

电话那端不知道说了什么，老肖的脸色立变，挂断电话："师傅，停车。"

"等下，这儿不能停车。"

老肖骤然厉色道："老子让你停你就停！"

司机被吓了一跳，只好立刻刹车，紧接着，老肖丢下一百块，急忙跑下了车。

经理办公室内，杨青石看了看时间，不由疑惑："齐队，这都半个小时过去了，按理说人应该到了。"

"经理，"齐大仓看向蒋经理，"你再给老肖打个电话。"

老肖行色匆匆，刚走到一条小巷，迎面忽然疾驰过来一辆车，急停在他面前。

他定睛一看，顿时感到不妙，于是转身拔腿就跑。

刘强抄着铁棍从车内冲出来，快步追上去，朝老肖一棍抡过来，他当即晕了过去。

刘强又摸出老肖的手机，关机，拔出电话卡，动作一气呵成，然后直接将手机和卡扔了。紧接着，他把老肖塞进车后座，扬长而去。

经理的电话打过去，语音提示老肖关机了。

齐大仓和杨青石一对眼神，双方心领神会。

"杨队，漏风了。"

经理急忙撇清："不是我，我可啥也没说。"

"我们清楚，"杨青石神色平静，并未责怪，"经理，还得麻烦你跟我去见一下买家，这件文物他不能带走。"

"行。"

杨青石和经理迅速离开。

齐大仓则给周永福打去电话："永福，肖国强关机了，人应该惊着了。你马上把他从离开酒店到消失的行踪查出来，我到酒店跟你们汇合。"

看见杨青石和经理走进来，温玉和一愣。

经理介绍着："杨队，这就是拍到鎏金青铜烛台的孟老师。孟老师，这位是我们秦川市文物稽查队的杨青石队长。"

"孟老师，您拍到的这件鎏金青铜烛台与我们正在调查的一桩案件有关，按照相关法规，这次的拍卖要撤销。"

温玉和一愣："啥案子，怎么回事？"

孟老师也一脸不解："对啊，你们拍卖行亲口承诺这是合法文物，传承有序，怎么就成了涉案文物？"

"不好意思，涉及具体案情，我不便跟您透露，"杨青石礼貌一笑，"稍后我的同事会把我们文物部门的函件发给您，给您一个交代。"

温玉和连忙安抚藏家："孟老师，别急，我跟蒋经理协商一下，不能让您吃亏。"

赵佑林的手机响起，一接，竟是温玉和打来的。

"喂。"

"赵总，鎏金烛台出事了，公安在查，老肖也找不着了。"

穆见晖在一旁听到，淡淡道："别费劲了，你们找不到的。"

赵佑林脸色瞬间变了，迅速挂了电话，盯着穆见晖："你举报的老肖？"

穆见晖并未正面回答，而是故作遗憾地叹了口气："可惜了这对鎏金青铜烛台。"

赵佑林冷笑："这就是你说的拍拍身上的土，站起来再打回去？"

"不，那也太便宜你了。"穆见晖直视他的眼睛，毫无惧色，"你干废了我的人，这笔账要是这样轻飘飘地一笔带过，我穆见晖还算人吗？"

"老穆，你也是个文化人，慈不带兵、义不养财这个道理不懂吗？你背着我动了尹村，我教育一下你下面的人，难道不应该？大街上你随便拉个人，问问他有没有被老板教育过。为了这点小事、这几个下苦，你跳起脚来跟我硬碰硬，就不怕砸了自己的饭碗吗？"

"第一，你动的不是下苦，是我亲如手足的兄弟。第二，你不是我的老板，穆见晖替你赴汤蹈火干脏活的日子一去不复返了。"

"我现在还能苦口婆心地跟你讲道理，说明我心里一直器重你，你不要敬酒不吃吃罚酒。"

穆见晖忽然大笑起来，像是听到了什么天大的笑话："你器重我，这个'重'究竟有多重，咱俩心里都有数。"

"古来翻脸不就为个'财'字吗？老穆，我对你不薄吧？要是没有我，你算个啥？还不是在南市混口下眼食。"

"老赵啊，你真是糊涂，到今天还以为我跟你翻脸是为了抢食吃。错了，大错特错，亏你在这儿住了那么久，难道连这宅子的底细都没摸清吗？"

穆见晖一句老赵，叫得赵佑林心头一凛，仔细咂摸了片刻，他终于明白了。

"看来这穆宅的'穆'，跟你老兄有点渊源。"赵佑林啧啧道，"老穆，你隐得够深。"

"不是我隐得深，是你老赵财大气粗，前呼后拥，我这颗闲棋、这锅冷灶，咋入得了你的眼，用你的话说就是上不了台面。你以为我是这假编钟，呼之即来，挥之即去，不用了一脚踹开。错了，你才是那个金玉其外、败絮其中的假编钟。我穆家书香传家，百年风华，一朝落魄，让你这胸无点墨的文盲得了便宜，鸠占鹊巢！"

赵佑林索性也撕破脸皮，厉声道："姓穆的，话说到这份儿上，那就看看谁的大腿粗。"

穆见晖大笑："老赵，此一时，彼一时，你也该腾腾窝了。好心给你提个醒，这出大戏刚开始，你慢慢看吧。"说完，穆见晖向正门方向走去，边走边唱起了秦腔《斩韩信》。

"韩信打马进深山，远远望见一茅庵。八卦亭子盖得好，人说内边有神仙。梧桐树上拴战马，马鞍儿斜担紫荆鞍。韩信低头进茅庵，遵一声师傅听心间。你算谁是真天子，你算谁是大罗仙。黄金大印该谁挂？乌纱蟒袍该谁穿？万马军中谁为首？帅字旗插在谁营盘……"

嘹亮的声音还在深宅大院中回荡，穆见晖却已迈出正门，第一次光明正大地离开了这里。

齐大仓和杨青石带着尚立峰、小贾赶来酒店和周永福等人汇合。

周永福已经把司机找到了："齐队，杨队，肖国强从酒店走了之后，搭了一辆出租车，这是司机。"

齐大仓询问司机："那人在哪儿下的车？"

"他一开始说去金阳拍卖行，结果到了白塔路就下了。"

"他为啥突然下车？"

"我不知道……对了，他接了个电话。"

"说的啥？"

"他啥也没说，我也记不清了，反正就让我停下了。"

周永福补充道："白塔路我们已经查过了，肖国强下车以后往城中村方向走了。最后出现的地点是三原村的路口，但是那里路况复杂，巷子横七杂八，也没个监控，人就寻不见了。"

听罢，齐大仓思考片刻，道："先去他住的房间看看。"

大家来到房间仔细看了一遭，老肖除了一只行李箱，没有多余的东西。

"箱子还在，没有要走的意思，看来问题还是出在这个电话上。"杨青石沉思片刻后问，"电话查了吗？"

周永福点头："查了，假身份证办的号。"

齐大仓又看向小杜："这个肖国强常年住酒店？"

"我们问了，这间房确实是长包房。服务员说肖国强偶尔出去个几天，频率也不高，一年十来次。"

周永福答："出入境记录我们也查了，他确实经常跑香港。"

听了一圈，杨青石渐渐心中有数："看来这个肖国强很有可能是个文物走私贩子。"

"把箱子打开。"齐大仓说。

周永福把箱子打开，里面是一些衣物和必要的生活用品。

小贾皱起眉："这也没啥，都是一些生活用品。"

齐大仓笑了笑："那不一定。"

他把衣服放在床上，挨个摸起，终于在一条裤子口袋里摸出了一张门禁卡，上面写着"城西花园"。

"看看这是啥。"

众人惊喜。

杨青石扬了扬眉："不愧是侦查老兵，都学着点！"

"小杜，小贾，你们去城西花园查一查，有没有肖国强的住所。"想起了什么，齐大仓又补充道，"记住，动静小点，千万别把人惊了。"

老肖被五花大绑到了某座荒山上，一醒过来，他便明白了自身处境，连连苦求着刘强。

"我该说的都说了，放过我吧。大哥，求求你！"

刘强挑眉："咋求？光动嘴？"

老肖挣扎着，求饶似的下跪，不停给刘强磕头。

"你是我的爷，我以后给你当孙，干啥都行！"

"行咧，行咧，"刘强无甚兴趣地摆摆手，"再磕下去我该折寿了。"

老肖顿时面露喜色："爷，得是放过我了？"

"那天河东人可是对我们下了死手，我兄弟到现在都下不了床。"刘强扯起嘴角，笑了笑，"你放心，我是个仁义人，好歹给你留口气。"

说完，他对着老肖就是一通痛打，一时间树林里全是老肖的哀号惨叫声。打完，将他随手丢在路边后，刘强便开车离开。

雒青和方堃来到了文物局的文物存放室门口，此刻的方堃已经能挂拐行走了。简单寒暄过后，杨青石和齐大仓便陪同着他们往里走。

"方师，身体得是好些了？"杨青石关心道，"我看你这两步利索多了。"

齐大仓在一旁揶揄起来："有雒青这副良药，他当然好得快。"

"快别花搅我了，"方堃无奈，"先看烛台，我已经迫不及待了。"

进入室内，鎏金青铜烛台已经被摆在了存放架上。雒青戴上手套，小心翼翼地检查了一番，忽然间，她有了发现："你们看，对比一下这两个烛台，我手里的这个明显少了一片叶子，正好我们在被盗现场发现了一片鎏金莲花叶，两者是吻合的。"

齐大仓点头："有了你们的盖棺定论，现在基本能确定这对鎏金青铜烛台就是尹村的被盗文物。"

"只发现了烛台？"方堃扭头四顾，"其他文物呢？"

"其他文物还没消息，这对烛台已经上了本地拍卖会，拍卖被我们紧急撤销。拍卖行给我们看了这对烛台的入关证明，从香港过来的，也就是说尹村被盗文物，很可能被走私出去了。"杨青石遗憾摇头。

雒青忧心忡忡："我记得齐队说过，一旦出了关，再追回来就难了。"

齐大仓却凛然道："难也要追，我们憋足了劲儿，急红了眼，这次就算追到天涯海角也要把文物追回来！"

方堃也立刻附和："齐队、杨队，你们有任何需要考古队支援的，我们在所不辞。"

"能行，"杨青石一笑，"文物案子鉴定是个难题，我看不妨你们牵个头，给我们弄个智囊团。"

雒青提议："那我跟张所联系联系。"

"张所就算了，"齐大仓却耸耸肩，"要让他给出一个明确的结论，费劲得很咧。"

"张所不行那换侯哥，正好吕氏家族墓发掘工作快结束了。我已经跟他说过了，要是没啥事就让他给你们提供一下技术支持。"方堃道。

雒青惊讶地看着方堃："你啥时候跟他联系的？"

方堃打趣："我跟个男的联系也得跟你报备？"

众人齐笑。

这时，齐大仓接到了周永福的电话。

"永福，咋了？"

"齐队，城西花园我们查过了，肖国强确实在这儿租了一套房。"

"我们这就过来！"

齐大仓和杨青石赶到了城西花园小区。

"齐队，这位就是房东，"周永福介绍身边的男子，"也是肖国强的表弟。"

齐大仓看着老肖表弟："他租了你的房，为啥平时不住这儿？"

"这我不清楚，我跟他虽然是姑表兄弟，但是平时也没啥接触。"

"他来秦川多久了？"

"久得很，得有十来年了。"

"平时跟啥人打交道？"

老肖表弟眯眼回忆起来："他这人……成天胡日鬼，前一向说他包活儿干，后一向又变成给人跑大车，没一句实话。他只要把租金按时给到位，别的事我也不问。"

"那他处没处对象你知道吗？这房租下来他不住，总得有人住吧。"

老肖表弟摇头："他倒不是胡骚情的人，十来年前结过一次婚，后来离了，这些年没听说有女人。不过金屋藏娇倒是也有可能，要不他换我门锁干啥。"

齐大仓惊讶："门锁换了？"

周永福连忙道："小杜和小贾带着开锁师傅上去了。"

"走，"杨青石迈开步子，"去看看。"

齐大仓他们一到屋门口，便看见小杜和小贾守在门口。

杨青石莫名其妙："你俩守门口干啥？咋不进去？"

小杜和小贾面面相觑。

"你们进去看看……"小杜顿了顿，"就知道了。"

推开门的瞬间，齐大仓和杨青石都愣住了。

眼前宽敞的客厅里摆了几排博物架。架子上摆满了文物，各式各样的青铜器、品类繁多的天青釉瓷器、造型各异的唐三彩，还有一个天王俑，这儿俨然是一座小型博物馆。

齐大仓端详良久："杨队，你说这是啥情况？"

"得是肖国强藏赃的地方？"

周永福点头："我看像。"

小杜啧啧感叹："这么多文物，如果都是真的，那这肖国强可是个大文物贩子。"

老肖的表弟当场吓得腿软:"警察同志,我可是啥也不知道啊!这房自打租给他,我连进都没进来过。我要是知道他在这儿干犯法的事,打死也不会把房租给他的!"

"你先别忙着喊冤,肖国强涉嫌倒卖和走私文物,我们已经对其展开调查。"齐大仓看向他,平静道,"这些文物很有可能是涉案文物,你和我们的同志走一趟,办理一下扣押手续,我们需要扣押文物,对这里进行查封。"

"走吧。"

说完,小杜带着老肖表弟离开了。

这时,杨青石突然喊了一声:"你们来看看!"

大家朝他走来,只见眼前是一个精雕细琢的银扣青釉刻花葵口钵,在灯光下泛着粼粼光泽,温润通透。

杨青石嘟囔一声:"我咋觉得有些眼熟?"

"对,是眼熟,好像在哪儿见过。"齐大仓回想起来,"青釉,镶着银边,沿口像花瓣……"

几乎同时,齐大仓和杨青石反应过来,两人脱口而出:"吕氏家族墓!"

周永福一拍脑袋:"对呀,这和山娃交代的被盗文物一模一样。"

杨青石忙道:"快找山娃核实一下!"

"晚了,"周永福却摇头,"他得了癌症,没了。"

齐大仓又道:"找侯月来,看看他们有没有啥办法确定这件文物的出处。"

"对,"杨青石肯定道,"这些文物的真伪也需要他们来鉴定一下。"

老肖租的房子内的涉案文物全部被扣押在了文物存放室,侯月来和姜广军前来看了一遭。

"侯老师,"待侯月来打量了一会儿后,齐大仓迫不及待地问,"我刚跟你说的这个镶着银边的钵,到底是不是出自吕氏家族墓?"

侯月来却抿抿嘴:"不好说。"

"哎呀,你咋染上张所的毛病了。"

"这事可马虎不得,我不敢瞎说。但是我比较确定,这个钵和吕氏家族墓出土的瓷器同属于耀州瓷。至于是不是出自同一个墓,技术上没法印证。"

杨青石又问:"那这批文物是真是假?"

侯月来和姜广军看了看彼此,没有言语。

"行了,我知道了,"齐大仓无奈,"又是不好说。"

侯月来抱歉一笑:"文物鉴定讲求严谨,我们还要回去细细地核实一下。"

杨青石点头："能行，还麻烦两位老师早点给我们一个答复，现在案子箭在弦上拖不起。"

"明白，方堃都跟我们说了，让我们给你们技术支持。等有结果了，我们及时跟你们说。"侯月来道。

齐大仓与他握手："能行。"

"那我们就先撤了。"

说罢，侯月来和姜广军准备往外走，突然间，姜广军停下了脚步。

"齐队，杨队，我想起一件事。那件天王俑我一进门就觉得眼熟，现在想起来了，明德博物馆也有一件，是他们馆里的明星展品，我带娃去看过。"

齐大仓惊讶："一模一样？"

"很像。"

"我记得天王俑一般是成对陪葬，会不会一个在明德博物馆，一个在肖国强手里？"

"嗯……"杨青石支着下巴思考了几秒，"看来得去明德博物馆走一趟了。"

齐大仓又走到了侯月来面前："侯师，还得麻烦你留步，把这天王俑再给咱鉴定一下，尽快得出一个确切的结论。"

第一百〇三章 引咎

赵佑林正坐在办公室内,一见齐大仓和杨青石,他立马起身,热络相迎。

"啥风把秦川的两位文物标兵吹来了?快快请坐,玉和,去给两位倒茶。"

"茶就不喝了,我们今天上门,是有事要跟赵总确认一下。"

说着,杨青石就把老肖家的天王俑照片给赵佑林看了。

"赵馆长认识这个吗?"

"杨队这话问的,这是我馆里的东西,我能不认识?"

"赵馆长,"齐大仓皮笑肉不笑,"这还真不是你馆里的东西。"

赵佑林一愣,拿起照片又仔细瞧了一下,尴尬道:"玉和,你也过来看一下,这是不是跟咱馆里的天王俑一模一样啊?"

温玉和看完,点点头:"确实跟我们馆里的一样。"

"齐队,杨队,难不成有人照着我这件仿了一件?"

"不排除这个可能。赵馆长,我能不能把你馆里的这件请过去,给我们办案做个参考?"齐大仓问。

赵佑林爽快点头:"能行。玉和,马上派车送过去。"

杨青石微微一笑:"感谢赵馆长的配合。"

"应该的,我们明德博物馆好歹拿过收藏贡献奖,配合你们的工作是我的本分。"赵佑林说完,想到什么,又谄笑道,"杨队,我冒昧问一下你们现在办的得是造假的案子?"

"这个我就不方便透露了。"

"理解理解,要不然这样,我把天王俑送过去,瞧一瞧这个'李鬼'。不才好歹对文物有些见解,要是能帮上你们的忙,那何乐而不为呢?"

齐大仓想了想,说:"能行,那就请赵馆长跟我们一道吧。"

明德博物馆的天王俑已经被摆在了联合打击办,与此同时,侯月来和姜广军也将老肖那儿的天王俑小心翼翼地拿了过来。

赵佑林一看,两件果然一模一样,不由喃喃道:"这……确实一模一样。"

"刚才我们的鉴定专家已经对我们扣押的天王俑做了鉴定，有了结论。"说着，齐大仓看向侯月来。

侯月来立刻开口："经过严格的鉴定，我们可以确定扣押的这件为唐代的三彩天王俑。"

赵佑林一愣："啥意思，合着我这个才是'李鬼'？"

"您应该也清楚，天王俑虽然一般是成对陪葬，但不可能一模一样，这两个中必有一个是仿品。"

"这不可能啊，我的博物馆里咋可能出现赝品？"

"至于您的是不是仿品，严谨起见，咱们需要再走一下鉴定流程。"

赵佑林大手一挥："玉和，全力配合鉴定专家。"

两个天王俑被侯月来和姜广军带走了，温玉和也随他们离开。

"齐队，杨队，我赵佑林好歹也在文博圈有点声望，出了这样的事，我得跟理事会有个交代。"赵佑林不解，"这到底是咋回事？"

齐大仓却不着急回答他的问题："我得先问问赵馆长，你这件天王俑是从哪儿来的？"

"我是通过合法渠道从香港购买的，这件文物是20世纪初从我国流到海外的。你也知道明德博物馆是爱国主义教育基地，我们一直关注海外流失文物回归，出钱、出力在所不惜。"

"香港的哪家拍卖行？"

赵佑林讪讪一笑："这我记不清了，时隔太久了。不过你放心，我回头就让玉和把资料找出来。手续、证件，我们一应俱全。唉，出了这样的事我汗颜得很。"

"海外的文物市场鱼龙混杂，就算再有经验也免不了老马失蹄，看来赵馆长这次也是被人下了套。"

"杨队说得在理，"赵佑林连忙附和，抹了把汗，"我肯定是让人骗了！"

随后，杨青石和齐大仓便把赵佑林送出了文物局。

杨青石伸手："赵馆长，辛苦您跑一趟。"

"应该的，"赵佑林回握他，"要是有需要我赵某人出力的地方尽管开口，在所不辞。"

齐大仓却突然道："说到这个，我倒是想起一件事。"

"请说。"

"赵馆长认识肖国强吗？"

赵佑林不慌不忙地假装想了想，才摇头："肖国强……没听说过。玉和，你知道这个人吗？"

"不认识。"

"那行，"齐大仓并未继续多说，"谢谢二位了。"

赵佑林挥挥手，和温玉和驾车离开。

望着消失在街道远处的车辆，杨青石缓缓道："你一提肖国强，他连追问也不追问，明显是怕瓜田李下。"

"这是只老狐狸啊，杨队你得帮咱个忙。"

杨青石心领神会："放心吧，我已经让丁炎去办了。"

齐大仓略有讶异："你知道我说的是啥？"

"废话，合作了这么长时间，难道连这点默契都没有？你想让我调取一下明德博物馆的文物备案明细，看看馆藏文物里还有没有和肖国强手里的重合的。"

齐大仓咧嘴一笑："知我者，杨队也！我猜这件假天王俑不是个例。"

"赵总，我刚才去文物存放室的时候瞄了几眼，里面有好几件跟馆里的一样。"

车上，温玉和胆战心惊地开车。车开得飞快，像是生怕有人追上来。

赵佑林露出狠相："狗日的老肖，居然敢在我眼皮子底下偷梁换柱！"

"要不我再多派几个人找找老肖？"

"找个屁，穆见晖那个龟孙能让你找到？"

"那现在咋办？"

"咋办咋办，"赵佑林烦躁不已，"凉'拌'！"

很快，丁炎便过来汇报："杨队，齐队，我查过了，明德博物馆有三件瓷器、一个汉俑，还有一个铜镜，跟咱们扣押的是一样的。"

齐大仓意味深长地点点头："看来这个肖国强跟赵佑林的关系不一般。"

车刚驶到明德博物馆，赵佑林就看见门口聚集着不少记者。

记者们拥上来。

"请问明德博物馆是不是存在大量赝品？"

"请问是不是博物馆鉴定出了问题？"

"请问你们是否勾结造假团伙对赝品进行洗白？这背后是不是有一条黑

色产业链？"

"别停，开进去！"坐在车里的赵佑林立马指挥温玉和，"通知下去，紧急闭馆！"

温玉和一脚油门开了进去。

展厅内的参观者已经被疏散了，此刻只剩下赵佑林和温玉和，偌大的展厅显得格外空旷。一天之间风云变幻，这颗秦川文玩界的明星瞬间黯淡了下去。

"赵总，外面那些记者是谁给透的风？我看八成是穆见晖，这个狗东西早就算计好了，举报老肖只是第一步。"

"你说错了，这狗日的打娘胎里就算计上了。穆见晖，穆宅，是我大意了，招进了一头狼。"

温玉和眼露凶光："赵总，我看要不然把姓穆的办了。"

赵佑林却摇头，长叹一声："你太低估他了，那是个肚子里长牙的狠人，他布下的这一串连环炮还不知道要炸多久，先把屁股上的屎擦干净吧。我赵佑林混了这么多年，文玩古董打过眼，可在识人上还从来没摔过跤。今天这个跟头，跌得太狠了！也别怪穆见晖放冷箭，要阴招，老肖啊老肖，我咋没看出他是个贼啊！你看这馆里，几件真几件假，连我都分不清了，明德博物馆的名声算是日塌了。"

这时，穆见晖的电话打了进来："老赵，这出戏演得怎么样？"

赵佑林咬牙切齿："穆见晖，算你狠。"

"不，冤有头，债有主，这笔账你记不到我的头上。别人不知道，难道我还不清楚吗？你让老肖买了多少假货，又给多少人送了假货，不用我说吧？养蛊之人必遭反噬，这个坑是你自己挖的，怨不得别人。"

说完，穆见晖挂了电话。

温玉和焦急道："赵总，那咱们也不能坐以待毙，得有所准备。"

"啥也不用准备了，他姓穆的既然抽刀子了，那我就把肚皮亮给他，硬扛。跟理事会说一声，闭馆一段时间，青铜展往后推推。你去请一下秦老，晚上一起吃个饭。走后门吧，别让人看见。"

华灯初上，赵佑林忐忑地等在私人会所内。

这时，门响了。

赵佑林赶紧起身，准备相迎，谁知道进来的竟只有温玉和。

"秦老呢？"

温玉和摇了摇头："在他家等了很久，门都没让进。"

说罢，她掏出一个黑色垃圾袋。

"这是啥？"

"秦老让他家保姆送下来的，还让保姆带了句话：青铜展别办了。"

赵佑林打开黑色垃圾袋，里面是他之前送给秦既明的银扣青釉刻花葵口钵。这一刻，赵佑林才彻底意识到，他真的输了。愤懑之下，他将钵狠狠地摔在地上。

案情分析会上，齐大仓正主持着会议。

"刚才侯月来给我打了电话，说从肖国强那儿扣押的所有文物，全部鉴定为真。肖国强有信儿了吗？"

"没有，"周永福说，"已经发了协查通报。"

尚立峰蹙起眉头："这事也稀奇，我们的行动是保密的，拍卖行那边一直严密监控着。到底是谁走漏了风声？"

丁炎出声："会不会跟举报人有关？"

"不排除这个可能，"齐大仓叹气，"不过现在举报人的线索断了，我们也没法查。"

"既然肖国强是因为尹村被盗文物浮上来的，那咱们就先从尹村开始盘起吧。"杨青石双手撑在桌面上，"梁子团伙受华南王的雇佣，前往尹村盗墓，中途被抢，抢货的人是谁？"

说着，他在黑板上依次写下"支锅梁子""掌眼华南王""抢货人"。

齐大仓又在"抢货人"后面补充两个字"表叔"，道："现在表叔集团抢货的嫌疑最大，很可能是他们抢了货又将货卖给了肖国强。"

他继续在黑板上写下"走私链肖国强"。

"齐队，"杨青石眼睛忽地一亮，"你这么一说，我倒是想明白一件事。"

"钵。"

"对！"

小贾疑惑："钵咋了？"

"如果那个钵真是出自吕氏家族墓，咋会在肖国强手上？"齐大仓眼中浮现笑意，"只有一种解释。"

周永福开口："穆见晖卖给肖国强的？"

齐大仓点了点头，然后在黑板上"表叔"后面加了个括号，里面写上"穆见晖"。

杨青石也笑了："这样穆见晖和肖国强之间的联系就明了了。"

"那肖国强和明德博物馆，或者说和赵佑林之间是不是也有关系？不然咋解释赵佑林的博物馆里那几件赝品跟肖国强住处的真品一模一样。"

"丁炎提到了一个很关键的问题，"杨青石用笔敲了敲黑板，"我们不如大胆地推测一下，赵佑林和肖国强是啥关系。"

"买卖关系，这个最直接。"周永福说，"如果说肖国强是搞走私的，那赵佑林是不是在他手上买过赃物，结果打眼了，买到假的了。"

小杜点头："这种关系可能性最大。"

"甚至不排除穆见晖和赵佑林也有关系。"齐大仓接着推测，"虽然当年没有找到实证，但是穆见晖参与盗掘吕氏家族墓的可能性极大。这两年表叔集团闹腾得欢，一个团伙几乎能把秦川地界的文物全吃下，肯定不是人多势众那么简单。我听到一些消息，说表叔集团能控价，能压价，这说明啥？"

"说明他们已经掌握了销赃渠道，甚至走私渠道。"杨青石很快接话。

"对！"齐大仓激动起来，"咱们都是文物老兵了，比谁都清楚这个行业的特点，盗墓贼说白了在这条犯罪链的最底端。但是如果他们疏通了销赃和走私渠道，也就站到了犯罪链的顶端。"

周永福恨恨道："跟穆见晖明着暗着交过这么多次手，眼看着他越来越猖獗，一点办法都没有，真窝火！"

"我知道大家心里都憋着一口气，现在梁子、华南王、穆见晖、老肖、赵佑林，甚至刘树生、炮手，所有人都浮上来了。我们能做的，就是上追盗掘、盗窃，下查倒卖、销赃、走私，彻查、深挖幕后金主，实现全链条、全覆盖式持续打击。华南王、老肖咱们继续追踪，其他犯罪嫌疑人在没有证据的情况下保持经营。"

经营，经营，师父教的果然对！要放长线钓大鱼，如今终于快到收网之时了……齐大仓在心中默默感谢赵丰，得意地扬起嘴角。

明德博物馆的展厅会议室里坐满了理事会的人，赵佑林神情严肃。

屏幕上正在播放秦既明接受采访的新闻画面。

"秦老，最近明德博物馆深陷赝品舆论漩涡，这件事您听说了吗？"

"当然，秦川市收藏界的动向我一直都很关注，明德博物馆出了这样的事，我也很意外。民营博物馆一定要干干净净，避免沦为外行闹笑话的舞台或是内行利益传输的通道。坚决杜绝任何违法犯罪行为。"

秦既明的这番表态让赵佑林无地自容，他站了起来。

"明德博物馆的这次声誉危机，我这个馆长难辞其咎，我把关不严，管理不力。从现在起，我自行辞去馆长一职，由理事会暂时履行管理职责。"

赵佑林向理事们鞠了一躬，然后离开了。

第一百〇四章 证伪

穆见晖这次来私人医院，不光给黎远光带了流食，还捎带了一瓶酒。

"小光，今天我跟你喝上一杯，你以水代酒。喝多了我就在你这儿睡下，你看得行？"

"能行，哥，"黎远光笑着看他，"得是有啥喜事？"

穆见晖给自己倒上酒，又给黎远光倒上一杯水。

"给你报了仇算不算喜事？老肖没了半条命，能不能活看他造化了。至于赵佑林，已经从明德博物馆馆长的位置上滚下去了。"

没想到黎远光不喜反忧："哥，咱是不是做得太绝了？"

穆见晖半开玩笑半认真："小光，害这一场病，得是把你的胆量搭进去了？"

"我是怕了，怕你有个啥闪失。咱把赵佑林生生地拽了下来，他能咽下这口气？万一朝你下黑手咋办？"

面对他忧愁的表情，穆见晖反而格外镇静，而那镇静背后又暗藏着挥之不散的狠戾："从我决定抢尹村的货起，这一切就注定了，一山不容二虎。要想光明正大地站在台前，我跟他赵佑林注定有一战。现如今，他就算被窝里磨牙又能咋样，我不怕。"

"我要是没经这一遭，还能给你扛着，大不了跟他拼了。可我现在连下个床都费劲。"黎远光疲惫地看着自己的手脚。

"小光，你刚说哥做得太绝，其实不然。现在他只是坏了名声，大不了缓上几年，风声过去该赚钱接着赚。我要真想赶尽杀绝，秦川城他就待不下去了，他背后的那条大船也该沉了。"穆见晖眼中闪着锐利的光，"我给他留了一条路，也给他放下了一把弓。那把弓就在他的床下，他就算恨我恨得咬牙，也不敢造次。因为他害怕，害怕床下的那张弓，不知道啥时候弹出一根冷箭，让他蹦跶不成。"

黎远光勉强扯扯嘴角："哥，有你这番话，我心里踏实多了。"

"你好好养着，哥也踏实。"穆见晖拍了拍他的肩膀，举起酒杯，一饮而尽。

严守村骑着三轮车载着方埜，围着陈家坡一带转，车上放着拐杖。

"埜娃，你坐好，"严守村在前面吭哧吭哧骑着，皮包骨的背上大汗淋漓,"我得掉个头,前面过不去了。"

"咋了?"

"夏天下大雨,把陈家坡吹出一个大坑,路难走得很。"

方堃一愣:"你说啥?"

"难走得很。"

"不是这句,前一句。"

"水吹出个大坑。"

"水吹,哎呀,"方堃惊喜大笑,"我咋没想到是方言咧!"

这下严守村反而糊涂了:"堃娃你把我笑迷糊咧。"

"叔,你刚说水吹出个大坑,是不是想表达水冲出个大坑?"

"对着咧,我们土话都这样说,咋?"

"我在想文献上的那句话,吹出石板,应该是冲出石板的意思。你一句话点透了我,那个文献作者骆天骧虽然是元代的,但是元代距现在只有六七百年,这期间秦川并没有大规模的人口迁徙流动,我猜语言习惯,特别是方言,应当变化不大。"

严守村一知半解地摇头:"你们这文化人太爱较真了,就一个词的事,咋还研究上方言变化咧?"

"必须得较真,有时候一个词解读错了,可能整个文献的理解都会出现偏差。今天虽然没有找到石板,但是咱把'吹出'解释通了,值咧。"

到了陈家坡村口,严守村拦下迎面而来的村民。

"树娃表侄!"

"表叔?"那人先一愣,而后惊讶起来,"你咋上我庄上来了?"

"跟你打听个事,你听说过咱这附近有石板吗?让大水冲出来的那种。"

"没听说过。"

方堃并不着急:"叔,咱们去村里边问问看。"

严守村点头,和方堃继续向前,很快便转到了村里。

"堃娃,咱这几天把凤凰山周遭转了个遍,现在又转到这陈家坡,我看要是没有就真没有咧。"

"今天咱把陈家坡转完再去转一下别村,不能就这么算咧,这个石板关系兹陵到底在哪儿。"

两人正说着,就看见前面三五村民正围着陈四哥争吵。

"主任,这垃圾填埋场二期工程是不是真要开始?"

"别问我,"陈四哥摆手,"我啥也没听说。"

另一个村民摸了摸下巴，眼珠一转："主任嘴上挂着锁咧，看来这个垃圾填埋场比之前的还要大。我听说投资上亿，一竿子捅到了咱村边，这要是占了谁家的地谁不就发了。"

陈四哥无奈："别天天听风就是雨，歪门邪道不是发财的路，把樱桃树种好是正事。"

"陈老四！"严守村喊了一声。

陈四哥一回头："方师，守村叔，咋是你们？"

严守村回道："我们来这儿寻点东西。"

"方师……"陈四哥又打量着方堃，关心问道，"你这身体咋样？"

"好多咧。"

"方师，你的事我们十里八乡都听说了，好样的。别的我帮不上，你们考古队想吃樱桃就来我家，免费！"

"还用得着你？"严守村得意一笑，"考古队的樱桃早就让我尹村乡党包了。"

陈四哥也笑："对了，叔，你还没说你们来寻啥。"

"石板，"方堃忙说，"你见过吗？"

"啥样的？"

"他也说不上来，因为这个东西是古书上写的。说是元代有个老汉，他写了一本书，记载咱秦川周围的……咋说，就像本旅游书。这本书上说有一年，兹水河把兹陵的墓门冲开咧，然后冲出来五百多块石板。"严守村说着，摸了摸脑袋，嘿嘿一笑，"堃娃，我翻译得对不？"

"对着咧，"方堃点头，"四哥，陈家坡南陵这一带你熟，见过这样的石板吗？"

陈四哥琢磨着："你说的石板我小时候见过，在我外爷那个村的原上，好像叫石板沟。"

方堃惊喜："具体在哪儿？"

"在窦陵东北方向，白鹿原东侧。"

严守村无奈："你这说得也太宽泛咧，咋寻？"

陈四哥却笑着招呼道："反正我是酱菜缸里的瓜子——闲人（咸仁）一个，我领你们去。"

"辛苦你咧。"方堃满脸感激。

通往石板沟的路是一条人们踏出来的小山路，两边是枝杈纵横的樱桃树，脚下是半人高的野草丛，方堃拄着拐杖，在其中缓慢而艰难地穿行。

"四哥,"他边走边问,"这两边的樱桃树是不是没人经管?"

"对,这树是村民以前种下的,后来他们都搬走了,就没人管了。小心点,这里一会儿上坡一会儿下坡,陡得很。"

行经一个陡坡时,陈四哥一个趔趄,差点摔倒。

方堃忙呼:"小心!"

严守村看向他:"堃娃,前面的路不好走,我背你过去吧。"

方堃摇头:"叔,我现在腿脚利索多了,能行。"

"不行,你要是磕了碰了我咋向青女子交代。"

"放心,我这复健不是白做的。"

方堃拄着拐一点点往前挪。走了几步,他突然脚下一滑,跌了个跟头,吓得严守村赶紧冲过去。

"堃娃,没事吧?"

方堃强忍着痛站起来,摆摆手:"没事,继续。"

石板沟的左边是陡壁,右边是深沟,狭窄坎坷,三人排成一字阵,小心翼翼地往前走。

转眼间,眼前出现了一个断崖,崖面探进去的部分,是一个冲击而成的天然洞口。

"到咧。"陈四哥指着洞口,"这儿就是石板沟。"

方堃打量了一下,这是一个宽约三米、高约一米的半圆形洞口,正对兹水河。洞里的地上,零散地分布着一些大小不一的石板。

"堃娃,这是你要找的石板吗?"严守村看不出什么门道,只好把目光又投向方堃。

方堃没有立即回答,只是专注地研究着这些石板。

凤凰山上,第三轮的勘探工作接近尾声,雒青走向地质勘探队,等待他们的成果汇报。

"庞队长,咋样?"

"根据我们测氡仪上的测试结果,这儿没有墓葬。"

齐小满凑过来:"啥仪?"

"测氡仪,它能测出空气、土壤或水中含不含氡元素,每立方米含多少。氡元素是自然界中常见的一种化学元素,修墓常见的花岗岩、砖砂是氡元素的主要来源之一,而这次的探测结果显示,凤凰山山体里的氡元素含量极低,也就是说这里并没有人工修建的墓葬痕迹。"

听罢,老鹿小心翼翼道:"雒师,这第三轮也探完咧,既没有找到洞口,也没有找到建筑。按理说就算没有那些陵园的附属设施，是不是也应该有一些人为的痕迹，可是咱这探铲快把凤凰山戳成筛子咧，还是一点人工的蛛丝马迹都没找到，你看咱是不能下结论咧。"

雒青思考片刻，仍然摇头："还不行，不管是证明一件事情，还是否定一件事情，都必须严谨。"

王薇气馁地垂下了眸："雒老师，照您这么说，咱们现在没有办法拍胸脯说兹陵不在凤凰山，那我们这三次勘探的意义是什么？"

徐子菲也叹气："明明已经做得那么仔细了，但是好像并没有什么收获。"

"没有收获对我们来说恰恰是一个比较大的收获，至少三次勘探足以排除兹陵是崖洞墓。但是我们现在还没有足够的证据完全推翻骆天骧在《类编长安志》中的记载。"

雒青话音刚落，方堃的电话打了进来。

"雒青，我找到石板了。"

雒青惊喜："在哪儿？"

"石板沟。"

挂完电话，雒青和郭士林立刻带着市所的两个女孩及老鹿一起赶了过去。

此刻方堃正坐在地上，他兴奋地招呼大家："你们快来看，石板沟正对着兹水河，明显是被兹水河冲出来的，还有这些石板，符合骆天骧所说的兹水冲开兹陵外羡门，吹出石板五百余片。"

雒青挥手招呼身后的人："你们都来看看这石板。"

郭士林上前一步，蹲下身仔细瞧着："这些石板不规则，不像是人工合成的。"

雒青也蹲下，她敲了敲石板，有的立马散成沙子，有的却坚不可摧。

"有的石板结实，有的松散，一看就不是人工打造的。但兹陵外羡门肯定是非常规则，有明显人工痕迹的。"

"我赞同你们的说法，"方堃会心一笑，"这里的石板和这个石板沟都是自然形成的，根本不是兹陵的外羡门。"

徐子菲不解地皱了皱眉："方老师，你把我搞糊涂了，刚才你还说这符合骆天骧的记载，现在怎么又说这不是兹陵的外羡门……"

雒青答道："方老师是想证明骆天骧的记载是错误的。"

"没错，"方堃点头，"骆天骧说兹水冲开兹陵外羡门，吹出石板五百余片，是他亲眼所见吗？他来过这里吗？"

雒青摊手："目前看来不是。"

王薇一惊："难道是道听途说的？"

徐子菲笑了："就像我们经常在博客上转载别人的东西。"

"这个比方打得好，"方堃闻言也笑了笑，"你们看石板沟这个位置，离窦陵很近。假如兹水大涨，把石板沟的石板冲下去了，老百姓看见了之后，会不会想当然地以为这是从兹陵冲出来的？"

徐子菲点头："有这种可能。"

"那怎么证明……"王薇又提出疑问，"骆天骧不是亲眼所见呢？"

"骆天骧要么是听当时的老百姓说的，要么也是从文献中看来的。你们记得骆天骧记录水吹石板是哪一年吗？"方堃问道。

郭士林接话："至元辛卯秋。"

"没错，咱们推一下，骆天骧应该是元代生人，至元是元世祖年号，辛卯应该是至元二十八年，推算下来就是公元 1291 年。我前段时间一直在看文献，终于在一本史籍中里找到了一段记载，说 1291 年的秋天气候异常，北方发生了很多洪涝灾害。我推测当地村官向上级府衙汇报灾情时，顺便提到这一情况，所以用了方言'吹出'云云。"

雒青越听越激动，接着方堃的话道："所以骆天骧可能没有亲赴现场查看，只是查阅当地文书档案，看到这一条记载，抄录原文，并且将其作为兹陵在凤凰山的重要依据！"

方堃颇有默契地与她对视："没错，到了明、清两代，兹陵踪迹更难找，于是大家沿用骆天骧的记载，这就顺理成章了。皇帝派来祭祀兹陵的官员不会考证求实，像毕沅这样的经史大家也被误导，在凤凰山下刊石立碑，历朝历代一误再误。"

"通了通了，"郭士林一拍手掌，大喜过望，"我们第三遍勘探工作做完了，还是啥也没发现，再加上你的研究，我觉得我们完全可以推翻兹陵在凤凰山的结论了。"

方堃看向雒青："雒青，你看我们啥时候回一趟省院，向院里做个汇报。"

"明天。"说完，雒青看着方堃腿上的泥，心疼地问道，"腿咋了？摔了？"

方堃心虚地别过头："没……没有，刚蹭上的两块泥，别大惊小怪。"

雒青又看向严守村。

"青女子，这可不赖我，他非要自己挂拐上来！"

听完严守村的话，雒青立马瞪着方堃："你疯了！这么陡的路你怎么能自己爬上来？"

"你让我加快复健，我现在能拄着棍走了，你还骂我！要不说女人心海底针，真是捉摸不透你。"

徐子菲捂嘴笑："方老师，这叫打是亲，骂是爱。"

雒青和方堃对视了一眼，并未言语，又飞快移开了目光。

省院会议室里座无虚席，在场的无一不是中国考古学界的著名学者，大家会聚于此，皆为讨论一个足以震惊整个学界的发现。

省院院长清了清嗓子："今天在座的都不是外人。"

"陆院，我不是外人哪？"周处调侃道。

院长笑了："您哪算外人，您是我们省院的老朋友了。年轻人可能不熟悉，我介绍一下，这位是咱们国家文物局的周处。你们组织的凤凰山证伪材料，周处已经看过了。周处，要不你给年轻人说两句？"

"材料看完，我脑子里就两个字，"周处露出赞赏神色，"扎实！"

院长欣慰点头，继续朝着大家说："周处说话向来言简意赅，这两个字也许很朴素，但是对于考古人来说，这是最高的赞誉。中国考古学发展到今天，历经百年。百年来涌现了不少考古理论和思想，其中有一种精神始终被所有人认可，那就是疑古辨伪精神。考古学研究必须建立在可靠的材料基础上，但流传下来的史籍很多，难免杂有时人的思想，甚至杜撰的成分。去伪存真，去粗取精，凡事多问一个为什么，这是做考古应该秉持的态度，而你们，做到了。"

掌声响了起来。

"这个掌声可不是给我的，"院长伸手指向雒青等人的方向，"是给尹村考古队的。"

"陆院，你这个话说得不严谨，这掌声是给咱们全体考古人的。据我所知，今天参会的不少老同志，多年前就参与过兹陵一带相关的考古工作，其中就有项老师的先生，也是我的老学长，昝茂昌教授。"说完，周处看向了项昕之。

项昕之微微一笑："不止老昝，兹陵、窦陵和南陵，这一带的考古真要追溯起来，那要追到20世纪六七十年代。是吧，张所？"

张逢春保持一贯的保守态度："不好说。"

院长不由哈哈大笑："咱们今天就是个茶话会，逢春你大可放开说，不必那么滴水不漏。"

项昕之也被逗笑："孩子们的工作做得扎实，得给老张记个大功，谨慎这一点他可是言传身教啊。"

众人皆大笑起来。

张逢春连忙拱手谦让:"不敢当,全是这些娃娃的功劳。"

"张所,您就别谦虚了。"雏青笑了笑,正色道,"我们很清楚,我们是在前辈的肩上做研究,20世纪六七十年代就有前辈对南陵的丛葬坑进行了抢救性发掘,让我们今天可以了解南陵的文物内涵。到了80年代,李教授和刘教授这对伉俪前辈对兹陵和南陵进行了考古调查和测量,给我们现在的工作奠定了基础。"

方堃接过话:"雏青说的这对伉俪前辈,我有幸见过一面。两位老人已经七十多了,还在一线。我听说三十年前,李教授一个人骑着二八大杠自行车来原上。当时原上没有人,都回家吃饭了,李教授一个身单力薄的女人,就这么孤零零地踏查,想想让人觉得后怕。要是没有前辈在前面给我们开路,我们走不到今天。我们能证实凤凰山上没有陵墓,完全是和前辈们的一场接力。"

项昕之竖起大拇指,欣慰地看着他们:"'接力'这个词用得好,考古绝非一日之功,不管前辈还是后辈,对兹陵遗址区域的考古调查、勘探及发掘已接近一个甲子。尹村大墓到底是不是兹陵,单靠证伪还不够,还需要更多的证据,我们这些老人没有啥新的经验可以给你们,只希望你们再接再厉,解开千年疑冢之谜。"

她的话音刚落,雷鸣般的掌声便再度响起。

第一百〇五章 动员

畚教授墓前,雒青和郭士林依次献上了鲜花。方堃拄着拐杖,和其他人一起鞠了一躬。

项昕之看着墓碑上畚茂昌的黑白照片,感慨道:"老畚,孩子们来看你了。跟你说个好消息,孩子们经过三次勘探,确定了凤凰山没有墓葬痕迹,兹陵在凤凰山完全是个错误。"

"畚教授,您说过叩坤补史是我们做考古的意义,考古人的每一句话、每一个判断,都可能关系着一段历史和文明的正确性,所以要慎之又慎,永远不要先入为主,不要轻易下定论。我不敢忘,也不会忘。"

方堃说着,声音颤抖起来,他拼命压抑着眼眶中的泪水,鼻尖酸涩不已。

"老畚,你放心吧,孩子们都成熟了,个个都是顶梁柱。接下来,他们马上要对被盗掘区域进行发掘了,院里非常支持,给批了钱,他们要在发掘区盖工棚。咱们一块祝福孩子们顺顺利利。"项昕之抹了抹脸,微微一笑,笑中暗藏了些许苦涩。

是夜,方堃仍在翻阅着秦始皇帝陵的考古资料,这时,齐有粮突然进来了。

"堃,还没睡?"

"这才几点,伯,坐。"

齐有粮翻了翻方堃看的书:"这明天都要挖了,还看书?"

方堃失笑:"不是挖,是发掘。"

"你们这些文化人就是较真,你这挖……发掘汉代的墓咋看上秦代的书咧?"

"汉承秦制,有很多墓葬制度是相似的,我们在发掘过程中经常会参考秦陵学者的研究结论。"

齐有粮似懂非懂地点点头:"对,秦皇汉武都是先人,埋的方式大差不差。"

方堃微笑看着略显拘谨的齐有粮:"伯,你来不会是跟我探讨学术的吧?"

齐有粮摸了摸脑袋:"你伯就算有那个闲心,也没那个水平。"

"伯,那你就直说,咱爷俩还有啥张不开嘴的。"

齐有粮于是掏出一张存折,递给方堃。

方堃不由一愣:"这是弄啥?"

"这是政府给我的补偿款,说是这次你们发掘占了我的地。我不要。"

"为啥?伯,这是你应得的。"

"伯虽然是个庄稼汉,但也知道个大义。这先人葬在我尹村,葬在我地头,多大的光荣。"

"伯,我懂了。你这份心意我们考古队记在心上,但是钱你还是得拿上。这钱是政府给你的,不经过我们考古队。"

齐有粮不由分说要塞给他:"你们能跟政府说上话,这事你必须给我相端着办。"

方堃无奈:"我又不是领队,你找我也没用啊。"

"那你跟青女子这关系,她领外你领内,都是一家嘛。"

"可不敢瞎说,她是我领导,公事上我俩盆是盆、碗是碗。这事我要应了,她非得把我踹了。伯,你可不能把我俩搅黄了。"

齐有粮头大:"你们这些年轻人……算了算了。"

他叹口气,收起存折走了。

一早起来,院子里没有以往的谈笑声,方堃感到奇怪,便问郭士林:"老郭,咋安静得很?有粮伯咧?"

"没见人,小满也没人影了。"

这时,雒青从灶房走了出来:"大妈也不在,给咱们留了饭。"

"哎,"方堃皱眉,"这一家三口奇了怪了。"

"先吃,"雒青捧着手里的碗,又示意他们进灶房端碗,"吃完抓紧开工。"

方堃和雒青带着考古队过来,远远就看见待发掘区站了不少尹村百姓,齐有粮一家三口也在其中。

"伯,"方堃忙上前,"这是弄啥?"

"你们不是要发掘这达嘛,掘之前我们想跟先人打个招呼。"

他一看,果然面前摆着供桌,上面整整齐齐地放着供品。

严守村在一旁嘿嘿一笑:"有粮这次可是了不得,包袱皮当手巾——大方得很!瓜果、鞭炮钱全是他掏的。"

"搞这个合适吗?"徐子菲小声叨了一句。

"没啥不合适的,"方堃说,"无论底下埋的是谁,都是先人。"

"堃,你这句话说得有水平。"齐有粮朝他点点头,又看向大家,"前一向有人说,有粮你可不能让他们挖。为啥?咱这农村有两大缺德事不能干,一是踹寡妇门,二是挖绝户坟。都知道我齐有粮没男娃,要是让人挖了地头的坟,我还抬得起头不?"

曹凤英抢话:"有啥抬不起!谁说女子不如男,我满女子也是过日子的一把好手。"

"你先别王婆卖瓜,"齐有粮瞥她一眼,"等我说完嘛。"

现场爆发出一阵笑声。

"我说到哪儿了?"

"说你抬不起头。"严守村飞快接话。

齐有粮刚想点头,忽转念一想,反应了过来:"不对,我有啥抬不起头?我家门上贴的啥?文保模范家庭!我把地让出来让考古队研究,我光荣得很!"

齐小满神秘一笑:"雒青姐,方哥,郭哥,鹿师父,我大说了,政府给的补偿款他不要。咋个用法,他有个打算。"

"这事我来说,钱在我手上。"说完,曹凤英掏出一张纸,上面记着密密麻麻的账。

一见此举,现场又是笑声一片。

齐有粮梗着脖子,翻了个白眼:"笑个啥的,凤英是我家的大掌柜。"

曹凤英念道:"这钱分成两部分,一部分用来买菜买肉,给考古队把伙食搞上去,保证每天早上都有鸡蛋、牛奶,中午、晚上都有肉。剩下的钱捐给村小学,给娃娃买书,让娃娃多学历史,知道祖先是个谁,咱从哪达来,到哪达去。"

"好!"

有人开始鼓掌,紧接着稀稀落落的掌声汇成一片,方堃的眼眶顿时红了。

"说得好!"他也大力鼓起掌来,"谢谢伯!谢谢大妈!谢谢所有尹村乡党!"

"我也表个态,"雒青也激动得涨红了脸,"考古队发掘需要民工,只要大伙愿意,我们随时欢迎,待遇从优。"

掌声雷动。

齐有粮清了清嗓子,又开口:"从黑陶俑盗洞开始,你们去了又回,这一晃过去这么多年了,原先一个个生瓜蛋,现在都长成了参天树。我们尹村乡党,原先跟你们不对付,光闹矛盾。后来接触多了,了解深了,搅成了一锅粥，成了一家人。但你们考古是个啥，我们到现在都没弄明白。"

"你咋还没弄明白？"严守村轻蔑地撇撇嘴，"白瞎考古队天天住你家，你是一点文气都没沾。"

"咋，你个老伙弄明白了？"

严守村拍了拍土地："敲一敲大地，问问它哪达历史有麻达，给它补上。"

他如此一解释，村民更是不懂了。

齐有粮大笑起来："本来还以为你背着我偷喝墨水了，看来还是一脑袋糨糊。"

"我说不清，"严守村轻哼一声，"让我堃娃跟你说，就四个字。"

"叩坤补史。"

齐有粮却挥挥手："不重要，我们知道你们是在做好事就够了。时候差不多了，咱们开始吧。"

"慢着！"

齐有粮刚要带着大家祭拜，身后却传来了严六爷的声音。众人闻声望去，只见他提着唢呐，在郭大爷的搀扶下，颤悠悠地走过来。

齐有粮又惊又喜："六爷，你咋来了？"

严六爷一挑长眉："这话说得，我不是先人的子孙？"

"我寻思你身子骨不便，不惊动你了。"

"我就算还剩一口气，也得为这事腾出半口气来。我这个唢呐匠当了六十年，给活人吹过喜事，给死人吹过丧事，还从来没给帝王将相吹过。不管这底下是哪个大人物，他埋在尹村，就是尹村的先人，这是咱们尹村的荣光。"严六爷拍拍干瘦的胸膛，朗声道，"乡党们，《百鸟朝凤》能行？"

众人齐声："能行！"

齐有粮于是笑道："开始吧！"

他带着乡亲们上香，叩首。一侧，严六爷在雒青的搀扶下吹起了《百鸟朝凤》。高亢嘹亮的乐声悠悠回荡在尹村上空，惊飞了满山的鸟雀。

幸福村某路边摊上，小杜和民警小张正吃着饭。

小杜嚼着肉臊，郁闷道："摸排了这么些日子，咋连个华南王的毛都摸不着。"

"我看还是这画像的问题，一千个人眼里有一千个华南王，这咋弄？"

"你们这幸福村也够'卧虎藏龙'的，一个村居然有上百家小旅馆。"

"这可是秦川最大的城中村，查起来麻烦得很。"

俩人正说着，有个旅馆老板凑了过来。

"张警察，可逮着你这个大忙人了，我那医药费的事咋样了？"

小张无奈："你倒是给我一条有用的线索啊。"

"南方人。"

"南方人那海了去了，我咋查？再说过去那么久了，人早就不在秦川了，你让我咋弄？"小张很是头疼。

"那不行，我亏大了！让他白住，他被打了，我送他去医院，还给他出医药费？"

"你们不装身份登记系统，住客姓啥叫啥都是假的，我咋给你查？"

小杜听着，突然想到了啥，拿出画像："老板，你认一下是不是这个人？"

"有点像……"旅店老板眯起眼睛辨认着，"就是他！"

小杜立刻来了兴致："这人啥时候跑的？"

"三月份嘛。"

小张一拍大腿："好像就是尹村出事不久。"

小杜赶紧给齐大仓打电话："齐队，有发现！"

小杜带回联合打击办一张医院里的监控截图照片，上面正是华南王。

"齐队，杨队，这是我们在医院找到的这个被打的住客照片。"

齐大仓对比了一下："倒是有几分像。"

"这货被打了不敢报警，差点死在旅馆，旅馆老板好心送他去医院，结果他直接从医院跑了。"

"梁子说他们起了货之后，华南王没有按时出现，是不是因为被打了？"杨青石思考着说。

齐大仓点点头："不排除这个可能。"

杨青石追问："旅店老板还提供了啥信息？"

小杜思索片刻，一一道来："口音这一点老板拿不准，他说他跟这人接触不多，没留意他到底是南方哪里的。但是他提到这个人像是有钱人，穿得好，浑身上下的衣服油光水滑的，戴着大金链子、大手表，基本上天天晚上都带'小姐'回来。"

齐大仓眸光一闪："是同一个'小姐'吗？"

"有时候也带别人，但有个女人带得多。"

"小杜，带几个人去周边的KTV、夜总会问问，有没有人认识他。"

"齐队……"小杜犯难，"你知道那一片有多大吗？"

"瓜娃，你就不知道动动脑子。问问旅店老板，他有没有收走过客人的打火机。要是有，看看那堆打火机里有哪些KTV的，集中查。"

小杜听罢，立刻拍起马屁："这办法好，还得是齐队。"

杨青石打趣："齐队，你这经验丰富得很嘛。"

"别瞎想，"齐大仓立刻瞪起眼来，"我这可是办案经验，不牵扯别的。"

众人大笑。

"永福，"笑完后，齐大仓说，"跟我走一趟看守所。"

看守所讯问室内。

齐大仓把监控截图照片给梁子看："梁子，这个人你认识吗？"

"这……"梁子仔细一看，"这不就是华南王吗？"

周永福厉声道："你可看仔细了，不能胡说。"

"绝对是他，没跑！"

出了讯问室，一到楼道里，齐大仓便兴奋道："追了这么多年，这个华南王终于现了真容！"

这时，周永福接到了小杜的电话。

"行，我知道了。"周永福应了之后便挂断电话，"齐队，小杜找到跟华南王有过接触的女人了，已经带到局里了。"

齐大仓快步离开。

公安局询问室内，一个衣着暴露的娇艳女孩坐在椅子上，表情很是不屑。

齐大仓在她对面问道："叫什么名字？"

"露露。"

"本名。"

"李艳花。"

一阵沉默后，齐大仓拿出一张照片，是华南王从医院住院部门口溜走的监控视频截图。

"认识他不？"

露露看了看，问："他犯啥事了？"

"问你认不认识，哪儿那么多废话。"

"认识。"

"把这人的情况说一下，姓啥，叫啥，哪里人。"

"吉姆。"

周永福被她的态度激怒，不客气道："啥鸡母鸭母，我们问的是真名。"

"就是吉姆啊，他让我管他叫吉姆哥。"

"别跟我们打马虎眼，你知道这个人牵扯多大的事吗？你要是不好好说，误了我们办案，自己掂量掂量。"齐大仓也有些不耐烦。

露露却一脸无辜："我真不知道他真名，上我们那要的都是这哥那哥，谁说真名啊。我光知道他是古越口音，他犯的事是不是跟古董有关？"

"凭啥这么问？"齐大仓反倒一愣，开始怀疑她到底知道多少。

"我听他打过一次电话，好像是要古董的。"

齐大仓和周永福对视一眼，又道："你还知道啥？"

"就这么多了，咳！能了解多少？大家逢场作戏，关了灯是亲哥，开了灯谁还认识谁。"

"行了，别扯没用的，再想想他身上还有哪些细节！"

露露轻哼一声："别的细节你好意思问，我还不好意思说呢。"

"李艳花，我问的是正经细节，你要是再扯东扯西，那可就不是在这儿问了。"

"好好好，我再想想……爱喝瓦罐汤算不算？"

"江右的瓦罐汤？"

她慢悠悠回忆着："有几次醒来晚了，他带我去吃早饭，老带我去旅馆跟前的江右瓦罐汤吃饭……我就没见过这么爱喝瓦罐汤的古越人。"

忙活了一天，齐大仓终于回到了联合打击办，连忙跟还在值班的杨青石汇报："杨队，咱们总算是抓住华南王的尾巴了！"

"真容是确定了，别的咱还没掌握，还得让古越警方配合一下。"

"不，"齐大仓摇头，"是江右警方。"

"啥意思？"

"这个人比我们想象的还贼，我怀疑古越口音只是他掩饰自己的保护色，一个人口音能改，但口味变不了。他爱喝瓦罐汤，多半是江右人。"说着，齐大仓回头看周永福和小杜，"永福，你马上把我们在医院采集到的监控截图发给江右警方，让他们协查一下。小杜，一会儿跟我跑一趟监狱，见个老朋友。"

"哪个老朋友？"小杜疑惑。

齐大仓反倒神秘一笑："你说呢？"

第一百〇六章 较劲

齐大仓和小杜来到了监狱,打算先向王管教了解燕小五的情况。

王管教一见到他们,便笑逐颜开:"齐队,还是你有办法,燕小五这么一块铁板,愣是叫你凿出眼来了。他现在开始主动劳动了,对了,尤其爱种西红柿,伺候起那一垄西红柿,比自家菜园子都仔细,种出来的西红柿也是又大又红。"

正说着,燕小五被狱警带了过来。

这次看到齐大仓,燕小五的目光中多了些真诚。

齐大仓开口:"我们这次来,是想让你帮个忙。"

小杜随即掏出四张监控视频的截图照片,有一张上面便是华南王。

"看看这里面哪个是华南王。"

燕小五一惊:"他有信了?"

"咋,"齐大仓挑眉,"你是盼着他落网,还是怕他落网?"

"我……"燕小五心虚,"我当然是盼他落网。"

齐大仓挥挥手:"先认人吧。"

燕小五强装镇定,翻了翻四张照片,最终在其中选了一张并非华南王的。

"你确定?"

被齐大仓这么一问,燕小五陷入了纠结,又拿起其他照片看了看。

小杜在一旁奚落:"咋,有那么难吗?"

"时间太久了,我记不清了。"

"是记不清,还是压根就不认识?"

燕小五抬头:"你啥意思?"

"我啥意思你心里清楚,当年是谁把黑陶俑卖给华南王的?"

"是我。"燕小五坚定道。

小杜叹口气:"你还真是冥顽不灵。"

这时,齐大仓忽然问道:"燕小五,快出狱了吧?"

燕小五点头:"快了。"

"我一直觉得你是个灵醒人,像你这样的如果没进来,这么多年应该也有一番作为了。"

燕小五却不以为意："你不要给我戴高帽，我心里有镜子，我是个啥照得清清楚楚。"

"你最好清清楚楚，不光是你这个人，还有法律。伪证罪是个啥，你应该明白。"

"我说了，华南王长啥样我记不清了。"

"没事，闲了想想，总归能想起点啥，磨道里不愁等个驴蹄印。对了，听说你最近进步很大，真替你高兴。"

"就是手脚勤了些，给菜地里浇点粪，没啥。"

"粪也是肥，还是有机肥，施过肥的西红柿长势最好，小宝肯定爱吃。"

燕小五一愣："你咋知道俺娃爱吃洋柿子？"

齐大仓并未直接回答："去摘些吧，我带给他。"

燕小五满眼感激，揉了揉鼻子。

放学时间，燕小宝夹在放学的队伍里往外走。

"那个娃，过来！"门卫大爷突然喊住了他。

燕小宝有些奇怪，走了过去："爷，啥事？"

门卫大爷拎过一个沉甸甸的袋子给他："有个男的叫我给你的。"

燕小宝接了过去，一看，是满满一袋子红彤彤的大个西红柿，再一看，上面还有张字条。

他打开字条，上面写着一行字："你爸亲手给你种的。"

字条后面还画了一个戴着警帽小人的简笔画。

燕小宝立刻红了眼圈，下意识地揉了揉鼻子，跟他爸一模一样。

远远地，齐大仓在车上看到这一幕，不由暖暖一笑。

"齐队，对燕小五这种人，你还这么上心？"小杜见状，不太理解。

"唉，不光为他，"齐大仓笑了笑，目光并未从燕小宝身上移开，"等你当了爸就知道了。"

K1发掘区上方已经搭建起了工棚，考古队的发掘工作进行好一段时间了，原本被盗掘的区域已经呈现出一个完整的坑的形态。在爆炸核心区以外，还散落着诸多完整陶俑。

"还好这些陶俑保存得比较完整，我再重申一遍，不管是技工还是我们的干部，一定要做好发掘记录。"雒青看向两个年轻学生，"子菲，王薇，你们把我昨天布置的工作再重复一遍。"

徐子菲点头："我负责文字记录，包括工地日记和K1的探方日记、文化层记录表、遗迹单位总记录，还有遗迹编号和出土遗物的入库登记表。"

王薇接着说:"我负责影像记录,着重记录各种遗迹现象和发掘过程。"

待她们说完,郭士林又道:"子菲,王薇,你们参与过文物提取工作吗?"

两人摇头。

"这是个好机会,你们跟着鹿师好好学,他是这方面的专家。"

徐子菲笑了笑:"原先只知道鹿师下铲子厉害,没想到还是提取文物的能人。"

"鹿师可是咱们秦州省考古技工的带头大哥,你们知道他外号是啥不?"郭士林竖起大拇指,"鹿院士,十八般武艺样样精通!"

老鹿谦虚地摆摆手:"啥鹿院士,都是花搅我!没有你们做的发掘方案,我们都不知道往哪头使劲。"

"老鹿,我这高帽可不是白给你戴,你可得抓紧培养江河和茂娃。咱这次发掘任务重,你们得顶半边天。"郭士林也笑了笑,鞭策起他们来。

齐小满忙道:"师父你也带带我,我也想顶半边天。"

"你可别眼大肚子小,光是把探铲的功夫吃透就够难的。千万记住,宁学一门精,不学百事通。"老鹿语重心长道,"拿绘图来说,一般绘图的功夫干部是比不上技工的,可你看方师,他绘的图精准得很,这是下死功夫练出来的。"

说到这儿,雒青看了看四周,突然问道:"方堃呢?"

吕江河指了指角落:"方师蹲在那儿半天了。"

雒青于是朝方堃走过去,他正专注地盯着发掘坑。

"咋不说话,想啥呢?"

"在想之前做的方案还有没有漏洞,或者会遇到啥样的突发情况。"

"做吕氏家族墓项目的时候,我也经常这样,一个人在脑子里演练,希望每一件文物都能完好无损地出坑。"

"我刚坐在这儿,脑子里突然蹦出一句话。"

"说来听听。"

"在发掘坑,历史好像都变得透明了,你好像能看到这些陶俑是咋样被烧制的,咋样被放进去的,咋样被土覆上的。就像黄河,发源于巴颜喀拉山,缓缓地,就这样流到了咱们眼前。"

"文明的流淌。"

"对!"

两人默契地看着彼此,流淌的时间好像凝固了一瞬。

突然间，雏青伸出手。

"干啥？"方堃疑惑，"咱俩虽然聊得血脉偾张，但是你也别这么急，光天化日牵手不好吧？"

雏青无语，翻了个白眼道："你的脑回路真的很奇怪，我是怕你久蹲血液不流动，想扶你走走。"

方堃站起来抬腿就走："别老把我当病人，我现在已经利索多了，不信你看。"

雏青笑着看他："少嘚瑟，悠着点，我可是把绘图的大任留给你了。"

"放心吧，"方堃龇着大牙一笑，"保证按时给雏队完成任务。"

这天，齐大仓进了联合打击办的门，却发现只有杨青石在。

"咋回事？我那几个娃还没来？"

"你不知道？"杨青石反问。

齐大仓一愣："我……知道个啥？"

"你那老同学来了，清源县的武振川。他把你那几个娃调走了，说是在秦川城办个案，让永福他们帮个忙，话里话外跟你打过招呼了。"

"这货是一点风都没和我透，"齐大仓哭笑不得，"具体啥案子？"

"我也不便问，听他随口说了一嘴，说是个打架斗殴案，嫌疑人叫耗子。"

"耗子？我熟啊，打过交道。他以前盗过墓，还是我抓进去的。他那个样能去打架斗殴？我不信。再说，一个打架斗殴的案子用得着他武局亲自跑一趟？"

说着齐大仓给周永福打去电话。

"永福，你在哪儿？"

"我跟武局在……"

"小点声，别让武嗇皮听见，"齐大仓忙打断他，"把位置发给我。"

"能行。"

齐大仓挂断电话。

杨青石笑着看他："听说你俩是上下铺的兄弟，咋还弄得像猫和老鼠似的？"

"我那个老同学可不是老鼠，他是个老狐狸，别看着一副憨厚相，肚子里的弯弯绕多着哪，这事绝对有蹊跷。"

说完，他便转身走了。

一辆面包车在饭店外停下，耗子戴着墨镜下了车，径直走入饭店。

不远处，武振川带人挤在另一辆车上。

"是这辆车不？"周永福问。

刘刚点头："车对着咧，但是那人戴着蛤蟆镜，看不清。"

武振川吩咐道："永福，小杜，咱仨进去，刘刚和小贾守在外面，万一里面出啥岔子你们接应。"

小贾点头："能行。"

"永福，"武振川知道他是急性子，又道，"进去咱们先观察，确定是耗子再动手。"

说完，他和周永福、小杜一同下了车。

武振川一行进来以后，看见耗子一人占着一张桌，正大口扒拉面。

"耗子？"武振川走过去，在耗子肩上拍了一下，试探性地喊了一声。

耗子顺口应了一下。

武振川这下心中踏实了，确认眼前人就是耗子。

而耗子似乎才反应过来，瞬间警觉起来，蓦然抬起头来："干啥？"

"你说干啥？"

武振川话音刚落，周永福便冲上前来，老鹰抓小鸡似的，一把擒住了耗子一只胳膊。

武振川和小杜正要擒耗子的另一只胳膊，谁知他身子灵敏，抄起面碗就往周永福身上扣。

周永福侧身一躲，倒是给了耗子机会，他便真像老鼠一样灵活逃脱了。

耗子一冲出饭店，等在外面接应的刘刚和小贾立马追了过来。紧接着，武振川三人也冲了出来。

耗子疯跑，五人在后面穷追不舍。他慌不择路，差点被一辆车撞上，吓得一下呆住了。武振川趁机上前，一把薅住他，将其擒获。

"耗子，你可真是人如其名，"武振川气喘吁吁，"不过你跑得再快，逃得过我们这些老猫吗？"

此时，有人从刚才那辆车上下来，正是齐大仓。

"快别往自己脸上贴金了，"齐大仓靠在车门上得意扬扬地笑，"要不是我拦住，你能追上他？"

耗子一看，认出来是齐大仓，立马哭天抹泪演上了。

"齐队，齐哥，快救救我！"

齐大仓无奈："别号丧了，瞎套啥近乎，一脸褶子还管我叫哥。"

武振川皱眉："你来凑啥热闹？"

· 702 ·

"你还好意思问我,你把我的人借走经过我同意了吗?"

武振川变了变脸色,笑着回应:"大仓,都是上下铺的兄弟,你跟我挑这个理可就小气了。这样吧,等我这案子弄完,来秦川城请你吃个饭得行?"

"你这空头支票开了没一筐也有一沓了!行啦,武啬皮,谝点实在的,抓耗子弄啥?"

"打架斗殴。"

"冤枉啊,我对天发誓绝对没打过架!"耗子连连喊冤,"我这副小身板哪是打架的材料,一脚下去那就是个散黄的鸡蛋嘛。"

齐大仓玩味地看着他:"耗子,我这兄弟可是侦查高手,你要是没干过,他凭啥抓你?"

"齐大仓,你这是弄啥,大街上设公堂?"武振川立刻开口,底气有些不足。

"你看你紧张个啥嘛,"齐大仓看向武振川,"我就是问上两句,难道你有啥事不想让我知道?"

还未等武振川回应,耗子瞄准时机赶紧诉苦:"齐哥,我的亲人,快给我主持公道啊!我是被打的那个,要不是跑得快早就让河东人打死了。"

"河东人?"齐大仓警弦一绷,"啥河东人?"

"耗子,快闭死你的嘴,有话回公安局再说。刘刚,把人带走。"

武振川不由分说地打断他们的对话。然而,就在刘刚准备把耗子押上车时,齐大仓伸手一拦。

"咋个意思?"武振川问。

"把人带走没问题,你得给个说法。"

武振川一愣:"我给啥说法?"

齐大仓伸手:"手续呢?"

武振川和刘刚一对眼神,透着一丝心虚。

"咋,连个手续都没有?行啊,武啬皮,胆够肥,我这就上你领导那儿参上一本。"

武振川连忙掏出一张传唤证:"谁说我没手续!"

"传唤证?"齐大仓哼了一声,"小贾,你给武局科普一下传唤证和拘传证的区别。"

小贾惊呼:"真科普?"

"废话!"

小贾只好照本宣科:"两者强制性不同。传唤等同于通知,不具有强制性质；而拘传则具有一定的强制性……"

"行啦行啦，"武振川一脸憋屈地看向齐大仓，"你想咋？"

"先把人带到我那儿去。"

武振川大手一挥，算是同意了。

齐大仓眼见目的达成，高兴道："小杜，小贾，去买点好吃的招待一下武局和刘刚。记住，别抠抠搜搜拿两百块钱糊弄事！"

说完，他故意看了武振川一眼，见后者正瞪着他，他却心情大好。

第一百〇七章 新人

公安局会议室小杜和小贾买回来不少好吃的。

齐大仓忙招呼:"来来,吃啊,刘刚别客气,就把这儿当自己家。"

刘刚偷偷看了看武振川的眼色。

"咋,害怕我给你们下毒啊?"齐大仓开玩笑。

被他这么一激,武振川反而坐直了:"吃,不吃白不吃。齐大仓我可跟你说好,我们的人正办着拘传证,办完我就把耗子带走。"

"能行,但是你得跟我说句实话,耗子到底犯的啥事?别跟我说打架斗殴,我没那么好糊弄,是不是跟盗墓有关?"

"你啊,贼得很。"见瞒不下去了,武振川叹口气,只好一一道来,"前些日子,我们接到一起报案,说有人打架斗殴。到了现场人已经跑了,我们侦查时发现了一些探洞,还有一些盗墓工具,怀疑是盗墓贼因为抢坑发生了械斗。线索有限,我们只能通过车找人。我们在清源县高速路口调取监控,终于锁定了一辆车,这辆车频繁往返清源县和秦川市两地,而且每次都是半夜离开高速口,符合盗墓贼的行动习惯。再加上它最后一次离开清源县的时间和斗殴案发时间能对上,所以我们基本确认就是它了。我们查了一下车主,发现是耗子。"

"河东人又是咋回事?"

"这个就得问耗子了。我可是跟你交底了,吃完饭,人我就带走了。"

"别急。"齐大仓一口回绝,"我问你,案发现场被盗了吗?"

"没有。"

"既然是奔着抢坑去的,为啥后来没盗?"

周永福猜测道:"肯定是知道惊动警方了,不敢去了。"

武振川点头:"我也是这么想的。"

"还有一种可能,"齐大仓说,"河东人还没来得及干就落网了。"

"你啥意思?河东人在你手上?"

齐大仓得意一笑:"我手上确实有个河东人,而且身上有伤,不过得等审完耗子才能下结论。武局,咱俩多长时间没一块审过人了?一会儿去打个配合?"

武振川无奈:"齐大仓啊齐大仓,我就知道你会来这一手。"

刘刚憋不住笑了："我们武局来前就说了，千万别跟齐队透风。你们经手的文物案子多，备不住又把我们的线索抢去了。"

"这就叫今日喝酒往日义，今日打架往日气！"武振川轻哼一声，"我防你，还不是因为你齐大仓光截我的胡。"

齐大仓却是嬉皮笑脸："武局，格局大点，我可不是截和，咱互利互惠嘛。"

耗子一被带到讯问室，见到齐大仓又开始涕泪俱下地喊冤。

"齐哥……"

齐大仓轻咳两声："叫齐队。"

"齐队，你可得救我，我比窦娥还冤！"

"你咋冤了？我上次把你送进去跟你说的啥？干点啥不好，非得去盗墓。"

"我真没盗。"

武振川挑眉，严厉道："你当我们吃干饭的？清源县城关村地里的探钎、洛阳铲难道是用来种庄稼的？你几次天黑开车到我清源去，难道是夜游？"

"我……承认我去清源了，可我没有盗墓！我一直记得齐队的话，坚决不能走老路，这一次我就是开车加望风。"

"你是真傻还是装傻？"齐大仓不由厉色，"你开车望风，还不是给盗墓贼卖命？你挣下的赃钱还不是他们拿文物换来的？"

武振川也始终牢牢盯着耗子："耗子，我们现在是给你机会，你把态度摆好，主动交代，还能争取个宽大处理。你要是油嘴滑舌耍心眼子，可就吃大亏了。"

这一连串攻心战术，让耗子彻底放弃了负隅顽抗的念头，他耷拉下脑袋："我交代，全交代……"

武振川开始发问："清源县这一次是咋回事？支锅是谁？"

"我不知道他大名叫啥，光知道个外号叫'三指'，因为他的右手只有三根手指。我也是头回跟他们干，干的那几天也没啥交流。"

齐大仓问道："打架是咋回事？"

"我也不知道，本来踩好点了，那天准备挖坑。结果我们一到，人刚下车，呼啦啦一群人围了上来，对着我们的人就往死里打。有个兄弟最惨，那伙人棍子、棒子全朝他砸，你们见过打鼓不？你一棒我一棍，哎呀……"

耗子直咂舌。

武振川猛地一拍桌子："你当这是戏园子说书呢？重点！重点！"

耗子缩起脑袋："我一看时下不好，再不跑我也活不成了。我把大灯一开，一脚油门踩下去，嗖地跑了。"

"那你咋知道打人的是河东人？"

"听口音像。"

听到这里，齐大仓摆出几张照片，其中一张是梁子，让耗子辨认。

"好好看看，这里面有没有你说的河东人？"

耗子看了看，指着梁子："他！"

"确定？"

耗子点了点头。

武振川继续问："后来三指联系你了吗？"

"没有，我打过他电话，已经是空号了，这货没准已经毙咧。"

审完耗子，武振川在走廊追问："那个梁子是咋回事？"

"武啬皮，你这次可是进山不空回，咥大活了。"齐大仓笑了笑，"知道尹村盗墓案吗？"

武振川点头："咋，梁子盗的？"

"对，但是货没落到他们手上，被人抢了。"

"啥人抢的？"

"梁子说不知道，但是我们初步分析有可能是表叔集团。"周永福答道。

听罢，武振川迫不及待地往前迈步："表叔集团我听说过，势力大得很。走，去会会这个梁子。"

讯问室内，梁子一看到对面坐了那么多警察，当场就有点怯了，一双贼眼溜溜转，忍不住小心试探："今天……咋这么多人？"

"你这个问题问得好，"齐大仓哈哈大笑，看了看身旁的武振川，"我给你介绍一下，这位是清源县公安局副局长，知道他为啥来不？"

梁子心里一颤，强装淡定："我不知道。"

武振川直接脾气上来："你小子是不撞南墙不回头啊，非要我把你在城关村干了啥复述一遍吗？"

齐大仓也慢悠悠道："你脸上那伤不是摔的，你跟人干架了吧？"

两人夹击下，梁子见瞒不住，只好承认："我是在清源县打了一架。"

武振川问："打的谁？"

梁子沉默。

"梁子，你太不老实了，从我们第一次审讯到现在，你瞒了多少事？你以为自己聪明得很，能糊弄过去。动动你的脑子，我们要是啥也没掌握，咋会知道你在清源县打架？"齐大仓正色道。

周永福板着脸："有些事你不说，你的同伙也会说，我们不会无限期地等你。你也是个聪明人，自己掂量掂量。"

"我……认栽，我说。"梁子叹了一口气，"打的是表叔的人。狗日的抢了我们的货，这口气我咽不下。"

此话一出，齐大仓内心颇为震动，他不得不压抑内心的激动，继续"追击"。

"你咋找到他们的？"

"华南王说的，他跟我说表叔的人要在清源县城关村干一票，让我找人干他们。"

"你们打的时候是不是把其中一个人打得最重？"

梁子点头："就是卖给我炸药那货。"

"炮手？"

"我不知道他叫个啥。"

"他右手是不是只有三根手指头？"

梁子摇头："好像不是。"

齐大仓顿时失望。

次日，联合打击办内。

丁炎拿过一张乐府丞印的照片递给杨青石："杨队，你看看这个官印。"

杨青石眯了眯眼，仔细辨认："乐府丞印……这不是尹村被盗的官印吗？"

"对，我们从黑市上听到了一些风声，说是尹村出土的官印要在香港拍卖。"

"赶紧把这个情况告诉齐队！"

秦川某私人会所门口停了数辆豪车，往来之人多西装革履，门扇开合间，时不时漏出一些悠扬曲调以及金碧辉煌的大堂一角。

一辆黑车在会所门口停下。车门一开，秦既明在王理事和赵理事的簇拥下走入会所，等在里面的穆见晖和林副会长立马起身相迎。

林副会长微微弯腰："秦老，快请坐。"

秦既明打量了一下穆见晖："这位眼生得很，是你说的想入协会的朋友？"

"对，这位是穆见晖穆老师。"

穆见晖彬彬有礼道："不敢不敢，在秦老面前哪敢妄称老师，不过是一个爱好收藏的'小学生'罢了。"

林副会长故意调侃他："谦虚啥，你可是出过书的人。"

"哦？"秦既明果然来了兴趣，"什么书？"

穆见晖见缝插针地把他的书拿出来，递给秦既明："只是一些随想，上不了大台面。"

秦既明一看：《黑陶俑品鉴》……得是十年前归国的那批？"

"对，还请秦老雅正。"

秦既明收下，却随手放在了一边："行，我也喜欢和年轻人切磋交流，都坐吧。"

穆见晖见秦既明态度不冷不淡，继续恭维着："一直想拜会秦老，只是没有合适的机会，不敢冒昧叨扰。谢谢这次林会长做东，能让我当面向秦老讨教。"

林副会长开起玩笑："别那么叫，是林副会长。对了，佑林会长咋还没来？"

冯理事接话："佑林不来了，身体不舒服。"

"小林，"秦既明开口，"以后协会你来打理吧，佑林已经请辞了。"

穆见晖故作惊讶："啊？我听说他已经辞了明德博物馆的馆长，没想到连会长也辞了，真是可惜。"

秦既明冷笑："可惜什么？他要是不退，秦川收藏界的脸面往哪儿搁？"

林副会长客套道："秦老言重了，佑林也算是为秦川收藏界做了不少贡献。"

"对，"王理事也谄媚着恭维了几句，"我们明德博物馆能成为民营博物馆界的名片，也得感谢佑林这些年的付出。"

秦既明挥挥手："人都退了，功过留给别人说吧。不过，我们都要从这件事中吸取教训。"

众人纷纷表示赞同。

秦既明又道："你们都得为协会的发展想想办法，不能任由名声臭下去。"

王理事提议："最近香港有个官印要拍卖，听说是从尹村盗出来的，我看要不我们拍回来吧，让国宝回家，也给咱们古玩协会博个好名声。"

冯理事却不以为意："官印太小了，算啥国宝，一点收藏价值都没有。"

"我看也不一定。"穆见晖微微一笑，正色道，"别看官印小，内涵丰富得很，研究价值大得很，考古队把它当宝咧。"

"有点意思……"秦既明似乎被说动，点了点头。

林副会长立刻跟上:"既然秦老点头了,那就一起去趟香港!"

众人附和:"能行。"

公安局内,赵丰正主持着会议。

"首先,我要对大家连月来的辛勤工作说声感谢,道声辛苦。尹村大墓被盗以来,局里一直高度重视,时刻关注案情进展。我和清源县的孟局见过面了,把尹村大墓被盗案跟他做了详细的介绍。咱们两地警方经过缜密的研判,一致认为这个案子和清源县境内的聚众斗殴、盗掘古墓葬案是同一团伙所为,具备并案条件。所以,特此成立1·17系列团伙盗掘古墓葬案专案组。由我担任组长,齐大仓、武振川担任副组长。文物案件具有特殊性,专案组光我们肯定不行,一定要有文物局的助力,杨队,你代表文物局说两句。"

杨青石点头,接话道:"在联合打击办磨合了那么久,我们和你们公安早就成一家了。我也没啥说的,就是一个干。眼下我们正在调查官印的事,也跟香港拍卖行搭上线了,但是他们强调手续合法,不愿提供委托人的信息。"

"那咋办?"武振川急得抢话,"总不能眼睁睁看着文物流失吧。"

"我们还在继续做工作……如果实在阻止不了拍卖,就只能采取其他方式推进文物追索。"杨青石道。

赵丰又问:"肖国强有下落吗?"

周永福摇头:"还没有。"

"三指和炮手呢,查得咋样?"

齐大仓立刻道:"公安部和国家文物局筹建了一个全国打击文物犯罪信息中心,现在正在试运营阶段,就设在省厅。我们把炮手和三指的线索给到中心,看能不能锁定嫌疑对象。但是有枣没枣只能打一竿子,因为我们只掌握了嫌疑人大概的身高、年龄,连有没有案底都不知道。"

"医院那边我们也派侦查员去走访了,看有没有重伤的病人,目前也没线索浮上来。"

武振川补充完,大家意识到虽然案件有了不少眉目,但仍如雾里看花,缺少关键线索,现场顿时陷入沉默。

"赵局,我有一个想法,就是有点铤而走险。"

"杨队你说。"

"表叔集团这些年树大招风,得罪了不少盗墓贼,我们不妨借力打力,把三指的消息散出去,看有没有仇家把线索反馈回来。"

"有点冒险吧,"周永福蹙蹙眉,"一吹风不就把三指惊着了吗?"

杨青石无奈:"所以我说有点铤而走险。"

"如果不走这步棋，咱们这就是个死局……"赵丰想了想，"试一把，把风吹出去也许就把局面走活了。我再多唠叨两句，这个案子牵扯面广，难度大，侧面反映出盗卖文物犯罪呈现职业化、网络化、链条化趋势。犯罪分子反侦查意识强，作案手段不断升级，局里要求持续深挖，坚决打击，绝对不能手软！"

"是！"齐大仓带头喊道。

众人随即也整齐道："是——"

香港某酒店内，收藏界的人围在一起，正讨论拍卖官印的事。

林副会长略显忧愁："我听说这个官印可不是光咱们盯着，有几个老外也虎视眈眈。"

"不用紧张。"秦既明不急不慢地笑道，"拼财力，他拼得过我们中国人吗？"

大家纷纷称是。

这时，门被敲响，赵佑林来了。

"秦老，林副会长，王理事，冯理事，好久不见。"

林副会长神色复杂，笑得有些虚伪："佑林，你来香港咋不提前言传一声？"

赵佑林苦笑："我本来是想把这官印拍回去，给咱秦川文化事业做点贡献，谁承想你们想到我前面去了。"

"不是我们，"林副会长辩驳，"是秦老有远见。"

"对对，有秦老在香港主持大局，我就放心了。"赵佑林忙说。

秦既明在一旁冷眼看着赵佑林，并不表态。

赵佑林扫视四周，目光最后落到穆见晖身上，皮里阳秋一笑："呀，老穆？！这半天我都没认出你来，还以为是个生面孔。得是你换了身皮，还是我眼睛不济？"

林副会长有些意外："你们认识？"

穆见晖冷冷道："见过，不熟。"

赵佑林却故作难过："老穆你这话说得凉薄得很，倒是应了那句人情似纸张张薄，世事如棋局局新。"

此话一出，秦既明忽然面露不悦："太晚了，明天还要竞拍，你们先去休息吧。"

众人识趣地退场，只有赵佑林留了下来。

沉默许久后，秦既明忽然开口："明天的拍卖你不要去了。"

"为啥？"

"你拍回去的东西，就算是真的，别人也会以为是假的。"

"秦老，我是给协会招了黑，让明德博物馆蒙了羞，难道不能给我一个改错的机会？"

"机会是给有真本事的人准备的，不是给土财主准备的。"

闻言，赵佑林不禁冷笑："秦老，您说的那个有真本事的人还不如我，我好歹吃的是阳间饭，他干的是阴间活。"

秦既明错愕不已，一时愣住。

第一百〇八章 风波

晚风瑟瑟，穆见晖独自在酒店天台喝酒，赵佑林走了过来。

"来一杯？"穆见晖给赵佑林倒了一杯。

赵佑林接过来，勉强一扯嘴角："老穆，你还真淡定。"

穆见晖闲庭信步，淡然一笑："我有啥好不淡定的，你不就是跑到秦老面前揭我老底去了嘛。老赵，该不淡定的是你。这张牌一打完，你还有牌打吗？你知道我手里还有多少牌吗？一、二、三、四……我都数不清。"

"你少他妈虚张声势，"赵佑林冷笑，"穆见晖，你不要以为把我踹下去你就能上来。眼前的这艘船有多大，你有数吗？你以为拿当头炮占了先，这局棋就赢定了？恐怕你连跟你下棋的人是谁都不知道！"

"那又能咋？既然开了局，对面是谁这棋不都得下吗？"

穆见晖笑出了声，又迎风朝着夜空举起酒杯，随即一饮而尽。那里一片漆黑，如同广袤而深不可测的海底。

"不瞒你说，我就爱下盲棋。"

第二天，拍卖会即将开始，参与拍卖的人相继落座。穆见晖先行坐下，看到秦既明一行过来，他起身打招呼："秦老。"

秦既明态度冷淡，只微微颔首，就在另一边坐下了。

穆见晖自然明白这是赵佑林的"谗言"起了效，倒也没太在意。

"女士们，先生们，香港嘉华拍卖行第32期古董文物艺术品精品拍卖会正式开始。"拍卖师的声音响起，"下面我来介绍1号拍品，宋坑端砚。这方端砚制于明代，石质坚实细腻，雕刻精美，为华裔工艺品大师David Wang旧藏，起拍价四十五万。"

底下不断有人举牌……

拍卖进行到尾声，终于轮到官印登场。

"接下来为大家介绍最后一件拍品，青铜官印。这枚官印制于汉代，距今约两千年，它的底部刻有'乐府丞印'四个字。官印原为清末藏家所藏，后因战争流失到海外，一直为日本藏家所有。"

拍卖师说到这里时，秦既明目光一瞥，扫了一眼穆见晖，后者却目不斜视。

"起拍价三百万。"

众人竞相举牌。

"三百一十万……"穆见晖举牌。

"三百二十万。"冯理事举牌。

"三百三十万。"另一个藏家举牌。

"秦老,"王理事低声道,"这样下去遭不住了。"

举牌依旧在继续,但是秦既明身旁的人已经不再举牌。最终只剩下穆见晖和一个香港藏家在竞逐。

香港藏家再度举牌。

拍卖师的声音略有颤抖:"九百万!"

穆见晖举牌。

拍卖师眼都直了:"一千万!"

全场哗然,纷纷看向穆见晖。

"一千万一次,一千万两次,一千万三次!"

拍卖师落锤。

"恭喜这位先生,成功拍到汉代青铜乐府丞印!"

秦既明脸色阴沉,直接起身走了。

酒店房间内,穆见晖将装官印的木匣放到了秦既明面前。

"这是几个意思?"

"秦老,来之前说好的,咱们是以古玩协会的名义让国宝回家。虽然是我拍下的,但是我愿捐给协会。"

秦既明摇头:"这不合适。"

"有啥不合适?我相信无论是林副会长还是王理事,谁拍了都会捐给协会。难道咱们古玩协会接受捐赠还要看资历?我虽然是新进来的,但是对协会的发展和各位一样上心。"

一旁的林副会长连忙上前打圆场:"老穆,你会错意了。秦老是怕你吃亏,一千万可不是小数目。"

"只要是对协会发展有益,我个人这点得失算不了啥。"穆见晖随意一笑,"现在外面都知道协会来香港了,要是空手而回,外面还不知道要传出啥谣言。"

王理事转念一想:"秦老,老穆说得也有道理。"

秦既明想了想,半晌后微微点头,算是同意了。

齐大仓正在联合打击办里吃着锅盔,杨青石急匆匆进来。

"齐队,官印让人拍走了!"

"谁拍的？"齐大仓腾地一下站起来，顾不得嘴里的锅盔还没咽下去，"赶紧联系买家，咱们去做做工作，不能让文物流失。"

杨青石却叹了一口气。

"咋了？买家是外国人？"

"比这更恶劣。"

齐大仓想了想，瞳孔放大："不会是……"

"就是你想的那个人。"

齐大仓狠狠把锅盔拍在桌上："他妈的，穆见晖啊穆见晖，我真是小瞧了你！"

阳光正好，晒得人懒洋洋的，曹凤英和仙儿姐搬了两把小椅，坐在院里谝闲传。

"仙儿，这一向脸比你家樱桃还红润，得是有喜事？"

"我能有啥喜事。"

"得是垃圾填埋场占着你家地了？"

"婶，占谁家的地你不清楚？"仙儿姐笑了笑，"这村里啥事不都先经有粮叔的耳。"

曹凤英立刻会意："我说你轻易不登俺家门，原来是打听消息来了。"

仙儿姐抿嘴一笑，又小声道："婶，不瞒你说，我昨天上城里看房了。"

"马还没出槽，你这鞭子就扬上了？"

"娃眼瞅着要上高中了，我要是能搬到城里去，还能就近陪个读。不瞒你说，多少人盼着能赔俩钱，上城里置个窝。"

"那是你们年轻人，我们老了，金窝银窝不如自己的狗窝，还是待在尹村舒服。之前那个大垃圾堆，臭气熏天，全是苍蝇，搞得人颇烦得很，这要再来一个，我们咋住？"

正说着，方垦回来了。

仙儿姐和他打了个招呼："方师回来啦。"

"我去给你盛饭，"曹凤英站起来，"其他人呢？"

方垦摆摆手："大妈不急，他们还没完事呢，你们聊你们的。"

他正要进房间，然而曹凤英和仙儿姐的聊天声太大，自然而然地入了他的耳。

"再说，要是垃圾堆占了我们的地，我们咋种樱桃？你们年轻人进城好找工作，我们能干啥？"曹凤英继续嗑瓜子。

"大妈，"方垦停下脚步，回头看她，"你刚说的垃圾堆是垃圾填埋场？"

715

"对着咧。"

"还要占尹村的地？"

仙儿姐摆手："还没确定，村里人说啥的都有，多半要占我们尹村跟陈家坡。"

"我伯知道这事不？"

"知道，"曹凤英点头，"他去开会了，还有陈家坡的陈老四，一道去的，说是讨论一下这事。"

过了一会儿，齐有粮终于回来了，曹凤英连忙端上馍和菜："吃点饭。"

齐有粮却没好气："不吃。"

"谁又招惹你了？"曹凤英瞪他一眼，小声念叨起来，"火气大得很，头顶能烧一锅水。"

"还不是建垃圾场的事。"

正说着，方堃走了进来："伯，你那会开得咋样？"

"别提，一提一肚子火。那个一期工程你知道不，二期比它还要大！说是时代发展太快，垃圾越来越多，得建一个能吃下更多垃圾的填埋场。"

"具体范围呢？"

"陈家坡、尹村都有份儿。"

"那咱尹村大墓呢？"

"这气一冲脑门子我忘了看那规划图，"齐有粮一拍脑门，惊道，"好像是接近尹村大墓了！"

方堃顿时直摇头："这怎么行！伯，谁给你们开的会？"

"干部多得很，我哪儿叫得上名……对了，马超越也在，人家现在是区政府办公室主任了。"

方堃夺门而出。

"马主任在吗？"

方堃敲了敲马超越办公室的门。

走廊一个工作人员路过，随口应道："他不在。"

"去哪儿了？"

"跟市里领导去垃圾填埋场那边了。"

方堃赶过去时，正看到马超越独自一人站在一个荒凉的高坡上。

"独自一个人在这儿，马主任畅想未来呢？"

马超越回头："方师，挖苦我呢？"

"不敢，马主任升官了，我还没恭喜你。听说这垃圾填埋场要扩建，到"

时候又是你马主任一件功。"

"要不说古代你们文化人叫酸秀才,一张嘴就冒酸水。"马超越无奈道,"方师,得是这垃圾场扩建又得罪你了?"

"明知故问。马主任你不知道尹村大墓不?"

马超越瞥他一眼:"废话,从黑陶俑开始,哪件事我没参与?尹村那摄像头还是我想办法安的。"

这下方堃生气了,索性也不拐弯抹角:"你明知道尹村大墓躺在那儿,为啥让他们把垃圾填埋场一竿子捅过去?"

马超越愣了愣,随后反应过来:"我的方师,你可太高看我了,我一个刚上任的办公室主任,能左右一个关乎秦川百万老百姓的项目?"

"你为啥不跟他们陈明利害?"

"咋陈?说那儿有个大墓?人家问谁的墓,你让我咋说?我还想问问你方师,研究了那么久,弄明白了吗?"

方堃撇撇嘴:"考古又不是请客吃饭,说弄明白就弄明白?"

"你没弄清楚,那就是一个无主之墓,人家凭啥给你考古让路?"

"马主任,你给他们递个话,尹村大墓就是汉太宗兹陵,我敢拿脑袋保证。"方堃沉默几秒,冷静下来,义正词严道,"他们想在旁边扩建垃圾场,一定会破坏文物,谁这么干谁就是历史的罪人!"

"兄弟,就算把我的脑袋加上也不管用,人家要的是证据。不瞒你说,垃圾场扩建这事光是前期调研就花了很长时间,钱也花了不少。他们为啥选这儿,因为一期就在这附近。现在经济高速发展,一个城市一天要制造多少垃圾?他们也有他们的难处,原先的一期填埋场已经超负荷运转了,再耽误下去,秦川市的垃圾往哪儿放?难道要往外太空放?领导们倒是想,技术达不到啊。"马超越摊开双手,眉毛一耷拉,表示无可奈何。

"马主任,你这站位倒是高得很。"

马超越欲哭无泪:"你别敲打我了,你以为我就想扩建?一期垃圾场二十年前建的,旁边就是学校。我和兄弟姐妹都是从那个学校读出来的,一进校门,全是臭烘烘的垃圾味。现在我侄女还在那达读书,我是真不想让娃娃们再经历这一遭。"

"马哥。"方堃冷不防喊一声。

"你可别叫我哥,"马超越顿时起一身鸡皮疙瘩,甚至心里冒出一丝不安,"你一叫我哥准没好事。"

"我是想跟你说句体己话。这垃圾填埋场扩建的事,你必须拦下来。不光是为了尹村大墓,也是为了坝柳的青山绿水。这事要弄成了,从娃娃到老人,大家都得念你的好。"

"这倒是句大实话。"

"我们考古队那边也会向省院汇报,让他们使把劲儿。哥,事成了我到省文物局给你请功。"

马超越嫌弃地看他一眼:"拉倒吧,你自己都没编制,还给我请功。"

雒青接到消息后,索性和方堃直接赶到了省院院长的办公室。

"院长,垃圾填埋场二期工程的规划图我们看了,几乎划到了石围界的边上。"刚进门没多久,雒青就愁着脸汇报情况。

院长揉揉眉心:"这个事我听说了,咱们关起门来说,要把垃圾填埋场挡回去不容易。他们的规划图也不是一拍脑门决定的,肯定也经过了多方研讨。这些年我们的考古和城市建设总是不可避免地发生冲突,虽然有人提出了'先考古、后出让'的方法,但是还在讨论阶段,我们只能盼着早点落实。垃圾场的事我会向上面反映,坚决不能让尹村大墓受到破坏。"

"院长,垃圾填埋场一定要挡回去。"方堃正色道,"我们在尹村做了那么多年考古工作,已经跟那里处出感情了。这个垃圾填埋场不光关系尹村大墓,也关系尹村的百姓。"

"我理解你们对尹村的感情,我会尽全力。方堃、雒青,还有一件事我要跟你们说下,尹村被盗的官印找到了。"

雒青惊喜地问:"在哪儿?"

"这枚官印被走私到了香港,经过洗白之后上了拍卖会,现在到了秦川市古玩协会的手上。他们打算捐给考古队,让你们好好研究。"

方堃一拍手:"好事啊。"

院长面露难色:"这里面还有一个小插曲,我觉得你们有必要知道。这枚官印虽然是以古玩协会的名义捐,但是拍下它的却另有其人,这人叫穆见晖。"

方堃一愣:"咋会是他?"

"具体内情咱们就不得而知了,穆见晖这个人杨青石跟我提过,这件事你们咋看?"

方堃想了想,道:"情感上我接受不了,但是理智上我必须接受这个现实。错不在官印,而在盗墓贼,不能因为他们的贪婪跟无耻而挡住文物回家的路。"

雒青赞同地点了点头。

第一百〇九章 外墙

秦川南市，印着"狗仙儿"大字招牌的算卦摊前，一个戴墨镜的算卦先生正在给人算命，不仔细看的话，很难看出他竟然是狗剩。

"你这几年行运不通也不能全怨你，社会变化太快，就好像是小树苗招了大风，只能硬扛着，虽然这风不能把你连根拔起，但也会让你一路摇摇摆摆个不停。"狗剩手里掐着诀儿，乍一看有模有样。

"对对对，狗仙儿您说得太对咧，"求算人连连点头称是，身体更向他倾了几分，"我这几年不管干啥都磕磕绊绊，没一件顺风顺水的。那您看这回我这店能开不能？"

"这事问我不行，得问我妈。"

"哎呀，能请动她老人家是我天大的福气，那您受累帮我问问您妈，我这事儿能成不？"

狗剩先在盆里净了手，又拿出几张冥币，跪在摊前，摊位上摆着他老娘的牌位。他对着牌位点燃了冥币，待纸张燃尽，他磕了三个头，观察了一会儿冥币的灰烬，有了结论。

"嗯……能成。"

求算人立刻激动起来："太好了，感谢狗仙儿！"

他把一个红包塞给狗剩，感恩戴德地离开，狗剩打开看了一眼，颇为满意。

杨青石已经在旁边看了好半天，这才开口："这一片大名鼎鼎的狗仙儿原来是你啊，狗剩。"

狗剩扭头一看，连连请他落座："哎哟，杨队，啥时候来的也不言传一声，快坐快坐。"

"你这是在传播封建迷信知道不？你打电话把我约过来，是想自首还是咋？"

狗剩嘿嘿一笑："咱得十年没见了吧，当年要不是你们把我叫去问话，我妈的名气还传不出去呢。赶紧坐下谝。"

"别，我往你这摊前一坐，这全南市的人还以为我要找你算命呢。"

"我还真给你算了一卦。"

"给我算卦？"

"对，"狗剩压低声音，"我算出你要寻的三指是谁咧。"

杨青石立马激动起来："你知道三指？是谁？"

"好多年前，我刚有点小名那会儿，来了个问卦的，说他过几天要弄个事情，问我能不能发财，我就问了我妈，我妈说能弄。谁知道那瓜㞞说的事是搞炸药，还在自己屋里搞，把屋顶都炸没了，事没弄成还叫警察给逮了。那憨货自己瓜还怨我，刚放出来先把我给打了一顿，打我的时候我瞅见他右手只剩三根指头了，估计就是那回炸的，活该，报应！"

杨青石凑近他："你说的这三指，你知道他叫啥、家在哪儿不？"

"那不知道。"

杨青石有些失望："长啥样？多大岁数？"

"一米七几，国字脸，二十来岁。"

"哪一年的事？"

狗剩回忆着："黑陶俑那事儿过去没多长时间，大概十年吧。"

"几月份？"

"记得是个冬天。"

"他坐了多长时间牢？"

"三年多吧。"

"口音是哪儿的？"

"听着……应该就是咱秦川人。"

"还有其他特点吗？"

狗剩摇头："其他方面都跟常人差不多，没啥特别的。"

"狗剩，你帮大忙了，回头案子破了我给上面打申请，好好嘉奖你！"杨青石笑了笑，一看他的摊位，又严肃提醒道，"但是有一点，封建迷信还是不要继续搞了。"

说完他起身离开。

"我妈刚帮了你的忙，你就要掀她牌位……"等他走远，狗剩小声嘟囔着，又想起什么，赶紧给老娘上了炷香，"妈，你莫见怪，你老让我知恩图报，这回咱也算报了他们的恩情咧。"

回到联合打击办，杨青石给管理全国文物犯罪信息中心的警员汇总信息："秦川人，2002 年冬天或 2003 年春天入狱，罪名是非法制造爆炸物，他把自己家给炸了，入狱年龄二十多岁，服刑三年多后出狱。"

齐大仓补充道："这种服刑人员一般都会减刑，你可以把这个判刑年限稍微往上加个一两年。"

"对了，还有个特点是国字脸，一米七几。"杨青石目不转睛地盯着屏幕，"就这些了，你看够了？"

警员点头："有刑事犯罪记录，还能具体到地点、罪名、服刑年限，很详细了，我们应该很快就能查出来。"

"好，辛苦咧。"

"可以啊，杨队，"齐大仓一拍他的肩膀，"没想到竟然是从当年黑陶俑案里找到的突破点。"

杨青石一摸下巴："说不定真是连狗剩妈都在帮咱。"

"人间正道是沧桑。"齐大仓爽朗一笑，"我有种预感，咱就快摸到这张犯罪蛛网的'心脏'了。"

秦既明、林副会长、穆见晖正在一众记者和围观群众的簇拥下往齐有粮家门口走来，雒青三人早早便等在这里。

记者面朝着镜头报道："今日，秦川市古玩协会向兹陵考古队捐赠文物的仪式将在尹村举行。此次文物捐赠代表为秦川市古玩协会会长秦既明、副会长林盛辉和私人藏家穆见晖，捐赠文物是刚刚从香港拍回来的一枚青铜汉代乐府官印。据悉，这枚官印是盗墓贼前不久从尹村的一座外藏坑中所盗，这座外藏坑正是兹陵考古队正在发掘的1号坑，这也让本次捐赠有了特别的意义。秦老，可以请您讲讲这次捐赠的心路历程吗？"

秦既明微微一笑："位卑不敢忘忧国，从听闻官印出现在香港拍卖会那刻起，我和所有古玩协会的同仁便心焦如焚，唯恐国宝流入他人之手，所以立即赴港夺宝。"

"您当时有信心吗？"

"没有信心，但必须破釜沉舟，哪怕倾尽全体同仁之力，也要把国宝追回。"

"拿到官印后为什么想要捐给兹陵考古队呢？"

"我们的目的是让国宝回家，官印出自兹陵，兹陵考古队就是官印最好的归宿。"

"听说官印是穆见晖先生花一千万重金拍得的，"记者又将话筒转向穆见晖，"穆先生，您觉得花这么多钱值得吗？"

"当然值得，文物有价也无价，我很高兴能用有形的价格换取无形的价值！也是古玩协会和秦会长等人的情怀影响了我，没有他们的支持，也许我还没有这份决心。"说到这里，穆见晖笑意吟吟地看向方壑，"我还认识这位考古队的方老师，方老师，您还记得我吗？"

"印象深刻。"方堃不情不愿地回答道。

"我也同样印象深刻，我们曾经在我的新书发布会上探讨过，方老师当时有句话让我记忆犹新：盗墓贼偷走的是历史的见证，是文明的钥匙。现在，我很荣幸，能把历史的见证、文明的钥匙交还到方老师手上，我本人也很关注汉太宗以及兹陵的发掘，能有幸为兹陵的发掘做出一点点贡献，也是我们搞收藏的意义。我和古玩协会将继续竭尽所能，让更多流失文物早日回家。"穆见晖好像没听出方堃话中的冷淡，更得意地在聚光灯前发挥起来。

"感谢古玩协会的义举，也感谢穆先生把我的话记在心上，要是早知道我的一句话能值一千万，那天我就多说几句了，穆先生也能多'捐'几件，最好是把 1 号坑里被盗的文物全部'捐'回来才好。"

众人没听出方堃话中的讽刺，被逗得发出一阵笑声，但穆见晖倒是听明白了，脸色突然有点难看。

"我们很感激来自任何途径的捐赠，无论是求真，还是求利，能捉老鼠的就是好猫，对我们来说都是善举。但是归根结底，要想文物不流失，还是得想法让文物出不去才对。"

方堃说到这里，神色复杂地低头看了看双腿："不瞒大家说，这次尹村大墓被盗时我就在现场，还跟盗墓贼近身肉搏了，这双腿差点废掉。没想到我腿还没好利索，被盗文物就已经到国外溜了个圈回来了。照此速度推算，每分钟、每秒钟都不知有多少文物正在流失，所以再怎么竞拍、捐赠都是蚍蜉撼树。在此我也呼吁各界，防大于追，人人增强文保意识，让盗墓贼无处遁形，才能防止再有文物离家。"

话音刚落，大家纷纷鼓掌，在一片热烈的掌声中，雏青郑重地从秦既明手中接过官印。

K1 发掘现场，大家各自忙碌着，基本快将坑内填土清理完毕了。

郭士林刮面刮累了，停下动作晃了晃手腕："穆见晖估计后悔死了，本来想来嘚瑟一下，顺便卖个好，结果碰上方堃这么个'阴阳大师'。"

"我原想克制一下的，咬咬牙把官印接收了得了，哪知道他非要惹我，还想把发掘兹陵的高帽子往自己头上扣，真不怕压死自己！"方堃愤愤道。

雏青笑了笑："你差点把所有搞收藏的都误伤了，你没看那个秦老的脸，都快拉到有粮伯家的门槛上了。"

方堃毫不客气地翻了个白眼："我管他呢，跟穆见晖沆瀣一气的，能是什么好人，反正官印到手就行。"

三人大笑。

"聊什么呢，这么高兴？"正谈笑着，院长走了过来。

"院长，您来了，"雒青轻咳两声，收起笑容，"又有什么指示？"

"看你们笑得这么开心，我都不忍心说，唉，我又要当坏人了，来给你们当头泼一瓢冷水。"

"啥意思？"雒青的心跳刹那间漏了一拍，"不会是发掘计划又要中断了吧？"

"倒也没有那么突然，但确实跟这个有关系。垃圾填埋场的事你们都知道了，市里着急做规划，我们开了好几天协调会，最后勉强谈了一个条件。"

郭士林忙抢话："啥条件？"

"给我们三个月时间，三个月内必须找到尹村大墓是兹陵的直接证据。"

"三个月？"雒青立马惊呼，"开玩笑吧？这个期限咋可能找到？我们现在连半点直接证据的线索都没有。"

院长无奈叹气："我知道你们的难处，但是市里也有难处，各有各的苦。现在人们制造垃圾的速度太快了，每天山一样的垃圾往哪儿堆？他们总得找个地方。"

雒青忍不住提高音量："那也不能找一个疑似帝陵的地方堆！"

"各有各的难处，没办法，我们系统的人、区政府的人，天天轮番往市里跑，也只能协调出这么个结果。话都放出去了，我只能把压力给到你们了。"

雒青几人不由懊恼。

虽然忙碌一天下来都很累，但晚上大家却都愁得睡不着，索性聚在齐有粮家院子里商议。

"要是三个月找不到证据呢？我们这里就要被当成垃圾场了吗？"

齐小满问完，雒青等人只能用沉默代替回答。

她一时难以接受，紧紧抱住修恒，脑袋耷拉下来："什么是直接证据啊？"

雒青回答："比如说文字证据，能在坑里找到跟汉太宗相关的文字，那就是最直接的证据。"

"他们不是捐了个官印吗？官印上面有字没有？"

郭士林摇头："官印上只刻了'乐府丞印'几个字，跟方堃画得一样，没有其他多余的字了。"

方堃想了想，忽然道："找不到直接证据，也可以考虑其他证据。"

雒青看向他："啥证据？"

"比如形制。"

"我们已经探出是亚字形大墓了。"

"可是我们还没找外垣墙。"

雒青和郭士林恍然大悟。

齐小满不解："啥是外垣墙？"

"汉代帝后陵常见的是同茔异穴合葬制度，就是皇帝跟皇后不埋在同一个墓穴里，但会在一个陵区里。为了划分陵区，会用一圈夯土围墙把帝后陵合围在一个区域里，这圈夯土墙就是外垣墙。"方堃解释着，"只要我们能找到外垣墙，证明它把亚字形大墓和窦陵合围在一起，那就能证明亚字形大墓是汉太宗的墓。"

"我懂了！"齐小满立刻眉飞色舞起来，"那咱赶紧去找外垣墙啊！吕师，你教我咋找墙。"

雒青却并未舒展愁容："但是这个方案也有很大风险……之前汉高祖的长陵只有一个围合帝后陵墓的大陵园，到了阳陵以后，除了大陵园外，帝后陵墓还有各自的小陵园，自此之后，同茔异穴就形成了成熟的范式。汉太宗正处在形制发展的过渡期，加上汉太宗尚俭，提倡节葬，其陵园形制到底如何，会不会造一圈外垣墙还真不好说。"

"你说得对，"方堃叹气，"但我们现在无路可选，文字证据要继续找，另一条路也得试。"

一旁默默听着的老鹿也猛点头："我赞同小方说的，死马当成活马医，总有一片云彩会下雨！"

正说着，灯突然灭了，周围一片黑暗。

"爸，灯咋灭了？"齐小满问道。

齐有粮于是打着手电筒把家里所有开关都试了一遍，都不亮，他疑惑地摸了摸脑袋："咋停电咧？多少年都没停过了，我出去看看……"

黑暗中，雒青的声音坚定而沉稳："就这么定，从明天开始，另外分出几个人，开始找外垣墙。"

"您好，联合打击办。"联合打击办的电话铃声响起，丁炎接起，而对方说了什么后，他立刻激动起来，"太好了，感谢，资料你传给我们！"

挂断电话，丁炎起身，大喊道："三指找到了！"

"真的？"一时间办公室的人同时站起来。

传真机里传来了资料，周永福赶紧去接，只见传真页上赫然印着刘强的名字和照片。

第一百一十章 坦白

眼前的女人半张脸上爬满了疤痕，看似狰狞可怖，但刘海下的那双眼却蓄着淡淡的哀愁，倒使人更多几分怜悯，而这些都盖不住她面容上的那份坚毅——她正是刘强的前妻。

"离了？"武振川问。

"离了。"

"啥时候离的？"

"刚出事那年就离了，我这辈子也算是叫他给毁了，不离还等啥？等他下回把我给炸死吗？"

"他搞炸药是为了炸啥？"

"我也不知道，他本身也没那个胆，都是叫那个蔫头匪给带坏了。"

武振川立马竖起耳朵："哪个蔫头匪？"

"一个长脸卷毛的，一身阴气，不爱言传，出事前几天找过他，然后刘强就开始往屋里倒化肥。谁知道他是折腾炒炸药呢，要早知道，我就是豁出命去也不让他干。"

"那个人姓啥叫啥你知道不？"

"不知道，我以前压根没见过他。"

"他哪达人能听出来不？"

"口音不像本地的，但应该也出不了省，就是秦州的。"

"你没问过刘强他俩是咋认识的？"

"还能咋认识的，肯定是以前在矿上一起倒腾炸药的呗。"

"矿上？哪个矿？"

"邻省有个叫永城的地方，那边有个五老山，山上有磷矿，以前咱这儿好多人都在那儿炸矿。"

"你跟刘强还有联系吗？"

"早没有了。这几年听人说他在外面做生意发家了，把我脸炸成这样，也没见他看过我一回，给我送过一分钱。"说到这里，她又问，"哎，你们咋不问他爸他妈？他跟谁都能断，血亲总不能切断吧。"

"我们会问的。"

"警察同志，他又犯啥事了？"

"等确定了再通知你。"

没得到答案，她倒也无所谓，耸了耸肩淡淡道："算了，他啥样早跟我没关系了。我妈说得对，好吃屎的常往茅坑钻，这种祸害改不了，继续跟他过日子，好点的话守寡，坏了连命都得搭进去，幸好我离得早。"

从刘强前妻家出来后，武振川和刘刚很快上了车。

刘刚看着手机上的最新消息，说道："永福说他查过了，刘强爸妈提供的那几个号码都是临时号。"

"算了，让派出所派两个人盯着就行，估计也没啥戏。"

"我觉得也是，他爸妈说他两三年都没回来了，电话也是好几个月才来一个。"

"干他们这行的，都是暴发户心态，挣个钱恨不能当场吃喝嫖赌全造完，哪儿还记得住家里的爹妈。你看他爸妈住那房子，房顶都快塌了。"

"那咱现在去哪儿？"

"永城五老山，咱去磷矿打听打听。"武振川望向车窗外，"刘强前妻说的那个人，应该就是拉刘强入伙的，没准能从他身上摸出点东西来。"

夜色浓郁，某家破旧的小旅馆内，刘强正趴在一个女人身上发泄。这时，刺耳的电话铃声骤响。

"贼他妈的，真会挑时候！"他啐了一口，接起电话，怒吼道，"咋咧？"

那边传来王金发的声音："强娃，听林娃说今天有两个男的去白沟村找我嫂了，看样子像是警察。"

刘强一下软了，一把推开缠上来的女人："滚。"

私人会所内，一张张藏品照片摆在秦既明面前，他眼里难掩对这些藏品的欣赏，但又努力克制着不让穆见晖看出来。

"秦老是半个文物鉴定家，我的一点个人收藏，入得了您的法眼不？"

秦既明面露犹豫，故意试探道："东西倒都是好东西，就是来源……"

"我可以向您保证，每一件都是绝对的'根正苗红''身家清白'。"

"所以呢？"

"能勉强入您老眼的，您留下，其余的我想捐给明德博物馆。"

"捐给明德博物馆？"秦既明很是意外，"为什么？"

"我纯粹就是觉得可惜，抛开那些真假未明的藏品，光是明德博物馆这栋建筑就已经是古迹了。好马配好鞍，如果我的一些小小藏品能为恢复它的声誉略尽薄力，我会为此感到无比荣幸。"

"见晖，你是聪明人，我也不想跟你绕弯子，你的野心在明德博物馆上吧？"

他这么直接，倒让穆见晖有些措手不及。

"按理说你跟赵佑林没有直接矛盾，没必要对他下狠手，我稍微打听了一下，总算明白你图的是啥。但是做人最重要的不是你能蹦多高，而是看清脚底板在哪里，你两只脚都埋在地底下，有些东西咋可能够到？"

穆见晖微微一笑，不改神色："我的脚从来没沾过泥。"

"你见过哪个挖萝卜的时候，萝卜叶能幸免？都是一根藤上的，你就能独善其身？"

穆见晖却好似没听明白，仍然保持客套却又淡漠的笑容。

秦既明摇了摇头："先不要痴心妄想了，擦干净你的屁股再说。"

这时，穆见晖的手机震动了一下，他打开一看，是黎远光发来的消息："强娃暴露了。"

穆见晖登时震惊不已。

刘刚在前开车，武振川正打着瞌睡，电话铃猛然一响，他立刻坐直了接起。

"武啬皮，一天到晚没个消息，查得咋样也不跟我汇报一声，得是啬皮惯了，忘了现在已经并案了。"

"我说谁呢，一大早牙都不刷就给我打电话。"武振川一听是齐大仓的声音，立刻又靠向座椅靠背，"这两天我跟刘刚脚不离地，钻山过洞，车换着开，觉轮着睡，把人都快累日塌了。你不体恤一下还兴师问罪，我回去就弹劾你！"

"还没汇报成果呢就先诉苦，那个人到底查到了没有？"

"磷矿早倒闭了，我们辗转打听了好几拨人，总算是问到了当年刘强的工长，他说不定认得那个人。"

"啥叫说不定，你倒是赶紧问啊。"

"他人已经退休了，就住在秦川，我们正往回赶呢。"

"哎哟，"齐大仓阴阳怪气起来，"不愧是清源县警界精英、破案尖兵，办案效率就是高。"

"桂花树旁修茅坑，一阵香来一阵臭，你看看你那嘴脸。"

齐大仓嘿嘿笑了。

武振川二人来到一座年代已久的公园。很多大爷大妈起早在这里锻炼，打太极、勾铁环、玩单杠、抽陀螺……种类繁多，数不胜数。一个甩鞭的大爷独占一地，周围五米内无人靠近。

武振川手拿照片辨认，确认甩鞭大爷就是他要找的人。

"朱大爷。"

鞭声如雷，淹没了他的声音。

"朱国庆！"

朱国庆还是没听到，不为所动。

武振川冒险绕到朱国庆跟前，再次大声喊话招手，鞭子擦着他的发梢甩过去，险些把他的魂吓飞。

朱国庆这才看到来人，停下鞭子："咋咧？"

"是朱国庆朱大爷吧？"

"是我，你谁啊？"

"我们是警察局的，跟您打听个人。"

"谁？"

"十年前您得是在五老山上的磷矿当过工长？"

"对，施工技术科的，咋咧？"

"您认得一个叫刘强的吗？"

"刘强……"朱国庆回忆着，"哦，你说的是强娃吧，我记得，他也是从秦川过去的，跟我是老乡。他出啥事了？"

"他在矿上得是有个关系好的伙计？长脸，卷毛，口音也是秦州省的。"

"哎呀，他跟谁关系好我还真没看出来，那娃吃不了苦，没干多长时间就走咧。"

武振川大失所望："您再想想，他有没有跟哪个爆破班的走得近？"

"爆破班？……哦，对，我想起来了，那阵我确实听矿上的同乡讨论过，说强娃回去以后折腾炸药，把自己家给炸了，还进去蹲了几年。有人说他当时离开矿上也是让以前一个矿上的老爆破工给叫走的，我还在心里嘀咕了一阵，当时娃走的时候应该劝上几句，说不定就不会走邪门歪道了。"

听罢，武振川眼睛一亮："您知道那个老爆破工叫啥不？"

"那还真记不得了，"朱国庆摇摇头，又眯起眼仰头回忆道，"印象中那人不爱言传，跟独狼一样，从来不往人群里扎，但是年纪不大，爆破却是一把好手。"

"他长啥样？"

"长脸，瘦高个，卷毛。"

"多大岁数？"

"当年顶多二十来岁吧。"

武振川一回联合打击办，齐大仓便拉住他询问情况。

"也就是说刘强不是爆破班的，只是普通施工技术员，他前妻和朱国庆说的这个人才是搞爆破的。"

"对，所以我认为他应该才是咱们要找的炮手。"

周永福补充道："我们刚才又提审了一次梁子，他也说炮手是个瘦高个，看着三十来岁，往前倒十年，可不就是二十多岁嘛。"

"我认同武局说的，梁子、刘强前妻和朱国庆的描述里有好几个共同点，"说着，杨青石又开始在白板上写写画画，"人狠，话少，瘦高个，卷毛，年龄也对得上，有爆破经验的履历也相符。"

齐大仓点头："既然达成共识了，那我们就兵分两路，一路继续追刘强，一路挖炮手……就是这个炮手的线索太少，可能又得用笨办法，还不一定有收获。"

"又来激将法那套，咱们干警察的，一大半的案子都用笨办法，谁还怕这个？"武振川轻蔑一笑，"炮手的线索我继续咬，我就不信把当年矿上的老工人全部找到问一遍，还问不出个一二三！"

"看见没有？"齐大仓扬眉，"武局都一脸褶子了，还能跟年轻人一样，不怕苦不怕累，大家给武局鼓掌，向武局学习！"

话音刚落，小贾第一个鼓掌。

车辆停在没摄像头的地方后，穆见晖悄摸打开车门。他戴着帽子，环顾四周，确定无人后才下车走进医院。

黎远光打了一盆水准备回病房，经过一个病人时，那人忽然嫌弃地捂住了鼻子。黎远光低头，发现自己的造口袋漏了，他赶紧捂住衣服，奔回房间。

病房中，黎远光换完造口袋，拼命地擦洗身子和衣服。

穆见晖进来："小光。"

黎远光赶紧拿衣服遮住，不想让他看见自己狼狈的样子。但穆见晖已经注意到，只是当作没看到般移开视线。

黎远光挤出一个笑："来了，哥。"

"已经能活动了，恢复得不错，到底是年轻。"

黎远光惨笑："一个得了脏病的废人，恢复了又有啥用。"

"哥这几天在电脑上查了一下，你猜全国挂造口袋的人有多少？"

"多少？"

"一百多万。一百多万人挂着这口袋都能正常生活，你也能行，无非是麻烦了点，但咱有的是钱，想雇多少人伺候就雇多少人。我已经让人在香港给你雇好了菲佣,有照顾造口袋病人的经验,保证让你以后活得跟常人没两样。"

黎远光一愣:"香港?"

"对,"穆见晖点头,拿出假护照、通行证以及外币卡,"刘强跟庆业我已经安排送走了,你的新身份和证件也已经办好了,这张卡里的钱够你在香港花几年了,用完我再给你打。房子和家具也都安顿好了,你只管过去就行。路上还有金发照顾你,其他你啥都不用操心。"

黎远光却摇头:"哥,我不想去。"

"为啥?"

黎远光低下头,眼神黯淡:"那种地方,不是我这种人能去的。"

"叫花子都能坐龙椅,你有啥不能去的,出门在外,身份都是自己给的。你看那些表面光鲜亮丽的人,不一定住在什么鸟笼里。你的房子在一栋摩天大楼里,有个超级大的阳台,在那儿还能看见维多利亚港。你知道在香港有阳台还能看见海的房子有多难搞吗?往那个阳台上一坐,所有人都得高看你一眼,到时候拉菲红酒一开,吹着从维多利亚港吹来的风,那不是海风,是自由的风,知道不?啧啧,哥都眼馋你。"穆见晖说着,笑意愈浓。

"这么好,你为啥不一起走?"黎远光抬眼瞅他。

"我还有事没办完。"

"钱还没挣够吗?只要不沾那些吃喝嫖赌,咱们手上的钱这辈子应该够花了吧?"黎远光担忧道,"我这份也可以给你。"

"不是钱的事儿。"

"那是为啥?"

穆见晖沉默。

"哥,其实有个问题我憋在心里很长时间了,我不懂你为啥非要跟赵佑林斗。他收货,咱供货,本来是一条绳上的,可以相安无事。"

穆见晖顿了一会儿才开口:"小光,你知道明德博物馆以前是谁的宅子吗?"

"不知道。"

"我穆家的。"

黎远光震惊:"你家祖上这么有钱?"

穆见晖笑了:"小光,人活一世,钱固然重要,但绝对不是最重要的。你知道那些个灭国的皇帝,什么拓跋珪、慕容冲之流,为啥穷尽一生也要光复祖业吗?为的不是钱,而是脸面,是一份荣耀。不瞒你说,我从小到大最会的就是忍气吞声，我在刘树生那里啥样你也见过，乌龟当久了，就会忘记抬头，所以我天天都提醒自己不能忘，不能让穆家的脸在我身上丢光。往前看不如人，但往后看咱得比人强，现在我离穆宅就一步之遥了，绝对不能前功尽弃。"

黎远光仍然面露愁色："我们都走了，你一个人，我不放心。"

"瓜兄弟，你们都走了，我才能没有后顾之忧，甩开膀子干。"

黎远光想了很久，说："好，我听你的。"

穆见晖拍拍他的肩膀："这就对咧。"

"哥，我们还能再见吗？"

被他这么一问，穆见晖愣了，又连忙换上生硬的笑容："咋可能见不到？等风声过去了，你想回来就回来，我去香港也是很简单的。"

话说得轻松，但两人显然都不相信。

"走之前……我还有件事想办。"

"亮亮吗？我跟你嫂会照顾好他的。"

"不是，亮亮交给你和嫂子我放心。是文雯，她在椒城，我想去见她一面。"

黎远光望了望床头摆放的结婚照，里面两人都笑得灿烂，那种幸福几乎可以溢出相片。

"她已经走了，现在见她还有啥意义？"

黎远光低声道："我要问问她，为啥狠心扔下我跟娃。"

"现在离开才是要紧事，你要实在想问，我替你去找她。"

"我必须亲自问。"

穆见晖沉默片刻，说："你就那么想知道答案？"

"我黎远光命里没几个亲人，她算一个，不问明白，我就是去了香港，也一天都安生不了。"

"好，我告诉你为啥。"穆见晖突然直接道。

黎远光愣了："你知道？"

"知道。"穆见晖深吸一口气，终于还是把隐瞒许久的真相说了出来，"是我对不起你。刘树生为了挑拨咱俩的感情，给我和文雯下了药，文雯之前离开就是因为这事，我把她哄回来的，让她忘了这事，跟你结婚，好好过日子。但她心里过不去这道坎，还是走了。"

穆见晖说的每一个字都让黎远光震惊不已，他一时呆住了，完全说不出话来。

"骗你是情非得已，你现在知道了，想咋拿我出气都行。"穆见晖淡淡道。说出这些后，积压在他心间的大石头反而落地了。

黎远光却猛然起身，拿起桌上的水果刀就要往外走。

穆见晖马上冲上去拦住他。

"别挡我，我要去宰了刘树生！"

"宰了他你就走不了了！我何尝不想宰了他，但咱不能为了一条狗把咱自己搭上。"

黎远光咬牙切齿，恶狠狠地嘶吼："走不了我也得宰了他，反正我已经只剩烂命一条！"

穆见晖用力按着他的刀："你以为我不想报仇？时机总是有的，一旦等到那个时机，我必让他万劫不复。我们好不容易爬出来，怎么能和他一起下地狱？！"

黎远光这才收回刀，停下喘着粗气，眼睛通红。

好一会儿，他才缓缓开口："亮亮是谁的？"

长久的沉默之后，穆见晖艰难吐出两个字："……我的。"

黎远光闭上眼，眼泪滚滚落下。

发生了这么多事，穆见晖心情复杂地回到家中，却发现家里亮着灯，再定睛一看，刘树兰居然坐在沙发上，正好与他对视。

穆见晖的心情终于好转了些，柔声道："树兰，你回来了，咋没说一声，我去接你们。娃呢？"

刘树兰却面无表情："我要不回来，你还打算瞒我多久？"

"我瞒你啥了？"

"树生跟小凤去哪儿了？电话打不通，家里也没人，邻居说他俩好几天没回去了。"

"树生的公司出了点小状况，我让他们先出去避一避。"

"你当初不是答应我不让树生干脏活了吗？"

"对不起。"

说罢，他直接进了卧室。

亮亮在床上睡得很香，穆见晖索性在床边坐下，端详着孩子。

"一句对不起就没事了？"刘树兰追了进来，压低声音，"树生跟小凤到底去哪儿了？"

"你放心吧，树兰，他们现在很安全。"

"安全是啥意思？警察在找他们吗？他们还能回秦川吗？"

穆见晖却一言不发,眼神颇显疲惫。

刘树兰这才注意到他的异样,愣了愣后,她叹口气,收起情绪,伸手揽住他的头。

"树兰,以后娃就叫亮亮吧。"

刘树兰愣了一下,随即回道:"好,就叫亮亮。"

第一百一十一章 出狱

江右省某派出所内,几个民警吃着泡面看电视,电视机上正在播放本地新闻。

"乡村振兴,交通先行,交通是经济发展的大动脉,加强农村交通基础设施建设是实现乡村产业兴旺的关键。近日,我省著名企业家王家豪先生,自筹资金两百万元,准备修建安泽县龙门村到县城的道路,这一善举也将打通龙门村村民的致富路。据了解,龙门村到县城的道路路面坑洼不平,村民们经常雨天一身泥,晴天一身灰,出行不便。王家豪先生了解到这一情况后,与政府多次协商并达成共识,由其出资,对该路段进行全面沥青铺设,这一举动也充分体现了王家豪先生感念家乡的桑梓情怀。"

画面里,王家豪正在村民的簇拥下为奠基仪式剪彩。民警们聊起闲天。

"龙门村那段麻子路吗?哎呀,以前我们车都开不进去,全靠两条腿。"

"这个王家豪蛮讲究的嘛,以后我们下乡就方便多了。"

其中一个民警刚说完,画面正好停留在王家豪的脸部特写上,看清长相后,他却突然愣住了,赶紧拿出手机,把王家豪拍了下来,然后起身翻箱倒柜地找东西。

另一个民警疑惑道:"怎么了?"

"那个协查通报呢?"

"哪个?"

"就前些天秦川警方发来的。"

"你看看那沓文件里有没有。"

顺着同事手指的方向,他快速翻了一下,终于找到了。他把刚才拍的电视画面特写照片跟协查通报放一起,其他人也凑了上来,大家一看,果然是同一个人。

"唉,"同事叹了一声,"看来以后去龙门村还得继续走着去喽。"

与此同时,联合打击办的各组成员也在一边吃泡面,一边汇总最近的调查情况,大家都是一脸疲色。

周永福汇报着:"通过这段时间对刘强社会关系的全面筛查,我们发现他近几年跟一个外号叫发哥的人走得很近,但是发哥也隐藏得很深,我们还在进一步调查。"

杨青石也说:"我那几个线人给了几条消息,说这个炮手抢坑已经不是第一回了,但是这个人行事很小心,基本上没人见过他。"

"三指呢?"齐大仓问。

杨青石摊手:"还跟以前一样,几乎没人知道三指,我估计他跟炮手一个路数,作案时基本都会戴上手套隐藏特征,所以没人注意过。"

"小贾,"齐大仓又扭头,"武局那边有消息了没?"

"还没联系过我们。"

"他那张卷子上肯定也是零蛋!"齐大仓郁闷道,"江右那边呢,有回话了吗?"

小杜连忙道:"协查通告每个派出所都送到了,但基本上石沉大海,他们没啥反应。"

齐大仓面都吃不下去了:"咋回事嘛,刚感觉要号到对手的脉了,咋一下所有的线索都断了,又变成两眼一抹黑了!"

"黎明前往往是最黑暗的,这说明啥?"杨青石倒仍然一脸平静,"我们马上就要看见亮了。"

话音刚落,小杜的手机铃声骤然响起。

"喂?……是我……真的吗?太感谢了!我们这就出发。"挂断电话,小杜脸上终于浮现喜色,"杨队,让你说对了,我们要看见亮了。"

齐大仓蒙了:"啥意思?"

"华南王刚刚落网了。"

齐大仓噌地一下跳了起来:"真的?"

"安泽县底下派出所的人在本地新闻上看到有个人发善心捐款修路,瞅着那人眼熟,一比对,那人就是咱协查通报上的华南王。"

"永福,"齐大仓飞速看向周永福,连声音都激动到有些颤抖,"你马上带人去江右把人带回来!"

"是!"

"哎呀,终于有个值得高兴的事咧!"

齐大仓长舒一口气,终于有了胃口,端起之前基本未动的泡面,狼吞虎咽地吃起来。

吃着吃着,他又想起什么:"小贾,把消息发给武振川,也给他上上紧箍咒。"

监狱大门缓缓打开,燕小五拿着简单的行囊走出来,小心翼翼地拎着一大袋西红柿。一抬头,阳光有些刺眼,他还没来得及眯眼,就一眼看到了逆着光在大门口等着的付小丽和燕小宝。他一时不敢相信自己所见，愣在原地。

"在里面待了十年，还把你待傻了。"

付小丽平静地望着他，虽在奚落他，语调却格外温柔。她与记忆中泼辣的样子简直判若两人，燕小五竟有些恍惚："小丽。"

他的目光又落在燕小宝身上，有点不敢认。

付小丽无奈失笑："自己娃都不认得咧？"

"小……小宝？"

燕小宝拘谨地点了点头。

燕小五强压着激动："都长这么大了，个子比我还高咧！"

小宝仍有些不自在，低着头没说话。付小丽用手推了推他，他才用极低的声音喊了声："爸。"

就这几乎微弱到听不见的声音，仍被燕小五听到了，他连忙答应着："唉！"话未出口，声音已哽咽，燕小五热泪涌出。

"爸，咱回家。"燕小宝鼓起勇气，抬头走到他面前，牵起他粗糙的大手。

"好，"燕小五又哭又笑，"回家。"

几人进了家门，燕小五看着眼前简陋的屋子，愣怔道："你跟娃这些年都住在这儿？咋不租个好点的？"

"哪有那些多余的钱。"

"不是给你……"

他看了一眼小宝，把话咽回去了。随后，他的目光落在了贴满了客厅整面墙的奖状上，东西都没放下，便贴近墙面，一张接一张认真地看着。

燕小宝接过了他手里的西红柿："我去做饭。"

"你一个碎娃咋会做饭？叫你妈做。"

"我妈摆摊一天辛苦得很。"

"俺娃心疼我，"付小丽欣慰地看着小宝的背影，"基本上天天晚上都是他做饭，哪像你。"

燕小五也目不转睛地盯着儿子的背影，满眼都是喜欢和骄傲。待小宝进入厨房，他才收回目光，继续看着奖状。

"咱家小宝每次考试都是年级第一啊。"燕小五感叹道。

"谁知道呢，"付小丽笑了笑，"咱们两个老鸹还能生下一只鹰。"

"人生三个不如意，蠢妻劣子走扇子门，没想到我燕家祖坟冒青烟了，我一样都没沾上。我燕小五前半辈子蠢事干尽，还能有这么好的媳妇和娃。"

燕小五转身，感激地凝视着付小丽，"小丽，这都多亏了你，我真没想到你能替我守这么多年，还把娃教得这么好，这些年你受累了。"

付小丽红了眼圈："我为的是我娃。"

"你放心，以后我就是豁出这条命，也要让你跟娃过上好日子，让咱娃能上好学校，成龙成凤。"

付小丽点头："只要你有心改好，咱俩踏踏实实干好咱的买卖，哪怕省吃俭用，穷点窄点，也能供娃把书念完。"

说着，燕小宝就把做好的西红柿炒蛋和酸辣土豆丝端了出来。

燕小五忙到餐桌旁："哎呀，我娃厉害得很，这俩菜色香味俱全，比你妈做得都美气。"

他先拿筷子给燕小宝夹了几筷子菜。

"爸，你吃。"小宝也给燕小五夹。

燕小五大口吃着，连连夸赞："看着香，吃着更香！"

"你可知道，咱娃干啥都灵，学啥都快，好多菜人家都是从手机上学的。"

燕小五一愣："还能在手机上学做菜？"

"现在手机啥都能干，两个人不在一个地方，还能打视频电话呢。"付小丽笑道，说着又拿出一个新手机，"这是给你买的，以后有个啥事联系也方便，小宝把软件啥的都给你装好了。"

燕小五瞅了一眼，疑惑不已："这手机咋没按键呢？"

"不用按键，都是触摸的。"

说着，小宝开始教燕小五使用手机："像这样，用哪个点开就行……"

手机切到了照相画面，燕小五惊喜道："咦，这手机还能当照相机用呢？"

燕小宝笑着点头："对。"

"这几年社会变化快得很，手机花样也多，"付小丽感慨着，"别说你，我都不太会用。"

燕小宝继续指导他："你点这里，摄像头就翻转过来了，还能自拍。"

手忙脚乱中，燕小五却感到无比神奇，他看到手机屏幕里的一家三口，便调整姿势把三人框进自拍画面，按下了拍摄键。

画面中的他笑得合不拢嘴。他想，原来照相带给他的不只是罪犯登记，更有幸福记录，为了这份幸福，他再也不能回到那孤独的黑暗中了。

卧室里，洗完澡后，燕小五拿着新手机美滋滋欣赏屏保上一家三口的照片，付小丽给他递过一身崭新的睡衣。

"花那钱干啥，我穿以前的就行。"

"以前的都扔了，穿新衣，做新人。"

燕小五没再拒绝，听话地换上了新的睡衣。他拉起付小丽的手，看着她手上粗糙的茧子，很是心疼。

"以前手上都没有这些茧子……"燕小五低声道。

"谁说没有？"付小丽挑眉，"在娘家是真没，嫁给你以后两个月就有了，只不过你以前从来没留意过。"

燕小五深深看了她一眼："以后我不会再让你跟小宝吃苦了。"

他走过去打开门，看到小宝房门关着，这才重新关好门，压低声音："给你送的那些钱呢？"

付小丽心中了然，打开衣柜，从一堆厚被子中间拿出了一个袋子，拆开一层又一层，摆在燕小五跟前。

燕小五打开一看，是很多沓人民币。

"这些年加起来，一共九十二万，我跟小宝一分钱都没花过。你现下回来了，你说咋办。"

"为啥不花？"

"不敢花。"

"为啥不敢？这是我坐了十年牢换的，咱应得的。你不是说小宝要上秦大附中的话得要学区房吗？不用这钱，咱就是卖一辈子辣子都挣不够。"

付小丽犹豫着，敲门声响起。

"谁啊？"燕小五朝外大喊一声。

付小丽赶紧把钱收起来藏好。

燕小宝的声音从客厅传来："有两个警察叔叔。"

燕小五打开门，一看，客厅里站着小杜和小贾。

"燕小五，"小杜亮出警察证，"有点事需要你去局里配合我们调查一下。"

付小丽和燕小宝忐忑地对视一眼。

燕小五不解："啥事？"

"到局里再说吧。"

"行。"

燕小五转身看着付小丽和燕小宝："别担心，没大事，我去去就回。"

刘树兰抱着亮亮，穆见晖提着行李，两人一起往小区外走着。

到了门口，穆见晖才停下脚步，叹了口气："树兰，委屈你和亮亮再在山上待段时间，等我把手上这些木乱事弄完了，再去接你们。"

刘树兰不放心，压低声音："你跟我说实话，到底出啥事了？"

"有些事你知道得越少越好，对你和亮亮都好。树兰，我想好了，回头去给亮亮上个户口，以后他就是咱的亲娃。"

"为啥？"

"你不愿意？"

"不是。"

"只要你愿意，这娃就是咱的。"

穆见晖说完，伸手准备拦出租车，一辆警车却停在了他们身边，两个人从车上下来，是齐大仓和周永福。

"老穆，"齐大仓笑着看他，"要出门？"

穆见晖下意识地挡在刘树兰身前："齐队来办事啊？"

齐大仓眼睛一瞟，注意到刘树兰怀里的婴儿，有些诧异。刘树兰察觉到他的眼神，悄悄侧过身去。

"对，有个案子需要你配合调查，麻烦你跟我们去趟局里。"

"什么案子？"

"去了就知道了。"

"齐队这么气势汹汹地要带我去警局，属于什么性质啊？"穆见晖虽礼貌笑着，眼底却隐隐闪着寒光，"说清楚了，也省得我家里人担心。"

齐大仓拿出一张传唤证："传唤。"

"哦，那最多不会超过二十四小时，"穆见晖于是转身对刘树兰说，"树兰，别担心，齐队肯定是办案子又碰见难题了，我去帮个忙。"

齐大仓见状，不由笑道："最怕这一瓶子不满、半瓶子晃荡的人胡科普。老穆，传唤转拘留的事你怕是没听过，其实多得很。"

"只有喜欢作奸犯科的人才懂这些，我确实没机会知道这么多，主要也是我不做亏心事，不怕鬼敲门。"

"巧了，我们抓进去的人，大部分都这么说。老穆，请上车吧。"

穆见晖跟着他们上了车，轻轻摇头示意刘树兰不用担心。

刘树兰却怎能不担心，忧心忡忡地目送穆见晖离开后，她又拿起行李回了小区。

警车停在了公安局门口，穆见晖刚下车，却看见另一辆警车也才停好，燕小五跟着小杜、小贾下了车。四目相对，两人认出了彼此，这是自燕小五入狱后，时隔十年他们第一次重逢。

燕小五还在愣怔之际，穆见晖却挤出一个发自内心的笑容，热情地上前拥抱燕小五。

"小五，啥时候出来的，也不联系哥。"

"刚出来。"

"十年没见，真是想你！"他打量着燕小五，"眼角也长了不少纹，白头发也有了，咱俩都老了。"

燕小五有些不知所措。

"老相识啊，那有些话就好说多了，"齐大仓并未阻拦他们，"走，咱进屋慢慢叙旧，好好谝。"

第一百一十二章 人心

稽查大队讯问室内。

"没看出来,"齐大仓笑了笑,"你跟燕小五关系这么好。"

穆见晖却冷不防问道:"齐队,你有朋友吗?"

"有,但不多。"

"咱俩一样。交人交心,浇树浇根。是不是真朋友,只有在落魄的时候才能看清。说来可笑,我一生大部分时候都是落魄潦倒的,但也有幸娶了个仗义媳妇,结交了几个真兄弟,燕小五就是其中一个。"

与此同时,另一间讯问室内。

周永福板着脸说:"没记错的话,以前在监狱问你的时候,你说跟穆见晖没打过啥交道,但刚才我看你俩的关系可不像没啥交情的样子。"

燕小五耸肩:"场面话谁不会说,真要是关系那么近,这么多年他能不去看看我?"

"他不是不去看你,是有意避嫌吧。燕小五,王家豪,就是你们说的华南王,他已经全部招供了,当年把黑陶俑卖给他的人根本不是你,是穆见晖。"

燕小五一震,紧张地咽了口口水。

捕捉到他的反应,周永福胸有成竹地抿了抿嘴:"穆见晖可一点都没藏着掖着,你还有必要把我们当傻子,跟他说两套词吗?"

燕小五犹豫了一会儿,终于开口:"他确实帮过我不少。"

"听人说,燕小五当年曾经偷过他妈的嫁妆换钱给兄弟花,这个兄弟该不会就是你吧?"齐大仓身体向前倾了几分,饶有兴味地看着穆见晖。

"这种古惑仔电影里头才有的剧情咋可能发生在我身上。"穆见晖忍俊不禁,回忆起来,"小五小时候争强好胜,是个娃娃头,这些不过是他想当老大俘获那些碎娃的手段罢了。你们没打听到,他当年还是带头欺负我欺负得最狠的那个人?"

齐大仓一愣:"欺负你?"

"那时候除了树兰,厂里哪个人没欺负过我啊。"

"那你跟燕小五咋变成朋友的?"

"这就是人性有意思的地方。那一年燕小五他妈得了心脏病,为了凑手术费，他从厂子东头求到了西头，都快给人家磕头了。那些平时跟他千好万好、认他当老大、顿顿一起吃饭喝酒、恨不能穿一条裤子的弟兄们，却一夜之间都消失不见了。"

"临到手术前我也没凑够手术费，那天我给我妈买了几个她最爱的鸡蛋糕，在厕所里狠狠号了一通，准备把她拉回家等死。护士却过来通知我，手术费有人替我交上了。"回忆起往事，燕小五眼泛泪花。

"不会是穆见晖吧？"

"对，他把他从小到大攒的所有钱都拿出来了，刚好够。"

"你为啥要倾尽所有，帮一个欺负你欺负得最狠的人？"

"可能我这个人比较能以己度人吧，自己过得不如意，却也见不得这些人间疾苦。反正我孤家寡人一个，平时没啥开销，钱对我来说是最没用处的。"穆见晖不以为意地耸耸肩。

"不对。"齐大仓深深地盯着他，"你帮燕小五不是因为你善良，是因为你觉得有意思。"

听罢，穆见晖略感意外，饶有兴趣地看着齐大仓："怎么说？"

"你觉得操控人性很有意思，对吧？"

穆见晖露出一个意味深长的笑："你为啥这么想？"

"以德报怨这种事，有几个人能做到？大部分人能做到不记仇、不报复就不错了，怎么可能倾家荡产去帮一个仇人。你那么了解人性，觉得这种反人性的事会发生在你自己身上吗？"

穆见晖笑了，垂下眼帘："虽然我不爱钱，但钱确实是个好东西，能让人一夜反目，也能让天天打你的人从此仰视你。从那时候起我就认识到一点，世界上最好收服的就是穷人的心，只要给点救命钱，他就能从此对你死心塌地。"

"所以他替你顶了倒卖黑陶俑的罪，替你坐牢了？"

"齐队，您在开什么玩笑？我听不懂。"

两个人无声对峙着。

片刻后，齐大仓率先开口："华南王已经落网，他交代十年前黑陶俑案中，把黑陶俑卖给他的人不是燕小五，是你。"

"华南王？什么华南王？"

齐大仓配合他表演："王家豪。"

"不认识，没听过，不知道他为啥要诬陷我。你们叫燕小五过来，该不会是想让他跟这个什么华南王、华东王的一起给我泼脏水吧？"

"穆见晖,你是操控人性的一把好手,要不然燕小五也不会替你背十年黑锅。"齐大仓大笑起来,"但是你觉得,现在的他还会跟十年前一样吗?"

穆见晖却一挑眉,拖长声音道:"齐队,你觉得呢?"

"燕小五,我知道你担心做伪证量刑的事,我向你保证,如果你如实交代,帮我们指证穆见晖,我们会在案卷里如实写明你的立功表现,给你争取宽大处理。"

听到周永福的话,燕小五犹豫着。

许久,他开了口:"黑陶俑是我卖给华南王的,不是穆见晖,他没有参与过。"

周永福大失所望。

齐大仓的耳麦里传出那边讯问室的审讯结果,他难掩失望,这一瞬间的表情被穆见晖捕捉到了。

"肚子饿了,咱这儿管不管饭?"穆见晖环视四周,淡淡一笑,"对了,冒昧问一下,我能不能出钱给我小五兄弟加个菜?他最爱的西红柿炒蛋。"

齐大仓知道他在挑衅,气得差点捶桌。

小杜看不下去,怒道:"穆见晖,你想什么呢?这里是公安局,不是你请客吃饭的地方!"

"挑衅,绝对的挑衅,穆见晖笃定了燕小五不会说,他太嚣张了!"回到会议室中,齐大仓一拳头砸在桌上,龇牙咧嘴怒吼道。

杨青石把盒饭分给大家:"消消气,消消气,吃饱了气就吃不下饭了,吃不下饭咋跟他们熬,还有十二个钟头呢。"

"我就不明白了,燕小五就是块石头做的,也能让他老婆和娃给焐化吧?"周永福也郁闷得拧紧眉毛,"大好的日子就在眼前,为啥还要给穆见晖打掩护?他是指望继续跟着穆见晖盗墓呢,还是兄弟情就这么深?"

"屁的兄弟情!"齐大仓愤愤道,"他肯定是叫穆见晖拿住哪根脉了。"

"按说他刚出狱,应该是还没有见过穆见晖吧?"

"不用见。穆见晖虽然十年没看过燕小五,但对他的情况了如指掌,包括咱们几次找燕小五的事,他肯定早知道并有所准备。你们觉得,燕小五最能被拿住的是哪个点?"

"拿他媳妇跟娃威胁?"

"咱们都看着呢,他咋威胁,又不是黑社会。"杨青石笑道,"人都是无利不起早的,燕小五为穆见晖坐十年牢,肯定也不是因为什么鬼扯的兄弟情,穆见晖绝对给了他交换条件。"

"钱吗？"小杜问，"他在牢里咋给？"

大家不约而同想到了同一点。

杨青石直接开口："你们继续审，我早起去趟燕小五家里。"

小贾皱眉："他媳妇要是不愿意配合呢？"

"我赌她会说真话。"齐大仓说。

"为啥？"

"就凭她这些年自力更生，日子过得清苦。有人跟我打赌吗？"

"赌啥？"

齐大仓嘿嘿一笑："赌值班时间，输了的替赢了的值班，赌十天。"

周永福也笑了："行。"

"左边会配合，右边代表不会。"

齐大仓说完则，夹起一块菜里的辣椒，放在了左边。

"人性都是自私的。"周永福说，"我赌不会。"

他将辣椒放在了右边。

大家纷纷跟注。

清晨，付小丽送完小宝上学，刚回到家，便看到了等在家门口的杨青石和丁炎。她愣了愣，随即请他们进入客厅。

杨青石看着墙上的奖状，感慨道："小宝确实很优秀，我听他老师说他想考秦大附中，成绩也绝对够得上。"

"秦大附中不是光成绩够就能上的。"付小丽小声念叨。

"这就是燕小五还要继续替人顶罪的原因吧？"

付小丽刚想反驳，杨青石却接着说："你不用反驳，我开门见山直说。你是个好女人，为了儿子可以牺牲很多。父母之爱子，则为之计深远。但你们却从来没问过孩子的意见，既然你是为了小宝的前途，那你可以站在他的角度上想想，这件事如果让小宝选，他会怎么做？"

付小丽久久地沉默着。

讯问室内，燕小五和周永福同时看向钟表，二十四小时已经快到了。

"燕小五，如果你儿子知道你替真正的罪魁祸首扛罪，你认为他会怎么看你？"周永福试图搬出燕小宝来动摇他。

燕小五不说话。

"父母是孩子的榜样，你希望小宝的价值观跟你的一样吗？"

没想到燕小五深吸一口气，反而挺直了腰板，笃定道："路我已经给他铺好了，他不会再走我的老路了。"

这下周永福没辙了。

穆见晖看了一眼表，伸懒腰："年纪大了，真熬不住了，二十四个钟头，腰都快断了。"

齐大仓冷冷道："还有半小时。"

"齐队，说实在的，我挺佩服你们，虽然知道有些事没有意义，但还是会做。人性这种东西，不是送几个西红柿、演一出催泪家庭剧就能改变的。你非要耗，我就再陪你们耗半小时。"

至此，穆见晖已笑得有些肆意张狂。看着追踪了自己这么久的警察却对自己无可奈何，穆见晖心间涌上巨大的满足感。

对，看来齐大仓说得没错，他本就非单纯的良善之辈，他要是那种人，早就被无数人踩在脚下，都不知道死多久了。他就要冷静地看着众人在生活中沉沦，而他自己要做一个清醒的执棋者。

虽然目前棋局出了些岔子，但他相信一切还在掌握中。

他更是确信，燕小五这步棋，他走得很正确。

到公安局了，警车停下，丁炎下车，随后打开车后门，付小丽和燕小宝跟着下了车。

杨青石带着二人走进了讯问室，付小丽抱在怀里的沉甸甸的包里，正装着那九十二万。

燕小五浑身一震，恨不能从审讯椅上站起来。周永福赶紧按住他。

"你俩来干啥？你拿着那个包过来干啥？"燕小五激动得红了眼眶，"警察同志，他们啥都不知道。小丽，你赶紧带小宝回去，这儿不是你该来的地方！"

"小五，这钱的来历我已经跟警察说过了。"

刹那间，燕小五瘫倒在椅子上，痛哭流涕："为啥啊？！付小丽你到底是为啥啊？！你让小宝咋上秦大附中啊？！……我这十年牢不是白坐了吗……"

"爸，你不要怪我妈，"燕小宝开口，双眼如一潭死水般平静，"钱是我要交的。"

燕小五呆愣住。

"我宁愿不上学，也不用一分赃钱。"

穆见晖走出公安局，一时不适应外面的阳光，他伸手遮住眼睛，又伸了伸懒腰，往外慢慢走着。

齐大仓和小杜追了上来。

"穆见晖。"

穆见晖回头:"齐队,还有啥事吗?"

齐大仓亮出手上的拘留证:"对不起,你走不了了。"

穆见晖瞬间变了脸色:"什么意思?"

"你不是说穷人好收买吗?可惜你太片面了,人的气节跟穷富没有关系,这个世界上多的是人穷志不短的人。"

齐大仓的目光是那样坚毅,恍惚间,穆见晖竟有种被那目光灼伤的错觉。

齐大仓和小杜正押着穆见晖往讯问室走,周永福兴奋地小跑过来。

"齐队!"

齐大仓于是示意小杜先带穆见晖进去,穆见晖悄悄一瞥,从周永福的表情中预感到不妙。

待两人离开,周永福连忙汇报:"燕小五把炮手的真名撂了,他叫黎远光。"

齐大仓顿时面露喜色:"马上告诉武振川!"

"好。"

一辆轿车正飞速行驶在出城小路上。王金发开着车,黎远光坐在副驾上,面无表情。

"哥,香港好吗?"

黎远光淡淡答:"好。"

"你去过吗?"

"没有,小时候电视上看过。"

"我只知道铜锣湾,"王金发龇着大牙一笑,模仿起来,"铜锣湾只有一个浩南,是我,陈浩南。"

黎远光终于笑了一下:"我喜欢靓坤那句。出来混有错就要认,被打要立正。"

王金发来了兴致,继续学着:"还有那句!出来混要说话算话,说过让他全家死就全家死。"

两人沉重的心情在调笑中都稍微轻松了一些,而前面不远处是检查站。

检查站的交警伸手拦下他们,王金发摇下了车窗。

"请车上所有人出示身份证,打开后备厢。"

王金发和黎远光递出身份证,扭头间却看见检查站窗口边贴着刘强和刘树生的通缉令。王金发额头上的汗都下来了,手微微发抖,被黎远光按了一下才冷静下来。

· 746 ·

身份证检验通过，交警又去查了后备厢，然后挥手放行。

王金发赶紧开车离开。

车开出一段路后，王金发悬着的心总算放下来，他松了口气，不由感叹道："幸好强娃跑得快，再晚一天都走不了咧。"

这时，黎远光的手机铃声响起。

"喂？"

电话中传来刘强的声音："哥，出事了。"

第一百一十三章 官印

看守所里，穆见晖在拍正面、侧面三面照。

车行驶到漆黑一片的乡间小路上，两旁尽是狗尾草，王金发下车，黎远光也下来了，两人到旁边地里小便。

"哥，"王金发问，"强娃打电话说啥？"

"说香港啥都好，女人尤其好，满街都是白花花的大腿，去了就再也不想回来了。"

王金发吞了下口水："这货到哪儿都忘不了下半身快活。"

说完他提上裤子，却看到黎远光已经上车，坐到了驾驶座上。

王金发小跑着跟上："哥，你身子还没好利索，我不乏，还能继续开！"

他拉车门，却发现车门已经从里面锁了。

黎远光摇下半截车窗，冷静道："往北走，进城找个车站，先坐到广州的客车，再去深圳，一通关就到香港了，强娃会去接你。"

王金发愣了："啥意思啊，哥？你不去了？"

黎远光把护照给他："香港啥都贵，告诉强娃和庆业，卡里的钱都省着点花，好好干一份营生，不要再回来了。"

说完，他便往回开去。

王金发不明所以，还小跑追着车，慌里慌张地喊："到底咋了，哥？你干啥去啊？"

"我最喜欢的一句台词是：我现在能赌的，只有我这条命了。忘了是哪个电影里看过的了。"黎远光惨笑一下，猛踩油门，汽车绝尘而去。

联合打击办一片热闹。

"来来来，秋后算账了，当时谁赌的不会配合？"

齐大仓笑得合不拢嘴，朝面前围着的一堆同事晃手。

周永福极不情愿道："我。"

齐大仓立刻哼着小曲在白板上写上：周永福，十天。

"还有谁？"

小杜和丁炎举手。

齐大仓念念有词："小杜、丁炎各十天。"

这时，武振川回来了，他抓起水杯先咕咚咕咚灌进去一肚子水，终于解了渴，而后把黎远光的照片拍在桌上："查到了，黎远光是秦北人，父母在他很小的时候就不在了，他十几岁就离开老家出去闯荡了，在永城五老山磷矿干过两年，前些年到了秦川，然后就一直住在秦川，没有正当职业，但在一个高档小区里却有套豪宅，还娶了个媳妇，前段时间刚生了娃。"

齐大仓忙问："哪个小区？"

"东郊兹水边上的威尼斯海岸。"

武振川、刘刚一辆车，小杜、小贾一辆车，还有几个警察，分别埋伏在黎远光家小区门口和小区里的停车位旁。

与此同时，齐大仓和周永福来到了小区物业办公室。

物业经理看着照片，皱眉思考着："这是 2 号楼 801 的住户，应该好久没回家了。前几天楼下住户反映他家漏水，我们过去敲门，但没人在家，电话也打不通，最后只能找开锁公司把锁撬开进去。我记得他家里落了厚厚一层灰，应该是有段时间没住人了。"

齐大仓问："他媳妇跟娃呢？"

"娃不知道，媳妇是自己走的，有天保安看见他媳妇拎行李走了，他还到处找人呢。"

"知道了，感谢配合，麻烦您再帮我叫一下开锁公司吧。"

黎远光家门被打开，齐大仓、周永福、武振川、刘刚四人小心翼翼进了门。

周永福在客厅低头搜查着，很快便在烟灰缸里提取了一个烟头并将其放进证物袋里，又用镊子捡了几根长短不一的头发。

齐大仓环顾四周，目光落在墙上的巨幅婚纱照上——他认出了婚纱照里的文雯。

武振川注意到他的异样："咋了？"

"黎远光的媳妇是穆见晖家的保姆。"

他目光又从桌上扫过，看到了黎远光、文雯和孩子一家三口的写真照，目光最终落在了孩子身上……

阳光洒在亮亮身上，他乖巧可爱，刘树兰逗他一下他就笑一下，也就是这短暂的幸福时刻，能让她忘记穆见晖尚未返家。

敲门声响起，刘树兰心一惊，快步跑过去打开门，门口站着的却不是穆见晖，而是齐大仓和周永福。

"你们还不放人？"

"他的事还没调查完。"齐大仓冷冷道。

"还得多长时间？"

"这要看他都干过啥事，我们能查出多少。"

刘树兰不禁皱眉："问也问了，搜也搜了，人也抓了，你们还来干啥？"

"这回我们不聊穆见晖，聊一下文雯。"

"文雯？"刘树兰惊讶道，"她咋了？"

齐大仓并未回答她，反而直接问道："她还在你家干吗？"

"早就不干了。"

"啥时候走的？"

"走了一年多，快两年了吧。"

"有说为啥走吗？"

"她也没跟我细说。"

"你认识她丈夫吗？"

刘树兰再度诧异："她结婚了？"

齐大仓也有些奇怪："你不知道？"

刘树兰摇头："不知道，很久没联系了。"

"你有她的手机号吗？"

"有，就存在手机里，没删过。"

她拿出手机开始翻找，找到后拿给齐大仓看。齐大仓很快便抄下了电话号码，又拿出黎远光的照片给刘树兰看。

"你认识他吗？"

刘树兰摇头："没印象。"

齐大仓微微挑眉："他叫黎远光，是你丈夫的拜把子兄弟，你一次都没见过他？"

"没有。"

"难道不是他介绍文雯来你家当保姆的吗？"

"啥意思？"

齐大仓又拿出那张黎远光、文雯和孩子一家三口的合影："他是文雯的老乡，也是她老公，文雯应该是通过他到的你们家吧？"

刘树兰十分惊讶，她看着合影里的孩子，觉得眼熟，猛然间她意识到什么，仔细对比照片上的孩子和亮亮。

几番对比下来，刘树兰震惊不已，手上的一串佛珠因为她下意识用力而崩断，珠子叮咚掉了一地。

齐大仓注意到她的异样，目光也在照片和亮亮之间跳转，看到两个孩子长得一模一样后，他明白了。

"这个娃该不会就是文雯的娃吧？"

"不……不是，"刘树兰语无伦次，"娃……娃是我捡的。"

"在哪儿捡的？"

刘树兰焦急地辩解着："就在南山上我住的院子门口。娃我养了好长时间了，他家人都没回来找过，所以我才把娃收养了。我有娃的身份证、收养手续，我找给你看。"

她手忙脚乱地寻找，但婴儿床里，亮亮似乎感受到她的情绪，突然哇哇大哭起来，她便又赶紧去抱着哄。

齐大仓看着这一幕，摆了摆手："不用找了，你先哄娃吧，我们不打扰了，感谢配合。"

走到楼下，齐大仓边走边皱眉思考。身后，打电话的周永福放下手机跑过来："文雯的手机号已经是空号了。"

"看刘树兰的反应，这娃肯定就是文雯的娃，但看样子她确实是刚知道的……这个事太诡异了，根据黎远光小区保安提供的线索，文雯走的时候，娃应该刚出生没多长时间，她跟黎远光之间到底发生了啥，能让她连自己刚生下的娃都不要了？这娃又是咋到的刘树兰手上？"

齐大仓的眉头拧成一团，百思不得其解。

"找到文雯应该就能问出答案。"周永福提议。

"武振川不是去黎远光和文雯老家了吗？给他打电话。"齐大仓说。

话音未落，他的手机倒先响了起来，是武振川打来的。

齐大仓接起："说曹操，曹操到。武崮皮，咱俩是越来越有默契了。"

"啧，晦气。"武振川嫌弃地嘟囔一句，又道，"黎远光老家的人我问过了，他跟文雯都不在老家，但是前段时间黎远光回来过，来找文雯的，从文雯家里问到她从椒城打过一个电话。"

"所以黎远光很可能会去椒城找文雯？"

"对。你那边有啥收获？"

"收获大了。"齐大仓终于略微舒展开眉头，"先去椒城，见面再说。"

齐有粮家院子里，方堃、雒青、老鹿、吕江河正围在小满旁边，研究她手机里的夯土墙照片。

雒青点点头："看照片确实像是夯土墙。"

老鹿却皱眉："但是不是外垣墙还不好说。"

"师父，为啥啊？"齐小满不解地抬头看他，"你不是说古代的墙大都是用夯打的土块做的，夯土上面会有夯窝，就像咱吃的石头饼一样。"

"这确实是夯土，但是咱这一带处在原上的最西端，地势不平。当年为了建陵园，他们把低处垫平了，再在夯土上建造夯土墙。"

"你的意思是咱要在夯土里找夯土墙？"

"对，一般都是生土里找活土，但我们是活土里找活土，夯土里找夯土。"

"鹿师说得对，"方堃接话，"这种情况下，判断是不是外垣墙就不能只看它是不是夯土，还要看能不能连接上，是不是线性的。话说千遍不胜近看一眼，走，咱过去看看。小满，带路。"说着，他已经率先行动。

雒青不由一笑："你这腿脚还没好利索，行动倒是积极得很。"

几人来到小满找到夯墙的地方，老鹿拿探铲在这一段不同的几个点上反复钻孔，再提出土来和方堃、雒青仔细辨别。

"我刚钻了两米的范围，这一段土质比较纯净，结构致密，也很坚硬，确实是一段夯土墙。"老鹿说。

"小满厉害。"方堃竖起大拇指，"要是真能找到外垣墙，证明尹村大墓是兹陵，得给你记上一功！"

"方堃哥，可不敢，我才哪儿到哪儿，师父说啥我做啥。"齐小满不好意思地抿嘴微笑，"师父说识土辨土是考古人的必备技能，不同的土，质地、颜色和结构都不一样，考古人要用肉眼就能看出。但是想当一个好技工要求更高，要不用看土块，一探铲下去，光凭手感就能知道地下是啥，我还得跟着师父勤学苦练呢。"

雒青听完，啧啧赞叹道："老鹿，你真是收了个好徒弟啊。"

"还是方堃会挑人，雒队会领导嘛。"

"哈哈，雒队，"方堃扑哧一笑，"以后这互相捧臭脚的传统得在咱考古队推广下去，大家听了都有干劲。"

雒青也笑了："行，你列进考古队工作手册里。"

"言归正传，看来找外垣墙的路子可以试一试。"方堃收起玩笑神色，"雒队，你觉得呢？"

"老鹿，小满，既然这一段是夯土墙，那就辛苦你们继续在它周围追一追，看是不是呈线性。"

老鹿点头："没麻达。"

话音刚落，忽听吕江河在路边喊："咳！干啥的？！"

只见他正骑着自行车带着李奇往前追赶。

· 752 ·

"上车。"几人赶紧跑向三轮车。

然而，方堃骑上三轮车刚要往前追，却发现车一动不动，下车一看，顿时无奈道："这轮胎咋都没气了？"

老鹿几人也赶紧下去看，才发现三轮车的三个轮胎全部没气了。仔细查看了一会儿后，老鹿猜测道："这像是让人用刀扎的。"

说着，他指着轮胎一处，方堃凑过去一看，果然轮胎上有个明显的刀痕。

吕江河和李奇气喘吁吁跑了回来。

"就是人扎的！"吕江河十分气愤。

雏青忙问："你看清是谁干的了吗？"

"一个男的，没看清，我刚喊他就骑电动车跑了，撵了半天没撵上。"

"应该是有人故意针对咱考古队，上回停电，我爸去看了，是有人把我家电线剪了。"齐小满愤愤不平。

听着听着，李奇也皱起眉来："你这么说我想起来了，这两天我的自行车辐条突然断了，估计也是让人给弄断的。"

"咱考古队又碍着谁的事了？地的问题已经解决了，该不会是因为垃圾填埋场吧？"方堃思考着说。

"不管它。"雏青挥挥手，轻哼一声，毫无惧色，"宵小之辈，只敢用这种见不得光的小手段，也不敢把咱们怎么着。"

第二天。

"填土已经全部清理干净了，今天大家都在抓紧绘图。"吕江河向雏青汇报工作。

雏青听完，放眼看向K1，只见方堃、李奇、王薇、徐子菲和若干技工正单独一人或两人成组在不同的区域内工作着。大家或站或蹲，年龄大的直接坐在地上，背上全是湿漉漉的汗水。

徐子菲和几个技工正围着方堃连连称赞。

"方老师，你这图画得比我们技工师傅还要好呢。"

李奇点头："比我们好得多，都快赶上雏队了。"

徐子菲急切道："能请教一下吗？咋练的？"

"笨功夫，纯靠练，以前我老师教的，眼睛永远代替不了手，眼看一万遍，也不如手摸一遍。"说着说着，方堃望向远处山岗，一时有些惆怅。

大家默默记住。

老鹿跟齐小满走进了发掘现场。雏青和方堃看到，立刻过去。

"追得咋样了？"雒青问。

老鹿摇头："唉，我跟小满分两个方向，沿着那个地方追了几百米，不知道钻了多少孔，但再也没追到一点夯土痕迹。"

齐小满把自己的考古日记递给她："这是我记的笔记，追的路线和点都标在上面了。"

雒青和方堃看完，倍感失落，一时沉默不语。

"三个月时间都过去大半了，"老鹿面露愁容，"雒队，咱还继续找吗？"

齐小满也犹疑着问："会不会……压根就没有外垣墙？"

"不好说，这一片地形沟沟壑壑的，这些年肯定有不少被冲走的遗迹、冲断的墙，加上修了这么多路，也会毁掉一部分，所以即便是有外垣墙，咱们也很难追到完整的。"

雒青说完，大家都看向方堃，而他也沉默着。

这时，雒青的电话突然响了，她接起："喂，老郭……"

"雒队，我们在 2 号发掘点 27 号坑里也发现了官印！"

齐有粮和曹凤英专门腾出家里一间房来当临时的文物存放室。徐茂娃正在这里小心翼翼地清理一枚官印。

好几个已经清理好的官印摆在旁边，包括之前穆见晖捐的那个乐府丞印。旁边还有将近十个尚未开始清理修复的刑徒俑，有的脖子、脚上都戴着刑具，有的只是脖子或脚上有刑具，还有被剃了头的刑徒。

方堃拿起刚发掘出的官印，念着上面的字："中司空印。"

齐小满凑过来看："方堃哥，什么是中司空呀？"

"是管理国家大型建设项目的机构，相当于现在的建设部。"

"之前乐府丞印代表那个坑是乐府坑，那这个官印代表 27 号坑是建设部？"

"可以这么说。"方堃指向清理台上的陶俑，"你看，这里还有好几个刑徒俑。西汉初期，因为刚经过了秦末农民战争，经济凋敝，汉太宗不愿让农民来修建陵墓，想让他们休养生息，多种庄稼以保证国家粮食供给，所以这种大型国家工程一般让刑徒来做，27 号坑出土的这些文物反映了主管建筑的中司空机构的职能。"

"我懂咧，一个坑一个机构，那是不是其他外藏坑也象征不同的国家机构？"

"小满，你真聪明，让你说对了！"雒青兴奋点头，"你看这边还有中司丞印、仓印、廥印、器府、车府，确实代表当时西汉政权的不同官署机构。"

方堃一只手摸着下巴："那……就八九不离十了。"

"对，"郭士林咧嘴一笑，"我叫你们过来，就是想说这个。"

他们三人都很激动。

齐小满见状，略有不解："雒青姐，咋感觉你们像打哑谜？为啥这么高兴？"

"小满，我们离证明尹村大墓是兹陵又近了一步！"

"为啥？"

"你知道秦始皇陵吧？学界一般认为它的一百八十多座外藏坑分别对应中央政府的各级管理机构，是对秦中央政府机构的模拟。汉承秦制，西汉帝陵外藏坑的象征意义跟秦陵外藏坑是一样的，阳陵已经发掘的十一座外藏坑代表的是卫尉、宗正、少府三卿或其下属官署机构，它们把皇帝陵围在中间，象征着皇帝在地下的统治世界。"

"你们的意思是，尹村大墓这些外藏坑也是在模拟官署机构？"

"对，我们现在发掘的外藏坑从数量、规模、分布、形制结构、文物内涵等方面来看，都跟阳陵高度一致。这些出土的官印应该可以证明这些外藏坑是在模拟官署机构，这种围绕主墓室设置的大量外藏坑既然具有这个象征意义，那在中央集权的秦汉时期，墓主就非皇帝莫属了。"

方堃说完，长长舒了一口气。

老鹿也来了精神："那咱就不用找外垣墙了吧？这个证据足够有说服力了。"

"但愿如此！"雒青直接转身，准备向外走去，"我们这就去省院汇报，看看领导和专家们的意见。"

第一百一十四章 孤狼

省院会议室里坐着不少专家和领导,雒青站在中央,脊背挺得笔直,干练利落,双眼在白炽灯下闪着熠熠的光。

"今天主要是想向诸位专家、领导汇报一下我们目前搜集的一些证据,有几个是之前就有结论的。"她嘴角微微上扬,朗声道。

"一是位置。尹村大墓与窦皇后陵间距仅 800 米,距薄太后陵也不足 2000 米,墓主应该与窦皇后和薄太后关系匪浅。

"二是规模和形制。尹村大墓东西长约 250 米,南北宽约 150 米,墓圹边长约 70 米,墓室面积 5200 多平方米,深 30 余米。最关键的是它有四条墓道,呈亚字形。

"在此之前,为了溯本清源,以正视听,我们先后对凤凰山进行了包括物探在内的三次勘探,结论均为凤凰山下并无墓葬。如今,我们又找到了关键性证据,证明了外藏坑是模拟中央集权制下的官署机构,墓主只能是汉太宗。

"结合以上几点,我们认为证明尹村大墓是兹陵的证据链已经完整。"

话音刚落,专家、领导们一时难以给出结论,纷纷低声交流着。和项昕之低头讨论了一会儿后,院长下了结论:"雒青,辛苦了,能在这么短的时间里得出这个成果,说明你们兹陵考古队付出了很多。我和项老师商量了一下,我们对认定尹村大墓为兹陵这件事还是有些担忧。大家都知道之前商邑某座大型墓葬的教训,一部分人在拼命地捍卫为真,一部分人在拼命地宣传为假,争议满天飞,原因就是证据链还不够完整,不够严谨,认定稍显仓促。所以对于兹陵的认定,我们认为还是要更保守、更严谨一些。"

郭士林按捺不住开口:"可是我们没有时间了,三个月期限马上就到。"

"我提一句,只代表某种可能性的言论,"张逢春扶了扶眼镜,"要是有人拿阳陵来类比,用同茔异穴的形制问我们,尹村大墓有没有外垣墙,我们要怎么解释?"

被问到了最难以回答的问题,雒青几人顿时沉默。

关键时刻,方堃鼓起勇气:"我们可以抽出更多的人力去寻找外垣墙,但如果期限到了还是没有找到呢?"

"如果没有外垣墙,那也要证明没有。"项昕之的语气虽然平和,却不容置疑,"我们是研究者,不是创造者,要做的只是还原历史。"

方堃抿了抿嘴,低下头:"我懂了,师母。"

见几人都有些气馁,项昕之轻叹一口气,柔声道:"考古是一门寂寞的学科,我们必须给一个发现充足的时间,等所有的证据都严谨了,才能发布。但是现在时间有限,我们这些老头子、老太太只能干这种站着说话不腰疼的事,把任务交给你们。孩子们,你们肩上扛的是颠覆历史记载的重任,责任越大,委屈越多——拜托了。"

齐大仓几人已赶到了椒城,临时找了个宾馆住下,把套房当作会议室。此刻,周永福正在汇报工作。

"人找到了,就在椒城古城里一家酸奶店打工,从家里离开以后就直接过来了。我们调了她的通话记录,这将近一年的时间里,她只给家里打过一次电话,跟黎远光没有任何联系。"

武振川一手撑着下巴,问:"近期也没有?"

"没有,有几个秦川打进来的陌生号码,她从来没接过。我们查了那些号码,基本都打不通,号主身份证也是假的,大概率是黎远光用临时电话卡打的。"

"照这么说……黎远光很有可能还没来找过她。"齐大仓说。

周永福点头:"我也是这么判断的。"

忽然间,齐大仓想到什么,又问:"文雯是一个人还是有其他人了?"

"啥意思?"

武振川笑了一声:"你们齐队想看看她当初扔下男人和娃跑了,是不是外头有人了,得是的?"

齐大仓斜了他一眼,极不情愿地点了点头。

"哦……我们查过了,她一直是一个人,也没交过啥朋友。"

齐大仓思索着。

"大仓,"武振川看向他,"我们是先经营还是正面攻?"

"我们去文雯老家调查的事肯定早在村里传得满天飞了,谁知道有没有传到黎远光耳朵里,他来不来都是两说……正面攻吧,看看能不能从文雯身上找到突破口。"

武振川来了精神:"得行。"

椒城古城内游人如织,各式特色小吃和手工艺品琳琅满目,在古色古香的木质屋檐下摆放着,令人目不暇接。

酸奶店里整齐堆着一罐罐花椒、一瓶瓶花椒酸奶,辛香气味充盈着整个小店面。店门口站着一个年轻女子，身形格外清瘦单薄，秀气的脸上隐隐透着疲惫。

每当有游客走过，她就强挤出笑容招呼着："花椒酸奶，能拉丝的酸奶，口味特别，来一瓶尝尝……"

不远处的路口，一辆车停在暗处，黎远光坐在上面，长久地看着女子。

她瘦了，这段日子肯定过得很苦……都怪他，如果他早点看出她的异样，早点问出真相，她是不是就不会受苦了……

不，她那样坚强的人，像山野里开着的烂漫小花，没了他也能活，反倒是跟着他的话，处境会变得格外艰难。

他这样的亡命之徒，原本不该再打扰她……只不过，他还欠她一个道歉，他还欠她一个复仇。他想告诉她，后半辈子，她可以活得很安心。

黎远光静静观察着她的一言一行、一举一动，仿佛怎样都看不够，眼底多了几分心疼与不忍。犹豫了一会儿后，他还是下了车，朝酸奶店走去。

他刚要过马路，余光却瞥见一辆秦川牌照的车停在了店门口不远处，两个人下车向店门走过去——他一眼就认出了齐大仓。

黎远光条件反射似的迅速侧身，藏在一旁。

"买花椒还是酸奶？这些都是本地山上种的花椒，酸奶也是花椒味的……"

"是文雯吧？"齐大仓问。

文雯愣住。

他亮出警察证："我们是秦川市公安局稽查大队的，找你来调查你丈夫黎远光的事，希望你配合。"

文雯略显惊讶："他咋了？"

"他涉嫌盗掘古墓葬，倒卖重要文物。"

"盗墓？"文雯一惊，"你是说他挖人家的坟？"

"对。"

文雯想起了她曾经在废品回收站看到的那些东西，当时还以为黎远光和穆见晖在倒腾老物件……但她抿紧了唇，她决定不告诉齐大仓。

虽然如此，但齐大仓还是捕捉到了她一闪而过的惊慌。

"你想起啥了？"

文雯慌忙摇头："没……这是重罪吗？"

"要看他是否主动投案，认罪认罚，还有他都做过什么。你知道他现在在哪儿吗？"

"他不在秦川吗？我们……很久没联系了。"

"为啥会没有联系？你们是夫妻，并没有离婚，而且你孩子还很小。"

文雯低头，并未接话。

"你的娃呢？"

听到孩子，她心里一疼，勉强扯了扯嘴角："娃他爸带着呢。"

齐大仓有些意外："你不知道娃在穆见晖家，而且已经让穆见晖跟刘树兰收养了？"

刹那间，文雯震惊得瞳孔放大："咋会在他们家？"

"你们是娃的父母，得问你们吧。"

文雯愣了一会儿，忽喃喃自语："这么说……他应该知道了。"

"他是谁？知道啥了？"

文雯惨笑一下："没啥，是该在他们家。"

齐大仓见她始终神色怪异，却支支吾吾不肯透风，不由心急："文雯，你不要跟我打哑谜，人都是骨头掺着肉长的，当妈的再狠心，也不可能娃刚一落地就把娃扔了自己跑了。你跟黎远光到底有啥事，为啥把娃给了穆见晖和刘树兰，你必须说实话。"

"你不要再问了！"文雯眼睛里涌出眼泪，"这事跟远光没关系！"

齐大仓目光锐利如刀："那跟谁有关系？穆见晖还是刘树兰？"

"没有，都没有，是我自己的问题。"

齐大仓继续逼问："得是你突然发现黎远光在犯罪，不想跟他在一起才走的？"

文雯摇头："不是。"

"文雯，你要是知情不报，就是包庇罪！"

"我、我啥情都不知道……"

"黎远光跑不了，早晚要落网。如果你现在能提供线索，协助他主动投案，我们还可以给他争取宽大处理。我不相信你跟黎远光朝夕相处，一点异样都没发现。"

"可是我真的啥都不知道，我一直以为他是收废品的，顶多顺手倒腾一点老物件。"

"倒腾老物件？"齐大仓警觉，"你见过他倒腾老物件？"

"我就见过一回。"

"在哪儿见的？"

"他的废品站，当时穆哥也在。"

"穆见晖？"

文雯点头。

终于问出点话来，齐大仓努力按捺住心中喜悦，追问道："他俩当时在干啥？"

"穆哥在捣鼓一个老物件，具体是个啥我也说不上来，我就看见满屋子都是各种各样的古董，穆哥说都是远光平时收废品收到的，然后再卖给他。"

"你说的这个废品站在哪儿？"

"就在秦川东郊电厂跟前，一个叫王家堡的村里头。"

齐大仓立刻给文雯写了一个电话："黎远光要是联系你，你马上通知我。"

文雯犹犹豫豫地点头。

齐大仓和周永福快步离开。

警察们来到文雯所说的废品回收站，小杜、小贾和另外几名警察全副武装，荷枪实弹，精神紧绷地盯着入口。杨青石等人也在现场。

"杨队，"小杜说，"你们没有武器，在外面等着就行。"

杨青石环顾四周："黎远光狡猾，这里很可能有后门，我们绕一圈看看。"

说罢，他带着丁炎和尚立峰沿墙绕去。

小杜又嘱咐道："一定要注意安全！"

说完，小杜小心翼翼推开废品回收站的门，和几名警察谨慎地往里走。快到屋门口时，他示意其他人先躲一下，然后冲里面喊道："有人吗？"

无人回应。

几人继续警惕地前进，推开屋门后，他们屏住呼吸，却发现里面空无一人，于是继续往里走。突然间，里面的暗室映入眼帘。

小杜兴奋地朝小贾点头，两人同时端枪进去，但眼前的景象却让他们大失所望——原本应摆满文物的博古架此时已空空如也。

此时，杨青石三人发现了回收站的后门。

"杨队，"丁炎不由拍起马屁，"你神机妙算，果然有后门！"

杨青石微微一笑，分析道："炮手为啥选这么个地方，一是掩人耳目，二来这里地形复杂，四通八达，方便出事的时候逃跑，所以肯定有后门。咱们守在这里，万一黎远光听到小杜他们的动静跑了，咱正好来个瓮中捉鳖。"

话音刚落，门便开了，杨青石几人正要扑，却发现出来的是小杜他们，个个垂头丧气。

"咋这么快就出来了？"杨青石很是意外。

"咱们晚了一步，"小杜一脸懊恼，"赃物全被转移了。"

送走警察们后，文雯一时心情低落，坐在椅子上发着呆。

"来几瓶酸奶。"一个顾客在门口说道，声音格外低沉沙哑。

"哦，好。"她回过神来，起身去门口的玻璃柜旁给顾客拿酸奶，却突然发现酸奶瓶下放了一张照片和一张银行卡。她拿起一看，照片竟是自己、黎远光和孩子的合影。

她震惊不已，再看照片后面，是黎远光的笔迹："好好活着，你没错，是我对不起你，我会给你个交代。"

文雯猛然意识到什么。

周永福开车，和齐大仓正在回秦川的路上。

"这么快就被转走了？……应该转走没多长时间，你找一下村里的摄像头，看看这段时间有没有拍到啥线索。"齐大仓接完小杜的电话，很是生气，"又晚了一步！"

"那我们现在咋办？继续往回赶，还是留在椒城跟武局他们再盯一下？"

"回去吧，这儿用不了这么多人。"

这时，他的手机响起，接起以后，彼端传来文雯焦急到带着哭腔的声音："远光他可能要干傻事！"

"文雯，你先别急，慢慢说，黎远光要干啥？"

"他可能……要杀刘树生。"

群山连绵，拔地而起，巍然屹立，黎远光的车一路向大山更深处疾驰，仿佛要被苍绿的巨人吞噬。疾风刮出阵阵林涛，乍听有如远古的哀鸣。

他的眼里满是杀意。

回到椒城的宾馆休息时，周永福接到了电话："喂……好，知道了，辛苦你们继续追一下。"

挂断后，他向齐大仓汇报："椒城交警队已经调了文雯店门口的监控，发现黎远光放完照片以后就上了一辆黑色帕萨特轿车。他们正在调周围监控，看能不能追到他的行车路线。"

齐大仓点头。

"齐队，你说黎远光为啥要杀刘树生，得是猜到燕小五撂了穆见晖，怕我们找到刘树生以后给穆见晖定罪，想杀他灭口？"

"黎远光是个粗人，不一定能懂啥是证据链吧。"

周永福细细思索："粗人有粗人的逻辑，他见穆见晖只是被拘一星期，说不定想的是知道穆见晖黑料的人越少越好。"

"你说得也有道理。"

这时，武振川和刘刚带着文雯进来了。

齐大仓站起来，走向文雯："他留的东西呢？"

文雯把照片和卡交给了他。

看着照片后面的字，齐大仓皱眉："给你个交代？他杀刘树生为啥是给你交代？"

文雯再也控制不住情绪，捂着脸痛哭起来："他知道了，他啥都知道了……"

"他到底知道啥了？"

文雯泣不成声："是刘树生给我和穆见晖下了药，我才怀上了这个娃……"

齐大仓几人震惊。

这时，周永福的电话响起，他立刻接起："喂……追到了？……好，我们这就过去！"

挂完电话，他立刻转述："黎远光的车找到了，他出了椒城就往洛山的方向去了！"

"我们走！"齐大仓神采奕奕，抄起外套就要往外走，"永福，你联系洛山警方，把车牌告诉他们，让他们设法拦截，再派几个兄弟支援一下我们。"

"好。"

第一百一十五章 报仇

一个小村落孤零零地被群山环抱其中，这里山路陡峭险峻，与世隔绝，户与户之间相隔很远，大部分人早已搬去了山下。

此时，一个破败的院落里，浓浓炊烟正从烟囱、门窗里滚滚而出，一男一女的咳嗽声此起彼伏地从屋里传出。

须臾过后，屋内人直接被呛得捂鼻跑了出来，竟是刘树生。为了不在村里太过惹眼，他早换上了一身破旧的棉袄、棉裤。

"瓜婆娘，"刘树生抹了一把熏出来的泪，"连个炉子都不会生，你能干啥？"

同样一身旧衣的何小凤也出来了，骂骂咧咧道："你行你上啊，除了多嘴还会干啥！跟你跑到这穷山沟沟里，一天到晚挨饿受冻不说，还得洗衣做饭伺候你，半句好听的都没有，光落一肚子埋怨，我真是命苦跟了你，累死也没人给买棺材！"

"你还怨上我了？我说咱往国外跑，是谁舍不下秦川的？"

"我是舍不下秦川吗？我是舍不下咱屋里爸妈！咱俩拍拍沟子走人咧，我爸我妈谁招呼？我爸妈就我一根独苗，还能指望谁？我一下跑那么远，他俩那么大岁数咋活人？"

说着，何小凤呜呜哭起来了。

刘树生见状，心软了，连连哄她："哎呀，我就嘟囔了两句，你一堆话跟在后头，我这不是也陪你留下了嘛。我谁都能舍下，就是舍不下我的亲个蛋蛋媳妇儿。要怨就怨穆见晖那个烂怂，这段日子我算是想明白了，他弄这破公司纯粹是挖坑让我跳，我真恨当初挖那个坑不够深，没把那货给憋死！"

何小凤剜他一眼："还不是你瓜，给人家背黑锅，叫人家当猴耍。"

"贼他妈的，越想越憋屈，等风头过去了，看我咋拾掇他！"刘树生猛踹一脚柴火，又好声好气道，"行咧，我去生炉子，给你做一碗热腾腾的搅团，咋样？"

何小凤这才勉强消了气，瘪着嘴点点头。

"方便再添一碗不？"

黎远光的声音突然在他们身后响起。

刘树生回头："你可算来咧，姓穆的把沟子擦干净了吗？"

"两句说不清。嫂子，你去山底下买两斤卤肉，我跟生哥喝两杯，慢慢谝。"

黎远光向来阴沉着脸，目光锐利。何小凤有些怕他，看了刘树生一眼。

刘树生随意挥手："去吧。"

刘树生进了门，黎远光跟在身后，悄悄把门关严。他拿出两瓶白酒往矮桌上一摆，又把随身带的旅行包在脚底下放好，兀自坐了下来。

"你的新主子咋说的？"刘树生坐他对面，"把我安排到这鬼地方就不管了？公司的事儿解决得咋样了？"

黎远光开了一瓶酒推到他跟前："这几年你啥活没干，光坐在屋里数钱，担个罪都不愿意了？看你吓得那怂式子样，刘树生，我没看错你，你就是块烂泥，下窑也烧不成东西。"

被他这么一骂，刘树生立刻拍桌："黎远光，你算个什么东西！你就是条狗，谁给你饭盆里放的食好你就跟谁走，你也配跟我同桌吃饭，指鼻子骂我？"

黎远光淡淡一笑，毫无惧色："对，在你刘树生眼里我一直都是条狗，但是你刘树生估计没养过狗。狗这种动物，人老觉得咋样打骂都行，它照样还会摇尾巴，但是你不知道它也有根筋，一旦伤了这根筋，狗也会咬人，用它仅有的一口利牙。"

说着，他开玩笑般对刘树生龇了龇牙，然后哈哈大笑。

"啥意思？"刘树生被他搞得一愣一愣的，"真把自己当狗了？我伤你哪根筋了？"

黎远光拿出手机，给他看儿子照片："看我娃亲吗？"

刘树生一脸莫名其妙："你娃亲不亲跟我有啥关系？"

"咋没关系，娃以后得管你叫舅，你是他舅，他是你外甥。"

刘树生愣了，感觉到不对劲："我都不认得你媳妇，娃咋能管我叫舅？"

黎远光却没回答，而是拿出一根烟："借个火。"

刘树生把打火机给他。

黎远光点上烟，吐了一圈烟雾："知道我为啥跟了穆哥吗？"

"他给你的多。"

"钱算个屁！"黎远光冷笑，"我自小爸妈就没了，有个亲哥，跟穆哥差不多大，书也念得好，也戴个眼镜，为了养活我就把学给断了，跟一帮人去了东北一个矿上干活，眼镜度数不对，弄炸药的时候看错了，把自己炸死了。第一回见穆哥的时候，我差点以为我哥又活咧。"

"所以你把他当成亲哥咧？"

"他对我不比亲哥差，所以娃是我俩谁的，真无所谓。"

刘树生一惊，有些结巴："你……你把我说糊涂咧。"

"今天找你呢，一是给我媳妇出口气，二呢，你要是死了，我哥的沟子也就干净咧。"

他冷静地说完，刘树生心中已明白一切，于是倏地起身，慌忙往门口跑去，却发现门不知道啥时候被黎远光锁死了，他拼命踹却踹不开。

刘树生又转过身来，全身抖个不停："黎远光，你想干啥？你别犯傻，为穆见晖卖命不值当！你把他当哥，他不一定把你当兄弟，他心里只有自己，我是他妹夫，他连我都卖，你想想他是个啥人。把钥匙给我，快！"

黎远光微笑着拿出一把小钥匙，扬了扬，然后放进嘴里吞了下去。

"你他妈疯了！"

刘树生气急败坏，上去对着黎远光就撕打了起来。黎远光却不还手，任他撕扯，直到被刘树生揪开外套，露出里面的造口袋。

刘树生蒙了："你咋咧？"

黎远光还未回答，刘树生突然又听到微弱的嘶嘶声："啥声音？"

他猛然意识到什么，拿起黎远光的旅行袋打开，只见里面满满一袋炸药，引线已经快燃到头了。

忽视刘树生绝望扭曲的表情，黎远光平静望着窗外的夕阳，火红的落日终于要隐入群山深处，大地迎来了黑暗前最后一抹浓重的血色，比滚烫的鲜血还要震撼。

他拿酒瓶跟老天爷碰了一下，喃喃道："真他妈好看啊。"

何小凤拎着几袋卤肉，绕小路快步回家，突然看见不远处的大路上几辆警车正疾驰而来。

她慌了，撒腿就往家中跑去，一边跑一边大喊："树生，有警察！"

"嘭——"

话音未落，巨大的爆炸声突兀响起，一股巨浪裹挟着房屋的砖瓦土石扑面而来，何小凤被震飞了出去。

很快，警车抵达门口，齐大仓、文雯等人迅速下车。

眼前升腾起的红色火焰与被夕阳染得血红的辽阔天幕相映成辉，壮美又惨烈。

"光哥……"文雯撕心裂肺地哭喊着。

到了吃饭时间，考古队的人陆陆续续回到了齐有粮家院子里。

765

"饭马上就好咧,"曹凤英身穿围裙张罗着,"赶紧洗手,人都回来了咱就开饭。"

王薇笑嘻嘻凑上前:"大妈今儿个给咱做啥好吃的呢?"

"饺子!有羊肉馅的,猪肉馅的,牛肉馅的。"

一片热闹中,方堃、雒青和郭士林却满面愁容,还在为外垣墙的事发愁。

郁闷中,方堃抬头随意一看,注意到齐有粮带着修恒在门口望眼欲穿,便走上前问:"伯,你眼睛都快伸到村口了,看啥呢?"

"春来说今儿个回来,到现在都没看见人。"

"春来回来咧?"

"对,这个憨娃,这两年一直在外头打工,好说歹说才给劝回来。"

说话间,齐修恒突然开口喊了句:"爸!"

齐有粮和方堃赶紧看过去,只见一个熟悉的人影出现在巷口,正是李春来。

"修恒!"

李春来也是一惊,热泪盈眶地跑过来抱起儿子,又跟齐有粮、方堃打招呼:"爸,方师。"

方堃笑了笑:"回来咧。"

"可算回来了,咋又瘦咧!"齐有粮一拍他的背,"赶紧进屋,你妈包的饺子都快出锅了。"

大家看到李春来,纷纷热情地跟他打着招呼,热腾腾的饺子也已经一盘盘地端了出来。众人凑到桌前,热热闹闹准备开吃。

看到大家不计前嫌,李春来心中很是感动,没忍住落了两行眼泪,又用手背胡乱一抹,忙问道:"小满呢?"

曹凤英歪头一想:"说是找啥墙去咧,还没回来。"

话音未落,齐小满和老鹿回来了。

李春来赶紧过去接过媳妇手里的工具:"饿了吧,赶紧吃饭。"

"回来咧。"小满平静道,微微一笑。

"唉。"李春来也咧嘴一笑,又想起什么,赶紧从口袋里取出一沓用牛皮纸包了好几层的钱,"小满,爸妈,这是我这两年在工地上挣的三万块钱,都上交。"

齐小满神色动容:"憨子,难怪瘦咧。"

她收下钱,交给曹凤英,给李春来夹了一个饺子。李春来开心无比,也给她夹了一个，又将自己碗中的大口吞下。

老鹿见状，欣喜一笑，又汇报起来："我跟小满今天又沿着北边找了一圈，倒是找到了几处夯土墙，但都连不上。"

"没事，咱还有时间，"方堃点点头，"吃完继续找。"

齐小满也看向齐有粮："爸，你跟文保队我几个叔伯说一声，巡逻的时候注意一下，要是发现夯土墙就喊我一声，我过去看。"

"能成，不行我再给全村人说一下，让大伙儿都留意着。墙长啥样，有相片不？"

小满打开手机，找到一张照片："就这，上面有圆窝窝，长得跟石头饼一样。"

"这墙看着眼熟得很……"李春来也凑过来，看了几眼，突然想起啥来，努力回忆着，"对咧，我有回在兴旺家砖窑见过！"

"兴旺家？"雒青疑惑，"咱村还有叫兴旺的？"

李春来摇头："不是咱村，是陈家坡，常有他表哥。我有回跟常有在兴旺家打麻将，去墙根放水的时候看见的，我当时还寻思他这墙打得挺特别。"

方堃来了劲："来娃，你带路，咱吃完饭过去看一下。"

"得行。"

"这墙你们看不成。"齐有粮忽然开口，面露难色。

方堃不解："咋咧？"

"我家的电线、你们的车胎，都是兴旺捣的鬼。"

"啊？为啥？"这下雒青蒙了，"我们考古又碍不着他陈家坡的事，他跑这儿搞啥破坏？"

齐有粮深深叹口气："垃圾填埋场二期工程是他承包的，你们挡了人家的财路。"

吃过饭后，方堃独自一人悄悄摸到了一座年代已久的废弃砖窑外。他观察了一下，看到前院门口的小房子里，电视机开着，那里兴旺爹睡得正香。

于是他绕到后院院墙外，四处寻找，但没找到李春来说的夯土墙。几番犹豫后，他看到一截塌了半截的墙，便跳起来用双手扒住墙沿，双腿踩蹬，准备翻过去，奈何两条腿还恢复得不甚利索，使不上劲。

这时，一双手托住了他，方堃回头一看，雒青和郭士林、齐小满等人正站在墙根底下。

迎着雒青凌厉的目光，方堃正想解释。

"你这碎娃，"郭士林瞪他一眼，"干这种事也不喊上兄弟。"

雒青也气愤地嗔他一句:"撅起沟子我就知道你要干啥,下回再一个人行动,看我咋收拾你。"

方堃讪讪一笑:"那现在咋弄?"

"速度要快,看完墙马上撤,不拿群众一针一线。"

"好!"

得了雒青的指示,方堃立刻浑身来劲,一下便翻了过去。

几分钟不到,所有人都翻了过去。

雒青窝在墙根下,小声问道:"来娃,你看见的墙在哪儿?"

李春来伸手一指:"老砖窑里头。"

"你留这儿望风。"

"得行。"

说完,雒青几人便进入砖窑,开始找寻。

很快,齐小满发出一声低呼:"找到了!"

大家赶紧凑过去看,果然,那里的墙根底下有一截布满圆形痕迹的夯土墙。

老鹿和吕江河辨认了一会儿,大喜过望:"没问题,就是咱要找的!"

雒青也提起精神,环顾四周:"只有这一小截,剩下的应该是风化了。大家沿着两边分头追一下,动作要轻。"

几人点头,各自拿工具开始干活。

"来娃?你在这儿弄啥呢?"

这时,外面突然传来兴旺爹的声音。众人心里一惊,连忙屏住呼吸,停下了脚步。

"叔,没啥……兴旺在家不?"李春来窘迫道。

"他没在,你咋进来的?"

"你睡了,我喊你,你没听见,我就自己进来寻人咧。他没在,那我先走咧。"

大家大气都不敢喘一下,听到兴旺爹咳着痰走远了,这才松了口气。突然间,又是一阵嘈杂声传来,只听兴旺大喊着:"狗日的都在里头吧!来娃,你还带着考古队的人偷到我头上咧!"

情势紧迫,雒青果断指挥:"你们抓紧追,我出去挡一下。"

齐小满也站了起来:"我也去。"

雒青和齐小满出来一看,只见兴旺正带着一群村民,扛着农具,气势汹汹地往砖窑里走,李春来根本挡不住。

"陈兴旺是吧？我是兹陵考古队的领队雒青，我们考古队这些天老出些怪事，听说你知道内情，来跟你打听打听。"

雒青迈着大步潇洒往前走，没有一点惧色。

兴旺气急败坏到五官都扭曲了："歪女子还倒打一耙呢，打听事还有翻墙进来打听的？我村有人看见你们考古队的人翻进了我家砖窑，你这叫那个……那个……私闯民宅吧！走，带上你的人跟我去派出所说去！"

齐小满见情况不妙，猫到一边低声给齐有粮打电话："爸，出事了，你赶紧过来！"

雒青往砖窑门口一堵，厉声道："我今天就站这儿，看谁敢从我身上踏过去！"

兴旺一时间还真被她的气势吓住了。

听到外面的动静，郭士林啧啧着，同情地拍了拍方堃的肩膀："乖乖，一夫当关，万夫莫开。雒领队这架势是要舌战群英啊！方堃，我对你以后的日子深表担忧。"

"你懂个啥，这样的女人才带劲，只有怂包才害怕比自己强的，强者只会惺惺相惜。"方堃轻哼一声，甩开他的手，目光炯炯地盯着雒青，嘴角不自觉扬了起来。

第一百一十六章 疯魔

"你们上我家偷东西还有理了,你不要以为你是女的我就不敢把你咋样!"

说着,兴旺就要上手拉开雒青,哪知她先抓住了他的手,捏得他嗷嗷直喊疼。

雒青这才松手:"兴旺哥,你要是讲理呢咱就好好说,要想动粗我也不怕。真闹到了派出所,剪电线、扎车胎这些事我们人证、物证都有,你也别想跑。"

兴旺梗着脖子嚷嚷:"剪电线、扎车胎能咋?大不了我进去蹲几天。但是我屋里头刚丢了十万块钱,只能是你们偷的,我倒要看看十万块钱和剪电线、扎车胎哪个判得重!"

"法治社会,你想平白无故泼脏水诬蔑我们?人证呢?物证呢?"

兴旺拉过一个中年男人:"兆林亲眼看见你们翻墙进来的。"

"哦,那兆林看见我们偷钱了吗?"

"你们偷摸进我屋,不是你们偷的还能是谁偷的?"

"行,我先不听你诡辩,我们来聊聊你为啥给考古队使坏。"雒青笑意盈盈道,"兆林哥,陈家坡的各位乡党,你们知不知道垃圾填埋场的工程是谁承包的?"

兴旺脸色瞬间变了:"你胡说啥呢!乡党们,这考古队没一个好人,今天敢偷我砖窑,明天就敢偷全村,咱们赶紧拉上他们去派出所!"

兆林却对雒青的话感兴趣:"谁承包的?"

齐小满轻哼一声:"谁怕考古队耽搁他包工程挣钱,一心想撵走考古队,就是谁承包的呗!"

兆林和其他村民纷纷用怀疑的眼神盯着兴旺。

"兴旺,"兆林语气硬了几分,"得是你要把咱这儿变成垃圾场?"

砖窑外面剑拔弩张,里面众人正忙碌着。

"老郭,你看!"

郭士林扭头,看到方堃铲出来的土,兴奋惊呼:"夯土!"

"老鹿,"方堃赶紧呼喊老鹿,"我们这边连上了!"

老鹿也惊喜道:"我们也连上了!"

"这一截至少有七八米，可以继续追追看。"方堃喜形于色，站了起来，"我出去瞅一下情况，顺便跟雒队汇报一下，你们继续。"

外面，兴旺飞快眨着眼睛，支支吾吾起来："这女子、这女子就是想挑拨咱们关系，你们还真上当了！"

兆林盯着他："到底是不是你？"

"咱先不说这个，先说眼前事，人家把我那么多钱都偷了……"

"别胡说了，人家是国家单位的，又不是穷疯了，为啥要偷你的钱？！"

"胳膊肘往外拐是吧？反水是吧？不是偷的你的钱你不管咧是吧？！行，以后有事也别想叫我兴旺帮忙。我这就打电话报警。"兴旺骂骂咧咧就要转身往外走。

"报啥警？报警抓你自己吗？"陈四哥的声音在人群后响起。

大家回头一看，原来是齐有粮带着陈四哥过来了。

"你在尹村干的好事你齐叔已经给我说了。"陈四哥冷冷道，"兴旺，别忘了你也姓陈。走，去派出所之前咱先陈家祠堂过话。"

没过多久，陈家坡村的村民们都汇集到了祠堂。

对着一排排摆放整齐的牌位，陈四哥跪在了蒲团上："陈家祖祖辈辈在上，我陈四胜今日来磕头认罪，陈家坡村要毁在我这个村主任手里咧！"

"咋能是毁在你手上，要毁也是毁在兴旺手上！"兆林怒瞪了兴旺一眼，"陈兴旺，俺们差点叫你当枪使了。你知不知道，这垃圾场要是堆到咱先人头上，能把咱的先人熏活，把咱村的活人熏死。"

"陈兴旺，你也是陈家坡村的人，你爸你妈还扎根在这儿呢，你包工程挣钱了可以搬走，去城里买楼房，让你爸你妈和这些同宗同族的老乡党住在垃圾堆上，你心安不？"

陈四哥刚说完，村民们也纷纷骂起来："你爷、你太爷，你家祖祖辈辈都埋在这片地底下，你也不怕垃圾水泡在他们头上熏坏了风水，让你后世遭报应！"

兴旺爹已经臊得抬不起头。

兴旺觍着脸辩解："主任，乡党们，我也没想这么多，政府派下来的事，我不干也不行嘛。"

"少往政府身上甩锅，"齐小满不屑地斜他一眼，"政府让你扎考古队的车胎了？"

雒青适时唱起红脸："四哥，各位陈家坡村的乡党，我们考古队也有做得不对的地方，不该为了考古随意翻兴旺哥家的墙。兴旺哥，对不住了。"

这下兴旺彻底被架住了，只能灰溜溜地不情不愿开口："没事，都有不对的地方。"

雒青大度一笑，又提出诉求："建垃圾填埋场确实也不是兴旺哥一个人能定的事情，我们考古队现在就是跟这个项目赛跑，只要咱能跑赢，垃圾填埋场就不会建在咱这儿了。"

"雒领队，你说，咋样才能跑赢？"陈四哥拍拍胸膛，"只要我们帮得上，保证鞍前马后给你服务到位。"

"感谢四哥，也不是啥大事，只要兴旺哥肯把砖厂借我们用两天，剩下的事就交给我们了。"

话音刚落，一瞬间，所有人的目光都盯向兴旺。他只能咬咬牙，艰难地从牙缝中挤出几个字来："当然……行。"

这时，吕江河兴奋地跑了过来："雒队，追到了！"

此时，刘树兰正红肿着双眼，失魂落魄地等在公安局走廊上。小杜出来，把装有刘树生遗物的袋子交给了她。

刘树兰打开，看到里面快被全部烧焦的刘树生的名贵手表，再次痛哭失声。

"人死不能复生，请节哀。"

刘树兰抽泣着问小杜："警察同志，你知道树生媳妇，小凤在哪儿吗？"

"她现在情况不太好，我正在联系她家里人。"

"她咋了？"

小杜神色复杂："你见了就知道了。"

询问室内，何小凤头发、衣服散乱，脸上脏兮兮的，正呆呆地坐在椅子上，一个女警在旁边陪着。

小杜带刘树兰走了进来。刘树兰一看到何小凤，又忍不住哭了，快步走上前："小凤。"

何小凤却一把甩开，神经兮兮地看着她："哭，对，就这么哭！"

刘树兰愣住："小凤，你咋咧？"

"鬼！穆见晖是鬼！你也是鬼！你们都是鬼！"

她疯狂地大笑起来，面目狰狞。此刻，刘树兰终于看明白何小凤的精神状态不对劲，她难以置信地看着眼前这一幕，眼泪再次如泉涌。

何小凤突然鼓掌喝彩："演得好，演得好！比穆见晖演得还好！"

然而不等任何人有所反应，转眼间，她又号啕大哭："树生……树生叫人炸成肉渣渣咧……可怜的树生……都是穆见晖害的！都是刘树兰害的！……

刘树兰，树生是你亲兄弟，你亲兄弟啊，你跟你男人把你亲兄弟害死咧……大头死咧，邢兆虎死咧，黎远光也死咧，沾上穆见晖的都死咧……刘树兰，都是你！你菩萨嘴蛇蝎心，你就是祸根！……"

刘树兰无地自容，捂脸哭着跑了出去。

从公安局跑出来后，刘树兰差点撞上一人。她抬头一看，来人居然是文雯。她眼睛红肿，一身单薄的白衣，手臂上缠着黑纱，正木然地抱着黎远光的遗物。

四目相对，刘树兰只觉惭愧至极，低头快步离开。

联合打击办内，气氛压抑得吓人，所有人都沉默不语，尤其是齐大仓，他好似用怒气在周围造了铜墙铁壁。

周永福踏进来，被这寂静得可怕的氛围吓到，只好鼓起勇气，硬着头皮小声道："穆见晖的延长拘留审查申请被驳回了。"

齐大仓腾地起身，出了门。

"为啥驳回？"齐大仓怒气冲冲地闯进了宋慧茹的办公室。

"重大案情嫌疑分子提请审查批准逮捕的时间最多可以延长至三十天，穆见晖在看守所待的时间已经超过了三十天……"

不等她说完，齐大仓立刻打断："你别拿这些条条款款压我，我听得都能背下来了！我就问你一句，你明明知道穆见晖有罪，为啥要放他？"

"有罪？你拿什么定罪？"宋慧茹却反问他，"你们手上只有燕小五和华南王的证词，都是孤证，你告诉我怎么定？"

"何小凤的证词呢？"

"何小凤已经精神失常，她的证词不能用。"

齐大仓沙哑着嗓子，急红了眼眶："就卡在刘树生和黎远光都死了上面是吧？没有这两个人就啥也干不成了是吧？我管你怎么定，我就是知道穆见晖有罪，这个罪定也得定，不定也得定！"

宋慧茹见状，不由心疼，难得没有跟他叫板，而是起身关上门，默默走到齐大仓跟前，轻轻将他的头拢到怀里。齐大仓瞬间愣住。

宋慧茹叹了口气，温柔地抚摸着他因焦急奔跑而略显凌乱的头发："你们做的一切努力没有白费，犯罪分子织了一张网，你们织的网更大，现在是天亮前最黑的时候，不要着急，法网恢恢，你们的这张很快就要收网了。"

穆见晖走出看守所。

当得知黎远光死了，他内心恍如经历了一场巨大地震，劫后余生的轻松被另一种沉重碾压过去，压得他喘不过气来。

他擅于玩弄人心,可是,为何他自己的心,好像也被牵扯了进去……

穆见晖拎着香烛、纸钱、水果、点心和酒来到了当年他差点被刘树生活埋的地方。正是在此处,黎远光救了他一命。

荒草掩映中,他将供品仔仔细细地摆好,点上香烛,倒了两杯酒。

"小光,你要是能听见,上这儿来陪哥喝两杯。"

穆见晖洒下一杯酒,又将另一杯一饮而尽。

"在看守所,有一天晚上我做了一个梦,梦见我跟你去划船。水清亮得很,上面还漂着莲花。你说你村也有条河,比这条还美,夏天一到,你们村里人都去抓泥鳅,拿锅一炖真香啊。我说能行,等亮亮成了家,咱们都回乡下养老。这个时候起风了,一下子把船吹翻了,咱俩都掉下去了。我慌了,一个劲划拉水。你说哥,别怕,小光水性好着咧。你一把把我举上去,我连滚带爬上了岸。我再一回头,你不见了,那清亮亮的水也没了,变成了这差点要了我命的盗洞,洞里不断往上冒水,不对,是冒血……"

声音越发沙哑,穆见晖又闷下一口酒。

"瓜兄弟,我本来没想欠你这么多。"

一阵风呼啸而过,树影摇曳,阳光筛下的光斑也随之跳跃,时而落到他脸上,时而滑到他的衣摆。而后,灰暗的云层飘过,光斑便骤然消失。

祭拜完黎远光后,穆见晖走进了一家蛋糕店,端详着橱窗里琳琅满目的蛋糕。

店员迎上前来:"先生想要哪款蛋糕?"

他指着其中一款画着一家三口的:"就这款吧。"

"咱家可以在蛋糕上写字,您想写点啥?"

穆见晖想了想,说:"就写……'亮亮生日快乐'吧。"

客厅里黑如幕布,穆见晖带着蛋糕回来了,手里还提着几个菜。他一打开灯,便看见刘树兰抱着孩子坐在客厅里,如同静默的雕像。

"树兰,咋不开灯?"

"开了跟不开有啥区别,反正日子也是黑黢黢一片。"

穆见晖没有正面回应:"先吃饭吧。"

他把一碟碟饭菜摆好。

"树生死了,小凤疯了,你让我咋吃得下。"

穆见晖拿出蛋糕:"我知道你心里难受,我也一样。我跟树生闹翻过,也和好过,再咋势如水火,最终还是一家人。小凤我们养着,让树生安心走。往好处想吧,他这些年也没受过累、吃过亏,大小算是个人物,这就是有福之人。我们这些人还得在世上苦熬,他提前去极乐世界享福了。"

"他是享了福,吃香喝辣,穿金戴银,到头来有啥用?连个全尸都没落下。"

刘树兰说着说着,好不容易压下的难过又翻涌上来,既为弟弟,也为自己和穆见晖。她不由重重叹口气,眼角湿润起来。

"甭寻思了,过好咱们的日子就行。"穆见晖打开蛋糕包装,"今天是娃的生日,好好给娃过一下。"

刘树兰却淡漠地看着他:"见晖,到今天了,你该和我说实话了吧。亮亮是谁的娃?是不是文雯和那个黎远光的?"

"这件事我确实瞒了你,虽然始作俑者是树生,但我也有错。"穆见晖深吸一口气,"娃的爸不是黎远光,是我。"

刘树兰震惊。

"你在山上住的时候,树生给我和文雯下了药,我酿下了这个错。大人不对,但娃没错,以后这娃就跟着咱过吧。"

说着,他点上蜡烛,给娃唱起生日快乐歌,刘树兰的脸颊顿时滑下一行行泪水。

就在这时,穆家的大门被人叩响了。

穆见晖前去开门,来者竟是文雯。

文雯一眼就看到了孩子,冲了过去:"娃!"

刘树兰出于本能把孩子紧紧抱在怀里。

穆见晖一个箭步挡到刘树兰前面:"树兰,你把娃抱进去。"

待刘树兰进了房间后,文雯大怒:"把娃还给我!"

"文雯,"穆见晖却语气冷硬,"这娃也是我的。"

"穆哥,我还叫你一声哥。当初你是咋答应我的,不管娃是谁的,只要生下来就是我和光哥的。光哥没了,你给我们孤儿寡母留条生路行不行?"她放软语气央求穆见晖,眼中充满绝望。

"你把娃生下以后,直接跑了,知道小光过的啥日子不?他吃不下睡不着,栖栖惶惶,满脑子装的都是你。我不是怪罪你,我也没有立场怪罪你,我是心疼小光。他没了,我这个当大哥的理所应当让他放心走。我把娃给你,你咋带?咋养活?文雯,这不是生路,是死路啊!小光泉下有知,他能安心吗?"

听完这番话,文雯不再求他,而是冷眼看着:"你咋还有脸提光哥?要不是因为你,他能走上这条路吗?是你把他毁了,把我们一家全毁了!"

"你咋恨我,咋怨我,我都受着。但是娃,我不能给你。他在我这儿,我能让他上最好的学校,接受最好的教育,吃穿用度全是最好的,你能吗?错是我们上一代犯下的,娃娃无辜,你凭啥夺走他健康快乐长大的权利?文雯,我也是为你好,这一页翻过去了,你就不能朝前看吗?你还年轻,带着个孩子还咋嫁人?"

"穆见晖!你真恶心,真虚伪!"文雯狠狠瞪着他,伸手指着他的鼻子骂,"我嫁不嫁人用不着你管,娃是我身上掉下的肉,他流着谁的血我现在一点也不在乎了。我们就算去要饭,要的也是清清白白的饭!不像你,赚的每一分钱都滴着我光哥的血!"

第一百一十七章 胜利

卧室中,刘树兰悄悄听着文雯的泣诉,心疼地看了看怀里的孩子。

"你既然铁了心想要娃,那就去起诉我吧。你是小光的遗孀,无论啥时候我都希望你好。但是在娃的问题上,我不会让步的。"穆见晖的声音从门外冷冷传来。

紧接着,咣当一声,门被重重关上了。刘树兰吓了一跳,下意识紧紧搂住孩子。

这时,穆见晖若无其事地走了进来:"没事了,给娃切蛋糕吧。"

"……见晖,"刘树兰眼神复杂地看着他,"我已经不认识你了。"

联合打击办会议室里,公安局和文物局两个部门的领导全来了。

"今天咱们公安局、文物局的同志都来了,尤其成志局长,刚从北京回来,直奔咱们这儿。"赵丰张罗着,看向成志,"成局,你给咱说两句?"

成志微微一笑:"赵局,我的话不急着说,我想先听听两个部门同志们的心里话。"

年轻同志们互相看了看,都一副欲言又止的样子。

齐大仓气盛,先站了起来:"都谦让,那我这块烂砖头先来吧!"

赵丰默默看他一眼,道:"坐下说。"

"不行,我这话还就得站着说。"齐大仓倔劲上来了,腰杆挺得笔直,"赵局,成局,尤局,表叔集团盘踞秦州省这么多年,从我们掌握的情况来看,他们犯下的案子时间跨度大,空间也很广,从秦川到黄原,从南到北,犯罪活动几乎遍布秦州省。涉案人员成分复杂,有一般的社会成员,也有一些有地位有声望的人。我们的案子办到了最吃力的阶段,我不是诉苦,是真的苦,要抓的人多,要办的案多,要追缴的文物更多。"

赵丰扶额,正色道:"大仓,我先给你吃个定心丸,1·17大案省市各级领导都很重视,省厅研究后决定把1·17大案列为秦州省公安厅督办案件。专案组规格升级,市局抽调精干警力,加强专案力量。同时,领导们也对你们提出了更高的办案要求,那就是细化责任分工,把抓捕、审讯、外调侦查、组织案卷材料细化到个人,提高办案效率。"

齐大仓敬了个礼:"能行,只要组织信任我们,给足够的支持,我们保证完成任务!"

"我知道你小子的意思，不就是要我们给够后勤保障吗？"赵丰忍俊不禁，"放心，省市两级领导特别指示保证办案经费，协调专案车辆。不管查到谁的地界，各地民警都会给予大力支持！"

会场响起掌声。

成志又道："既然公安的同志起了这么好的带头作用，我们文物局也不能掉链子。我这次去北京见了国家文物局的领导和专家，汇报了1·17大案的相关情况。局领导特地嘱咐我替他跟同志们道一句'辛苦'，也希望你们深挖犯罪集团，把他们连根拔起，加大涉案文物的追缴力度，坚决不能让文物流失。当然，我们文物部门一定会全力配合，做好协作工作。"

"成局，尤局，虽然我是咱自家人，但是我还得问句实在的，"杨青石扬眉道，"人家公安上给了那么多支持，咱们有啥表示？"

成志和尤介辉相视一笑。

"同志们，党的十八大以来，党中央前所未有高度重视文物工作，做出了一系列重要指示。公安部、国家文物局联合设立打击文物犯罪工作协调组，专门研究部署打击文物犯罪工作，督察、督办重大文物犯罪案件，协调重大文物案件侦办事宜，指导各地加强文物安全防范工作。同时，逐步完善海外流失文物追索体系和机制，以确保文物早日回家。"成志清了清嗓子，接着道，"在这个基础上，受公安部和国家文物局委托，秦州省公安厅建立的全国打击文物犯罪信息中心，已经试运营成功，近期将正式上线。这个中心将承担全国文物犯罪信息的录入、审核、分析、研判工作，为你们破案提供全方位信息支持。"

尤介辉也接话："我在成局的基础上补充两点，除了全国打击文物犯罪信息中心，国家文物局和公安部还在摸索建立中国被盗和丢失文物信息发布平台、全国文物犯罪线索举报平台，这是我们两个部门在打击防范文物犯罪方面的重要举措。这些平台的建立有助于进一步形成工作合力，提升实战效能，激发全社会参与文物保护的热情，切实推动打击防范文物违法犯罪工作高质量发展。"

听完，赵丰振奋开口，语似洪钟，掷地有声："同志们，我们的文物工作迎来了一个新的时代，从党中央到全社会，大家都在关注。我们肩上的责任更重了，但是底气也更足了，放开手脚干吧！"

这一番鼓舞人心的话像甘霖般洒在了专案组成员的心里，他们一个个目如鹰隼，斗志昂扬。

会场响起经久不息的掌声，有如雷动。

几辆警车驶入联合打击办院内，前来支援的民警纷纷下车。齐大仓、武振川和他们依次握手，迎他们入内。

打击办特地将一个房间改成了案卷资料室，民警们把一袋袋相关资料抱到这里，迅速埋头进入工作状态。

时间如流水，一晃便至深夜。然而，办公室内灯火通明，竟无一个人回家。有人在查资料，有人在打电话核实案情，有人累得实在受不了，索性在沙发上和衣而卧。

就这样过去了一晚。

"刘树生建筑公司那边有啥进展？"次日一早，齐大仓揉了揉黑眼圈，问道。

周永福汇报着："他那会计跑到南方去了，已经被兄弟单位控制了。"

"能行，银行那边抓紧查。"

这时，武振川从工位上抬起头："小武和刀疤找着了。"

天色刚亮，某农户家的大门就被一把推开。

周永福和小杜迅速出击，将窝藏在山村亲戚家的刀疤控制住。

穿着迷彩服、戴着墨镜的小武在乡下工厂内鬼鬼祟祟猫着腰踮脚行走，虽然化装了一番，但还是被小贾一眼认出。他和刘刚立马追上去，将欲逃跑的小武逮捕。

联合打击办案件分析会上，一块黑板上贴满了1·17大案相关人员的照片，有穆见晖、刘树生、黎远光、肖国强、刘强、王家豪、燕小五。

"跟大家说个好消息，又有一条狐狸的尾巴让我们摸到了。"齐大仓双手撑着桌面，朗声道，"前段时间，武局带着侦查员去了趟肖国强的老家黄原，经过走访发现，肖国强曾在二十年前给人当过司机，这个人就是赵佑林。"

周永福疑惑："可是我们查过赵佑林的履历，他跟黄原好像没有交集。"

武振川笑了笑："这是因为赵佑林特意隐藏了这段经历，当年赵佑林在黄原包工程。我们走访的时候听到一些传闻，说是当时赵佑林在工地上挖到过老物件，他转手一卖立马飞黄腾达了。虽然传闻未经证实，但是也侧面说明赵佑林这个人大有问题。"

听着，齐大仓把赵佑林的照片贴了上去："肖国强要继续追，赵佑林也得深挖。"

张逢春、项昕之和省院院长在考古队的带领下，来到了一段夯墙前。

雒青介绍着："项老师，院长，张所，这是我们找到的夯土墙中的一段。"

张逢春、项昕之和院长仔细看过之后，点了点头，认可了考古队的发现。

项昕之颇感欣慰："确实是夯土墙。"

张逢春则挑了挑眉："听说为了找夯土墙，你们被整得昏乱死了？"

"别提了，"郭士林无奈摊手，"别人考古是生土里找活土，我们是活土里找活土，夯土里找夯土。"

"这里的地势本来就不平，当时的人们为了建陵园，将低处垫平，再建造夯土墙，所以就形成了今天我们夯土里找夯土的局面。"雒青解释道。

方堃也解说起来："老鹿的考古日志上记录了他钻过的孔，密密麻麻。他已经不记得到底钻过多少个孔，错了，再钻，找不到，再钻。有时候，好不容易发现两三米的夯土墙痕迹，又断了，七拐八拐，断断续续。类似这样的夯土墙我们在尹村大墓东、西、南、北四个方向都有发现，现在初步预估这段墙基遗存东西残长约一千二百米，南北宽约八百六十米，正好把尹村大墓和窦皇后陵围了起来。"

"各位还记得我们当初发现的铺石遗迹吗？"雒青浅浅一笑，"我们在勘探时又发现了几段，我们怀疑它是尹村大墓的陵园边界，暂时命名为'石围界'。"

院长摸了摸下巴，若有所思地颔首："照雒青这么说，尹村大墓有石砌的陵园界线，窦皇后陵也有自己的夯土园墙，但二者却同在一个大陵园中，如此布局明显体现了帝、后同茔异穴的葬制。"

雒青抑制不住内心激动："没错，尹村大墓和窦皇后陵的情况与汉阳陵非常相似。现在基本可以确定，我们已经找到了关键性证据证明尹村大墓就是汉太宗兹陵。"

"虽然说现在还没有整理出证据翔实的报告，但是有这一条已经足够了。眼下垃圾填埋场逼得紧，我们也只能拿着这份证据去找他们交涉了。"院长看向身旁两人，"项老师，逢春，走一趟市政府？"

方堃举手："我们也去！"

"吵架的事你们娃娃就不要上了，项老师退休了，我们也快了，还怕啥？吵起架来膀子一甩不管不顾。"张逢春连连摆手，又调侃起来，"就怕项老师，一个温温柔柔的女同志，放得开不？"

项昕之顿时笑着扬起眉，眼里透着挑衅："哎呀，张所，瞧不起人哦？我们上海人是宁可动嘴两小时，不会动手五分钟。我要是开骂，非要吵到他没脾气。千言万语汇成一句话，侬讲道理哦？"

众人大笑。

这时，路边有辆车停下，马超越和尤介辉朝他们走了过来。

"几位老师有啥喜事？"马超越问道，"老远我就听见你们的笑声了。"

"大喜事，我们找到了能证明尹村大墓是兹陵的关键性证据，三位前辈要找你们领导吵架，把垃圾填埋场彻底赶走。"方堃挑眉。

"三位老师，我看这场架吵不成了，市里已经决定为垃圾填埋场另寻地址了。"

众人错愕。

方堃愣在原地："这是……咋回事？"

尤介辉轻咳两声，正色道："党中央对文物工作高度重视，国家文物局启动了文物安全综合管理实验区试点工作，咱们秦川市入选了。上面要求地方政府全面落实文物保护责任，将文物安全纳入政府考核范围。所以，市里经过考量决定，无论如何都得以尹村大墓的安全为重，绝对不能损害文化遗产。"

一阵短暂的沉默后，众人立刻鼓起掌来。

"太好了！"雒青脸上洋溢着笑容。

马超越也是一脸轻松："方师，雒师，郭师，你们的工作该咋进行咋进行，不用再为这事发愁了。"

而方堃却仍愁眉苦脸："垃圾填埋场虽然撤了，但是尹村大墓的安全问题，我还是放心不下。"

"这正是我要跟你们说的第二个好消息。"尤介辉咧嘴一笑，"上面已经同意把坝柳文管所提级为秦川市西汉帝陵保护管理中心了，以后管理中心直接归文物局管理。对了，还给了十二个编制。"

"今天可是好事成双啊，我看各位中午别走了，去我们考古队撮上一顿！"

雒青豪爽说道，伸手指向齐有粮家的方向，迈开步子开始带路。

马超越点头："能行！"

第一百一十八章 收网

老旧的建筑门口，一块红布罩在牌匾上。

成志、尤介辉、杨青石代表文物局出席揭牌仪式，除此之外还有坝柳文管所的老人们以及几位市领导和代表区政府的马超越。

"同志们，"成志声音嘹亮，"我宣布，秦川市西汉帝陵保护管理中心正式成立！"

"唰——"

红布被揭下，崭新锃亮的牌匾上写着：秦川市西汉帝陵保护管理中心。

掌声雷动，一阵又一阵地响着。

"唐所，"马超越开玩笑地朝唐少华挤眉弄眼，"鸟枪换炮了，编制也多了，这下不用再哭穷了吧？"

唐少华憨笑："该哭还得哭，会哭的孩子有奶吃嘛。"

众人大笑。

杨青石拍了拍唐少华的肩膀："老唐，权大别忘责任重啊，市里要求我们健全文物保护机构和队伍，完善安全管理制度，落实文物安全经费。"

"放心，杨队，我有数！"

待众人声音渐小，成志再度开口："我们都是老文物人了，在这个行业摸爬滚打几十年，虽然面临的挑战越来越多，但是社会各界对我们的关注也越来越多。我们的文物工作已经进入了一个新阶段，大家一定要砥砺前行，不辱使命！"

掌声再度响起。

齐大仓和武振川还在联合打击办睡觉，周永福突然急匆匆跑进来："齐队，武局！"

"喊啥？"齐大仓顶着个鸡窝头，睡眼惺忪地瞪他，"刚睡下就让你叫醒了。"

"全国打击文物犯罪信息中心反馈有两个前科人员，和刘强的关系很密切。"

这时，武振川也醒了："叫啥？"

"一个叫王金发，一个叫胡庆业，我怀疑他们也是表叔集团的核心成员。胡庆业人在榆塞，王金发还没下落。"

齐大仓揉揉眼睛，笑着看向武振川："老同学，看来你得跑一趟榆塞了。"

明德博物馆内，硕大的宣传牌上写着：穆见晖捐赠仪式。

王理事正在主持："穆见晖先生是我们秦川市著名的私人收藏家，此次慨然捐赠的私人藏品，极大地充实了明德博物馆的馆藏。未来，这批藏品将在明德博物馆绽放异彩。"

穆见晖身穿高档西装，戴金丝眼镜，贵气儒雅："我与明德博物馆渊源很深，因为我的父亲就出生在这里，现在我把我的珍藏捐出来，也是希望这些珍藏能回家。"

众人鼓掌，王理事将一张捐赠证书递交给穆见晖。

"穆先生与我们博物馆情谊深厚，为了感谢穆先生对明德博物馆的贡献，理事会特邀请穆先生担任常任理事。"

说完，他又把一张邀请函递给了穆见晖。紧接着又响起一阵掌声。

仪式结束后，王理事带着穆见晖进了赵佑林的办公室。

门一推开，里面一副久未打扫的样子。手绣地毯、真皮沙发、红木几案、紫砂茶具等陈设略蒙了一点灰尘，然而依旧彰显着不凡气质，低调而典雅。

"穆理事，往后这就是你的办公室了。"

"馆长的办公室，我一个理事在这里面办公，不太合适吧？"

王理事谄媚一笑："这有啥不合适的，过不了多久我就该叫你一声穆馆长了。"

穆见晖故作谦虚："还早着呢。"

"别谦虚，指日可待。"王理事弯了弯腰，"老穆，你看看这办公室还缺啥，我找人给你安排上。"

"能行，我看看。"

"你慢慢看，我先撤。"

王理事走后，穆见晖仔仔细细地打量着这间办公室，从前他连这里的客人都算不上，一朝成了主人，不免思绪纷飞。他坐了坐赵佑林的椅子，摸了摸他的金丝檀木雕花书架，无比确信他一直以来的梦想终于实现了。

穆见晖微微一笑，从随身携带的公文包里掏出一张一家三口的合照，放在了桌上。

一间小咖啡馆内，文雯面前坐着穆见晖的律师。此人打扮得光鲜亮丽，一看便是社会精英，与之相比，文雯身上洗得有些泛白的棉麻上衣则衬得她略显窘迫，尽管如此，她仍然眼神坚定，毫无退意。

783

"文女士，我是穆见晖先生的律师，受他委托，来跟您谈一下孩子的抚养权问题。"

"没啥好谈的，我已经决定起诉了。"

"那您找好律师了吗？"

文雯沉默。

律师意味深长地一笑："文女士，秦川市最好的律师就坐在您面前。"

"你不用吓唬我，我啥也不怕。"

"我不是吓唬您，我只是想凭我的专业知识多提醒您两句。您在应该哺乳亮亮时丢下孩子跑了，这种行为往小了说叫不负责任，往大了说叫遗弃。一个是撇下孩子就跑的母亲，一个是有经济实力、有社会威望、为孩子倾尽全力的父亲，您觉得法院会把抚养权给谁？"

文雯再度沉默。

律师见状，乘胜追击："穆先生说他和您丈夫是好兄弟，不想跟您对簿公堂。如果您自愿放弃抚养权，不再去打扰他们一家，他会给您一千万，并且是一次性付清。"

"不可能，"文雯丝毫没有犹豫，"就算输，我也照样会告。"

"那就法庭见吧。"

就在这时，一个声音响了起来："不用了。"

文雯和律师闻声一齐望去，只见刘树兰推着亮亮过来了。

刘树兰把孩子抱起来，亲了亲，眼中尽是不舍："亮亮，去找妈妈吧。"

说罢，她轻轻地把孩子放到文雯怀里，然后头也不回地走了。

文雯泪眼汪汪："嫂……姐！"

刘树兰的泪水如线一般落了下来，她加快脚步，小跑一般逃离了。

穆见晖还沉浸在入主明德博物馆的喜悦中，却忽然接到了律师的电话。

"喂，陈律师，谈得咋样？"

"穆先生，你爱人把孩子抱来了。"

穆见晖腾地站起，笑容一瞬间凝固："啥意思？"

"她把孩子还给文雯了。"

穆见晖错愕不已。

刘树兰打开门，走进了一间光线晦暗的半地下室。屋里陈设简单，仅有一张床、一个沙发和一个书架。角落里的搪瓷洗手盆上，大红色的"囍"字尚未褪色，仿佛在无声地对抗着蹉跎时光。

刘树兰轻抚着这里的一切，就像是抚摸着她和穆见晖曾经艰难又温馨的岁月。

穆见晖的电话毫不意外地打了进来，刘树兰接起。

"树兰，你为啥要把娃给文雯？"

刘树兰淡淡道："我的娃没了，我不想再有一个女人跟我一样。"

"你糊涂！"穆见晖失态得近乎咆哮，"那是我的娃，是咱俩的娃！"

"见晖，糊涂的人不是我，是你。还记得咱俩结婚那向，你咋答应我的吗？饭在一个桌上吃，觉在一个床上睡，心往一个地方想，劲往一个地方使。现在这话还算数吗？"

"……"穆见晖沉默片刻，"我不知道。"

"好，你能这样说我倒踏实了，起码你还能跟我说句真话。"刘树兰苦笑道，"我跟你过了二十年，穷过，富过，好过，闹过，但是从来没有后悔过。当年娃没了，我是恨过你，可归根到底是谁的错？是我！"

"树兰，不提了，这事已经过去了。"

"不，这事在我心里就像一根刺，拔不掉，咽不下，没日没夜地折磨我。当年要不是我得了这该死的病，你不会走上这条路。警察搜家，要不是我拦着，娃不会没，你也不会越陷越深。孽根不是你一个人种下的，我也有罪。这孽根与其让别人拔，不如我来拔。"

刘树兰的声音已然哽咽，她的眼睛因哭泣太久已有些生疼，可她不在乎，因为她的心更疼。

"——见晖，你去自首吧。"

穆见晖冷笑一声："我这一路过的啥日子，给人当狗，遭人白眼，把命系在裤腰带上，过了一道又一道关，油煎火烤熬到了今天。你来明德博物馆看看，这是我的祖宅，马上就要回到我的手上。眼看前面就是华山顶，你让我跳下去，求个粉身碎骨、身败名裂，可能吗？"

"就算站到山顶又咋样？见晖，你看看你身边，娃没了，兄弟没了，家也快散了，值吗？"

"值，你不懂。"

"你……你非要一条瞎道走到黑吗？"

"这不是瞎道，是光明大道。"

"见晖，你知道我在哪儿不？"见他执拗，刘树兰忽深吸一口气，平静道，"——当年我们结婚的半地下室。"

穆见晖的神经瞬间绷紧："你去那儿干啥？"

"都说夫妻同命，我跟你的命就是在这儿连到一起的。我不会让你沉下去，就算是死，我也要把你拉住。我已经给公安局打过电话了，见晖，回头吧。"

说完，她在狭小拥挤的铁架婚床上慢慢坐下，失魂落魄地低头盯着床沿。

隔着手机，穆见晖听到了警车呼啸而来的声音，南柯一梦就这样醒了。他凄然一笑，任由手机滑落。

敲门声响，刘树兰打开门，门外站着齐大仓一行人。

她从床下拉出了一个木盒子，打开一看，里面是一整套从尹村大墓盗出的青铜编钟。

小杜和小贾连忙拍照取证，侯月来和省院的技术人员则将青铜编钟仔仔细细地检查了一番。

很快，侯月来便抬头扶了扶眼镜："初步鉴定，确实是汉代青铜编钟。"

"永福，"齐大仓招手，"快安排梁子辨认。"

"是！"

"小杜，小贾，马上去找穆见晖。"

"是！"

看着警察们雷厉风行，刘树兰颊边又落下两行清泪。

小杜带人冲进了穆见晖家，里面却空无一人，但也没有收拾过的痕迹。

小贾带人在未名轩附近找了一番，同样没有发现穆见晖的身影。

从明德博物馆出来后，齐大仓无功而返，失望地上了警车。

穆见晖突然不见了踪迹。

省考古研究院的会场上竖着一个硕大的介绍牌：秦州省重大考古成果发布会。

与会人员陆陆续续进入现场，但是始终没有方堃的身影。

郭士林左顾右盼，然后扭头问雒青："咋不见堃？"

"他说他要留在基地看家护院。"

"这盘狗肉包子，多好的露脸机会，别人恨不得往前挤，他倒往后缩了。"

雒青耸耸肩："这不就是他吗？一贯特立独行。"

郭士林不死心，给方堃打去电话。

此刻，方堃正在自己房间内，面前摊开了考古日志本。面对空白的一页，他正琢磨着该写些啥。

电话响起。

"咋？"

"你说咋，发布会马上开始了，赶紧滚过来。"

"我就不去了，雒领队和你代表了。"

"说的啥话？你是主角，是大功臣。"

"不重要，闹闹哄哄的，还不如这原上清静。"

"好好，你愿意深藏功与名，随你吧。"

郭士林恨铁不成钢地挂掉电话，方堃兀自笑了笑，望向窗外苍绿的树枝。

新闻发布会开始了，省文物局副局长王力璞主持会议。

"尊敬的各位老师、各位媒体朋友，欢迎你们来到秦州省重大考古成果发布会的现场。我谨代表秦州省文物局向各位宣布，秦川市尹村大墓最终被确定为汉太宗兹陵。下面有请省考古研究院院长陆九鸣和兹陵考古队队长雒青为大家做详细介绍。"

陆院长坐得笔直，凑近话筒娓娓道来："兹陵考古从20世纪60年代就开始了，当时我们对尹村东薄太后南陵的小型从葬坑进行了抢救发掘；80年代，又有两位考古前辈对西汉十一陵进行了系统的调查及测量工作，为后续西汉帝陵考古奠定了良好的基础。21世纪初，秦川市的考古工作者勘探发现了尹村大墓及其周边外藏坑、石围界等。由此，窦皇后陵与凤凰山、尹村大墓的关系正式进入考古工作者的学术视野，我们开始了对汉太宗兹陵具体位置的讨论……"

听着听着，众人脑海中慢慢浮现苍凉黄土之上的许多身影，他们身穿不同年代的衣服，或躬身或站立，拿着各式工具忙碌着。恍惚间，身影全部叠在一起，汇聚到了一张脸上——聚光灯的白光已落到了雒青身上。

她说："经过多年的研究，我们兹陵考古队确定尹村大墓确实为汉太宗兹陵。证据有以下五点。

"第一，墓葬位置。尹村大墓东是窦皇后陵，间距仅八百米；西南是薄太后陵，距离也不足两千米。从位置看，尹村大墓的墓主应当与窦皇后、薄太后关系特殊，这里绝非常人入葬之地，墓主只能是汉太宗。除此之外，尹村大墓和窦皇后陵同在一个大陵园中，如此布局明显体现了帝、后同茔异穴的葬制。

"第二，墓葬形制。尹村大墓形制为东、南、西、北四面各有一条墓道的亚字形，这种墓在秦汉时期，一般为皇帝或皇后级别的王族大墓。

"第三，墓葬规模。无论是墓室规模，还是墓葬深度，尹村大墓都远远超过了诸侯王墓。

"第四，从尹村大墓的陵园设施来看，其陵园规模、门阙形制也与其他西汉帝陵相近或相仿。

"第五，外藏坑。尹村大墓外藏坑的数量规模、分布形式、形制结构、文物内涵等诸多方面都与汉景帝阳陵外藏坑高度一致，特别是其中也出土了多枚官印，因此，这些外藏坑应当也是模拟官署机构。这种围绕主墓室设置的大量外藏坑既然具有如此象征意义，其墓主应当非皇帝莫属。"

她的话语掷地有声，甫一结束，现场掌声便如雷动，这既是对考古工作的高度肯定，也饱含着对兹陵考古队的诚挚敬佩。

思索良久，方堃心中终于有了主意，他随即提笔，在考古日志上写下洋洋洒洒两句话："兹水河畔冬已度，白鹿原上雪初晴。不会再弄错了。"

然后，他合上日志，向外走去。

新闻发布会现场。

王力璞扶了扶话筒："下面，请媒体朋友提问——"

有记者举手："请问兹陵的发现是不是因为十多年前黑陶俑的出土？是不是因为盗墓贼的盗掘？"

"不，兹陵被盗，只是加快了我们抢救性发掘的考古进度。"雒青严肃地回复，"盗墓贼挖到了东西，不能叫发现。我们考古学的发现指的是我看见了、发掘了，然后科学地解释它。盗墓的根本目的是攫取财富，而考古的主要目的是保护和传承文化，二者绝不能混为一谈。"

方堃朝尹村大墓走去，突然间，不远处站着的一个人引起了他的注意。那人背对着他，似乎在专注地看着地上某处。

"谁？"

那人转过身来，着着实实出乎方堃的意料，竟是穆见晖。

第一百一十九章 再会

"方师，又见面了。看你这表情，一定是想问我来这儿弄啥。唉，谁知道呢，走着走着就来这儿了。我刚在这儿一望，想起了一件旧事，黑陶俑得是在这儿发现的？"穆见晖兀自笑了笑。尽管那笑中透着些许悲凉和自嘲，他却仍坦荡地看着方堃，好像并不在乎被人发现踪迹。

"不是发现，是被盗。"方堃上前几步，厉声道，"这事不用问我，你心里比谁都清楚。"

"你说得对，它是咋挖出来，又是咋样被卖到了国外，没人比我更清楚。那次我一分钱也没赚着，还差点把命丢了。"穆见晖仰头看天，阳光太过夺目，他眯了眯眼，眼角似乎略有湿润，"你猜死可怕吗？死一点都不可怕，可怕的是死之前的黑暗，看不到头的黑暗。我太熟悉这种感觉了。小时候我们一家挤在一间八平方米的车棚里，没有电。一到晚上，乌漆嘛黑。可是就在不远的地方，有一幢雄伟的明清古宅，亮亮堂堂，美得很。你应该猜到了，那也是我家。你们不是常说考古是为了知其所来、明其所往吗？你能给我解释一下我到底从哪儿来、到底是谁吗？我应该是光鲜亮丽的精神贵族啊，咋就成了见不得光的社会蝼蚁？"

听罢，方堃不为所动，义正词严："你可以觉得不公，也可以觉得不忿，但这都不能成为你盗墓的理由。"

"涎于皿者为盗，啥意思？对别人的东西垂涎欲滴，拿过来就是盗。古往今来，那些藏古珍古的收藏家们的藏品哪个不是从别人手上抢来的、买来的？乾隆好古，广收名画名帖、珍异奇玩，生之同屋，死之同穴。就因为他们是帝王将相，他们是名流雅士，他们就被叫作收藏家、金石家。我没背景没权没钱，就成了地老鼠？所以我讨厌钱，我一点也不在乎钱，钱只是我构筑声望的筹码，只是我把文物送到台前的手段。"

"你不要给自己脸上贴金，中国人好古藏古，背后是识古学文，是志趣，是气节。宋代文人收藏是为了观其器，诵其言，以追三代之遗风。晚清，侵略者用炮火冲开我国门，野蛮抢掠文物。硝烟之下，多少文人志士宁可倾家荡产、舍身弃命也要守护文化遗产，保卫文明的火种。他们身肩大任，心怀大志，是有文化格局的大鉴藏家。"

方堃一口气说下来，顿了顿，又指着他大骂道："你呢，是贼，是投机奸商！你让文物沾满了铜臭，成为资本的猎物。几千年的文明土层被你破坏殆尽，多少文物失去了根系，辗转于利益勾兑的名利场，最后被摆在异国他乡的展台！"

穆见晖却不以为意，看似随性地摆了摆手："你错了，如果不是我，外国人咋了解中国文化的源远流长？如果不是我让黑陶俑面世，你们一辈子都不会知道兹陵在哪儿！周原上的青铜器，如果不是你嘴里的贼挖出来，你们咋会知道啥叫藏礼于器？一口一个贼，没有贼，你们研究啥？就连你们用的探铲，都是盗墓贼发明的！我是布道者，我是先行军，我是第一个发现兹陵的人，我有啥错？"

方堃不由冷笑。

"你笑啥？"

"我笑你可悲，可怜。谁的人生都有黑暗面，可这个世界上有三种人，一种能直面黑暗，一种能忽视黑暗，还有一种就是你。你说你太熟悉黑暗的感觉了，没错，因为你一直住在里面。你厌恶它，但是你又迷恋它，因为躲在里面你就是目空一切的布道者、先行军。可是我想告诉你，这间黑屋子是空的，只有你一个人，像小丑一样在表演。"

迎着方堃那灼热的目光，穆见晖沉默了。

这时，刺耳的警笛声响起，四辆警车呼啸驶来。齐大仓和杨青石带着警员们相继下车，朝穆见晖冲了过来。最后一个下车的是刘树兰。

穆见晖没有躲，像是一座活在过去的古老雕塑，静静地等待被命运审判的这一刻。

齐大仓给穆见晖出示逮捕证："穆见晖，你被逮捕了。"

刘树兰飞奔过来，望着穆见晖，泣不成声："见晖，我等你。"

穆见晖苍凉一笑，被带走了。

黄土原上仍回荡着警车的鸣笛声，刹那间，乌鸦被惊得扑腾而起，慌乱逃窜，落了一地凌乱的黑色羽毛。被车轮碾过后，羽毛便永远地融入泥土，再也不见踪影。

载着穆见晖的警车从明德博物馆经过。看着门上那块"地通乾元"石匾，穆见晖的耳畔再度响起儿时和父亲的对话。

"爸爸，这就是你小时候住的地方吗？"

"对。"

"那我们还能回去吗？"

"回不去了。"

直到父亲的衣衫残破，直到母亲的双手布满干枯皱纹，直到他逃也似的离开漆黑的车棚，在工厂受人凌辱……他都没有放弃过重回穆宅的想法。

穆见晖眼睛红了，自嘲地扬起嘴角。

他确实再也回不去了。

新闻发布会还在进行。

"请问兹陵主墓会不会继续发掘？"有记者站起。

"我国有关政策规定，原则上不允许对古代帝王陵墓进行发掘。考古不是寻宝，不能见一个挖一个，选择发掘都是因为有研究需求。"院长得体答道，"我们把这笔财富留给后人，等到技术成熟，他们有研究需要时，再继续发掘。"

雒青也一边补充一边适时提出诉求："现在需要做的是好好保护这些陵墓和文物。我们考古队希望，未来能在白鹿原上建一个遗址博物馆，用于保护和展示兹陵、薄太后南陵的发掘成果，也让更多人了解中华文化。"

又一记者提问："那请问兹陵被盗文物追回了吗？"

王力璞还未来得及回答，杨青石便来了，和他耳语几句："王局，穆见晖被捕了。我们从他家里搜出来一套鎏金青铜编钟，经其他嫌疑人辨认和专家鉴定，确实是兹陵被盗文物。现在青铜烛台、编钟和官印，都已经被追回了。"

听罢，王力璞笑了，当场宣布："刚才这位记者的提问，我可以回答了，兹陵被盗的文物已被相继追回！"

现场出现一阵小骚动，紧接着掌声响了起来。

另一边，武振川正带着警员追捕穆见晖的残党。

在一农户家里，王金发负隅顽抗，想要跳墙逃走，却一下被蹲守在此的武振川一行逮捕。

小杜、小贾利落踹开一间小旅馆的门，逮捕了还在睡梦中的胡庆业。

黄原某条街上，刘强现身。附近盯梢的侦查员迅速出动，将他一把逮捕。

看着塞满人的几辆警车，武振川满意地拍了拍车顶，又抬头望向秦川市的方向。

齐大仓赶到私人会所，出示逮捕证。正在悠闲品茶的秦既明默不作声，只是轻轻叹了口气，似是懊恼，又如惋惜。

赵佑林眼下青黑一片，胡子拉碴，与平时的显贵模样判若两人。他抬头看了一眼公安局，犹豫一瞬后，大步走了进去。

秦川市中级人民法院组成了合议庭，对穆见晖团伙进行审判，宋慧茹担任公诉人。

被告席上依次站着穆见晖、赵佑林、秦既明、刘强、胡庆业、王金发。

办案民警齐大仓、周永福、武振川则坐在底下的旁听席上，目光如炬地紧盯被告席上的六人，一时心中感慨万千。

纠缠了这么久，如今这场与盗墓团伙的战斗终于要落幕了。

他们静静听着宣判结果。

"法院经审理认为，穆见晖犯盗掘古墓葬罪、走私文物罪、洗钱罪，数罪并罚，判决有期徒刑二十五年，并处没收个人全部财产，追缴个人违法所得及孳息。

"赵佑林犯走私文物罪、倒卖文物罪、行贿罪，数罪并罚，判决有期徒刑十八年，并处没收个人全部财产，追缴个人违法所得及孳息。

"秦既明犯受贿罪，判决有期徒刑七年，并处罚金，追缴受贿违法所得及孳息。

"王金发、刘强、胡庆业犯盗掘古墓葬罪、寻衅滋事罪、敲诈勒索罪，数罪并罚，判决有期徒刑十七年，并处罚金，追缴个人违法所得及孳息。"

是日，天朗气清，惠风和畅，草坪绿意盎然，尚未蒸发的露水折射着日光，如同碧翠。

福利院的小朋友们围在刘树兰的身旁，此刻，她正绘声绘色地给孩子们讲着《小蝌蚪找妈妈》的故事。

"小蝌蚪们游哇游，看见一只乌龟，乌龟说我不是你们的妈妈。小蝌蚪们只好游到荷花旁边，他们看见一只大青蛙，披着碧绿的衣裳，露着雪白的肚皮，鼓着一对大眼睛。小蝌蚪叫着妈妈，妈妈！青蛙妈妈笑着说，好孩子，你们已经长成青蛙了，快跳上来吧！"

她合上书，慈爱的目光扫过孩子们。

这时，一个稚嫩的声音从她身后传了过来："妈妈。"

刘树兰的心颤了一下，她猛然扭过头，瞬间愣住了。

一个小男孩正蹒跚着朝她走来，嘴里喃喃："妈妈，妈妈……"

刘树兰飞奔过去，一把将亮亮抱在怀里，泪如雨下："亮亮！"

亮亮身后的文雯也红了眼眶，她抿抿唇，走过去和刘树兰相拥："姐。"

刘树兰犯窝藏罪，但法院考虑其到案后积极认罪悔罪，主动上交被盗文物，适用认罪认罚程序，决定判处有期徒刑一年，缓期两年执行。

一座崭新的宽阔院落，正对着薄太后南陵，在白鹿原上落成了。

院子里的石碑上面刻着著名考古学家题写的四个大字："叩坤补史。"

门被打开，雒青、郭士林等一行人大步迈入庭院，原本清静的院落一下子热闹起来。

"呀，美气得很！"齐有粮东张西望，好不兴奋，"这一对比，我那破屋实在让你们受委屈了。"

雒青笑了笑："伯，你可千万别这么说，当初要不是你收留我们，我们还不得睡大街？感激的话我有一箩筐，就怕您听出茧子来。"

"都是一家人，说那干啥。"齐有粮大手一挥，又似想起了什么，勉为其难地皱了皱眉，"不过你们这一搬，我屋冷清得很，要不我也搬这达来，跟你们做个伴？"

听罢，齐小满调侃起来："爸，您是想住新房了吧？"

"你爸这个老灵俐，一肚子算盘珠子。"严守村嘟囔着，"青女子，你先给我跟黑嘴安排一间。"

齐有粮下巴一抬，眉毛一挑："老瓜俐，逮鸡还得一把谷，我跟凤英可是青女子正式聘请的做饭厨子，你是个啥，凑啥热闹？"

严守村不服输，用力拍了拍自己瘦得跟排骨似的胸膛："我是西汉帝陵保护管理中心特派到白鹿原考古基地的文保员，有正规编制，比你个厨子责任大，任务重！"

"不吵不吵，"郭士林连忙打圆场，将两人隔开，"伯，叔，这院大得很，房间咱都有！"

谈笑间，吕江河跟李奇已经搬来一张桌子，上面放有文房四宝和红纸。

李春来挠挠头："这是弄啥？"

齐小满笑答："雒青姐说新屋落成要贴副对联，讨个好彩头。"

"师母，张所，"雒青眉眼一弯，笑意盈盈，"您二位给题一副？"

张逢春推辞："哎呀，题对联这事……"

"不好说！"众人齐声。

话音刚落，张逢春面色窘迫，下一秒便憋不住笑，破了功。大家顿时笑作一团。

"那我开个头吧，"项昕之微微一笑，利落挥毫，"上联是坝上无高丘，政清民安，治世千年颂。"

雒青接过笔："鹿原有遗珍。"

紧接着，郭士林接笔："晴耕雨读。"

最后，张逢春补上几笔："文脉万代传。"

"好，好！"

众人立刻鼓掌叫好。

"还缺个横批吧？"老鹿问。

严守村立刻提议："让我堃娃题吗？"

"对对！"

众人连连附和，起哄让雒青打电话给方堃。

她给方堃打去视频，接通后，映入眼帘的是茫茫沙漠。

烈日浑圆，高挂于湛蓝苍穹，金黄的沙丘连绵不绝，被疾风吹出道道涟漪，砂砾在空中翻飞，犹如千年前的轻纱翩跹而至。

方堃牵着骆驼，在细沙中留下或深或浅的脚印："咋，大白天就想我了？"

视频里的雒青翻了个白眼："少废话，我这新基地落成了，要弄副对联。上联是坝上无高丘，政清民安，治世千年颂；下联是鹿原有遗珍，晴耕雨读，文脉万代传。大伙儿让你出个横批。"

方堃想了想："那就写……功不唐捐吧。"

周围传出一片叫好声，雒青微微抿唇，又走到一个安静的角落，继续和方堃聊天。

"雒领队，你啥时候来？"方堃脸庞被晒得黢黑，一双亮亮的眼睛盯着她，"这骆五都快有娃了，我还是孤家寡人。"

"我让你留在考古队，你非要像个侠客一样事了拂衣去，深藏功与名，那就活该受这相思苦。"

"咋，你难道就不想我？"

"你走之后我想明白一件事，"雒青豁达一笑，"考古人嘛，本来就是时空的旅人。等着吧，也许某一天我们就在沙漠相会了。"

两人对着屏幕笑了。